Novela

Alice Kellen
Tal vez tú
Serie Tú 2

 Planeta

Obra editada en colaboración con Editorial Planeta – España

© 2016, Alice Kellen
Autora representada por Editabundo Agencia Literaria, S. L.

© 2021, Editorial Planeta, S. A. – Barcelona, España

Derechos reservados

© 2021, Editorial Planeta Mexicana, S.A. de C.V.
Bajo el sello editorial BOOKET M.R.
Avenida Presidente Masarik núm. 111,
Piso 2, Polanco V Sección, Miguel Hidalgo
C.P. 11560, Ciudad de México
www.planetadelibros.com.mx

Canciones del interior:
pág. 25: © *She Drives Me Crazy*, 1988 London Records, interpretada por Fine Young Cannibals
pág. 109: © *This Is What You Came For*, 2016 Columbia, interpretada por Calvin Harris y Rihanna
pág. 120: © *I Will Survive*, 1978 Polydor, interpretada por Gloria Gaynor

Diseño de portada: Booket / Área Editorial Grupo Planeta
Ilustraciones de la portada: Shutterstock

Primera edición impresa en España en Booket: julio de 2021
ISBN: 978-84-08-24526-1

Primera edición impresa en México en Booket: diciembre de 2021
Primera reimpresión en México en Booket: diciembre de 2021
ISBN: 978-607-07-8219-0

Impreso en los talleres de Impresora Tauro, S.A. de C.V.
Av. Año de Juárez 343, Colonia Granjas San Antonio, Iztapalapa
C.P. 09070, Ciudad de México.
Impreso en México –*Printed in Mexico*

Biografía

Alice Kellen nació en Valencia en 1989. Es una joven promesa de las letras españolas que acostumbra a vivir entre los personajes, las escenas y las emociones que plasma en el papel. Es autora de las novelas *Sigue lloviendo*, *El día que dejó de nevar en Alaska*, *El chico que dibujaba constelaciones*, *33 razones para volver a verte*, *23 otoños antes de ti*, *13 locuras que regalarte*, *Llévame a cualquier lugar*, la bilogía *Deja que ocurra: Todo lo que nunca fuimos* y *Todo lo que somos juntos*, *Nosotros en la luna*, *Las alas de Sophie* y *Tú y yo, invencibles*. Es una enamorada de los gatos, adicta al chocolate y a las visitas interminables a librerías.

f https://www.facebook.com/7AliceKellen/

@AliceKellen_

@AliceKellen_

https://www.pinterest.es/alicekellen/

Para todos los lectores.
Gracias por acompañarme en el camino.

—¿No los odias?

—¿El qué?

—Estos incómodos silencios. ¿Por qué creemos que es necesario decir gilipolleces para estar cómodos?

—No lo sé, es una buena pregunta.

—Entonces sabes que has dado con una persona especial. Puedes estar callado durante un puto minuto y compartir el silencio.

Pulp Fiction

ÍNDICE

1

ELISA, LA ABOGADA INVENCIBLE

Yo nunca fui una de esas chicas que creen en el amor puro e incondicional; me bastaba con un amor práctico pero eficiente. Es decir, no buscaba un príncipe azul que me regalase flores solo porque sí, por el placer de hacerlo; me conformaba con que lo hiciese el día de mi cumpleaños o en San Valentín (evidentemente, tampoco pedía regalos muy originales). Nunca anhelé tener esa clase de sexo brutal que te sacude y te deja aletargada; aceptaba hacerlo una o dos veces a la semana, normalmente con Colin encima de mí y sin apenas detenernos en esa palabra conocida como *preliminares* a la que él parecía tenerle alergia. Y no, tampoco le exigía que fuese especialmente atento o detallista; era suficiente con que fuese «él mismo» y me diese un par de arrumacos por las noches al sentarnos juntos en el sofá con la televisión encendida de fondo y un cuenco de palomitas cerca.

Por suerte, más allá de los regalos, el sexo o la atención, Colin tenía otras virtudes. Por ejemplo, era muy sociable; el tipo de novio que podías llevar cogido del brazo a cualquier reunión de amigos o de trabajo a sabiendas de que caería bien a todo el mundo y se integraría en el grupo en menos de lo que dura un pestañeo. Además, se le daba fenomenal la cocina, era sumamente ordenado y prefería ver un partido de tenis antes que uno de béisbol o fútbol. Tenía un pelo de anuncio de champú, una nariz que esperaba que heredasen nuestros futuros hijos y un tono de voz embaucador. Le gustaban los pepinillos en vinagre, la música jazz y cantar en la ducha cuando tenía un buen día. Ah, que no se me olvide comentar que también le perdían las tetas grandes. Y por si os lo estáis preguntando, no, mis tetas no eran grandes. Y sí, Colin me era infiel.

Tan infiel como el protagonista malvado de la última telenovela a la que me había enganchado, con la diferencia de que a Manuel Hilario Peñalver todavía no lo había pillado Lupita de la Vega Montalván con las manos en la masa, mientras que a Colin lo había encontrado hacía un año y medio en nuestra cama con una rubia entre las sábanas.

—¿Elisa? ¿Tienes un momento?

Dejé de divagar y de abrir viejas heridas del pasado al escuchar la severa voz de mi jefe al otro lado de la puerta. Me alisé la impecable camisa blanca que vestía, sacudí mi larga melena castaña tras los hombros y me esforcé por mostrar la mejor de las sonrisas.

Henry entró con paso decidido y acomodó su prominente trasero en la silla vacía que había enfrente de mi escritorio. Luego depositó en la mesa una carpeta de cartón blando con el logotipo azul del bufete de abogados donde trabajaba y las letras que trazaban

14

«Co & Caden» justo debajo. Se toqueteó el poblado bigote.

—Tengo un nuevo caso para ti —anunció.

Henry rondaba los cincuenta años, pero algunas canas ya rompían la monotonía de su cabello oscuro. Y no, no se parecía en nada a George Clooney; la única semejanza que mi jefe guardaba con él era que ambos teníamos pene.

—¿De qué se trata? —pregunté mientras alineaba (todavía mejor de lo que ya estaban) los bolígrafos de tres colores que siempre tenía sobre la mesa: uno negro, otro azul y, por último, el siempre eficiente rojo, al que por supuesto le quedaba menos tinta que a sus fieles compañeros.

—Un divorcio.

Sentí un incómodo tirón en el estómago.

—¡Oh, no, Henry! Sabes lo mucho que odio ocuparme de ese tipo de asuntos...

—Es un caso importante y te lo delegué oficialmente hace un par de semanas —me cortó en tono seco, dejando claro que mis protestas caerían en saco roto—. Vamos a comisión, así que podemos sacar un buen pellizco, Elisa. Y para eso necesito a la mejor. Y tú eres la mejor.

Suspiré hondo, ablandándome un poco ante la orgullosa sonrisa que me dedicó. Aunque a veces era un hombre algo irascible que carecía de tacto, en el fondo le guardaba cariño. En cierto modo, él había creado la sólida figura de «Elisa, la abogada invencible». Él era mi Geppetto y yo, su Pinocho. Para corroborarlo, solía decir de mí que era su marioneta preferida, y nunca tenía demasiado claro si debía tomarme su comentario como un halago o como un insulto.

De cualquier modo, Henry me fichó para su despacho de abogados meses antes de que finalizase los estudios, ofreciéndome un contrato en prácticas, y desde ese mismo instante, me centré plenamente en el trabajo como si el resto del mundo hubiese sido devastado por un virus letal y todos los humanos —a excepción de los que habitaban en aquel edificio— se hubiesen transformado en una legión de peligrosos zombis de los que debía escapar. Ese puesto en el bufete era la gran hazaña de mi vida, así que me sentía agradecida por la confianza que Henry siempre depositaba en mí. Aunque, a decir verdad, tenía una razón de peso para hacerlo: casi nunca perdía un caso. Si en mi empresa se hubiese hecho la tontería esa de nombrar periódicamente al mejor empleado del mes, mi nombre habría figurado en el listado de forma permanente.

Me recosté sobre el respaldo de la silla con los brazos cruzados.

—Ponme al corriente.

Su mirada verdosa brilló con satisfacción.

—¿Te suena de algo el nombre de Frank Sanders?

—¡Pues claro! ¡Es un actor de Hollywood!

—¡Exacto! Y ese hombre forrado de dinero está a punto de divorciarse.

—¿Representaré a Frank Sanders? —pregunté sorprendida; mi bufete tenía prestigio, pero no tanto como para codearse con ese tipo de clientes.

Henry rio y sacudió la cabeza.

—No, no, ¡todavía mejor! Su futura exmujer será tu clienta —aclaró—. No hicieron acuerdo prematrimonial y te aseguro que esa tía está deseando arrasar con su cuenta bancaria hasta dejarlo seco. Elisa, quiero que te tomes este caso muy en serio.

—Sabes que siempre lo hago. No te preocupes —aseguré, e intenté disimular mi gran decepción por no poder representar al marido. Tuve que borrar de un plumazo todas las ilusiones que acababa de hacerme: adiós a practicar surf con Matthew McConaughey, adiós a cenar en casa de Brad Pitt y mirarle el trasero cuando se diese la vuelta para ir a la cocina a por la segunda botella de vino; y, por ende, adiós a la posibilidad de pedirle a Angelina Jolie que me confesase sus trucos de belleza (aunque seguro que solo diría: «Pues bebo mucha agua al día...»).

Henry asintió levemente con la cabeza y se levantó, apoyando ambas manos sobre los brazos de la silla. Cuando se irguió, volvió a clavar sus ojos en mí.

—Ahí te dejo el expediente. —Señaló la carpeta que minutos atrás había depositado sobre la mesa de mi escritorio—. El lunes te reunirás con Julia Palmer, tu nueva clienta. Y la siguiente semana, Frank Sanders vendrá aquí mismo para que podáis mantener una charla en la sala de reuniones. Me ha costado lo mío convencerlos, su abogado es un hueso duro de roer, así que aprovecha la oportunidad. La clave está en lograr beneficios evitando juicios y embrollos; léete el expediente, tienes varios hilos de los que tirar.

—De acuerdo, lo haré.

Henry salió de mi despacho sin despedirse.

Le eché un vistazo al móvil para descubrir que tenía cero llamadas, cero mensajes, cero intentos de comunicación del mundo exterior. Tampoco podía culpar a mis antiguas compañeras de la universidad por huir de mí despavoridas. Era comprensible. Después de anular mi compromiso con Colin, me pasé varios meses monopolizando la conversación cada vez que quedábamos para comer o íbamos a tomar algo. No sé las veces que repetí lo horrible que había sido encontrarlo con su compañera de trabajo; esa rubia de tetas grandes que siempre me sonreía los días que iba a recogerlo a la hora del almuerzo, pero sí sé que, llegados a cierto punto, la gente se cansa de escuchar lamentaciones. El problema era que no podía evitarlo, no conseguía dejar de vomitar insultos que seguían sin ser un desahogo suficiente. Cabrón. Colin. Gilipollas. Colin. Idiota infiel. Colin. Tonto del culo hasta el infinito. Ahg.

No estaba triste, estaba terriblemente enfadada. Y lo único que logró calmar un poco esa rabia acumulada fueron las clases de boxeo. Pero cuando salía del ring, volvía a enfurecerme. Además, ¿cómo podía no entenderme el resto del mundo? Conocía a Colin desde los veinte años. Habíamos asistido a la misma universidad y tenía mi vida planificada desde el segundo año de carrera. Trabajo. Casa. Matrimonio. Hijos. Nietos. Muerte. Y entonces, antes de que pudiese llegar a la tercera fase, él lo rompió todo.

Las únicas que sabían de verdad cómo me había sentido eran mis dos mejores amigas. Hannah había aguantado mi mal humor con una sonrisa en los labios y se había mantenido optimista mientras me ayudaba a recoger las pertenencias de Colin en cajas de cartón y me veía lanzar ciertos objetos contra la pared del salón (la fotografía en la que salíamos besándonos, la cajita donde guardaba nuestros recuerdos, el último frasco de colonia que me había regalado). La adoraba. Y Emma, que el año anterior se había mudado a California por amor y se pasaba el día tomando daiquiris con su novio, me acosó a llamadas, se preocupó por devolver todos y cada uno de mis desesperados mensajes y cogió un vuelo a Nueva York para venir a verme cuando me emborraché un sábado por la noche y le aseguré que pensaba suicidarme tragándome un montón de ciruelas de golpe (¿quién se cree eso? Emma, siempre tan dramática, claro).

Mi madre, por supuesto, también me conocía bien y no fue fácil engañarla y fingir que estaba genial, pero cada vez que la visitaba me esforzaba por mantener una sonrisa radiante. Con el tiempo, la tarea resultó un poco más sencilla.

Tras unos primeros meses de duelo, dejé de pensar en Colin. O, mejor dicho, dejé de pensar en él tal y como lo hacía antes. Al recordar su rostro ya no veía a ese chico perfecto que me había robado el corazón con un par de miradas; tan solo veía a un hombre cualquiera, un extraño más entre los cientos de desconocidos que caminaban diariamente a mi lado por las calles de Nueva York.

Así que estaba soltera desde hacía más de un año y mi vida se reducía a comer ingentes cantidades de helado Häagen-Dazs, vaguear en mi apartamento y sufrir un intenso lavado de cerebro por culpa de las telenovelas que me tragaba. La apatía y la rutina eran mis drogas particulares, aunque tampoco es que me pasase el día lloriqueando por las esquinas. En primer lugar, porque yo no lloro; como mucho, me enfado, pero llorar no. Y aunque siempre asentía cuando mi madre murmuraba uno de sus habituales consejos —«Sonríe en la calle, llora en casa»—, no lo cumplía de un modo literal. Tan solo me permití estallar en llanto cuando les conté a mis amigas lo que había ocurrido con Colin; tras esos minutos de debilidad, fue como si me vaciase por dentro y desde entonces jamás había vuelto a derramar ni una sola lágrima. Aunque debo decir que en una ocasión, cuando picaba un poco de cebolla para meterla en el horno junto a dos alitas de pollo y una patata cortada en rodajas, advertí al mirarme en el espejo que el blanco de mis ojos, la parte visible de la esclerótica, estaba ligeramente enrojecido, y en aquel momento me pareció algo extraordinario.

De modo que, quizá debido a mi situación, lo último que me apetecía era encargarme de un caso de divorcio. Por experiencia, sabía que los divorcios implicaban dolor, drama y disputas. Yo no quería enfrentarme a eso, ni mucho menos tener que escuchar las intimidades que siempre salen a la luz cuando todo se ha roto, los «A mi marido le gustaba que le diese palmadas en el trasero cuando follábamos» ni «Pues sí, hacía el elefante al salir de la ducha fingiendo que su miembro era la trompa. Y, entre tú y yo, tenía poco de trompa y mucho de flautín».

Algo agobiada, deseché la idea de echarle un vistazo al expediente y lo guardé en el maletín para revisarlo durante el fin de semana. Cogí el teléfono y llamé a Hannah.

—¿Todavía estás en el trabajo? —preguntó.

—Sí. —Me metí en la boca un caramelo de menta con regaliz que acababa de encontrar en el primer cajón del escritorio—. ¿Cómo va todo?

—Mi madre organiza esta tarde una de sus reuniones benéficas y le prometí que me quedaría, ¿te apetece venir a tomar el té?

—Gracias, pero no. Quizá otro día.

Los padres de Hannah me daban miedo.

—¿Nos vemos esta noche, entonces?

—Vale, donde siempre.

—A las nueve —concluyó Hannah.

Todos los viernes por la noche acudíamos al Greenhouse Club, una de las discotecas de moda en Nueva York. El sitio estaba situado en pleno Soho y, como los dueños eran amigos de los padres de Hannah, nunca pagábamos por ocupar uno de los reservados. Servían los mejores cócteles de la zona y de vez en cuando se apuntaban al plan Dasha y Clare, que eran amigas de Hannah, o mis (esquivas) compañeras de universidad, pero en realidad prefería que quedásemos solo nosotras dos. Era más divertido y cómodo.

Aquel día, como de costumbre, fui una de las últimas en salir de la oficina. Me pasé el trayecto en metro intentando adivinar las vidas de los demás viajeros, preguntándome si ellos sí conocerían el secreto de la felicidad. Cuando llegué a mi diminuto apartamento, me quité los zapatos de tacón en la entrada e intenté avanzar hasta la cocina a trompicones por culpa del gato negro que se frotaba contra mis piernas con el claro propósito de asesinarme de una vez por todas. No sé cómo, pero logré llegar hasta la nevera sin ser derribada.

—Tranquilízate, Regaliz —protesté, pero solo conseguí que maullase con más insistencia. Le di una latita de sabor «gambas con salmón» y se puso a comer—. Gracias por perdonarme la vida, colega —farfullé mientras metía una pizza en el horno y activaba el temporizador.

Tenía dos grandes debilidades: Tarantino y sus películas sangrientas y la pizza de cuatro quesos. Por suerte, las reuniones sociales me ayudaban a mantener la línea. En el trabajo, como todas mis demás compañeras, solía pedir ensalada y agua y cuando el camarero listillo de turno preguntaba «¿Algo más?», a pesar de estar muerta de hambre y tener ganas de morderle el puto brazo, cruzaba las piernas con elegancia y lentitud y negaba con la cabeza tras afirmar: «No, gracias. Eso es todo». Así que, después, mientras intentaba comprender por qué la gente que come fuera de casa siempre finge que sus mejores amigos son los dichosos vegetales, engullía despacito una hoja de canónigo, un grano de maíz, esa oliva deliciosa que parecía haber caído en medio de tanta vegetación por error...

¡Ding, ding, ding!

Ignoré la campanita del horno mientras me subía la cremallera del clásico vestido negro que me había puesto tras salir de la ducha; tenía un corte recto y el largo quedaba por encima de la rodilla. Solo me faltaban los tacones. Me puse de puntillas para intentar alcanzar la caja donde guardaba los zapatos, que estaba en el estante más alto del armario. Tanteé con la yema de los dedos la superficie de madera y una corbata roja se deslizó hasta caer a mis pies.

Era increíble que hubiese pasado más de un año desde que rompí con Colin y que todavía continuase encontrando sus pertenencias por casa. Suspiré hondo. Luego pisé la corbata a propósito y di un pequeño saltito, consiguiendo así agarrar el borde de la caja de zapatos y bajarla. Con los tacones ya puestos, volví a la cocina, cogí unas tijeras y corté la corbata de Colin en dos trozos que, posteriormente, terminé depositando sobre la bolsa de basura, al lado de la cabeza medio chamuscada de un pescado. A continuación, saqué la pizza del horno y devoré y saboreé el queso fundido mientras contemplaba la ciudad de Nueva York a través del ventanal del comedor.

2

«JACK-DEBERÍA-SER-ILEGAL»

Dos horas más tarde, me encontraba en el interior del Greenhouse Club, con un codo apoyado con despreocupación sobre la mesa del reservado y sosteniendo un cóctel en la otra mano, mientras me reía con las ocurrencias de Hannah.

Mi amiga no era una persona demasiado aguda, pero sí sumamente divertida, buena e inocente. De hecho, a menudo le costaba darse cuenta de que muchos de los chicos con los que salía terminaban aprovechándose de ella, principalmente porque sus padres, los señores Smith, eran millonarios o, mejor dicho, billonarios con «b», como solía recalcar Emma. Él era un conocido magnate que tenía diversas empresas repartidas por el mundo, mientras que su madre destacaba por ser una refinada y famosa dama de la alta sociedad. De modo que Hannah había crecido en una especie de realidad paralela donde todo eran princesas, faldas tutú, bolsos exclusivos de marca y purpurina de colores.

—Así que sí, mis padres han accedido y pienso crear la mejor empresa de organización de eventos de toda la ciudad —terminó de decir, tras una larga explicación detallada sobre por qué ellos preferían que siguiese dedicándose a no hacer nada. El padre de Hannah era un tanto retrógrado, el típico hombre anclado en otra época que pensaba que las mujeres no estaban hechas para dirigir un negocio.

—¡Es una noticia fantástica! ¡Estoy segura de que te irá genial! —exclamé animada—. Ni siquiera deberías haber esperado la aprobación de tus padres. Y, además, sabes que para cualquier cuestión legal, me tienes a mí.

Ella sonrió agradecida, instantes antes de darle un corto y elegante sorbo a su copa, dejando una marca de carmín en el borde de cristal. Hannah tenía un rostro angelical, unas piernas kilométricas que no pasaban desapercibidas y el cabello rubio, largo y ondulado. Me fijé en sus brillantes uñas rosas. Hacía una eternidad que yo no me molestaba en pintármelas. Antes era detallista. Ahora, práctica.

—Gracias. Sabes que me encantaría, pero mi padre insiste en que se encargue de todo el abogado de la familia. Ya lo conoces, es difícil llevarle la contraria y, encima, es mi prestamista oficial, así que...

—¿Señorita? —Un camarero apareció e interrumpió nuestra conversación. Levantó la copa que sostenía en la mano y clavó sus ojos en Hannah—. Lamento molestarla, pero aquel hombre de allí insiste en invitarla a un margarita.

Ambas nos giramos a la vez buscando al misterioso pretendiente. El camarero señaló a un chico joven que parecía bastante decente; tenía el cabello rubio y la piel bronceada. Cuando advirtió que lo mirábamos, nos saludó con la mano.

—Es mono —le dije a Hannah—. Oh, mira, se está levantando... —Ladeé la cabeza para intentar verlo mejor—. Bueno, de hecho, camina hacia aquí... —Reí como una adolescente, consciente de que varias copas danzaban por mi estómago entremezclándose con la pizza (casi tamaño familiar) que me había zampado horas atrás. Era una mezcla explosiva.

—¿En serio? —Hannah arrugó su pequeñísima nariz.

—Sí. Es más, ¿sabes qué...? Necesito ir al servicio. Y, de paso, os dejo un rato a solas.

Salí con cierta dificultad del asiento del reservado e ignoré las súplicas de Hannah, que no dejaba de pedirme que no me marchase. Pero ¡qué demonios!, le vendría bien divertirse un poco. Con decisión, me acomodé el asa del bolso sobre el hombro.

—¡Por favor, Elisa! —rogó.

—Solo será un momento, tranquilízate y disfruta —conseguí decir antes de irme y de esquivar a un montón de gente que bailaba alrededor.

El local era famoso por su sello ecológico. La mayoría del mobiliario minimalista estaba hecho con materiales reciclados, el suelo era de bambú y las paredes estaban repletas de luces led de colores. Cuando salí de los servicios unos minutos después, me apoyé en una pared, con la intención de hacer algo de tiempo y pasar desapercibida. Y por alguna misteriosa razón, allí, rodeada por docenas de personas, me sentí extrañamente sola e incomprendida. Fruncí el ceño, enfadada conmigo misma por pensar en tonterías. Sonaba *She Drives Me Crazy*, una canción de los ochenta. Saqué el móvil del bolsillo y le envíe un mensaje a Emma ya que, a pesar de vivir en la otra punta del país, insistía en que la mantuviésemos al corriente de todo (especialmente cuando se trataba de cotilleos).

> Acabo de abandonar a Hannah
> con un tipo bastante aceptable.
> Voy a darle diez minutos, antes
> de ir y rescatar a la princesa
> de la torre.

Pulsé el botón de «Enviar» justo en el momento en el que un tipo chocó conmigo. Me rodeó la cintura para impedir que cayese al suelo y, al alzar la mirada hacia él, juro que se me paró el corazón. Así, sin más. Fue como si un latido se perdiese en esos ojos grises que me observaban con interés. «Estúpidas hormonas mías...»

—Lo siento, ¿estás bien? —preguntó.

Tenía una voz sensual y profunda. Asentí, todavía aletargada, y me obligué a no pensar en nada que tuviese que ver con eso, con «profundidad». Ni «más profundo» ni «qué profundo». Nada.

Bajé la vista hasta el móvil que aún sostenía entre las manos cuando vibró y el nombre de «Emma» iluminó la pantalla. Él carraspeó, llamando de nuevo mi atención. Me llegó el aroma del *after shave* que usaba. Hacía una eternidad que no me sentía atraída por un hombre, pero este espécimen que tenía enfrente... este... debería considerarse ilegal. Ya me imaginaba dándolo en la asignatura correspondiente durante el último año de carrera: «Mirada penetrante, sonrisa previa al sexo, actitud despreocupada. No tocar, peligro de incendio. Prohibida su distribución desde 1869 en el congreso celebrado en Arkansas por motivo del bicentenario... blablablá».

—Se supone que ahora debería decir algo inteligente como: «¿Qué hace sola una chica tan preciosa como tú en un local como este?». A lo que tú contestarías: «No estoy sola, estoy con...». Y así yo podría adivinar si tienes novio o has venido con tus amigas.

Me dedicó una sonrisa digna de enmarcar y reuní toda mi fuerza de voluntad para seguir pensando con la cabeza y no con otra parte de mi anatomía que estaba un poco más abajo, porque era difícil no caer rendida ante esos hoyuelos tan irresistibles que se le marcaban en las mejillas...

—El problema es que te equivocarías en algo.

—Ah, ¿sí? ¿En qué?

—En que tu primera pregunta no me parecería «inteligente». Por lo que, en teoría, partiendo de esa base, dudo que fuese a contestarte lo que tú esperabas saber.

Hubo una chispa en sus ojos mientras daba un paso al frente.

—¿Y no te has parado a pensar que en realidad lo único que pretendía conseguir desde el principio era precisamente que tú dijeses eso mismo? Quizá lo tenía todo previsto. Ya sabes, como una forma de alargar la conversación y romper el hielo.

Era como entrar en Matrix o algo parecido. Entorné los ojos al mirarlo, ahora con cierta desconfianza. Lo miré a conciencia, ignorando que la distancia prudencial que nos separaba al principio cada vez era más inexistente. Vestía unos vaqueros desgastados y una ajustada camiseta negra que contrastaba con el gris de sus ojos. Tragué saliva despacio cuando sus labios volvieron a curvarse lentamente, mostrando una sonrisa insolente.

—Pues creo que lo de romper el hielo no te ha salido demasiado bien.

—Tienes razón. —Ladeó la cabeza, sin dejar de observarme con curiosidad, y alargó una mano hacia mí—. Mejor volvamos a lo clásico. Me llamo Jack. ¿Y tú eres...?

—Elisa.

Vale, sí, admito que me ablandé un poco.

El «Jack-debería-ser-ilegal» tenía la piel cálida y retuvo mi mano entre las suyas durante más tiempo de lo que se podría considerar normal. Sin soltarme, se inclinó hacia mí para susurrarme al oído:

—¿Color preferido?

—¿Cómo dices...?

—Te pregunto cuál es tu...

—Ya, lo he oído a la primera. El rojo.

—Mmm. Me gusta. ¿Comida?

—Pizza de cuatro quesos. ¿Y tú? —pregunté siguiéndole el juego.

—Los Froot Loops, claro —contestó como si fuese una obviedad que alguien eligiese unos cereales infantiles como «comida favorita»—. ¿Bebida?

—Cosmopolitan. Imagino que a ti te...

—Perfecto —me cortó—. ¿Puedo invitarte a uno de esos?

Nos miramos fijamente. No sé en qué momento él deslizó su mano hasta posarla en mi cintura, pero lo hizo. Y allí estábamos, muy juntos, ajenos a la multitud que bailaba alrededor y las coloridas luces que se agitaban al son de la música.

—¿Toda la ronda de preguntas ha sido solo para averiguar qué me gustaría tomar?

—Soy un puto retorcido. —Rio.

En otro momento de mi vida, quizá le hubiese contestado con un «Me gusta lo difícil», pero hacía tiempo que, en realidad, buscaba lo sencillo sin encontrarlo; un hombre sincero, bueno y que no pareciese tener la palabra *peligroso* tatuada en la frente con tinta invisible. Ya no quería sufrir. Cerré los ojos al pensar en Colin y, cuando volví a abrirlos, Jack tenía el ceño arrugado, mostrando un gesto de preocupación.

—Lo siento... —dije—. Ha sido divertido, pero mi amiga está esperándome, así que... debería irme...

Me cogió de la muñeca.

—¿Deberías o quieres?

—Debería. —Inspiré hondo.

—Ya me lo parecía —susurró, y sentí su aliento cálido y mentolado cuando inclinó su cabeza hacia mí. Me dejé llevar, diciéndome que solo sería un beso, solo eso... Pero nunca sucedió. Jack se apartó de golpe y me miró con satisfacción—. Disfruta de la noche, Elisa. Ya nos veremos pronto.

Y sin decir nada más, me soltó.

Aturdida, lo vi alejarse entre los clientes del local hasta que desapareció de mi vista. ¿Qué demonios acababa de pasar? Me llevé la mano a la boca, consternada, echando de menos ese beso que parecía haberse perdido por el camino. Era oficial: estaba fuera del mercado. Que llevase sin tontear desde los veinte años a cualquiera le pasa factura, claro. Y ahora estaba a punto de cumplir los treinta, sola, muy sola, dolida y...

—¿Dónde te habías metido? —Hannah apareció en mi campo de visión—. ¡Llevo buscándote un buen rato! He tenido que huir de ese tío. Al principio parecía normal, pero luego ha empezado a hablarme de esposas y mordazas y unas bolas chinas que no tengo muy claro para qué sirven. Eh, ¿estás bien? ¿Elisa?

Parpadeé confundida.

—Sí, sí, perdona.

Me cogió del brazo y no hizo falta que anunciáramos en voz alta que había llegado el momento de marcharnos. Las dos caminamos como autómatas hacia la puerta que conducía a la salida. Algo turbada, intenté prestar atención a lo que Hannah me contaba.

—Yo le he dicho que las únicas bolas chinas que me gustan son las que están rellenas de carne de ternera y pican un poco, sabes a qué me refiero, ¿no? Aunque elegiría antes el pollo Gong Bao o el Tofu Ma Po. Es más digestivo.

—Hannah, cariño, no creo que él estuviese hablando de ese tipo de bolas chinas. —Agradecí el viento fresco de la noche cuando salimos y rebusqué en mi bolso la cartera para comprobar que llevaba suficiente dinero suelto—. Será mejor que cojamos un taxi antes de que esto se empiece a llenar —añadí tras advertir que otras personas iban abandonando el local.

3
—

EL DRAMA DE JULIA PALMER

Cuando la señorita Palmer entró en mi despacho, mi primer pensamiento fue que pronto me haría famosa por haber encontrado al sexto miembro perdido de las Spice Girls. No aparentaba más de veinte años, a pesar de que sabía que estaba cerca de la treintena, y tenía el cabello tintado de un rubio oxigenado, rizado y con mucho volumen. Aunque estábamos en pleno invierno, bajo el abrigo vestía una corta falda vaquera deshilachada y un top que dejaba al descubierto su estómago, revelando el *piercing* con forma de corazón que llevaba en el ombligo.

Sin mediar palabra, se acomodó en la silla que estaba libre, produciendo un incómodo chirrido al deslizarla por el suelo, y me miró con impaciencia.

—Me alegra conocerla al fin, señorita Palmer —saludé.

Masticó chicle con la boca entreabierta, tragó saliva sonoramente y después, de golpe, se transformó en un orco terrorífico:

—¡QUIERO QUITARLE TODO SU DINERO! ¡QUIERO QUE FRANK SE PUDRA EN LA MISERIA! ¡QUIERO HUNDIRLE LA VIDA!

Abrí la boca sorprendida. Mi cerebro no estaba preparado para procesar esa aguda voz gritona y, como ya sabía, tampoco para mediar con casos de divorcio. Odiaba convertirme en un ancla de apoyo en las rupturas sentimentales. Teniendo en cuenta mi historial, era cuanto menos irónico.

—Por lo que veo, tienes claras tus prioridades —bromeé para quitarle hierro al asunto, mientras rebuscaba el expediente del caso entre los papeles que había sobre mi mesa—. Será mejor que analicemos la situación por partes, ¿de acuerdo?

No contestó. Tan solo se quedó ahí quieta, sin dejar de mascar chicle, mirándome como si yo fuese un mosquito insolente zumbando a su alrededor y estuviese deseando rociarme con insecticida.

—Bien... —proseguí, ignorando su actitud—. Según tengo entendido, lleváis casados un total de nueve meses y siete días, ¿correcto?

Julia me miró con hastío y comenzó a repiquetear con la punta de las uñas rojas sobre la superficie de la mesa de mi escritorio, sacándome de quicio. Producía un tic-tic-tic tremendamente molesto. Inspiré hondo.

—Supongo que sí. —Se encogió de hombros—. Lo que quiero es el yate, la casa de California, el ático de Nueva York y, por supuesto, el apartamento de París —dijo—. Además, ¡Bigotitos es mío!

Abrí la boca y volví a cerrarla. Fruncí el ceño. Puede que Henry tuviese razón: debería haber estudiado el caso más a fondo, ya que no tenía ni puñetera idea de lo que decía. Mantuve la calma y me incliné unos centímetros sobre el escritorio, en actitud confidencial, con la intención de mostrarme cercana y amigable.

—Perdona, Julia, ¿quién es Bigotitos?

—Es nuestro perro. Es decir, MI perro. Y no quiero que lo toque, ni que lo mire, ni que juegue con él a lanzarle la pelota. ¿Estamos en la misma onda?

«Sí, en la onda de la autodestrucción en tres, dos, uno...»

Las comisuras de mi boca empezaban a estar ligeramente tirantes y temblorosas; no podría aguantar esa sonrisa durante mucho más tiempo.

—Julia, no te preocupes, lucharemos para conseguir la custodia de Bigotitos.

Comencé a anotar en un papel los puntos clave de la reunión, trazando con el bolígrafo «Bigotitos» y redondeándolo para darle énfasis. Después garabateé «yate», «casa California», «ático Nueva York», «apartamento París» y la habitación se transformó en una cárcel de máxima seguridad cuando escuché los primeros sollozos de mi clienta. Ahogué un suspiro. No estaba lista para afrontar penurias amorosas y dar ánimos.

—Eh, tranquila —dije manteniendo un tono suave—. El dolor pasará. Y no te preocupes, porque te aseguro que con lo que vamos a sacar de este caso podrás vivir perfectamente el resto de tu vida.

Julia Palmer sorbió por la nariz como una niña pequeña.

—¿Lo dices de verdad?

—Por supuesto, Julia.

—¡Oh, gracias! —Volvió a gimotear—. Frank ha sido muy malo conmigo. No sabes todo lo que me ha hecho sufrir. Es un hombre terrible... ¡Han sido los peores nueve meses de mi vida! ¡Yo no me merecía que me ocurriese esto!

—Desde luego que no —afirmé.

Empezaba a sentir pena por ella.

A veces las mujeres somos nuestras peores enemigas, porque hablamos de más, criticamos, juzgamos y nos fijamos en los pequeños detalles, como si el pantalón de una es de la temporada pasada o si la vecina del quinto se ha puesto más ácido hialurónico en los labios. Pero si hay algo que nos une como ninguna otra cosa, es sin duda el desengaño amoroso. De hecho, estoy casi segura de que el creador del universo, en el último momento y a propósito, les quitó a los hombres unas cuantas neuronas para hacerlos menos eficientes y conseguir así la cohesión de las féminas del mundo a través de algo tan simple como «la empatía».

—Estoy muy cansada... Llevo días sin dormir... —prosiguió Julia, sin dejar de emitir algunos sollozos—. ¿Te importa si seguimos hablando en otro momento? Creo... creo que he tenido suficiente por hoy. Necesito tiempo para asimilar lo que está pasando.

Tenía mis dudas, pero Julia era como un pequeño gatito inocente peludo y suave que me miraba lastimosamente con sus grandes ojos húmedos. Parecía débil y perdida en un mundo cruel en el que solo sobrevivían los fuertes...

—Está bien, no te preocupes. Yo me encargo. Imagino que estará todo en el expediente.

Julia se levantó y, entre lágrimas, me dedicó una trémula sonrisa.

—Sí, se lo conté todo a Henry.

—Ajá. Vale. Recuerda que el próximo lunes nos

34

reuniremos con Frank a las diez de la mañana. Mientras tanto, descansa y recupérate.

—Gracias, Elisa, ¡eres increíble! —exclamó agradecida, y luego abrió la puerta del despacho y salió meneando las caderas de lado a lado.

En el expediente se detallaba que Julia había conocido a Frank en un local, situado a las afueras de la ciudad, donde trabajaba como *stripper* de barra. Ella repetía sin cesar que había sido «amor a primera vista». Tardaron dos días en empezar a salir, tres semanas en irse a vivir juntos y, un mes más tarde, se casaron en Las Vegas. Todo había sido tan rápido, que me costó organizar las fechas por orden cronológico. Finalmente, tras nueve meses de compromiso, habían decidido divorciarse alegando «diferencias irreconciliables».

¿Lo mejor? Julia aseguraba que Frank era adicto a todo tipo de sustancias ilegales y que en más de una ocasión había intentado evitar ciertos pagos en impuestos, de modo que si conseguíamos demostrar alguna de las dos acusaciones, jugaría a favor de ella.

¿Lo peor? No era una buena señal que ella estuviese al tanto del impago de impuestos, dado que podría verse inmiscuida en el asunto como cómplice de delito fiscal. Y la corta duración de la relación tampoco la beneficiaba.

Sin embargo, a rasgos generales y teniendo en cuenta el pésimo historial de aquel actor de Hollywood venido a menos, el caso parecía bastante fácil. Intenté ponerme en el pellejo del abogado de Frank y llegué rápidamente a la conclusión de que no querría ir a juicio. Era bastante obvio pensar que evitarían a toda costa que el divorcio se convirtiese en un espectáculo. De lo contrario, la prensa rosa se le echaría encima y verse involucrado en más polémicas podría perjudicar su ya tambaleante carrera cinematográfica porque, a pesar de que Frank Sanders seguía teniendo un característico aspecto intimidante con la mitad del cuerpo repleto de tatuajes, las nuevas generaciones se habían ido adueñando de los papeles principales, y en sus últimos dos proyectos tan solo había conseguido interpretar a personajes secundarios.

Me froté los ojos, cansada. Hacía un buen rato que había regresado a casa del trabajo, pero me había llevado conmigo el expediente de la Julia Palmer para echarle un vistazo más a fondo. Y, a rasgos generales, concluí que teníamos mucho a favor.

Lancé la carpeta sobre la mesita del comedor y, tumbada en el sofá, le rasqué las orejas a Regaliz, que dormitaba a mi lado emitiendo un agradable ronroneo. Ladeé la cabeza. Todo estaba exquisitamente limpio, ni una sola mota de polvo adornaba la superficie del suelo de parqué o del mueble del comedor (que en su día eligió Colin y que, dicho sea de paso, jamás terminó de gustarme). Tampoco había nada que no estuviese en su sitio, a excepción del expediente. En cierto modo, me hubiese animado que la casa estuviese hecha una pocilga porque así, al menos, habría tenido algo útil que hacer. Por raro que sonase, limpiar solía ser una distracción que me venía de familia; era una especie de terapia personal que compartía con mi madre, una forma algo insana de mantener el control.

Intentando acallar el silencio que reinaba en el apartamento, encendí la televisión y navegué por el videoclub online hasta encontrar el capítulo ciento doce de la última telenovela que estaba viendo. Pensé que quedaban restos de los macarrones del día anterior en la nevera y que, visto desde una perspectiva patética y de ermitaña, era una suerte no tener a nadie con quien compartirlos para evitar así cocinar.

Suspiré hondo. Cerré los ojos.

Tenía que tomar medidas drásticas.

Ya iba siendo hora de salir del cascarón en el que llevaba viviendo demasiado tiempo. Debía rehacer mi vida, aunque al pensarlo sentía más pereza que ilusión. En unos meses cruzaría la barrera de los treinta años y tenía la sensación de que un puñado de relojes diabólicos me perseguían a la carrera. Quería volver a enamorarme, casarme, tener una familia, hacer planes de domingo y deliciosas tortitas los sábados por la mañana con salsa de arándanos. Pero había un pequeño (casi insignificante) problema: para conseguirlo necesitaba encontrar a un hombre y la tarea me resultaba más tediosa y complicada que escalar el Everest vestida en biquini.

4

CONOCIENDO AL DIABLO

Tal como había previsto, no ocurrió nada interesante durante mi fin de semana, así que avancé hasta el capítulo ciento veintiuno de la telenovela y engullí como un animal salvaje todo lo que encontré en la nevera. Cuando llegó el domingo, me había transformado en la peor versión de mí misma; mi pelo era un revoltijo y tenía restos de patatas fritas de bolsa en el pantalón del pijama. Al levantarme del sofá, las migajas cayeron al suelo. Sonreí. «¡Bien, ya tenía algo que hacer! ¡Barrer!»

En realidad, la culpa de mi estado era de Hannah, que había estado demasiado ocupada aquel fin de semana en el club de campo organizando no sé qué fiesta como para poder quedar. Mi madre, que vivía a las afueras de Nueva York, había llamado por teléfono y me había invitado a tomar té y pastas el sábado por la tarde, pero había declinado la oferta porque, para empezar, cuando le hacía una visita tenía que coger dos metros diferentes y un autobús, y al llegar debía esforzarme por mostrarme alegre, satisfecha y positiva, tres adjetivos que cada vez me parecían más lejanos.

De modo que, cuando el lunes acudí a la oficina, seguramente era la única persona de todo el edificio que se alegraba de estar allí. El trabajo era mi tabla de salvación. En mi vida personal habían cambiado cosas (Colin no estaba, Emma se había mudado a California...), pero en mi trabajo todo continuaba estando en orden. Allí era el único lugar en el que seguía sintiéndome perfecta.

Antes de que pudiese llegar a mi despacho, Henry me cogió del codo.

—Elisa, ¿tienes un momento?

—Claro, dime.

—Hoy es la reunión, ¿estás preparada?

—¡Por supuesto que sí! Siempre lo estoy —contesté ofendida, luego suavicé el tono—. Oye, sé que te preocupa este caso, pero, créeme, todo irá bien.

—Eso espero... —musitó serio, toqueteándose el bigote con sus dedos regordetes. Miró el reloj que llevaba en la muñeca izquierda—. Quedan veinte minutos. Y reza para que la señorita Julia no llegue tarde.

Negué con la cabeza y puse los ojos en blanco mientras le repetía que todo iría bien, aunque, en el fondo, a mí tampoco me hubiese sorprendido que mi clienta no quisiese presentarse a la reunión o que se hubiese quedado dormida. Desde luego, era difícil encasillarla como una joven responsable y eficaz, y puede que la idea de volver a ver a Frank le resultase demasiado dolorosa. Pobrecilla.

Apuré los últimos minutos que me quedaban organizando mi maletín para tener todos los papeles a mano, antes de salir del despacho con antelación y dirigirme con paso firme hacia el pasillo principal de la oficina, en la segunda planta, donde se encontraban las salas de reuniones. Mis tacones repiqueteaban contra el suelo. Cuando llegué a mi destino, y llevando a cuestas la mejor de mis sonrisas, abrí la puerta con decisión.

Bien. Al parecer, a ellos también les gustaba la puntualidad. Tirado de mala manera sobre una de las sillas, con el móvil en la mano, estaba el famoso Frank Sanders. Parecía cansado, como si se hubiese pasado la noche de juerga. Todo lo contrario a su abogado, que, de espaldas a mí y vestido con un elegante traje de color azul oscuro, contemplaba los altos edificios de la ciudad de Nueva York a través de la ventana.

—Buenos días —saludé y luego carraspeé con suavidad para llamar la atención de ambos—. Me llamo Elisa Carman.

Frank fingió que no me oía y siguió tecleando a un ritmo frenético en su teléfono móvil. Sin embargo, su abogado emitió una risita instantes antes de girarse y clavar sus penetrantes ojos grises en mí.

Hacía mucho tiempo que no me temblaban las piernas, pero acababa de romper mi récord personal. El «Jack-debería-ser-ilegal» con el que había tonteado en el Greenhouse Club estaba allí, de pie, mirándome sin dejar de sonreír. Dio un paso al frente con decisión y me tendió la mano antes de que pudiese empezar a asimilar la situación.

—Encantado de conocerte. Me llamo Helker —hizo una pausa—, Jack Helker. —Se presentó como si fuese el puto James Bond.

Mis dedos estrecharon los suyos de forma automática; su piel era tan cálida como recordaba. Retrocedí al soltarlo y me esforcé por continuar sonriendo. Era evidente que a él no le sorprendía mi presencia, así que formulé mentalmente tres teorías probables:

¿Era todo una broma organizada por los compañeros de la oficina? ¿Estarían desternillándose de risa en la sala central?

También podía tratarse de un examen sorpresa. Quizá Henry pretendía ascenderme y para lograrlo debía ir pasando diferentes pruebas, al estilo *Los juegos del hambre*.

Era real. Jack Helker me había tendido una trampa e invertía sus ratos libres en investigar a fondo a la competencia y conocer a sus rivales.

Los engranajes de mi cerebro, un poco oxidados tras el poco uso que le había dado últimamente, comenzaron a activarse en cuanto me decanté por la última opción. Había caído en una tela de araña pegajosa. Sopesé mis opciones: gritarle, patalear, asesinarle con la mirada o la indiferencia.

Sí, definitivamente, fingiría no recordarlo.

«¡Chúpate esa, ego de Jack!»

Me giré cuando la puerta de la sala de reuniones volvió a abrirse y Julia Palmer, ataviada con un sugerente vestido fucsia que dejaba casi a la vista sus enormes pechos, prorrumpió en la sala como un huracán. Sin mediar palabra, ni tan siquiera molestarse en saludar antes a los presentes, le enseñó el dedo corazón a su futuro exmarido. Él dejó el móvil a un lado y gruñó como un animal a modo de respuesta.

Jack Helker dejó escapar una carcajada.

Lo miré consternada.

—¡Genial! ¡Por fin estamos todos! —exclamó con energía, como si estuviese a punto de dar paso a un espectáculo circense—. ¡Siéntense, señoritas, no sean tímidas!

Me acomodé frente a ellos, al lado de Julia. Arrastré la silla al hacerlo, demostrando con el desagradable chirrido lo cabreada que estaba. En realidad, hacía tanto tiempo que mi vida se había convertido en un camino llano, monótono y sin sobresaltos, que ya no recordaba lo que era sentirme así de furiosa. Y sí, ahora empezaba a hacer memoria: la mandíbula tensa, los hombros soportando toda la presión, el ligero tic en mi ojo izquierdo y esa forzada sonrisa de suficiencia que se adueñaba de mis labios en cuanto me sentía atacada y acorralada.

Lentamente, adrede, comencé a sacar los documentos que guardaba en mi maletín y los coloqué alineados sobre la mesa de la sala de reuniones, al lado de varios bolígrafos y algunos pósits de colores, por si necesitaba tomar notas.

Por el contrario, Jack no hizo nada. Bueno, miento, sí hizo algo: se rascó el mentón con parsimonia, y supongo que, literalmente, eso contaba como «algo».

Cuando terminé de organizarlo todo, me aparté el cabello castaño hacia atrás y respiré hondo. No tenía ninguna razón para estar nerviosa (pese al hecho de haber sido perseguida por un abogado pirado), porque en el caso seguíamos teniendo todas las de ganar. Y eso era lo que de verdad importaba. Cuando hablé, lo hice con voz neutral y muy profesional:

—Me alegra que hayamos podido reunirnos. Entiendo que es una situación complicada y es evidente que lo mejor para ambos será que consigamos llegar a un acuerdo amistoso para evitar así un montón de...

—Nena, ve al grano. ¿Qué nos ofreces?

Un tenso silencio se adueñó de la estancia. Jack, con un codo apoyado sobre la mesa, me retaba con la mirada. ¿Acababa de llamarme «nena»? Supuse que sí, porque hacía apenas dos meses que había visitado a mi otorrino por última vez y no comentó nada sobre «pérdida auditiva» ni «tapones de cera».

—Eso era lo que estaba intentando...

—¡Palabrería barata! Haznos una oferta.

—Os ofrezco ir a juicio como vuelvas a interrumpirme —repliqué.

—Si insistes... —Jack se encogió de hombros y suspiró con fingida resignación—. Vale, nos veremos en los tribunales.

¿Qué?, ¿cómo?, ¿cuándo? La situación se me escapaba de las manos incluso antes de empezar. ¿Y por qué actuaba así? Carecía de lógica. No seguía ningún plan con sentido.

Jack se levantó y se recolocó la chaqueta del traje. Su cliente, Frank Sanders, imitó sus movimientos, pero con una lentitud digna de estudio; ese hombre tenía agua destilada en las venas.

—¡Eh, espera! —protesté—. ¿Qué pretendes? Se suponía que esta reunión se acordó para invitar al diálogo entre ambas partes.

—Eso pensaba, pero no te veo por la labor.

—¡Pero si ni siquiera me has dejado hablar!

Sorprendiéndonos a todos, Julia golpeó la mesa con la palma de la mano y frunció los labios antes de comenzar a gritar con los ojos clavados en Frank:

—¡Quiero que me devuelvas a Bigotitos! ¡Es mi perro!

El aludido rio con crueldad mientras se arremangaba las mangas de su camisa, dejando al descubierto los tatuajes que trepaban por su piel.

—¡Nunca volverás a ver a Bigotitos! Ve haciéndote a la idea.

—¡Te odio! —chilló Julia, histérica.

Como toda respuesta, Frank le dio un puñetazo a la mesa (no sé qué narices tenían contra la inocente mesa esos dos) y la superficie de madera retumbó, provocando que uno de mis bolígrafos cayese al suelo. Me giré hacia Jack, que, ignorando la gravedad de la situación, sonreía alegremente contemplando la trifulca.

Con un suspiro de resignación, decidí levantarme cuando la cosa fue a más porque, de hecho, era la única que todavía seguía sentada. Jack había comenzado a aplaudir en respuesta a la terrible escena que representaban nuestros clientes.

—Muy maduro por tu parte —masculló.

—Gracias. Me halagas.

Sus ojos grises descendieron hasta encontrar los míos y advertí un brillo fugaz en su mirada. Y entonces me di cuenta de que todo aquello para él era una especie de juego. En una realidad paralela me habría lanzado a sus brazos puesto que... bueno, seguía teniendo ojos y Jack era la encarnación del pecado carnal. Sin embargo, con mucho esfuerzo, enterré cualquier indicio de deseo. Estaba cabreada por haber perdido definitivamente el control de una reunión que, en teoría, iba a ser calmada y civilizada. ¡Y aquello, oh, aquello era una selva!

—¡Ni siquiera sabes dónde está el punto G! —gritaba Julia.

—¡Porque si G no es un botón de «Apagado», no me interesa!

Cruzada de brazos, miré a Jack.

—¿Qué es lo que pretendes?

—No pretendo nada. —Sonrió—. ¡Disfruta! Esta

es la mejor parte de los divorcios. ¡Espectáculo gratis! ¡Me encanta!

—Te equivocas. La mejor parte es ganar, que es justo lo que yo siempre consigo. Así que te aconsejo que dejes a un lado los numeritos y te concentres, porque vas a tener que hacer algo mucho mejor para ser un rival digno. Y por lo que has demostrado hasta el momento, la palabra *patético* queda muy por encima del adjetivo que usaría para describir tus tristes esfuerzos.

Y tras soltar aquella perorata, algo dentro de mí hizo clic. Fue como si llevase meses durmiendo y acabase de despertar de un largo letargo. Sin previo aviso, cogí uno de mis cuadernos y lo lancé con todas mis fuerzas, estrellándolo contra la pared. De inmediato, los gritos cesaron y todas las miradas se clavaron en mí. El silencio se coló en la estancia y se quedó allí, flotando suavemente en el aire.

—Perfecto. Me alegra que la discusión haya llegado a su fin. ¿Veis como no era tan difícil? —ironicé—. Ahora, como imaginaréis, existen dos opciones. La primera es que os sentéis y hablemos con calma, tal como tienden a hacer las personas que pretenden llegar a un acuerdo. La segunda opción —miré a Jack, que había dejado de sonreír— consiste en que, si no queréis dialogar, abráis esa puerta y os marchéis. ¿Me he explicado adecuadamente?

Con gesto aburrido, Jack le echó un vistazo al reloj que colgaba de su muñeca.

—Me resulta tentador el primer punto. Sin embargo, me temo que tendremos que llevarlo a cabo en otro momento, ¿qué tal mañana a la misma hora?

Me esforcé por mantenerme serena.

Ese-hombre-tenía-que-ser-una-broma.

—¿Y qué tal... ahora mismo, por ejemplo?

—No. Imposible. —Jack negó con la cabeza.

—¿Puedo saber por qué? —pregunté e intenté controlar la histeria que se apoderaba de mi voz—. Estamos todos presentes, tan solo tenemos que sentarnos y comenzar la reunión de una vez por todas.

—Me muero de hambre.

Julia me tocó el hombro, pero ignoré su llamada de atención, porque todos mis esfuerzos estaban centrados en digerir y masticar las palabras de Jack.

—¿No podemos proceder con el caso porque tú tienes hambre? —pregunté incrédula.

—Exacto. Y Frank necesita descansar. Ha pasado una noche muy... ajetreada. —Le guiñó un ojo a su cliente.

—Gracias, colega. —Frank alargó el brazo y chocó su puño con el de Jack. Había visto aquel gesto en los videoclips de música rap, pero nunca en el interior de una sala de reuniones—. Yo me abro.

Sin más dilación, Frank Sanders abandonó la estancia caminando con cierto hastío. Instantes después, Julia Palmer le siguió a toda velocidad, tropezándose con sus altísimos tacones, probablemente con el firme propósito de continuar con la discusión que yo había interrumpido. Ni siquiera se dignó a decirme adiós.

Tras respirar hondo, comencé a recoger de nuevo todos mis papeles. Jack Helker no parecía tener prisa por marcharse y paliar su hambre. Se quedó en la sala de reuniones, con las manos metidas en los bolsillos del pantalón y la espalda recostada en una de las paredes, como si estuviese a punto de aparecer una cámara delante de nosotros para grabar un anuncio de colonia.

—Ya puedes irte —aclaré.

Ladeó la cabeza sin apartar sus ojos de mí. Unos mechones de cabello oscuro se deslizaron por su frente y, maldita sea, ¿por qué tenía que ser tan guapo? Ni siquiera era guapo como tal; peor aún, era «atractivo», el típico hombre que seguiría estando tremendo vestido con una bolsa de basura. O sin nada. «¡No, Dios, eso no, Elisa!» Me dije que tenía que borrar de mi cabeza la última imagen que acababa de visualizar.

—¿Quieres preguntarme algo?

—Te preguntaría si te han diagnosticado algún trastorno, pero sé que no lo admitirías. La negación es uno de los primeros síntomas.

Emitió una profunda carcajada, justo antes de coger mi taco de pósits y hacerlo girar entre sus dedos. Puse los ojos en blanco.

—¿No se suponía que te morías de hambre?

—Pero no especifiqué qué tipo de hambre —gruñó seductor.

¿Estaba intentando ligar conmigo? Sacudí la cabeza, incrédula. Dados sus antecedentes, no debería sorprenderme. Ya ocurrió en el Greenhouse Club. Jack era la típica persona dispuesta a hacer cualquier cosa con tal de conseguir sus objetivos. Tenía su gracia, porque yo era exactamente igual, y ese idiota todavía no sabía con quién se había cruzado.

—Tengo muchas cosas que hacer, Jack. Imagino que sabes dónde está la salida. O no, si tengo en cuenta tu intelecto —puntualicé—. Te diría que me ha encantado conocerte, pero no me gusta mentir. Nos veremos mañana.

Alcé la mano para arrebatarle mi taco de pósits, pero él estiró el brazo hacia atrás, llevándoselo consigo e impidiéndome cogerlo. Lo que me faltaba, que se comportase como un crío de quince años cuando, casi con total probabilidad, rondaría los treinta y pico. Era insufrible.

—¿Te importaría devolvérmelo?

—Veamos qué hay por aquí... —dijo mientras pasaba las hojas de colorines entre sus dedos y les echaba un vistazo. «¡Oh, no, mierda!» Comencé a saltar como una rana drogada para intentar quitárselos, ¡esos pósits eran míos, míos, solo míos!—. Mmm, qué interesante... Aquí pone... ¿capítulo 121 de *El cuerpo del deseo*? —Me miró—. ¿Es una serie porno? Vaya, vaya...

Me crucé de brazos. En mis cinco años de experiencia como abogada, jamás me había tropezado con un personaje semejante. Jack Helker tenía el don de fulminar, aplastar y matar las pocas reservas de paciencia que la genética me había dado. Nunca había tenido tantas ganas de gritarle a alguien. Ni siquiera a Colin. Y eso que pensar en Colin era casi sinónimo de que me saliese un sarpullido.

—¿No tuviste suficiente con espiarme la otra noche? —pregunté furiosa.

Me habría gustado no mencionarlo, por eso de seguir aferrándome a la indiferencia como arma infalible, pero me fue imposible mantener la boca cerrada.

Jack sonrió con satisfacción.

—La palabra adecuada sería *investigar*. En mi empresa tenemos contratado a personal especializado en ello y, entiéndelo, tienen derecho a ganarse el pan. Así que: vives en West Village, pizza a domicilio una o dos veces a la semana, comidas laborales en ese sitio de ensaladas, viernes noche en el Greenhouse Club, parada para el café a las diez en punto... En fin. Tú has sido lo que comúnmente llamamos «un caso fácil». Vamos, que eres una chica de costumbres y que lo de divertirte te gusta más bien poco, por no decir nada.

Vale, admito que eso me dolió un poquito. O bastante. ¿Quién era él para cuestionar lo «muchísimo» que me divertía? ¿Y si en realidad me lo montaba con el vecino del sexto y por eso me pasaba los fines de semana encerrada en mi piso? No, mejor aún, me lo montaba con el del sexto y el del noveno a la vez, en plan trío loco. Ufff. Estaba perdiendo la cabeza. Cerré los ojos. No-conseguiría-desquiciarme. Y, además, lo que él pensase me traía sin cuidado.

—¿Sabes que esa táctica de ataque dejó de estar de moda allá por los años sesenta?

—Me gusta lo clásico. Y no creerás que acepto un caso sin antes estar informado sobre todas y cada una de las personas que van a estar involucradas, ¿verdad? —Chasqueó los dedos—. ¿Sabes cuál es tu problema, Elisa? Te falta un poco de rodaje. Pero, tranquila, irás aprendiendo con el paso de los años.

Había llegado a mi tope. Se acabó.

—A ti lo que te falta es un poco de cerebro —escupí enfurecida—. Y quédate con los pósits, los necesitarás para anotar todas las estupideces que piensas por segundo.

Mordiéndome la lengua, escapé de la asfixiante sala de reuniones y avancé a paso rápido por el pasillo hasta llegar al ascensor y meterme dentro. Literalmente, aporreé el botón que marcaba el número cero. No podía volver directamente al despacho tras la «no-reunión», necesitaba aire, salir al exterior y respirar muy hondo. Y eso hice. Aferrando el maletín con tanta fuerza que me sorprendió no partir el asa en dos, di tres vueltas a la manzana del edificio.

Solo llegué a una conclusión: a pesar de la rabia que me carcomía por dentro, tenía claro que el juego acababa de empezar.

5

MIERDAS DE PRINCESA

Ya casi había olvidado la vibrante sensación que me sacudía el cuerpo en cuanto pisaba el pulido suelo del gimnasio, aunque tras meses de nula actividad física me sentía un poco insegura. Aun así, me obligué a entrar. En cuanto me vio, Aiden dejó lo que estaba haciendo (indicarle a Craig que diese los golpes más bajos) y alzó una mano en alto a modo de saludo.

—Vaya, vaya, mira quién se ha dignado a volver por aquí...

—Lo necesitaba. Exceso de energía, ya sabes.

Sonreí y Aiden correspondió el gesto antes de agacharse para coger unos guantes y dármelos.

—Siempre eres bienvenida. Y ahora, ¡venga, mueve el culo! ¡Ve a prepararte!

Me dirigí a la zona de los vestuarios con una sensación cálida en el pecho. Nunca debería haber dejado los entrenamientos. Aiden era duro, sí, y a veces también un poco inflexible y testarudo, pero conseguía sa-

51

car lo peor de mí. Y eso era bueno. Sacarlo y dejarlo ahí, entre esas cuatro paredes, para no tener que llevármelo a casa y torturarme mentalmente durante horas.

Él había sido mi mejor aliado cuando mi compromiso con Colin se rompió. Aiden tenía mi misma edad, veintinueve años, y era simpático y extrovertido. El primer día que entré en el gimnasio, tras ver un anuncio pegado al poste de una farola, me miró como si fuese una mota de polvo en la suela de su zapatilla. Pero sus reparos se esfumaron en cuanto descubrió que se enfrentaba a una mujer despechada, furiosa y con tal cantidad de rabia acumulada que fue un milagro que no me provocase una úlcera.

Lo dejé salir todo dentro del ring de boxeo. Cuando entrenaba, hablaba por los codos. Me di cuenta de que, si expresaba en voz alta lo que sentía, la ira fluía con más intensidad, como si al vestir con palabras los sentimientos, estos se volviesen más reales. Así que, conforme fueron pasando los días, Aiden terminó enterándose de todo lo ocurrido con Colin. De hecho, en ocasiones lo utilizaba para enfurecerme si algún día estaba más decaída o sin ganas de entrenar. Mientras sujetaba el saco, preguntaba cosas como: «Después de cancelar tu boda, ¿no tienes la sensación de haber tirado a la basura los últimos ocho años de tu vida saliendo con ese imbécil?».

Seguro que estaréis pensando que Aiden era un cabrón de primera, pero no, no es el caso. Él había llegado a conocerme lo suficiente como para saber qué teclas podía tocar y también en qué momento era mejor aflojar las riendas y darme un respiro. No solo se había convertido en mi entrenador preferido, sino también en un confidente, un amigo. Pero, por desgracia, cuando el tiempo fue curando las heridas, dejé de ir con asiduidad. Y ahora hacía casi dos meses que no pisaba el gimnasio.

Tras cambiarme, regresé a la sala principal y observé a Craig golpear con fuerza un pequeño *punching*. Aiden ya estaba esperándome con cierta impaciencia en el otro extremo del gimnasio, al lado de un enorme saco de boxeo.

Me acerqué mientras me colocaba bien los guantes sobre el vendaje y suspiré hondo. Estaba inquieta e insegura. Aiden me sonrió con suficiencia.

—Me pregunto qué será lo que te ha traído de vuelta a mi humilde gimnasio... ¡No jodas que has tenido noticias de Colin! —exclamó como la cotilla de barrio que era.

Sin previo aviso, di el primer golpe. Y lo di mal, haciéndome daño en los nudillos. La risa de Aiden retumbó en las paredes del gimnasio.

—¡Por favor, Elisa, concéntrate! Me estás avergonzado. ¿Desde cuándo golpeas como alguien que teme partirse una uña?

Gruñí y di un golpe más. A pesar de mis esfuerzos, era evidente que ya no estaba en forma y eso me enfureció.

—¡No tiene nada que ver con Colin! —grité sin dejar de propinarle puñetazos al saco que Aiden sujetaba—. ¡Es otro tío! ¡Otro tío igual de idiota!

Él silbó alegremente y arqueó las cejas.

—¿Problemas en el paraíso otra vez?

—¡No! ¡Es un asunto laboral! —bramé y volví a sentir un dolor punzante en la muñeca tras otro golpe mal ejecutado—. Y es... es... ¡insoportable!

—¡Eh, esos reflejos! —me regañó cuando, a pesar del movimiento ondulante del saco, no moví los pies del suelo. Se puso serio unos instantes—. No te quedes parada, vamos, corrige la postura.

Asentí y comencé a moverme sin apartar la mirada del saco. Ya sentía los brazos un poco temblorosos y eso era bueno, porque se traducía en adrenalina y energías gastadas. Protegiéndome el rostro, mantuve una mano atrás y golpeé con la otra con todas mis fuerzas.

—Cálmate, chica, despacio.

—¡Ni siquiera lo conozco y ya lo odio! —continué, ajena al hecho de que Craig parecía más interesado en mis problemas que en su propio entrenamiento con el *punching*—. ¡Es arrogante, rastrero y manipulador!

—¡Guau, parece todo un partido!

—¡No te burles, Aiden! ¡Esto es serio! ¡Se trata de un caso de trabajo muy importante que tengo que ganar! ¡Ha estado investigándome!

—¿Para qué? ¿Escondes trapos sucios?

—¡No! Solo para conseguir sacarme de quicio.

Lo pillé de improviso al golpear el saco de boxeo justo cuando él estaba a punto de soltarlo, dándole en el codo. Me miró sorprendido tras frotarse la zona dolorida.

—Ya veo... —Suspiró e ignoró el dolor del golpe. Abrazó de nuevo la dura superficie de plástico y la retuvo frente a mí, como si fuese una especie de ofrenda—. Desahógate, cariño. Este gimnasio siempre será tu puto santuario. ¡Vamos, dale fuerte!

Esa noche volví a dormir del tirón. No me levanté para ir al servicio ni para coger un trozo de chocolate de la tableta que guardaba siempre en la despensa. Ni siquiera los persistentes maullidos de Regaliz exigiendo más comida me despertaron. Y entre unos minutos más de sueño que me concedí y tener que pasar por Molly's Cupcakes, la mejor pastelería de West Village, llegué tarde por primera vez en mucho tiempo.

Una de las secretarias, que estaba apoyada sobre la barra de recepción de la oficina, abrió mucho los ojos cuando me vio entrar, sorprendida por no verme aparecer con mis habituales quince minutos de antelación (debo confesar que, en tres vergonzosas ocasiones, había acudido al trabajo incluso antes de que se abriesen las puertas, congelándome en la entrada a la espera de que el conserje del edificio apareciese pronto).

Estaba agotada tras el entrenamiento del día anterior; me dolían todas las extremidades y me sentía como si me hubiese atropellado un camión cargado con veinte elefantes. Aun así, corrí como pude hasta llegar a la segunda planta.

A pesar de que la puerta de la sala de reuniones estaba cerrada, distinguí a lo lejos los gritos de Julia Palmer y Frank Sanders. Vale, aquello no pintaba nada bien. Prorrumpí en la estancia como un huracán y, sin mediar palabra (no creía que Jack mereciese un saludo y su cliente me era indiferente), me senté al lado de Julia y, tal como había hecho el día anterior, comencé a sacar los papeles del caso que guardaba en el maletín.

—Buenos días, Elisa —saludó Jack.

Lo miré antes de dedicarle una tensa sonrisa.

—Ya que ayer la reunión se vio interrumpida a causa de que tenías hambre —recalqué mientras le tendía una hoja de papel—, tuve tiempo para realizar un informe detallado sobre los puntos a tratar. Los he dividido en tres secciones, según el nivel de importancia —le indiqué señalando el folio.

Jack arrugó el ceño y sus labios se fruncieron con lentitud al tiempo que clavaba los ojos en el papel que acababa de darle, como si en realidad estuviese observando un informe que probaba científicamente la existencia de los unicornios.

Ignoré su actitud y saqué del maletín una pequeña caja de cartón que había comprado en la pastelería. La abrí sobre la mesa, dejando al descubierto cuatro coloridos *cupcakes* adornados con una pequeña flor en la punta superior.

—Con la esperanza de que nadie vuelva a tener ningún percance relacionado con el apetito, me he tomado la licencia de comprar unos tentempiés —expliqué con orgullo.

Julia hizo una mueca de asco.

—¿Sabes la cantidad de grasas saturadas que llevan esas magdalenas? ¡Miles de calorías! ¡No! ¡Millones! Porque «millones» es más que «miles», ¿verdad?

«Estúpida e insoportable cría...»

Jack fingió no haber oído nada y cogió con sus largos dedos un *cupcake* de color rosa. Lo observó unos instantes y terminó dándole un enorme mordisco. Dios. Verlo comer era erótico. En serio. ¿Con qué hombre ocurría algo semejante? Tragué saliva y estuve a punto de protestar cuando unas cuantas migajas cayeron sobre la hoja del informe que le había facilitado. Por supuesto, él no se molestó en apartarlas.

—¡Me encantan estas cosas! —Masticó como un animal—. ¡Son como mierdas de princesa! Gracias por tu aportación, Elisa, pero la próxima vez estírate un poco más, ¿un pastelito por cabeza? Cualquiera que no te conozca podría llegar a pensar que eres un poco aga-rrada. —Abrí la boca dispuesta a replicar, pero él me hizo callar alzando una mano en alto—. No te ofendas, nena, la intención es lo que cuenta. Y están de muerte.

Contemplé cómo sus labios apresaban el último bocado, instantes antes de que se los relamiese sin nin-gún atisbo de vergüenza.

Intenté recomponerme.

—Por el bien de la reunión, voy a ignorar los prime-ros minutos de la sesión —dije sin perder la sonrisa—. Y ahora, vayamos al grano. Para que podamos enten-dernos mejor y estar al tanto de los asuntos clave, he hecho también copias para vosotros. —Les tendí los papeles—. Si os parece bien, podemos empezar por el punto uno: la villa Mailer de California.

Jack emitió una estúpida risita, cogió la copia que le había dado y, delante de mis narices, la arrugó con el puño de la mano, formando una irregular bola de papel que dejó caer sobre la mesa, al lado de algunas migas del pastelito que acababa de zamparse.

—Esto es una pantomima —afirmó con rotundidad antes de inclinarse sobre la mesa y clavar sus penetran-tes ojos en mí—. Seamos realistas, Elisa. Mi cliente es un respetado actor de Hollywood que lleva años traba-jando duro para conseguir su pequeña fortuna. No es-perarás que le regale la mitad de sus bienes a una chica cualquiera que conoció hace menos de un año. ¡Vamos, esto es de risa!

—¡Yo no soy una chica cualquiera! —gritó la alu-dida.

Jack la ignoró y a mí empezó a latirme el párpado izquierdo. Al parecer, no había conseguido eliminar toda la rabia durante el entrenamiento del día anterior.

Eso, o bien ese hombre conseguía duplicarla en cuestión de segundos.

—Lo que sí es de risa es que tu cliente no hiciese ningún acuerdo prematrimonial antes de casarse, razón por la cual estamos aquí. Como espero que comprendas, no viene al caso debatir sobre qué es justo o no.

Jack suspiró hondo y se recostó sobre el respaldo de la silla.

—Julia puede quedarse con la casa de la playa, con un quince por ciento del dinero que ambos tienen en la cuenta común y un tercio de las acciones disponibles —dijo sin apenas pestañear.

Me faltó poco para desternillarme de risa.

—Imagino que esta es una de tus bromas...

—No. De hecho, es mi última oferta.

Sus ojos parecían decir la verdad. Mantenía los brazos cruzados en actitud desafiante y me retaba con la mirada, como si aquel caso se hubiese convertido en algo personal.

—No te ofendas, pero nadie en su sano juicio aceptaría un trato semejante —repliqué.

—Creo que la señorita Julia Palmer no está en situación de exigir nada. Al menos, no después de romper los votos matrimoniales —aclaró—. Es más, cualquier juez podría intuir, dados los hechos, que tu clienta se casó con Frank Sanders con el único propósito de conseguir una parte de su fortuna.

Fruncí el ceño, intentando comprender qué demonios estaba...

—¡Te acostaste con nuestro jardinero! —gritó Frank de pronto, impulsándose violentamente en la silla como si alguien acabase de activar un muelle bajo su trasero.

Julia se levantó y lo señaló con el dedo.

—¡Eres un mentiroso de mierda! ¡No me acosté con él! ¡Solo se la chupé! —bramó—. ¡Deja de acusarme falsamente!

¿CÓMO...?

Me esforcé por no comenzar a hiperventilar.

Aquello no estaba pasando, no. Seguro que si cerraba los ojos durante unos segundos, al abrirlos volvería a encontrar frente a mí a la pobre y frágil Julia. La gatita inocente de pelo suave. El sexto miembro de las Spice Girls. La chica que no había roto un plato en su vida...

Jack emitió una risita.

—Tranquila, Julia. Nadie pone en entredicho los beneficios del sexo oral, pero entiende que para mi cliente, en el caso que nos concierne, tus actos pueden suponer una falta de respeto hacia vuestro matrimonio.

Estaba bloqueada. Ni siquiera era capaz de abrir la boca para defender a Julia. Permanecí durante unos instantes con la mirada clavada en la mesa de madera, a la espera de que mágicamente se solucionase aquel malentendido. ¿Por qué demonios no me había contado ese «detallito» de nada? ¿Por qué? ¡¿Por qué?! ¡¿POR QUÉ, JODER?!

—Elisa, ¿te encuentras bien? —preguntó Jack con cierto tonito sarcástico.

Iba a ganarle. No sé cómo demonios... ¡pero lo haría! Es más, acababa de convertirse en el único propósito firme y real en mi vida: derrocar a Jack Helker y sacar el máximo beneficio económico de ese caso.

Ya tenía una razón para seguir respirando.

—Perfectamente. —Logré sonreír, a pesar de que me temblaban las comisuras de la boca—. Es injusto que lo ocurrido con el... ejem... jardinero pueda poner en duda las razones por las que mi clienta contrajo matrimonio. Julia se ha sentido muy abandonada y sola durante los últimos meses, quizá a raíz de los problemas que el señor Sanders parece tener con ciertos asuntos turbios. Dada la complejidad del caso que nos atañe, lo mejor será que sigamos intentando llegar a un acuerdo justo que los beneficie a ambos.

—¿Tienes pruebas contra mi cliente? Porque imagino que eres consciente de la gravedad que implican tus acusaciones.

No, no tenía ni una mísera prueba. Lo único que sabía era lo que la pequeña mentirosa de Julia Palmer le había relatado a Henry y un par de estúpidos rumores que corrían como la pólvora dentro del mundo de la farándula.

—Sí, por supuesto que las tengo —mentí.

Jack se mostró sorprendido durante una milésima de segundo, pero logró disimularlo antes de que pudiese regocijarme en ello. Aproveché el escaso momento de debilidad para continuar atacando:

—Por eso mismo, no creo que para el señor Sanders sea positivo que el divorcio se convierta en un espectáculo y ciertos detalles se filtren y lleguen a oídos de la prensa, ¿no crees, Jack? —Mi sonrisa era toda falsedad—. Es mejor que los trapos sucios se laven en casa. Si llegamos a un convenio, mi clienta se comprometerá a firmar un acuerdo de confidencialidad.

Un tenso silencio se apoderó de la estancia.

Finalmente, Jack lo rompió cuando apoyó ambas manos sobre la mesa y se levantó, indicándole con un gesto a Frank Sanders que hiciese lo mismo.

—Disculpadnos un momento, tengo que hablar con mi cliente a solas.

Los observé mientras salían de la sala de reuniones. Haciendo uso de toda mi fuerza mental, centré la mirada en la espalda de Jack y evité descenderla hacia su trasero, que era lo que de verdad deseaba evaluar. ¿Sería de diez, de siete o un pobre cinco raspado? Y todavía más importante, ¿por qué pensaba en eso durante el trabajo? ¡La situación era seria, casi de vida o muerte! Furiosa conmigo misma, me centré en Julia, que, ajena a todo, se limpiaba una uña con parsimonia.

—¿Por qué no me habías contado lo del jardinero? ¿Sabes lo mucho que puede perjudicarnos algo así? —siseé enfadada.

Julia frunció el ceño, ofendida.

—¡Le quiero! ¡Michael es bueno y tierno y me regala flores todos los días!

Probablemente en aquellos instantes mis labios formaron una enorme «O» y se quedaron congelados a causa de la sorpresa.

—¿Michael es el jardinero? ¿Sigues viéndote con él? —Me llevé una mano al pecho temiendo sufrir un infarto—. ¿Te has vuelto loca?

Era como estar dentro de una telenovela, solo que en la vida real no molaba tanto.

Ella se dispuso a contestar justo cuando los otros dos volvían a entrar en la sala. Fuera de control, me incliné hacia Julia y le tapé la boca con la mano. Jamás en mis cinco años de trabajo había hecho algo semejante, pero cada vez que esa niñata abría la boca, perdía puntos en el caso. No podía permitirme el lujo de que volviese a pronunciar ni una sola barbaridad más.

Jack se quedó quieto, mirándome como si acabase

de escaparme de un manicomio de alta seguridad. Aparté la mano de la boca de mi clienta y volví a sentarme en mi silla. Saqué un pañuelo del maletín, haciendo uso de la poca dignidad que me quedaba, y me limpié de los dedos los restos del pintalabios de color rosa chicle.

—¿Ya habéis terminado?

Jack se entretuvo colocándose bien los puños de la camisa blanca que llevaba.

—Sí. Y lamento comunicarte que mi cliente no está dispuesto a entregarle a la señorita Palmer la mitad de su fortuna, así que supongo que nos veremos en el juzgado.

6

ARCHIENEMIGOS

Odiaba a Jack Helker, casi tanto como a su cliente y a Julia Palmer. Los tres habían pasado a encabezar los primeros puestos en mi lista negra de enemigos, sobrepasando incluso al idiota de Colin, que, tan solo unos días atrás, se mantenía estable con una medalla de oro colgando del cuello.

Mi jefe me había echado una bronca tremenda. Era la primera vez que Henry estaba enfadado conmigo. O cito textualmente: «decepcionado». Y ahora esa palabra me perseguía a todas horas. *Decepcionado*, participio del verbo *decepcionar*, cuya definición según mi diccionario se correspondía a: «Desengañar, no responder a las expectativas».

De modo que me había convertido en una estafadora, una vendedora de humo incapaz de cumplir con mis obligaciones. El tipo de persona en la que su jefe nunca confía y que queda apartada de las reuniones importantes cuando le piden, siempre con exquisita sutilidad, que baje a por unos cafés para así mantenerla ocupada y distanciada a un mismo tiempo, con la esperanza de que deje de joder el trabajo de los demás.

Para lograr que esa dolorosa palabra dejase de estar presente en mi cabeza, había tenido que realizar entrenamientos dobles hasta el punto de que, la noche del viernes, Aiden casi tuvo que echarme del gimnasio, cansado y agotado, porque aunque había pasado la hora de cerrar, me negaba a salir de allí. Yo solo quería golpear, gritar y golpear, mientras imaginaba la cara de Jack en el centro del saco de boxeo, justo donde mis puños aterrizaban una y otra vez.

¿Por qué Henry me echaba la culpa?

¡Era imposible que hubiese podido adivinar que Julia Palmer era una esposa infiel que se tiraba a su empleado! Perdón, que se la chupaba al dichoso jardinero.

¿Cómo iba a saberlo? No acostumbraba a mirar los posos de café o a lanzar las cartas para tantear el futuro y decidir en qué dirección reconducir los casos que representaba.

Ahora ya no había vuelta atrás: tendríamos que ir a juicio e invertir mucho más dinero. Puede que fuese el fin de mi carrera. Puede que terminase viviendo debajo de un puente, abandonada a la deriva tras haber sido despedida cruelmente por un jefe que se negaba a atender a razones. Puede... puede que...

Interrumpí mis dramáticos pensamientos cuando la melodía del teléfono rompió el perpetuo silencio del comedor. Sentada en el sofá, me incliné hacia la mesita para cogerlo.

—Hola, Hannah —murmuré deprimida.

—¿Tienes planes para mañana por la noche?

—No. Nunca tengo nada que hacer.

—¡Genial! —exclamó Hannah ignorando mi mal humor—. Tengo que ir con mis padres a una fiesta en la mansión de los Daunfrey, ¿por qué no me acompañas?

—Odio esas reuniones tan serias. Nunca tengo nada elegante que ponerme. Y solo sirven diminutos canapés que no sé si debo mordisquear o metérmelos enteros en la boca.

—¡Por favor! —suplicó—. ¡No quiero ir sola, siempre es muy aburrido!

—No sé, no sé...

—¡Te dejaré un vestido, zapatos y todo lo que tú quieras!

Vale, evidentemente eso cambiaba las cosas.

—¿A qué hora tengo que estar en tu casa?

Sé que estaréis pensando que fue una gilipollez que accediese a ir a una fiesta solo por el aliciente de coger prestado uno de los vestidos de Hannah, pero no, no lo era. En cuanto puse un pie en su vestidor, que era más o menos igual de grande que mi apartamento, cientos, miles, millones de prendas comenzaron a desfilar ante mi atenta mirada. Armarios blancos e impolutos se alzaban conteniendo en su interior vestidos de diseño. Algunos ni siquiera estaban disponibles en las tiendas, la marca tan solo accedía a concederte el permiso para comprarlos si pensaba que eras un cliente digno de ello. El colmo del esnobismo. Levanté la cabeza para echarle un vistazo a los incontables bolsos que estaban alineados en las estanterías de la parte superior.

—Creo que te iría bien algo claro —opinó Hannah con voz cantarina.

Negué con la cabeza mientras abría diferentes puertas de armarios y evaluaba el interior con rapidez. Solía ser la típica persona que, cuando iba de compras, arrasaba en la primera tienda y en menos de media hora salía cargada con mil quinientas bolsas. Vamos, que si un pantalón me quedaba bien, cogía el mismo modelo en diferentes colores para no complicarme la vida. Como en el trabajo, era práctica, eficiente y veloz.

—¡Siempre eliges cosas negras! —se quejó Hannah quitándome de las manos un vestido de gasa de ese color—. No, en serio. Esta vez deja que te aconseje.

Me tentaba la idea, pero me sentía insegura fuera de mi zona de confort. El negro era mi refugio, el color que usaba para ir a trabajar. El resto del tiempo vestía vaqueros, camisetas y vestidos sencillos. Tampoco es que acostumbrase a ir a muchos actos importantes; solo a las fiestas a las que mi amiga me invitaba y a alguna cena de negocios.

Hannah sacó un increíble vestido de color plateado, largo, cuya tela caía libremente hasta los pies con un corte recto y sencillo. Negué con la cabeza a pesar de lo mucho que me gustaba aquel diseño tan minimalista.

—Es demasiado llamativo.

—Solo tú lo ves así y es porque estás acostumbrada al negro. ¡Vamos, pruébatelo! —Su mirada se dulcificó cuando di un paso atrás—. Por favor, por favor...

Una hora más tarde, me encontraba dentro de una enorme limusina envuelta en un reluciente vestido plateado, con las manos cruzadas sobre mi regazo (pretendía potenciar mi limitada faceta de niña buena) y la mirada fija en los padres de Hannah, que estaban sentados frente a nosotras. El señor Smith me hizo algunas preguntas relacionadas con mi trabajo, pero su mujer se mantuvo en silencio, mirándome de reojo como si fuese una especie de cucaracha gigante y no entendiese mi presencia en su limusina.

Emma y yo habíamos conocido a Hannah años atrás durante una fiesta que se celebraba en la sororidad de la que ella formaba parte. Nos la encontramos llorando en el cuarto de baño del piso de arriba cuando fuimos allí porque Emma quería meterle a una de las chicas algo raro en la pasta de dientes. Hannah estaba sentada en el suelo, vestida con un disfraz de ángel que dejaba poco a la imaginación y el rostro lleno de rímel. Nos contó que la líder del grupo le estaba haciendo la vida imposible y que, solo para marcar territorio y hacerle entender quién mandaba allí, se había tirado a su novio. Las tres llevábamos varias copas de más esa noche, así que no recuerdo bien cómo ocurrió, pero terminamos en la habitación de Hannah, sentadas en el suelo, con una botella de vino y bebiendo a morro por turnos. Gritamos como posesas que ese tío era un idiota que no la merecía y, sobre las tres de la madrugada, Hannah se arrancó las alas de ángel, se acercó a la ventana y dio un discurso al estilo Scarlett O'Hara antes de lanzar parte de su disfraz por los aires, literalmente. Cuando nos despertamos al día siguiente babeando encima de la moqueta, teníamos la sensación de conocernos «de toda la vida» y ya no volvimos a separarnos. Hannah siguió manteniendo su habitación en la sororidad, pero, para descontento de su madre, casi siempre terminaba quedándose a dormir en el diminuto piso que Emma y yo compartíamos fuera del campus de la Universidad de Columbia.

A los padres de Hannah nunca les gustó que se alejase de «su entorno» para acercarse al nuestro. Y a mí nunca me gustaron ellos. Ambos eran distantes, fríos y superficiales... todo lo contrario a su hija, que estaba llena de vida y alegría y no tenía ni un ápice de maldad. Cada vez que tenía que pasar el mal trago de compartir con los Smith el mismo oxígeno, me esforzaba por mostrarme serena y elegante, como si me hubiese criado en un palacio con cinco sirvientas a mi cargo y una amable niñera que me leía cuentos infantiles al caer la noche. Y me frustraba un poco sentirme inferior y obligarme a fingir algo que no era.

Así que cuando la limusina estacionó enfrente de la mansión de los Daunfrey, sentí un alivio inmenso. Bajamos y Hannah me cogió del brazo sonriendo felizmente.

—Estos zapatos que me has dejado son un delito contra la salud pública —le susurré al oído y ella se echó a reír y dijo eso de «Para presumir hay que sufrir».

Los zapatos de tacón que calzaba los había diseñado un tal Valentino. Por supuesto, claro, ¿quién mejor que un hombre para hacerlo? Así él podía forrarse y empapelar las paredes de su casa con billetes, mientras nosotras pagábamos para torturarnos y sufrir en silencio, como con las hemorroides.

Intenté convencerme de que el dolor que me producían los zapatos solo era mental y alcé la mirada hasta posarla en la casa más gigantesca que había visto en mi vida, capaz de albergar a todos los indigentes de Nueva York. Las puertas principales estaban abiertas de par en par y en su interior se escuchaban las voces y las risas de los presentes. Lo cual, dicho sea de paso, fue toda una sorpresa, porque hasta el momento no sabía que la gente billonaria podía permitirse el lujo de reír abiertamente. Desde luego, era algo que no entraba en el protocolo que seguían los padres de Hannah, que siempre se mostraban aburridos como un par de ostras disecadas.

El interior era igual de impresionante que la fachada, con las paredes decoradas con brillante piedra grisácea que ascendía desde el suelo hasta los altos techos, de los que pendían enormes lámparas de araña. La primera planta de la mansión estaba repleta de invitados, vestidos todos con impolutos trajes, mientras hablaban y bebían *champagne* en relucientes copas de cristal.

En cuanto Hannah divisó a un grupito de chicas que conocía, se despidió de sus padres y me arrastró a su paso. Una de esas jóvenes llevaba unas plumas de color verde en la cabeza a modo de turbante y un bolso tan diminuto que sería toda una hazaña meter ahí más de tres caramelos de menta.

—Chicas, os presento a mi amiga Elisa —anunció Hannah.

—Encantada —logré decir, incapaz de apartar los ojos de las plumas que se balanceaban al son de sus movimientos imitando a un pavo real.

—Creo que ya nos conocemos. Me llamo Mery, ¿recuerdas? —dijo una de ellas—. Nos vimos en el cumpleaños de Hannah. Tú eras la chica que se emborrachó con el ponche y terminó bailando encima de la mesa de los pastelitos.

—Ah, sí, eso..., bueno...

Intenté pensar alguna excusa, pero Hannah se me adelantó:

—Su novio acababa de dejarla por otra.

El colmo de lo patético, haber hecho el ridículo delante de un grupo de chicas que sufrían una urticaria cada vez que alguien pronunciaba las palabras *grandes almacenes* y, encima, darles más carnaza, por si aún no les parecía lo suficientemente triste. Mery le dio un minúsculo sorbo a su copa y me sonrió. No era una sonrisa sincera.

—Lo siento. Debió de ser duro.

Asentí con la cabeza sin prestarle mucha atención y me moví a un lado para coger unos cuantos canapés que un camarero me ofreció. Lo único bueno de ese tipo de fiestas era la comida que servían. Me metí dos en la boca mientras intentaba ignorar el dolor que me producían los zapatos. Joder. Era peor que una tortura china.

Desconecté cuando empezaron a criticar la fiesta de compromiso de una chica que no conocía. La verdad es que me importaba bien poco que los globos azul cobalto no conjuntasen con el resto de la decoración en tonos azul bebé.

Aproveché que un camarero pasaba por mi lado para coger un vaso de whisky. Mery y sus secuaces me miraron como si fuese el mismísimo diablo en cuanto le di un trago largo a la bebida. Por suerte para mí, Dasha apareció en escena acompañada por Clare. Eran las dos únicas amigas de Hannah que me caían bien y coincidíamos a menudo cuando íbamos a tomar una copa los fines de semana. A raíz de su gran parecido físico, la gente solía pensar que Dasha y Hannah eran hermanas; además, ambas gesticulaban mucho con las manos, sonreían sin parar y tenían un tono de voz muy dulce. Por el contrario, Clare era algo más retraída, pero dejaba atrás todo rastro de timidez en cuanto empezaba a sentirse cómoda.

—¿Te has cortado el pelo? Te queda genial.

—¿De verdad te gusta? —Clare se tocó las puntas, que no llegaban a rozarle el hombro, y me sonrió—. Estaba pensando en hacerme las mechas californianas, pero al final me dije: «¡Nada de eso, lo que necesito son unas buenas tijeras!».

Es curioso lo mucho que una mujer puede transmitir a través de su cabello. Clare no era la primera ni la última persona que asociaba un cambio radical en su vida (acababa de dejar su trabajo en la empresa familiar para montar su propio estudio de arquitectura) con un corte de pelo. Yo estuve a punto de hacerlo cuando rompí con Colin, pero no me atreví, como siempre, y le dije a la peluquera que tan solo me retocara las puntas.

—Estás preciosa —le aseguré.

—Voy a empezar a ponerme celosa —bromeó Dasha antes de señalar mi vaso y echarse a reír—. Sabes que si la madre de Hannah te ve con eso en la mano te odiará eternamente, ¿verdad?

—Ya lo hace. No tengo nada que perder.

Bebí otro trago y, tras comentar que necesitaba ir al servicio, Hannah me indicó que estaba en la segunda planta. Asentí con la cabeza y me dirigí hacia allí. Mis pies estaban al borde del colapso; puede que tuviesen que amputármelos si no hacía algo al respecto. Albergaba la esperanza de que los billonarios tuviesen tiritas en el mueble del servicio.

Avancé entre los invitados, procurando no tropezar y caminar recta y erguida como si fuese una jirafa de exposición. Cuando la madre de Hannah me vio, me hizo una señal con el dedo y tuve que acercarme y dejar que me presentase a sus amigas. Me esforcé por mostrar una eterna sonrisa, a pesar de que me temblaban las comisuras de la boca, e intenté mantener pegado a mi costado el vaso que aún sostenía en la mano derecha.

Cinco minutos después, tras escuchar el relato sobre la trágica muerte del canario de una de esas señoras y darle mis más sinceras condolencias, logré escapar de allí.

A pesar del inmenso tamaño de la casa, no tardé en encontrar las escaleras que conducían a la segunda planta. Con la mano que tenía libre recogí el bajo del vestido, intentando así no tropezar, fijando la vista en los dichosos escalones. Solo tenía que subir uno... y después otro, y luego otro más... y quizá algún día, si los astros se alineaban, lograría llegar al servicio.

—¿Qué demonios haces tú aquí?

Alcé la cabeza y descubrí el rostro de Jack. Entorné los ojos y noté que se me tensaba la mandíbula. Aquello no podía estar pasando. No era justo. Yo solo quería salir por ahí una noche, tener otro plan que no fuera quedarme acurrucada en el sofá de casa y olvidarme de que, por culpa de ese abogado de pacotilla, mi vida era una gran mierda. Así que apreté los labios con elegancia, como si fuese descendiente de la realeza.

—Yo podría hacerte la misma pregunta.

—Supongo que sí. Y en ese caso te contestaría que estoy en mi casa, pasando una velada agradable y preguntándome quién demonios te ha invitado a la fiesta.

Ja. Ya. No caería en su trampa otra vez.

—Claro, muy gracioso. Ah, sí, ¿sabes...?, mi hermana es Cameron Díaz y olvidé decirte que en verano nos vamos juntas a Hawái, practicamos surf y compartimos un helado de pistacho, que es nuestro preferido. Y ahora, si me disculpas, necesito ir al servicio, así que apártate.

Conseguí ascender un escalón más antes de que Jack se interpusiese en mi camino, apoyando una mano en la barandilla de metal. Estaba lo suficientemente cerca como para que pudiese sentir la calidez que desprendía su cuerpo. Y olía demasiado bien, a Hugo Boss o a alguna colonia parecida. Me penalicé con tres puntos menos al bajar la mirada un segundito de nada para comprobar lo puñeteramente bien que le quedaba el traje. Cuando sonrió, tragué saliva despacio, como si tuviese algo atascado en la parte superior de la garganta. Iba a llorar por pura impotencia.

—No quiero parecer un mal anfitrión, pero entiende que, teniendo en cuenta nuestro historial, no me entusiasma la idea de tenerte husmeando por aquí.

Seguramente los zapatos ya me habrían provocado más de una herida, porque la piel me quemaba. «Gracias, Valentino.» Cambié el peso del cuerpo de un pie al otro para mitigar el dolor y luego alcé la voz:

—Estás pirado, ¡esta no es tu casa! Y, te guste o no, necesito ir al servicio porque estos zapatos me están matando.

—Mira, hoy es tu día de suerte, me siento benévolo. Te dejaré usar el servicio. No hace falta que me lo agradezcas.

«Ya, como si pensase hacerlo...»

Se hizo a un lado en la escalera, dejándome espacio, y suspiré aliviada en cuanto comencé a subir los peldaños. Cuando puse un pie en la segunda planta, el vaso de whisky desapareció de mi mano izquierda. Me giré con la paciencia bajo mínimos.

Jack tenía el entrecejo arrugado y la vista fija en el líquido de color ámbar. Le dio un trago y sus labios se movieron lentamente al saborearlo, provocadores, logrando que mirase atontada al hombre que se había propuesto fastidiarme la vida.

—No pensé que fueses de las que beben whisky.

—Claro, porque tú no «piensas».

Ajeno a mi enfado, Jack se rio.

Caminé a trompicones por el pasillo, que apenas estaba iluminado, esforzándome por ignorar el hecho de que una persona me seguía como si fuese una reclusa. Ni siquiera me molesté en recuperar mi copa. Ojalá se atragantase.

—Frío, frío... —canturreó Jack apoyado en la pared—. Si fuese tú, probaría a ir en la dirección contraria. Quizá así tengas más suerte.

Me di la vuelta y clavé mis ojos en él.

—Enhorabuena. —Aplaudí secamente—. Por fin aciertas algo. Sí, tienes razón, mi suerte brilla por su ausencia. Si la tuviese, ten por seguro que tú no estarías aquí.

Se llevó una mano al pecho simulando sentirse dolido.

Lo odiaba. Mucho y muy profundamente.

—Pasaré por alto tu injustificada ira porque, como te he dicho, hoy estoy de buen humor. —Hizo una pausa y su mirada se posó en mis doloridos pies para, después, ascender hasta llegar al pronunciado escote que aquel vestido dejaba a la vista. Ladeó la cabeza, como si estuviese valorando qué nota otorgarme, y finalmente, cuando ya me planteaba muy en serio la idea de darle un puñetazo, sus ojos volvieron a encontrar los míos. Torció los labios mostrando una irritante sonrisa, le dio otro sorbo a *mi* copa y tragó con lentitud—. El servicio está en la segunda puerta a la derecha.

Suspiré hondo, rompiendo el extraño y tenso momento que Jack había provocado. Me dirigí hacia allí e intenté esconder mi sorpresa cuando encendí la luz y vislumbré la impresionante estancia. Pequeños cristalitos azulados formaban un hermoso mosaico en la pared de enfrente. Tenía el tamaño de mi comedor. Y el término *bañera* era debatible en este caso, porque parecía casi una piscina. Tras el impacto inicial, me giré para cerrar la puerta, pero choqué con el hombro de Jack.

—¿A dónde crees que vas sin mí? —preguntó.

Estaba empezando a cansarme de aquel juego.

—Deduzco que tienes grandes inseguridades, ya que pareces incapaz de soportar dejar de ser el centro de atención durante un miserable minuto —mascullé.

Curiosamente, esa afirmación no pareció hacerle ninguna gracia. Frunció el ceño con una lentitud pasmosa, como si estuviese sopesando mis palabras. Tras respirar hondo, clavó sus fríos ojos grises en mí y sonrió sin humor.

—¿Inseguro? ¡Vamos, esfuérzate un poco más! Y, por cierto, nena, deja de mirarme el trasero cada vez que me giro. Vas a desgastarme.

—¿Y...? Tú me miras las tetas.

—Culpable. Ahora déjame entrar.

—¿Quieres que te denuncie por acoso?

—¿Quieres que lo haga yo por allanamiento de morada?

El dolor de pies era insoportable, pero no sé si peor que tener que aguantar la presencia de Jack.

—¿En serio? ¿Cuánto tiempo más piensas seguir

con el jueguecito de fingir que esta es tu casa? Empiezas a parecerme aburrido.

—Vale, tienes razón, no es mi casa, pero sí de mi padre, así que contrólate —exigió con cierta aspereza, y yo puse los ojos en blanco.

—¿Desde cuándo te llamas Jack *Daunfrey*?

—Desde nunca, porque uso el apellido de mi madre.

Me mantuve en silencio unos segundos, sin dejar de observarlo, sopesando si me estaba tomando el pelo o decía la verdad. Noté que algo se encogía en mi estómago cuando deduje por su expresión que Jack no bromeaba, sino que permanecía extrañamente serio, evaluando con detenimiento mi reacción.

Aparté la mirada. Las voces de los invitados que estaban en el primer piso se escuchaban amortiguadas. Para romper la tensión del momento, solo se me ocurrió decir:

—Necesito una tirita. O dos. Quizá incluso tres.

Jack alzó una ceja y una sonrisa curvó sus labios.

—Recapitulemos. Me jodes un caso importante, a pesar de que te propuse una oferta inmejorable para tu clienta, te presentas en mi casa, te bebes mi whisky escocés... —alzó en alto el vaso que todavía sostenía y el hielo tintineó contra el cristal—, ¿y finalmente me pides, no una, sino tres tiritas? —preguntó divertido.

—Gracias por recordarme que fui yo la que decidió ir a juicio, ¡lo había olvidado! A veces no sé ni dónde tengo la cabeza. ¿Y de verdad la Tierra es redonda? ¡Guau!

—Me obligaste a hacerlo.

—Cierto, cuando te coaccioné al apuntarte con una pistola en la sien —repliqué sarcástica.

Tenía su gracia que todos mis esfuerzos hasta la fecha se hubiesen concentrado en evitar terminar en los juzgados. Nos miramos en silencio durante unos segundos hasta que Jack rompió el momento de tensión al pasar por mi lado y entrar en el servicio.

Cruzada de brazos, lo observé con atención mientras rebuscaba en uno de los muebles. Y sí, volví a mirarle el trasero en cuanto se agachó para abrir un cajón. Tampoco es que mirar pudiese considerarse un delito. No era de piedra. ¿Que si me molestaba el hecho de que estuviese tremendo? Pues sí, un poco sí. ¿Que si era frustrante lo bien que le quedaban los trajes? Sí, eso también. Por suerte, cada vez que abría esa bocaza suya conseguía que su envidiable físico me resultase tan apetecible como un insípido trozo de tofu sin sal.

—Lamento comunicarte que solo nos quedan tiritas de *La Sirenita* —dijo tras tenderme el paquete—. Espero que eso no sea un problema para ti.

Le arrebaté las tiritas de la mano.

—¿Y por qué iba a serlo?

Me senté en el borde de la bañera y me desabroché los zapatos. ¡Por fin! ¡Qué alivio! Aunque ya tenía alguna rozadura, el dolor disminuyó de inmediato.

—No sé, como eres tan estirada...

—¡Yo no soy estirada! No me conoces.

—No, pero soy muy intuitivo. Calo a la gente.

Me levanté tras pegarme en el talón una última tirita en la que salía un simpático cangrejo. Él estaba bloqueando la puerta de salida con su cuerpo. Qué sorpresa. Tenía que levantar la cabeza para lograr que nuestras miradas se encontrasen. Sus ojos, fríos y brillantes, me observaban con interés como si estuviese esperando algo. ¿Qué narices quería exactamente? No le pillaba el punto. Cuando yo daba un paso a la derecha, él lo daba hacia la izquierda; cuando yo tenía frío, él sentía calor. Ese hombre me confundía, y tenerlo tan cerca no me ayudaba a la hora de pensar con claridad. Dejé de respirar por la nariz cuando me llegó su aroma a jabón y a colonia.

—Jack, apártate.

—¿Y si no lo hago...?

—Gritaré con todas mis fuerzas.

—¿En plan *Psicosis* o estilo «damisela en apuros»?

—Eres agotador, ¿nunca te lo han dicho antes?

Intenté empujarlo, pero lo único que conseguí fue que la copa de whisky que él sostenía en la mano se derramase por el escote de mi vestido por culpa de la brusca sacudida.

—¡Oh, joder, no! ¿Sabes cuánto cuesta este vestido? —chillé.

Jack me observó aturdido y dejó el vaso vacío encima del mueble del baño.

—No, ¿cuánto cuesta?

—¡No lo sé! —grité desesperada. Cogí la primera toalla blanca que encontré y me sequé con ella—. ¡El vestido ni siquiera es mío!

¿Y cómo iba a bajar con esas pintas delante de todos los invitados, incluidos los gélidos padres de Hannah? Malhumorada, me quité los zapatos de tacón y caminé descalza hasta el lavabo. Jack me observaba de brazos cruzados, apoyado en la pared, disfrutando del momento como si estuviese presenciando el partido de béisbol más interesante de toda la temporada. Maravilloso.

—¿Eres consciente de que tú, solo tú, has logrado destrozarme la vida en apenas una semana? —Lo contemplé a través del espejo del servicio mientras volvía a enjuagar la toalla bajo el grifo del agua—. ¿Y ahora qué hago, eh?

—Tampoco es para tanto, no seas dramática.

—¡No soy dramática! ¡Acabas de rociarme con whisky, joder!

—Mmm, seguro que ahora sabes aún mejor de lo que imagino.

—¿Estás intentando ligar conmigo en este momento tan oportuno? —ironicé furiosa.

Sonrió como un gilipollas de primera y tuve que hacer el esfuerzo de mi vida para no abalanzarme sobre él. En serio. Una vez, cuatro años atrás, entrené todos los días durante tres meses para poder competir en la maratón de Nueva York y ese sacrificio no fue nada comparado con lo que me costaba mantener el control cuando él estaba cerca.

—Si hubiese intentado ligar contigo ahora mismo estarías entre mis brazos rogándome que nos metiésemos en una habitación.

—Lo haces adrede, ¿verdad? —advertí.

Jack se echó a reír y alzó las manos con inocencia.

—No puedo evitarlo. Me encantas cuando te enfadas.

—¡Eres un capullo de primera! ¡Mereces un puto pin o algo!

—Para de gritar. Ven, te dejaré algo de ropa.

No estaba segura de haberlo oído bien, pero terminé siguiéndolo por el pasillo hasta una de las habitaciones del fondo. Jack abrió la puerta y encendió la luz, dejando ver una estancia propia de un adolescente, con las paredes revestidas con pósteres de los Yankees. Él abrió el armario y yo aproveché el momento para acercarme hasta un corcho con fotografías. Vale, sí, definitivamente esta era su casa, porque un Jack más joven y sonriente protagonizaba casi todas las instantáneas.

—¿Te sirve esto...? —Me enseñó un pantalón de chándal y una camiseta a juego, pero antes de que pudiese contestar, volvió a meter la ropa arrugada en el armario—. Mejor espera aquí, voy a llamar a mi hermana.

—¿Qué? ¡No! No lo hagamos más... incómodo. Eso me servirá. Y puedo llamar a un taxi y salir por la puerta de atrás que seguramente tendréis para el servicio como ricos típicos que sois —balbuceé.

Él me miró como si hubiese perdido la cabeza.

—Ahora vuelvo.

Mierda. Me quedé allí sola, en la habitación de mi archienemigo, acompañada por un silencio denso. Suspiré hondo y me senté en la cama. La parte superior del vestido era de un gris más oscuro que el resto al estar mojada. Creo que era de Dior o algo por el estilo, y aunque tenía un buen sueldo, no era tan generoso como para poder permitirme caprichos así. Además, ni siquiera lo necesitaba. ¿Por qué había tenido que embutirme en ese vestido tan caro y tan delicado y tan...?

La puerta se abrió y una chica morena de piernas largas entró en la estancia acompañada por Hannah y Jack. Me levanté y empecé a disculparme, pero mi amiga me calló de inmediato asegurando que no tenía importancia, y la hermana de Jack me sonrió y me tendió unas prendas de ropa para que me cambiase.

—Por lo que veo, usamos la misma talla. Creo que te servirá.

—Muchas gracias, esto es un poco... —Tragué, sin saber qué más decir—. Siento las molestias.

—Seguro que sí... —masculló Jack con ironía.

Su hermana lo fulminó con la mirada antes de estrechar mi mano, y decidí de inmediato que esa chica me caía bien.

—No te preocupes. Encantada de conocerte, me llamo Nicole. Lamento que el bruto de mi hermano te haya tirado esa copa encima, seguro que el vestido se arreglará si lo llevamos a la tintorería. Jack en persona se encargará de hacerlo, ¿cierto?

Jack giró la cabeza hacia ella con brusquedad.

—Claro que sí. Y oye, luego, si me sobra tiempo, la acompaño a que se haga la manicura. Corre de mi cuenta. ¿Qué os parece, chicas? —replicó burlón antes de poner los ojos en blanco—. A propósito, Elisa, estabas en lo cierto, sí que tenemos puerta de atrás. Mejor sal por ahí —aclaró antes de abandonar la habitación dando un portazo.

Hannah dio un saltito asustada por el ruido que hizo la puerta al cerrarse de golpe y arrugó su diminuta nariz antes de mirarme.

—Les diré a mis padres que no te encuentras bien y que nos vamos por nuestra cuenta.

Nicole suspiró hondo cuando nos quedamos a solas. Llevaba un vestido azul que resaltaba su esbelta figura. Deduje que la cosa era genética. Lo del físico, no lo de la simpatía, claro.

—Ignora a mi hermano. Es complicado.

—Más que la teoría de la relatividad —bromeé.

Ella dejó escapar una carcajada y luego ladeó la cabeza y me miró con cierta curiosidad.

—¿De qué os conocéis? No pretendo ser entrometida, pero...

—Trabajo. Un divorcio —la corté.

—Así que eres *esa* Elisa. Fascinante.

—Espera, ¿Jack te ha hablado de mí?

—Comentó de pasada algo sobre una abogada que le estaba dificultando las cosas. ¿Quieres un consejo? No confíes en él. Es mi hermano y lo quiero, pero cuando se trata de trabajo, es capaz de hacer cualquier cosa con tal de lograr sus objetivos. Y créeme, otra cosa no, pero es muy persuasivo e inteligente.

—No hace falta que lo jures.

7

REMEDIOS URGENTES

Mi jefe estaba raro. O eso deduje después de, durante la mañana del lunes, analizar sus gestos y las afiladas miradas que me dirigía mientras estábamos reunidos todos los integrantes del bufete para organizar la semana. Cuando todo terminó, antes de que pudiese salir de la sala junto al resto de mis compañeros, me pidió que me quedase. Se sentó en la mesa con aparente informalidad y dio unos toquecitos con el dedo sobre la madera.

—Te dije que fueses con cuidado.

—Ya hablamos de esto, Henry, no sabía que Julia...

—Eso no es excusa.

¿En serio? Porque yo pensaba que era una excusa inmensa, de esas que se ven a millas iluminadas con luces de neón. Que Julia Palmer fuese una esposa adúltera lo cambiaba todo, incluso la baza de hacer del divorcio un espectáculo, porque seguro que la prensa y el público se pondría de parte de Frank y dirían cosas como «pobrecillo» o «se aprovechó de él».

—No voy a volver a echarte la bronca, pero quiero saber qué planes tienes. No has abierto la boca durante toda la reunión.

—Ya sabes que llevo más casos, pensaba centrarme en el juicio de Kevin Brown que se celebrará dentro de una semana y después...

—Quiero un plan, Elisa. Un plan para Julia Palmer.

—Todavía estoy meditando los siguientes pasos.

En realidad, no. Me había pasado el domingo tirada en casa, compadeciéndome de mí misma, recordando la sonrisa insolente de Jack y esa mirada de superioridad que pensaba borrarle de la cara más pronto que tarde. O a esa conclusión llegué mientras acariciaba a Regaliz en mi regazo y me reía como las malas de las películas de dibujos animados, muahaha.

Estaba perdiendo la cabeza.

—Pues no tardes mucho en meditarlo.

—De acuerdo. ¿Puedo irme ya?

Henry asintió y yo me escabullí todo lo rápido que me permitieron los tacones que llevaba puestos. Me encerré en mi despacho y suspiré hondo sin apartar la mirada de la ventana que daba a una transitada calle; a lo lejos se escuchaban los pitidos de los coches y el ajetreo propio del primer día laborable de la semana.

¿Qué iba a hacer? Si finalmente la cosa terminaba en los tribunales, tendría que prepararme mucho. Necesitaba pruebas. Pruebas que demostrasen que Frank era un tipo horrible y un marido aún peor para justificar el desliz de mi clienta. Conocía de cerca algún caso similar en el que se había conseguido una pensión compensatoria bastante cuantiosa tras la repartición de bienes. O también estaba la opción de intentar encontrar algún trapo sucio que Frank desease mantener en la intimidad a cambio de un acuerdo de confidenciali-dad. Me llevé la mano al entrecejo, pensativa, mientras encendía el ordenador. Dos minutos después, revisé los mensajes que se acumulaban en la bandeja de entrada del correo. Uno de ellos llamó mi atención. Lo abrí tras respirar hondo.

De: Jack Helker
Para: Elisa Carman
Asunto: ¡Buenos días, princesa!
He estado pensando y creo que deberíamos retomar las negociaciones. Soy un tío muy flexible, ya sabes. Aho-ra en serio, seamos razonables, mi cliente no está dispues-to a ceder el cincuenta por ciento de sus bienes, pero podemos llegar a un acuerdo que contente a las dos par-tes. Di que sí y me harás el hombre más feliz del mundo.
Jack (arrepentido por tirarte encima un vaso de whisky)

Volví a leerlo, frunciendo la nariz al toparme de nuevo con el asunto del mensaje. Por un lado, el cambio de rumbo me favorecía. Por otro lado, no me fiaba un pelo de él. Y en medio de esos dos lados, no dejaba de ver el rostro sonriente y orgulloso de Henry cuando le diese la noticia de que el tema de ir a juicio quedaba aplazado. Vale, dejaría las puertas abiertas, pero mos-traría mi enfado hacia la situación que él mismo había provocado.

De: Elisa Carman
Para: Jack Helker
Asunto: ¡Buenos días, tarado!
Tu palabra no es una garantía. He querido nego-ciar los términos del divorcio desde el primer día, pero

ni siquiera permitiste que empezásemos a hablarlo. ¿Cómo sé que esto no es otro de tus juegos? ¿Intentas ganar tiempo por alguna razón que desconozco? Te diré una cosa: me he enfrentado a tipos mucho más retorcidos que tú. Puede que sea cierto y tengas la capacidad de calar a la gente, pero yo tengo el superpoder de hundir a aquellos que van de listillos, así que piensa bien qué decir antes de escribir el siguiente correo.

Elisa Carman

De: Jack Helker
Para: Elisa Carman
Asunto: Mmm...
Superpoderes, ¿eh? Te acabo de visualizar vestida de Catwoman.

Interesante, interesante...

Jack (con una imaginación desbordante)

No pensaba contestar. No. Tenía que encontrar la manera de marcar el límite entre lo aceptable y lo no aceptable. El problema era que no conseguía controlarlo. Me metí un caramelo en la boca y volví a centrar la mirada en la pantalla al ver que acababa de recibir otro mensaje.

De: Jack Helker
Para: Elisa Carman
Asunto: Comida. Tú. Yo
Te invito a comer. Tómatelo como una ofrenda de paz. Podemos empezar a discutir los términos. A las doce en Tonny's, a dos manzanas de tu oficina.

Jack (hambriento)

Sopesé mis opciones, aunque en realidad no tenía muchas. No quería cabrearle y que se echase atrás, pero tampoco seguirle el juego. Decidí no contestar y aparecer directamente por allí. Llegué cinco minutos tarde a propósito y dejé de respirar al verlo tras el ventanal del pequeño restaurante. Ese día vestía informal, vaqueros y suéter oscuro que contrastaba con sus ojos claros; parecía distraído mientras leía la carta del sitio. Entré y me acerqué despacio hasta la mesa que había ocupado en un rincón. El lugar estaba poco iluminado y la fachada era tan estrecha que era fácil pasar de largo si uno no se fijaba bien. Colgué mi bolso del respaldo de la silla y él alzó la mirada hacia mí. Sonrió. Una de esas sonrisas que roban el aliento.

—Sabía que vendrías —masculló.

—Claro, tú lo sabes todo, oh, mi gran mesías.

—Así me gusta, que empieces a tratarme como merezco —bromeó, luego me miró—. ¿Habías estado antes en este sitio?

—No.

—Pues te recomiendo la hamburguesa con queso camembert y nueces. Cada bocado es un escalón directo hacia el cielo.

—Gracias, pero si tengo que compartir ese cielo contigo, creo que prefiero quedarme en el infierno —contesté instantes antes de que el camarero se acercarse para anotar el pedido—. Yo una ensalada completa y agua para beber.

Jack frunció el ceño, pidió una hamburguesa y se inclinó un poco sobre la mesa cuando el camarero se marchó.

—Te ha faltado pedir aire de postre.

—Cierto, gracias, ahora se lo diré.

—Me encanta esa boquita contestona que tienes.

—Y a mí la tuya, sobre todo cuando la mantienes cerrada —repliqué y después dejé escapar un suspiro—. Ahora en serio, hablemos del caso. Necesito que nos dejemos de juegos que no conducen a ninguna parte y empecemos a pactar acuerdos, aunque sean pequeños. Podríamos comenzar por las acciones, por ejemplo.

—¿Quieres que trabaje mientras como?

—Jack...

Cruzó las manos sobre la mesa.

—Está bien, está bien. Las acciones. Supongo que mi cliente, en un alarde de generosidad, podría acceder a darle la mitad.

Lo miré con los ojos entornados.

—¿Dónde está el truco?

—No lo hay. ¿Por qué desconfías?

—Jack, hasta tu propia hermana me advirtió que no me fiase de ti. Como imaginarás, eso no dice mucho a tu favor.

—Mi hermana me guarda mucho rencor desde que rompí el vestido que venía de serie con Barbie Malibú. No se lo tengas en cuenta —replicó con ironía—. Y ahora, ¿podemos volver a centrarnos en el caso?

—De acuerdo, nos quedamos la mitad de las acciones.

—Vamos progresando.

Ambos guardamos silencio cuando trajeron la comida. Su hamburguesa tenía una pinta estupenda. Mi ensalada era... bueno, una ensalada. Removí los trozos de lechuga con el tenedor. Al fondo había dos olivas, ¡mi día de suerte! Alcé la mirada. Dios. Lo odié aún más cuando vi cómo daba un bocado inmenso y se relamía los labios después.

—Me sorprendes, Elisa.

—¿Puedo saber por qué?

—¿Una ensalada cuando tu comida favorita es la pizza de cuatro quesos? No tiene mucho sentido. Seguro que por dentro estás deseando robarme un par de patatas, pero, claro, no lo harás, porque la apariencia es lo primero, ¿me equivoco?

—Sí, te equivocas desde la primera palabra hasta la última —mentí—. ¿Crees que aquella noche en el Greenhouse Club te dije la verdad? No me hagas reír. No voy por ahí confesando mis gustos a todos los pardillos que se me acercan. Y para que lo sepas, mi debilidad son las berenjenas rellenas de atún. —Me iba a crecer mucho la nariz.

Jack prorrumpió en una carcajada.

Puse los ojos en blanco. No tenía arreglo.

—Vale, así que las berenjenas con atún —dijo entre risas—. ¿Quieres que pregunte si tienen en la cocina aunque no esté incluido en la carta? En este sitio son muy serviciales.

Lo fulminé con la mirada.

—Gracias, pero no. Que me guste algo no significa que me atiborre de eso todos los putos días. —Cerré los ojos, consciente de que acababa de perder los papeles. Jack uno, Elisa cero—. ¿Por dónde íbamos? Las acciones. Nos quedamos la mitad. Hablemos de la casa de California.

—Espera, espera, no te precipites.

—No me jodas, Jack.

—Por desgracia, no lo hago.

Dejé el tenedor apoyado en el plato, me llevé los dedos al puente de la nariz y suspiré hondo. Ojalá vendiesen dosis de paciencia en alguna tienda mágica, porque iba a necesitar reponer mis reservas.

—De acuerdo. No nos atasquemos, siguiente punto. Coches. Tienen tres, mi clienta se conformaría con el Audi, el más económico de todos.

Jack dejó la hamburguesa en el plato y se limpió las manos con la servilleta roja de tela con actitud pensativa. Finalmente, asintió con la cabeza.

—Vale. Hecho.

Intenté ocultar mi sorpresa. Íbamos por buen camino. Nos quedamos en silencio un par de minutos mientras comíamos. La pared del lugar estaba decorada con ladrillos rojos y carteles de películas antiguas bajo cálidas guirnaldas de luces. Lo miré de reojo. Tampoco es que fuese el tío más guapo que había visto en mi vida, pero tenía un puntito arrogante que podía conmigo. Tragué el bocado de insípida lechuga.

—Así que la otra noche... mentías —susurró.

—Me asaltaste en mitad del local, no tuve más remedio. —Recé para que no advirtiese el ligero temblor que se apoderó de mi voz.

—Y tampoco estuviste a punto de besarme.

—En serio, ¿qué te fumaste ese día? Porque hay gente que pagaría cantidades desorbitadas de dinero por conseguir flipar la mitad que tú.

Sonrió despacio, muy muy despacio. Ni aunque estuviese con la cabeza metida en una guillotina admitiría que llegué a pensar que iba a besarme. En mi defensa, eso fue antes de conocerlo, cuando todavía creía que era un tío normal y no uno que necesitase un psicólogo. Me limpié la boca con la servilleta antes de coger mi bolso y levantarme para ir al servicio.

—Ahora vuelvo. Puedes ir pensando en tu próxima oferta.

Respiré hondo al alejarme de él. La tensión que creaba era insoportable. Usé el servicio y luego salí y me limpié las manos en el lavabo sin apartar los ojos de la imagen que me devolvía el espejo circular. A pesar del maquillaje, tenía unas ojeras tremendas. Ese día me había dejado el cabello castaño suelto y caía ondulado hasta media espalda.

Estaba sacando del bolso el corrector cuando sonó el móvil. Un e-mail. De Jack. Pestañeé confundida antes de abrirlo.

De: Jack Helker
Para: Elisa Carman
Asunto: Lamerte

Que sepas que esa noche tuve que contenerme para no arrastrarte dentro de los servicios del local y follarte contra la pared. Y olías... mmm... ¿a qué demonios olías? ¿Ralph Lauren? No estoy seguro, lo único que sé es que me entraron ganas de lamerte el cuello. Palabra.

P. D.: Seguiremos otro día, he tenido que marcharme por un asunto urgente.

Jack (negociador adorable, mejor persona)

—Joder.

Me sujeté al lavabo para no caerme. El corazón empezó a latirme descontrolado. ¿Cómo podían unas simples palabras provocar tal incendio en mi interior? Algo estaba mal en mí, eso desde luego. Me calmé, a riesgo de terminar lanzando el móvil dentro del retrete. Vale, tenía que ponerle remedio a la situación, eso era evidente. Salí caminando a paso rápido y, como era de esperar, Jack ya no estaba. Había dejado varios billetes encima de la mesa. Reprimí las ganas de coger un par de las patatas doradas que todavía estaban en su plato y escapé de allí con un nuevo objetivo en mente. Caminé tres manzanas antes de entrar en el establecimiento indicado. Bien. Eso tenía que servir, ¿no? Una de mis amigas de la universidad aseguraba que era mejor que tener a Brad Pitt atado al cabezal de la cama. Le sonreí a la dependienta cuando se acercó.

—Buenos días, ¿puedo ayudarla?

—Sí, necesito algo... útil. Usted ya me entiende.

Parpadeó y luego me miró divertida.

—Claro, acompáñeme, le enseñaré los últimos modelos de consoladores que han llegado a la tienda. Seguro que encontramos uno que se ajuste a lo que está buscando.

8

ENTRE AMIGAS, FAMILIA
Y GERARD BUTLER

La cara de Emma ocupaba la pantalla del ordenador que había dejado sobre la mesa auxiliar, frente al sofá. Hannah estaba sentada a mi lado, comiendo palomitas mientras Emma nos ponía al corriente de los últimos avances que había hecho en la editorial que fundó el año pasado en California. Por lo visto, había fichado la trilogía de una tal Rachel Makencie que estaba dando sus frutos.

—Pero no hablemos más de mí —dijo con un suspiro—. Elisa, tienes un problema. De los gordos. Y ni veinte consoladores podrán solucionarlo.

—Bueno, veinte es una cifra que...

—En serio, olvídate de él —me cortó—. No puedes tirarte al enemigo.

—¿Quién ha dicho nada de tirármelo? —grité.

—Te conozco mejor de lo que a veces me conozco a mí misma. Sé que cuando una idea se te mete entre ceja y ceja, no descansas hasta lograr tu objetivo. Y sí, es una desgracia que para una vez que te atrae un hombre sea tu contrincante, pero no me gusta lo que me has contado de él. No me gusta nada.

Si quería dejar de escuchar los consejos de Emma solo tenía que inclinarme un poco y cerrar la tapa del ordenador. En mi cabeza, una irritante vocecita me dijo que el mero hecho de que me plantease hacerlo ya resultaba preocupante. Suspiré dramáticamente y hundí la mano en el bol que Hannah sostenía entre sus piernas cruzadas. Me llevé un puñado de palomitas a la boca.

—Tienes razón —mascullé hablando con la boca llena—. Pero, joder, ¡tú no lo has visto! Es... es... Tiene un aire a Gerard Butler.

—Vale, ¡tíratelo!

Las tres nos reímos. Cogí más palomitas.

—Lo decía en broma —aclaró Emma—. Es que es oír «Gerard Butler» y solo puedo pensar en palabras como *boda*, *pene*, *dámelo todo* y *mayonesa*. Sí, eso, añades un poco de mayonesa después de dejarlo reposar al sacarlo del horno...

Hannah y yo sofocamos una carcajada al deducir que Alex estaría cerca y, efectivamente, unos segundos después su cara apareció junto a la de Emma. Nos saludó alzando una mano en alto. No llevaba camiseta, tenía ese moreno que solo parece conseguirse tras horas de surf y el pelo revuelto.

—¿Mayonesa? Eso es porque no habéis probado mi salsa holandesa. —Sonrió fanfarrón y un hoyuelo se dibujó en su mejilla izquierda—. ¿Cómo va eso, chicas?

—Aquí, debatiendo sobre si Elisa debería tirarse a Jack.

—¡HANNAH! —La fulminé con la mirada.

Alex entornó los ojos al reírse.

—Quizá te vendría bien. El sexo pone de buen humor.

—Maravillosa aportación —ironizó Emma y le dio un empujoncito en el hombro con suavidad. Alex se levantó y sus abdominales acapararon la pantalla del ordenador. ¡Señor, lo que me faltaba!—. Qué cotilla eres. ¿No tienes que irte a trabajar?

La cara de Alex apareció por última vez.

—¿Veis? Si hoy me hubiese despertado antes, Emma estaría más feliz. Lástima. Hablamos pronto, chicas —se despidió.

—¡Serás cerdo! —gritó Emma, y por lo que pudimos escuchar, lanzó algo por los aires. Un minuto después, tras cerrarse una puerta, volvió a acomodarse y se peinó con los dedos—. Vale, ¿por dónde íbamos?

—Gerard Butler —recordó Hannah.

—Cierto. No puedes quedarte solo con el envoltorio. Y no te ofendas, porque aunque lo niegues sé que a ti te ponen a tono los tíos que están un pelín tarados, pero es que, por lo que me has contado de este, apostaría mi brazo izquierdo a que además es de los que van dejando a su paso corazones rotos.

—¿Y por qué no el brazo derecho? —preguntó Hannah.

—Solo era un decir, cielo —aclaró y luego alzó la muñeca y miró su reloj—. Lo siento, pero tengo que irme ya. ¿Hablamos en otro momento?

—Claro, no te preocupes.

—Mantenme informada.

Nos lanzó un par de «besos virtuales», como ella misma solía decir, y cerré el portátil antes de dejarme caer sobre el respaldo del sofá y arrebatarle a Hannah el cuenco de las palomitas. Ella se recogió el largo cabello rubio en una coleta con gesto distraído. Sabía que Hannah solía ser muy despistada, así que le pedí que volviese a relatarme todo lo que conocía de Jack, dado que ambos se movían en el mismo ambiente, a pesar de que llevaba interrogándola desde primera hora de la tarde.

En resumen, había averiguado que Jack era el hijo bastardo de los Daunfrey. Hasta ese mismo día, ni siquiera sabía que siguiese usándose esa palabra, *bastardo*. Y no me gustaba cómo sonaba. La cosa es que, al parecer, el señor Daunfrey tuvo una aventura con la madre de Jack y él fue la consecuencia, aunque no lo reconoció como hijo suyo hasta que cumplió los ocho años. Desde entonces, Jack pasaba dos fines de semana al mes en la mansión de la familia paterna, junto a su hermanastra, Nicole, y los otros dos hijos mayores. Hannah empezó a coincidir con él durante esa época.

—Creo que no se lleva bien con sus hermanastros —prosiguió—. Y cuando venía a los cumpleaños, siempre solía jugar solo. Ya sabes, era un poco raro. Muy suyo. Por lo que conozco al señor Daunfrey, seguro que la cosa fue complicada.

Me relamí los labios salados.

—¿Por qué dices eso?

—Porque Riley Daunfrey es muy duro.

—¿A qué te refieres?

—Siempre está cabreado y tiene una voz profunda que da mucho miedo; recuerdo que cuando era una niña evitaba cruzarme con él cada vez que acudíamos a sus fiestas. Ya sabes, es uno de esos hombres que gruñen por todo y nunca parecen satisfechos. Por lo que sé de él, no creo que aceptase a Jack como hijo con los brazos abiertos. Y los gemelos, Matt y Anton, tampoco son encantadores. Ambos están ahora a cargo de la empresa familiar, aunque dudo que Riley Daunfrey deje que la dirijan sin su aprobación. Le gusta tenerlo todo controlado, o eso suele decir mi padre.

—¿De qué es la empresa?

—Creo que de seguros.

Emití un suspiro cansado.

—¿Y ella? ¿Nicole?

Hannah sonrió abiertamente.

—Nicole es encantadora. Y quiere mucho a Jack.

—Pues no me lo pareció la otra noche...

—De pequeños siempre intentaban fastidiarse el uno al otro; ella escarbaba entre sus cosas y él le rompía los juguetes. Recuerdo un día que Nicole estuvo llorando toda la tarde porque Jack le había arrancado la cabeza a una de sus muñecas. —Rio—. Pero en el fondo se adoran. Con los gemelos no tiene una relación tan estrecha. Y no sé mucho más. Ya sabes que en el mundo de los Daunfrey los trapos sucios se lavan en casa.

«Y en el tuyo», advertí, recordando la cantidad de asuntos turbios que Hannah me había contado sobre sus padres a lo largo de los años: desde infidelidades hasta negocios fallidos, enemistades... Sentí un escalofrío cuando pensé en lo felices que parecían los señores Smith el otro día en la fiesta, cogidos de la mano, sonriéndose con complicidad. Y todo era falso. A saber los secretos que guardarían los Daunfrey a pesar de parecer perfectos de cara a la galería. Me removí incómoda en el sofá al darme cuenta de que a veces yo misma era un poco así, porque la imagen eficiente e impoluta que mostraba en mi trabajo distaba mucho de la realidad.

Mi realidad. Y algo parecido había ocurrido con Colin. Colin sí que parecía el novio ideal y al final terminó siendo una rana más. Venenosa. Y de las que te dejan tocada.

—Debería irme, he quedado con una agente inmobiliaria para echarles un vistazo a algunos locales. Esto de encontrar el lugar apropiado para abrir la empresa está siendo una pesadilla. —Hannah se inclinó y me dio un beso en la mejilla tras coger su bolso—. ¿Nos vemos el viernes donde siempre?

Greenhouse Club. Pensar en aquel sitio hizo que me diese un vuelco el estómago. La semana anterior habíamos roto nuestra fiel rutina porque Hannah no se encontraba bien y la otra... Negué con la cabeza al recordar mi primer encuentro con él cuando aún pensaba que era «Jack-debería-ser-ilegal» y no «Jack-el-gilipollas».

Qué desperdicio de hombre.

Suspiré desilusionada.

—De acuerdo. A las nueve en la puerta.

—¿Prefieres que pase en taxi a por ti?

—No, iré por mi cuenta. Además, creo que intentaré salir un poco antes del trabajo para acercarme a ver a mi madre... —medité en voz alta, sintiendo de pronto una punzada de culpabilidad—. Te mando un mensaje si veo que se me hace tarde. Y suerte con la búsqueda de ese local —añadí antes de despedirme de ella con un abrazo.

No supe nada de Jack desde el lunes. Cuatro días. Cuatro insoportables días mirando la bandeja de entrada del correo cada dos por tres a la espera de ver su nombre parpadeando en los «no leídos». Algo que, dicho sea de paso, nunca ocurrió. Y eso que el miércoles, presa de la desesperación, rompí mis propias reglas y le envié un e-mail pidiéndole si podíamos seguir con las negociaciones. De momento habíamos avanzado en dos puntos y Henry volvía a mostrarse relajado y conforme tras saber que no iríamos a juicio y que la cosa progresaba por el buen camino.

Lancé el móvil en mi bolso de mala gana tras comprobar que seguía sin tener noticias suyas y apoyé la cabeza en el cristal del autobús. Era un viernes frío, a pesar de que el cielo tenía un tono azulado. Observé nostálgica la urbanización de las afueras en la que me había criado y me puse en pie cuando vi a lo lejos la parada en la que tenía que bajar. Caminé un par de manzanas con gesto distraído y paré enfrente de la casa con cortinas blanquecinas que tan bien recordaba. Abrí la pequeña valla de madera y entré. Supuse que me habría visto llegar, porque mi madre me recibió en la puerta antes de que pudiese llamar al timbre.

—¡Cariño! —Me estrechó entre sus brazos—. ¡Qué sorpresa me llevé cuando me llamaste! Ya pensé que no te vería hasta Navidad. Vamos, entra.

Todo estaba impoluto, como siempre. El suelo brillaba demasiado, los cristales estaban tan limpios que daba la impresión de que las ventanas estaban abiertas, y olía a desinfectante y a limón.

—¿Qué tal estás? —pregunté.

—¿Yo? Bien, bien, como siempre.

En cuanto colgué el abrigo en el perchero, ella empezó a quitar todas las minúsculas bolitas que fue encontrando en la tela. Una a una. Con los ojos entornados.

—Mamá, déjalo.

—Espera... solo una más...

—Venga, mamá. —Tiré de la manga de su suéter y me miró con esos ojillos pequeños que se escondían tras las redondas gafas—. ¿Te ayudo a preparar la comida?

—Ya está hecha. Pizza de cuatro quesos, tu preferida.

Entré en la cocina. Efectivamente, olía a masa recién horneada. El rallador de queso, los platos y el rodillo ya estaban fregados. Mi madre era el tipo de mujer que apretaba la yema del dedo sobre la superficie de las mesas para cazar motas de polvo; después no las sacudía sin más, sino que se levantaba, iba hasta el cubo de la basura y dejaba caer dentro ese microscópico trozo de suciedad. Era obsesiva. Y aunque yo intentaba evitarlo, sabía que también había caído un poco en ello. No dominaba «el arte de la limpieza» a su nivel, si tenemos en cuenta que mi madre ni siquiera entendía ciertos aspectos básicos como no limpiar los cristales cuando estaba lloviendo. Llo-vien-do. Le llamabas la atención y te miraba extrañada, como si te hubiese crecido un tubérculo en la nariz, y después se giraba y seguía frotando y frotando la translúcida superficie.

—Sacaré la pizza, encárgate tú de la mesa.

—De acuerdo.

Obedecí. Puse el mantel antes de llevar los cubiertos, los vasos y las servilletas con dibujos florales. Nos sentamos la una frente a la otra y empezamos a comer en silencio. Me fijé en el mueble del comedor, con todas las figuritas impolutas y alineadas. En eso me parecía a ella, aunque no era de extrañar teniendo en cuenta que había crecido entre cajas numeradas de juguetes y en una casa donde pronunciar la palabra *bacteria* era casi un delito penal. El orden era control. Y el control, estabilidad.

—Está riquísima —dije.

—Gracias, cariño. —Se limpió la boca con la servilleta—. Pero cuéntame qué tal te van las cosas. Quiero saber todo lo que hace mi pequeña en la gran ciudad.

—Bueno... pues... tengo varios casos entre manos, sí. Uno de ellos, el de Kevin, está casi ganado, así que el trabajo marcha bien, más o menos.

—¿Más o menos?

—Es un decir, ya sabes.

Ella me miró con preocupación y yo tragué para deshacer el nudo que tenía en el estómago. Margaret, mi madre, había invertido todo su dinero en mi educación. Todo. Además de limpiar, su otra gran obsesión era que yo lograse un futuro prometedor. Cuando era pequeña, cada noche al arroparme en la cama me daba un beso en la frente y me susurraba: «Yo te veré triunfar».

«¿Presióóón? No, para nada. Cero.»

—Todo va genial, mamá.

—¿Y has conocido a algún chico?

—No, nada nuevo bajo el sol.

—Todavía no puedo entender lo de Colin, parecía encantador. Recuerdo la última visita que me hicisteis juntos, cuando me ayudó a doblar las sábanas limpias. No sé qué locura se le pasaría por la cabeza para hacer lo que hizo. ¿Sabes algo de él?

Negué con la cabeza, aunque algo sí sabía. Tras romper nuestro compromiso, había tenido que cancelar los pocos preparativos para la boda que había concretado hasta la fecha. Colin estuvo meses pidiéndome perdón, rogándome que no tirase por la borda una relación de ocho años por «un desliz de nada». Y sí, me avergonzaba reconocer que por momentos estuve a puntito de pasar por alto lo que había ocurrido, pero Emma y Hannah me hicieron darme cuenta de que me merecía algo mejor. Todavía hoy recibía algún mensaje suplicante y poco original que terminaba con un lastimero «Te echo de menos»; casi siempre ocurría durante los fines de semana, lo que reafirmaba mi teoría de que a Colin nunca le sentó nada bien tomarse dos copas de más (algo que solía negar y por lo que discutíamos cada dos por tres).

Tenía entendido de que actualmente Colin trabajaba en otro bufete de abogados. O eso fue lo que escuché un día cuando un par de compañeras cotilleaban delante de la máquina de café. Por suerte, a pesar de que a menudo ambos pisábamos los juzgados, solo me había cruzado con él en una ocasión. Ocurrió en el pasillo de la sala de espera mientras mi cliente rellenaba unos documentos en la zona de recepción y, por supuesto, intentó «arreglar» lo nuestro. Supongo que, en ocasiones, hay cosas que se rompen y pueden repararse, pero la relación que tuvimos no era una de esas cosas. Y sí, fue duro ignorarlo todo: los años de idílico noviazgo en la universidad, los primeros pasos juntos en la gran ciudad, la búsqueda de un apartamento que compartir, el día que me pidió matrimonio arrodillándose en el suelo de aquel famoso restaurante como si estuviésemos dentro de nuestra propia película romántica, los sábados visitando tiendas de decoración e imaginando lo bien que quedaría ese cuadro turquesa en el salón donde nos acurrucábamos cada noche...

—Deberías salir con alguien —sentenció mi madre.

Puse los ojos en blanco y le di otro bocado a mi pizza.

—Ya sabes que no tengo mucho tiempo...

—Tienes tiempo de sobra —replicó—. Cariño, no quiero que te quedes sola. Por desgracia, sé lo duro que es mirar cada noche el otro lado vacío de la cama. Me duele pensar en esa vida para ti. ¿Ya no recuerdas lo bonito que es estar enamorada? El tirón en el estómago, los nervios, la ilusión...

—Por favor, mamá, ¡pareces una novela rosa andante!

Me reí y ella también lo hizo. A veces olvidaba lo mucho que la quería. Cuando iba de visita, me frustraba verlo todo tan reluciente. Me veía a mí reflejada en ella. Era claustrofóbico. Agobiante. Tanto, que me daban ganas de salir corriendo. Luego me tranquilizaba, consciente de que mi madre había sufrido lo suyo por culpa de mi padre, un hombre casado que jamás quiso hacerse cargo de mí y que le pidió que no se acercarse a su «verdadera» familia al enterarse de que estaba embarazada. Sola, únicamente con la herencia de mis abuelos para empezar desde cero, me había sacado adelante. Tomó las riendas, recuperó el control y se propuso tener la casa más pulcra del barrio y la hija más ordenada en cien millas a la redonda. Y vaya si lo logró.

—Ya encontraré a alguien —le dije.

—Eso espero. Quiero nietos.

—Y yo un Ferrari. ¿Queda café hecho?

—Sí, cariño, pero...

—No, no te levantes. Yo me encargo —me apresuré a decir mientras recogía los platos vacíos de la mesa—. ¿Con una de azúcar? —asintió complacida y me sonrió.

9

Y ENTONCES LLEGÓ ÉL

Como todos los viernes, el Greenhouse Club estaba lleno. Se habían apuntado al plan Dasha y Clare, las amigas de Hannah, y todas llevábamos un par de copas encima cuando decidimos salir del reservado para ir a la pista a bailar. Hannah había encontrado un local para su negocio la tarde anterior y parecía con ganas de celebrarlo por todo lo alto. Me reí a carcajadas cuando empezó a bailar como si fuese una gallina y sus amigas le hicieron el vacío, avergonzadas. Me acerqué a la barra más cercana y pedí una cerveza a gritos antes de volver a la sala central. Las luces de colores brillaban al son de la melodía que sonaba por los altavoces y terminé cerrando los ojos y bailando junto a todas aquellas personas anónimas que me rodeaban.

—¿Disfrutando de la noche?

Me giré. Era un chico mono, de sonrisa afable y ojos oscuros. Le sonreí y el gesto fue la invitación que necesitaba para acercarse más, posar sus manos a ambos lados de mi cuerpo y acoplarse a mi ritmo, moviéndose al compás de la música.

—¿Cómo te llamas? —preguntó.

—Elisa —contesté alzando la voz.

—Encantado. Yo, Sean.

Asentí. La verdad es que lo último que me apetecía era hablar, así que me concentré en bailar, en lo agradable que era el tacto de sus manos y en su bonita sonrisa. No me apetecía ir más allá y caer en el típico «¿Y a qué te dedicas?» que precede casi todos los inicios. Por una noche, solo quería pasármelo bien, disfrutar con mis amigas, olvidarme de todo. Olvidarme de Jack, para empezar. ¿Por qué no había dado señales de vida en toda la semana? Sacudí la cabeza. Sean, sí. Eso era. Sean sonaba bien. Y con una copa más, acabaría sonando aún mejor. Me acerqué a él cuando se inclinó para susurrarme al oído.

—Bueno, ¿y a qué te dedicas?

Ya. Maldita probabilidad.

Recordé lo descolocada que me había dejado Jack aquella primera noche al preguntarme por mi comida favorita.

—Trabajo en un bufete de abogados.

—Suena muy sexy.

«¿En serio?» Eso era porque nunca había estado en mi oficina y se había cruzado con Henry, o porque directamente en el arte de ligar se defendía tan mal como yo. Bien. Ya teníamos un punto en común. En eso se resumía todo, ¿no? En encontrar afinidades.

—¿Y tú en qué trabajas?

—Agente publicitario.

—Ah, así que eres un tipo creativo... —tonteé.

—Algo así. Para ser sincero, suelo ocuparme de los

presupuestos que destinamos a cada proyecto según las acciones que llevemos a cabo y... ¿te estoy aburriendo? Dímelo sin cortarte, de verdad. Hablo sin parar.

—No, es interesante —mentí.

Sonreí sin saber qué más decir. Un silencio algo incómodo se formó entre nosotros, así que empecé a bailar de nuevo con la intención de que entendiese que lo último que me apetecía era seguir con la tópica conversación. Él captó la indirecta y se aproximó más a mí. Lo miré. Tenía las cejas y los dientes demasiado perfectos y el pelo de color castaño claro, muy sedoso, y daban ganas de acariciarlo con la punta de los dedos. Me pregunté si sería capaz de dejar de ser yo misma tan solo durante unas horas y terminar la noche en mi apartamento, con el tal Sean entre mis piernas. Allí, bajo las luces palpitantes y la música atronadora, no parecía una idea tan descabellada. Todo lo contrario. Puede que fuese la mejor idea que había tenido en mucho tiempo. Me fijé en sus labios carnosos, en esa curvatura que parecía pedir un beso a gritos, y antes de ser consciente de lo que estaba haciendo, me incliné lentamente...

—¡Hermanita! —gritó una voz familiar mientras sentía unas manos rodeándome la cintura y empujándome hacia atrás—. ¿Dónde te habías metido? Llevaba horas buscándote. ¿Otra vez se te ha ido la mano con el ron?

—¡Jack...! —siseé entre dientes.

El aludido sonrió felizmente y le tendió la mano a Sean, que, algo aturdido, la aceptó. Jack lo señaló con la cabeza y luego me miró.

—¿Te pone mi hermana? ¡Es una fierecilla! —Le dio una palmada en el hombro con más fuerza de lo que yo consideraría normal—. Pareces un buen tipo, me gustas. ¿Qué tal se te da lo de cambiar pañales?

Sean frunció el ceño.

—¿Cambiar pañales...?

—Jack, maldito seas, ¡déjalo ya o...!

Se tapó la boca con la mano y me miró.

—¿No le has hablado de los trillizos? Oh, joder, lo siento. —Suspiró dramáticamente y se giró hacia un Sean que parecía querer que la tierra se abriese a sus pies y se lo tragase—. Pensaba que ibais en serio, creo que te he confundido con el tipo que conoció mi querida hermana la semana pasada. Pero, eh, tío, te aseguro que mis sobrinos son adorables. Tres. Tres bebés de mofletes sonrosados. Todavía me pregunto cómo es posible que el padre huyese a Canadá. En fin. ¿Te invito a una birra?

—Eh... Yo casi que mejor...

Ni siquiera llegó a murmurar «me voy» antes de dar media vuelta y desaparecer a codazos entre la multitud. Apreté los puños y me giré furiosa hacia Jack. Ojalá hubiese tenido algún superpoder para electrocutarlo con la mirada.

—¿Qué demonios ha sido eso?

—Eso ha sido ser un héroe. De nada.

—¿Un héroe?

—Estabas a punto de besar a ese panoli, deberías darme las gracias. Quizá no te haya dado motivos para creerlo, pero, de verdad, puedes aspirar a algo mejor.

Me arrebató la cerveza de la mano y le dio un trago largo.

—¡Joder, dame mi puta cerveza!

—¡Uuuh, menuda boquita!

—¡Serás...!

Ignorando que estábamos en un sitio público, salté sobre él y alargué el brazo para intentar alcanzar mi botellín, pero él lo alejó más mientras reía y posaba una mano en la parte baja de mi espalda. Hasta que no me estremecí al sentir su aliento cálido, no me di cuenta de que estaba pegada a su cuerpo.

—Si querías una excusa para lanzarte a mis brazos, solo tenías que pedirlo.

Di un paso atrás y me recoloqué como pude el vestido negro y ceñido que me abrazaba como una segunda piel. Joder. Cada vez que ese hombre estaba delante, me sentía desnuda y demasiado expuesta, demasiado... todo. Tiré de la zona del escote para subirme la tela.

—Adiós al paisaje —canturreó.

—Eres un cerdo.

—Va, ¡no te enfades! Te invito a una cerveza.

—Lo que no sería necesario si me devolvieses *mi* cerveza.

—¿Y qué gracia tendría eso?

—No lo sé. Dímelo tú, que eres el que ha estado ignorándome toda la semana para ahora venir aquí y fastidiarme la noche. Tenía ganas de terminar la velada con ese tío, pero gracias por chafarme el plan.

Jack frunció el ceño con lentitud, como si estuviese meditando mis palabras, y cuando ya pensé que no diría nada, volvió a sonreír travieso.

—Así que por ahí van los tiros. Estás enfadada porque no has tenido noticias mías.

—¿Qué? ¡No! ¡Sí! Demonios, tengo que cumplir con mis obligaciones. Mi jefe quiere resultados. No sé qué tipo de filosofía cutre de trabajo sigues tú, pero en mi empresa no dejamos las reuniones a medias. Somos así de extraterrestres.

—¿De Marte o de Venus?

—¿Cómo puedes ser tan crío?

—¿Prefieres que me ponga serio...? —Se mordió el labio inferior con gesto seductor y dio un paso hacia mí. Me faltó poco para caer. Suerte que me rodeó la cintura con la mano—. Porque me gusta jugar, pero también se me da bien ir al grano —susurró, y a mí se me secó la boca.

Ay, joder, ¿por qué me ponía tanto?

Con un suspiro, aproveché que estaba algo distraído y volví a recuperar mi cerveza tras apartarme de él. Le di un trago intentando aliviar la sequedad de mi garganta y eché un vistazo a la sala. No había ni rastro de Hannah y las demás chicas. Y de pronto lo sentí: el pecho de Jack pegado a mi espalda, sus manos rodeándome la cintura con delicadeza y su respiración pausada en la nuca. Cerré los ojos. La cosa no podía terminar bien, no, pero era incapaz de alejarme. Sonaba *This Is What You Came For* cuando él empezó a moverse con lentitud, sus caderas acoplándose al ritmo de las mías mientras sus labios me rozaban el cuello. Sentí cómo se me erizaba la piel y contuve el aliento cuando su boca ascendió dejando un camino hormigueante a su paso. Su mano ejerció más presión sobre mi estómago, acercándome a él. Joder. ¡Olía tan bien...! Era el *after shave*. Todo culpa del puto *after shave*. Denunciaría a los fabricantes si era necesario, pero no sucumbiría a la tentación.

Me di la vuelta con el corazón agitado.

—¿Qué pretendes...?

—Tú. Yo. Eso pretendo...

Sonrió. Una sonrisa increíble. Entornó los ojos y me miró divertido tras las espesas pestañas negras cuando

109

me crucé de brazos; todavía me temblaban las piernas después de notar sus labios en la nuca. O sería fruto del alcohol. Eso. Sí.

—Definitivamente, el juego termina aquí.

—¿Por qué eres tan aguafiestas?

—¿Por qué eres tú tan capullo?

—Vamos, confiésalo. Admite que nunca haces nada inesperado y ya está. No pasa nada. —Alzó las cejas con esa actitud provocadora que me sacaba de quicio—. Me apuesto lo que sea a que lo llevas todo apuntado en tu agenda. Seguro que tienes hasta un horario para ir al servicio y si no lo cumples a rajatabla, te penalizas. —Rio antes de imitar mi voz—: ¡Oh, no! ¡Hoy voy estreñida! ¡Adiós a la planificación del día!

—Eres patético, ¿lo sabías? ¡Y hago millones de cosas inesperadas! ¡Me encanta improvisar! —mentí a voz en grito.

—Vale, ponme un ejemplo. Demuéstramelo.

Y entonces lo besé. Así, sin más. Lo besé.

No sé qué tipo de locura transitoria se apoderó de mi cabeza, pero lo siguiente que supe fue que mis labios estaban sobre los suyos, moviéndose con cierta torpeza. Jack tardó más de lo previsto en reaccionar, pero cuando lo hizo, sus manos tiraron de mis caderas hacia él y el beso se tornó más furioso, más urgente. Su boca era suave y cálida. Incapaz de parar aquello, enredé los dedos en su cabello oscuro y entreabrí los labios, permitiendo que nuestras lenguas se acariciasen. Jack gimió y creo que fue el sonido más erótico que había escuchado en toda mi vida. Me sobresalté cuando una de sus manos descendió hasta llegar a mi trasero. Me dio un pequeño apretón y sonrió contra mis labios. Contrariada, hice lo mismo. Le toqué el culo, descubriendo que era digno de ser asegurado al estilo Jennifer López, lo que terminé susurrándole al oído en plan pirada total. Él se rio y su pecho vibró contra el mío.

—Y por cosas así me vuelves loco...

—No, tú ya estabas loco cuando te conoc...

—Shh, cállate. No lo estropees.

—¿Por qué tienes que ser tan...?

No me dejó terminar. Su boca atrapó la mía con un hambre voraz. Cerré los ojos y posé una mano en su pecho intentando mantener el poco control que me quedaba. Pero mandé a la mierda ese control cuando me lamió con lentitud el labio inferior. Me temblaban las rodillas, sentía un deseo palpitante entre las piernas y lo cerca que estábamos no aliviaba esa sensación de urgencia. Nos movimos por la pista de baile, ajenos a la música y a la gente que danzaba a nuestro alrededor. Era incapaz de dejar de besarlo, de abandonar esos labios cálidos y exigentes.

Y no sé muy bien cómo, buscando la puerta de salida, terminamos metidos en los servicios.

Los sonidos del exterior sonaban lejanos, amortiguados; en cambio, nuestras respiraciones agitadas se volvieron más nítidas. Jack me aprisionó contra la pared y acabé clavándome el aparatito del que colgaba el papel higiénico, pero en esos momentos ni me importó. En realidad, no me importaba nada más allá de las sensaciones que me sacudían. Lo odiaba. Lo deseaba. Era todo una contradicción. Él me mordisqueó la barbilla antes de entreabrir los ojos y apoyar una mano en la pared que estaba a mi espalda. Deslizó la vista por mi cuello hasta posarla en mi escote, se mordió el labio inferior de una forma que me hizo desear desnudarlo allí mismo y luego volvió a mirarme.

—Joder, me estás matando... —susurró.

Dejé escapar el aire que estaba conteniendo al sentir su mano derecha descendiendo despacio por mi clavícula antes de internarse en la abertura del vestido. Me estremecí. Bajó un poco la tela y trazó círculos con el dedo pulgar en la zona de piel que el sujetador dejaba a la vista. Dios. Moriría por combustión espontánea de un momento a otro. Jack dejó escapar un suspiro antes de volver a cubrir mis labios con un beso.

—Te lo dije. —Gruñó y se apretó más contra mí para que pudiese sentirlo. Y vaya si lo sentí. Lo sentí mucho y muy grande—. Te follaría aquí, en este baño, contra la pared... —Se me dispararon las pulsaciones; era como si todo mi autocontrol lo aplastasen sus palabras, sus manos tocándome, sus labios acoplándose a los míos al deslizar la lengua dentro de mi boca. Y sabía tan bien... Sabía a vodka y a él, sabía a Jack, a caos y a algo prohibido—. La primera vez que te vi...

—¿Qué quieres decir?

Jack sacudió la cabeza.

—Olvídalo. Vamos a pedir un puto taxi.

—¿Elisa? ¿Estás aquí...? ¡Elisa!

Parpadeé confusa al escuchar la voz de Hannah. Joder. Joder. Aparté a Jack de un empujón y él abrió los ojos por la brusquedad del gesto antes de fruncir el ceño.

—¡Sí! ¡A-ahora salgo! —grité con voz temblorosa.

—¿Qué estás haciendo? —preguntó con inocente curiosidad tras la puerta.

—Nada. Bueno, sí, quitarme las medias; se me han roto —mentí sin titubear y hasta a mí me sorprendió lo convincente que sonó—. Espérame fuera. Dame un minuto.

Me pasé una mano por la frente, todavía algo aturdida. Miré a Jack, que se había alejado hasta apoyar la espalda en la pared de enfrente. Estaba tremendo. Tenía los labios enrojecidos y el pelo un poco revuelto, pero su mirada gris había adquirido cierta frialdad. Tragué saliva antes de hablar, sin saber muy bien qué decir:

—Yo... tengo que...

—Irte —concluyó secamente.

—Esto ha sido un error —susurré.

No contestó. Dio un paso adelante y abrió la puerta de manera que yo pudiese salir y él quedase tras ella. La cerró en cuanto lo hice. Suspiré profundamente, evitando ver mi reflejo en los espejos que se alineaban en la pared, y salí de allí. Tal como había prometido, Hannah estaba esperándome fuera de los servicios.

—Ya te dije que esas medias te durarían dos días —parloteó mientras me cogía del brazo y avanzábamos entre la gente—. Hemos decidido terminar la noche en el apartamento de Dasha. Mojitos, nachos y un par de películas, suena bien, ¿no?

—Genial —contesté.

Tenía un nudo en la garganta. Un nudo que no conseguí que desapareciese ni siquiera con el paso de los días. Y es que ese nudo tenía nombre y apellidos. Jack. Jack Helker. Y qué decir de esa mirada enigmática y dura que me dirigió antes de abrirme la puerta.

10

I WILL SURVIVE

El viaje hasta el trabajo se me hizo eterno. Era lunes, el metro estaba atestado de gente y el tío que se encontraba de pie a mi lado todavía vivía en la prehistoria y no había descubierto las ventajas de usar desodorante. Pero eso era incluso soportable al lado de lo que me esperaba aquella mañana: tener que ver de nuevo al hombre con el que dos noches atrás me había liado en los servicios de una discoteca como una adolescente hormonada. Todavía podía recordar su voz grave y ronca diciendo: «Vamos a pedir un puto taxi». Y lo peor de todo es que si Hannah no hubiese interrumpido el momento, yo habría respondido algo como: «¡SÍ!» o «Ni taxi ni leches, hagámoslo aquí mismo». Evidentemente, llevar más de un año sin sexo me estaba pasando factura. Mi cuerpo lo echaba de menos. Mi vagina se sentía muy sola y abandonada. ¿Qué otra explicación tenía, si no, esa alarmante desesperación? Yo era sensata, siempre valoraba las consecuencias y no me dejaba llevar por tontos impulsos.

Además, odiaba a Jack. Me ponía de los nervios. Tenía la asombrosa capacidad de coger mi paciencia y ponerla a prueba como nadie más lo había hecho antes. Así que la fascinación que mi vagina parecía sentir por él no iba en consonancia con mi mente amueblada. Era algo así como cuando un sistema informático se avería y empiezan a saltar errores del tipo «404 Not Found» o «409 Conflict».

El viernes, cuando nos fuimos al apartamento de Dasha, seguía tan aturdida que fui incapaz de contarle a Hannah lo que había ocurrido. Me bebí tres mojitos, ataqué el cuenco de los nachos mientras veía con las chicas *Leyendas de pasión* y aplaudí cada vez que rebobinaban hacia atrás hasta el momento en que Brad Pitt salía sin camiseta. A ese nivel de patetismo había llegado. Yo, la chica que tiempo atrás parecía tenerlo todo controlado. La gran abogada de la ciudad que se casaría con un abogado igual de brillante llamado Colin y tendría unos hijos simétricamente perfectos.

El resto del fin de semana lo malgasté tumbada en el sofá junto a mi gato, revisando el correo cada pocas horas y pensando en Jack. Lo que, dicho sea de paso, fue muy irresponsable por mi parte. ¿Qué diría Henry si ese beso desleal llegase a sus oídos? Era mejor no imaginarlo. Seguro que dejaría de considerarme su adorable Geppetto y me desterraría al sótano (nadie quería ir nunca «al sótano», que en realidad era una habitación minúscula y sin ventanas llena de informes y archivos que a veces Henry usaba a modo de castigo, porque ordenar, revistar y catalogar casos antiguos era una tortura en toda regla).

Así que el lunes estaba decidida a retomar las riendas y a recuperar el control de mi vida. Cuando entré en la oficina, caminé segura hasta mi despacho, recogí unos papeles que necesitaba y me dirigí a la segunda planta. Había quedado con Julia diez minutos antes en la sala de reuniones para intentar trazar un plan infalible.

—¿Y cuál es ese plan? —preguntó tras sentarse.

—Que no hables.

Julia me miró con los ojos entornados. Ese día llevaba un vestido de tubo estilo años cincuenta de color rosa pálido con botoncitos en la parte delantera y un generoso escote.

—No lo entiendo.

—Es fácil —atajé—. Cada vez que abres la boca, el caso se complica más. ¿Quieres sacar un buen pellizco del divorcio o no?

—Sí.

—Vale. Pues hazme caso.

Julia sonrió como una niña pequeña, hizo el gesto de cerrarse la boca con una cremallera y luego fingió que giraba una llave y la tiraba lejos, al otro lado de la sala. «Señor, dame paciencia», rogué.

Justo en ese momento la puerta se abrió y Frank entró en la estancia con su habitual actitud de pasotismo. Contuve el aliento cuando Jack apareció. Madre mía. Inspiré hondo. No era justo que estuviese igual de increíble con ropa de calle que con el traje que vestía para trabajar. Sus ojos se detuvieron en los míos unos segundos, pero rápidamente rompió el contacto y ocupó su lugar a la mesa.

—Pues ya estamos todos... —Me aclaré la garganta, incómoda e incapaz de ignorar el cosquilleo que me asaltaba cuando tenía cerca a ese hombre—. Bien. Empecemos. Creo que la última vez dejamos claro el tema de las acciones y los vehículos. Quizá deberíamos ir hablando de las propiedades.

—Mi cliente propone vender la mansión de California y repartir a medias las ganancias a cambio de que Julia acceda a olvidarse del apartamento de París.

Alcé la cabeza hacia Jack. Estaba muy serio, tranquilo. Nunca lo había visto así dentro de estas cuatro paredes. Sin su permanente sonrisilla canalla ni los mordaces comentarios de crío, casi parecía... normal. Demasiado normal. Eso me descolocó.

Reflexioné su propuesta. No era una mala oferta teniendo en cuenta que, tal y como estaban las cosas, Frank había pasado a representar el papel de «víctima» dentro de la relación. Y además tenía la simpatía del público. Me froté el entrecejo y releí algunas de las condiciones que yo había redactado.

—En caso de que existiese esa posibilidad, exigiríamos lo mismo con el apartamento de Nueva York. Ponerlo a la venta y repartir las ganancias. Obviamente, antes de que ambas acciones se llevasen a cabo, se contrataría el servicio correspondiente para las dos tasaciones por ambas partes. —Giré la cabeza hacia mi clienta—. ¿Qué te parece, Julia?

Julia me miró. No pestañeó. No abrió la boca.

Jack se removió incómodo en su silla, como si estuviese deseando largarse de allí. No sé por qué había esperado justo lo contrario por su parte: un montón de bromas, indirectas y salidas de tono.

Volví a centrarme en la chica.

—¿Julia? ¿Me estás escuchando?

—Mmm...

—¿JULIA?

Gimoteó y me miró con ojos de cachorrillo mientras se señalaba la boca cerrada. «Ay, Dios.» Respiré hondo. La llave. Que estuviese callada. «De perdidos al río», pensé mientras, ante la curiosa mirada de Jack, alzaba la mano hacia sus labios y la giraba como si estuviese abriendo una puerta. Cogí aire de golpe.

—Ya puedes hablar, cielo.

—¡Ufff, menos mal! —Se llevó una mano al pecho y me miró—. Pero lo he hecho bien, ¿verdad?

—Demasiado bien —siseé.

—¿Podemos centrarnos en el caso? —se quejó Jack.

Fruncí el ceño. Joder, ¡qué raro era! El tío que el primer día no me dejó abrir la boca, que se quejó de que la reunión no podía continuar porque tenía hambre y que me tiró los trastos la última vez que quedamos en el restaurante, ahora iba de profesional. Ladeé la cabeza. ¿Y si era su gemelo bueno? No podía tratarse de la misma persona. Ni siquiera se molestó en mirarme antes de dirigirse directamente a Julia.

—¿Estás de acuerdo con la oferta?

—Sí, me parece bien —contestó mi clienta.

—Por supuesto, antes de cerrar nada, tenemos que estudiar las tasaciones —objeté—. El resultado será determinante.

—De acuerdo. —Jack asintió con la cabeza mientras le echaba un vistazo al reloj que colgaba de su muñeca—. Si os parece bien, retomaremos las negociaciones cuando obtengamos esos datos. Además, mi cliente estará fuera por asuntos laborales durante este mes; tiene un rodaje en Tailandia. Así que imagino que lo más prudente sería volver a reunirnos después de Navidad.

Se puso en pie y se reajustó la corbata. Los demás

también nos levantamos. A Julia le tembló el labio inferior antes de dirigirse a un apático Frank:

—¿Y quién se quedará con Bigotitos mientras no estás?

—El personal del servicio —contestó el actor.

—¿Cómo puedes ser tan cruel?

—Julia... —empecé a decir, pero me callé en cuanto vi en la mirada de Frank algo parecido a la compasión. ¿Sería posible que ese hombre al que nada parecía importarle realmente tuviese corazón?

Se rascó uno de los brazos llenos de tatuajes con gesto pensativo antes de señalar a Julia con el mentón.

—Está bien, puedes quedarte con Bigotitos estas semanas —cedió—. Pero solo si firmas un contrato en el que te comprometas a devolvérmelo cuando vuelva; no me fío de ti. Jack, ¿podemos hacerlo?

El aludido asintió con la cabeza.

—Claro. Mañana mismo lo redactaré.

—Y antes pasará por mis manos —repuse rápidamente, temerosa de que el contrato implicase algo más y Julia firmase sin molestarse en leerlo antes.

—¡Gracias, gracias! —gritó Julia emocionada.

—Perfecto. Pues entonces, todo en orden por ahora —atajó Jack y, sin girarse, siguió a Julia y a Frank hacia el exterior.

Confusa y sintiéndome un poco torpe, lo llamé antes de que se fuese.

—¿Podemos hablar...? —dije.

Se giró con lentitud, con una ceja enarcada.

—¿Me lo dices a mí?

—¿A quién, si no? Porque todavía te llamas Jack y no te han abducido unos extraterrestres para hacerte un lavado de cerebro ni nada parecido, ¿verdad?

No sonrió. Ni siquiera un poquito. Y, ¡eh, era gracioso!

Suspiró hondo, cerró la puerta a su espalda y se metió las manos en los bolsillos.

—Habla —ordenó.

—No me gusta ese tono.

—Pues es el tono que tengo hoy.

—¿A ti qué te pasa?

Dejó escapar una sonrisa irónica.

—¿En serio? Pues, a ver, me pasa que hace tres días una tía se me lanzó, me besó durante un buen rato y luego salió despavorida como si tuviese la puta malaria. En resumen, lo que comúnmente se conoce como una calientapollas.

Sentí que me hervía la sangre.

—¡Eres un idiota!

—Ya, un idiota al que besaste.

—¡Claro! ¡Me pediste que fuese impulsiva!

—¿Y solo se te ocurrió abalanzarte sobre mí?

—¿Qué querías?

—No sé, haber seguido bailando sola, ¿a mí qué me cuentas? —Entornó los ojos y me miró fanfarrón como si él fuese una superestrella de rock y yo una *groupie* de poca monta—. ¿O es que no puedes contenerte cuando se trata de besarme?

—*Go on now go, walk out the door. Just turn around now, because you're not welcome anymore.* —Moví el trasero de un lado a otro al ritmo de la única canción de Gloria Gaynor que me sabía—. *Oh no, not I, I will survive, oh, as long as I know how to love, I know I'll stay alive...*

—¿Qué cojones haces?

—¡Bailar sola! ¡Eso hago! ¡Y decirte que no quiero

besarte! Ni que me beses. Ni nada. No quiero nada contigo más allá de cerrar este caso. ¡Y por supuesto que puedo contenerme! —grité—. Es más, no es que tenga que contenerme, es que tengo que hacer un esfuerzo para no pegarte después de lo que has dicho sobre sobre contenerme tras besarte y lo de calientapollas y además...

Jack emitió una vibrante carcajada.

—Te estás haciendo un lío, nena. Mira, llámame cuando te canses de luchar contra ti misma.

Furiosa, le seguí hasta la puerta.

—¿Perdona? ¿Qué has querido decir?

—Quiero decir que ahora mismo hay dentro de ti una Elisa prejuiciosa y aburrida que está intentando asesinar a la Elisa que me pone cachondo. Avísame si la palma la primera.

Y se marchó así, sin más, con ese aire de superioridad que me sacaba de quicio, como si creyese saber algo sobre mí. Con el orgullo herido y la sensibilidad a niveles preocupantes, regresé a mi despacho. Tiré el maletín sobre la mesa y encendí el ordenador.

De: Elisa Carman
Para: Jack Helker
Asunto: Matar el ego de Jack

¿De qué vas...? Oh, vale, te besé. Pero primer punto: había bebido. Mucho. Muchísimo. En plan embudo. Segundo punto: tú también correspondiste ese beso. Entonces, ¿por qué tengo la sensación de que parece que fue algo que hice a solas? Los dos somos responsables.

Elisa Carman

Me gustaría decir que contestó al instante, pero no, no lo hizo. Y no parecía ser uno de esos tipos que ignoran su móvil durante demasiado tiempo. Pasé el resto de la mañana revisando otros dos casos que llevaba y durante la hora del almuerzo me quedé en el despacho comiendo galletitas saladas y viendo el capítulo quince mil quinientos (a saber cuál era) de la dramática telenovela.

De: Jack Helker
Para: Elisa Carman
Asunto: Mi ego sigue perfecto, gracias
¿Jugamos a las diferencias? ¿A ti te apartó alguien de un empujón cuando nos pillaron en los servicios? ¿No? Vale, pues ahí tienes LA DIFERENCIA.
Jack (y su ego intacto)

De: Elisa Carman
Para: Jack Helker
Asunto: Seamos maduros
¡Obviamente! ¿Qué querías que hiciese?
Elisa Carman

De: Jack Helker
Para: Elisa Carman
Asunto: Vete a madurar...
¿Y entonces qué demonios querías hablar? Me acuesto con tías que tienen las cosas claras, no con mujeres que se hacen un puto lío al hablar de la palabra *contener*. Al final tenías razón. Me equivoqué contigo. No te calé. A partir de ahora, ciñámonos a lo estrictamente laboral. Hablamos en enero.
Jack Helker

Me llevé la punta de los dedos a los labios y respiré hondo. ¿Qué debía hacer? ¿Responder a ese último mensaje? ¿No responderlo? Si lo dejaba todo así, las cosas se quedarían tal y como tendrían que haber estado desde el principio.

«¡A la mierda!»

De: Elisa Carman
Para: Jack Helker
Asunto: ...
¿Pretendías acostarte conmigo?
Elisa Carman

De: Jack Helker
Para: Elisa Carman.
Asunto: Aficiones
No, quería que nos apuntásemos juntos a un curso de ganchillo porque vi la semana pasada una oferta de dos por uno.
Joder, ¡pues claro que quería follarte!
Jack Helker

Tragué saliva e hice esfuerzos para no comenzar a hiperventilar como una cría idiota. Que incluso a través del correo me pusiese a tono era ya muy triste. Quizá fuese solo por el contraste al compararlo con el único hombre que había tenido entre las piernas. Colin nunca hablaba así. Colin era correcto y educado y usaba expresiones como «hacer el amor» porque imagino que las guarradas se las guardaba para la rubia de su oficina.

Me serené.

De: Elisa Carman
Para: Jack Helker
Asunto: Reglas
Trabajamos en un caso, habría sido poco ético.
Elisa Carman

De: Jack Helker
Para: Elisa Carman
Asunto: Bah
Pensaba que te habías dado cuenta, pero, por si te quedan dudas, me importan una mierda las reglas. La única gracia de que existan es poder saltárselas.
Jack (rebelde sin causa)

Pensé en seguir con la conversación diciéndole que me gustaba esa película, *Rebelde sin causa*, pero al final dejé que el e-mail que había empezado a redactar acabase en la carpeta de borradores y apagué el ordenador a toda prisa como si el teclado estuviese ardiendo. La tentación era demasiado brillante y reluciente y de pronto había mutado y me estaba convirtiendo en una urraca avariciosa.

Puede que a él le fuese eso de saltarse las reglas, pero no a mí. No. Yo había crecido en una casa con cajas catalogadas: la A para las muñecas, la B para los artículos de manualidades, la C para los cuentos. Si alguna vez rompía el vestido de una de las muñecas, mi madre me enseñaba a coserlo. Y, por supuesto, era mi tarea lavarlos a mano una vez al mes. Pasar el plumero por las estanterías se convirtió en el juego divertido de los sábados, igual que gatear por el suelo y atrapar cualquier resquicio de suciedad. A lo largo de mi adolescencia, mis notas nunca bajaron de nueve con catorce, como mi madre solía recordarles a las vecinas constantemente mientras regaba los geranios del jardín al caer la tarde. Me admitieron en todas las universidades que solicité y elegí la de Columbia porque quedaba cerca de casa. Allí conocí a mis dos mejores amigas, Emma y Hannah, y a un hombre aparentemente modélico, Colin. Años más tarde, entré como becaria en el bufete, me gradué con honores y terminaron contratándome. El resto era historia. De no ser por la traición de Colin, que supuso una mancha imborrable en mi «expediente de vida», mi existencia rozaría la perfección.

Y ahora llegaba el tío más imperfecto del mundo y ponía mi mundo patas arriba en menos de un mes. No, no y no. No caería en el juego. En su juego.

11

ALCOHOL, FANTASMAS Y HÉROES

Le di un puñetazo al saco de boxeo.

—Tenía que desear tirarme a mi enemigo número uno. No podía, no sé, fijarme en ese vecino mono de la puerta veintitrés que se mudó el mes pasado, o en el camarero de la cafetería o...

—En mí. —Sonrió Aiden.

—Sí, ¡hasta eso sería una opción más razonable! —Negué con la cabeza y me señalé la frente con el guante de boxeo aún puesto—. Algo no está bien aquí dentro, ¿verdad?

Aiden dejó escapar una carcajada.

—No, tiene mucho sentido si te paras a pensarlo. Tú eres competitiva hasta la muerte, así que te atraen los hombres igual de competitivos y exigentes. Colin lo era. Jack lo es. Necesitas que la cosa sea difícil, un reto.

—¡No es verdad! No busco eso.

—Puede que no conscientemente.

Respiré a trompicones, agotada, y me aparté del saco dando por finalizado el entrenamiento. Era sábado y tras el ventanal del gimnasio se distinguía el cielo oscuro, así que debía de ser tarde. Aiden había aguantado como un campeón mis golpes erráticos, mi mal humor y mi conversación poco fluida. El día anterior le había pedido a Hannah que fuésemos a otro local de copas solo para demostrarle a Jack lo «impredecible» que era, aunque probablemente él estaría por ahí con alguna tía que soportase escucharlo durante más de dos minutos seguidos y jamás averiguaría mi gran acto de valentía. Me quité los guantes y suspiré hondo tras apartarme algunos mechones del rostro que habían escapado de la coleta.

—Creo que hice algo malo en otra vida.

—¡No exageres! Va, ve a cambiarte. Te invito a tomar algo.

—¿Ahora? ¿Hoy? Es sábado.

—Ya, por eso mismo.

—¿Y alguien como tú no tiene nada mejor que hacer un sábado por la noche?

—¿Sinceramente? Sí, llevo una semana tonteando con dos gemelas rusas que quieren montárselo conmigo a la vez. Pero soy un buen amigo. —Me dio un empujoncito en el hombro para instarme a ir a los vestuarios—. No tardes.

Media hora más tarde estábamos los dos en un local abarrotado cerca de Chinatown. Aiden engulló casi sin respirar dos platos de fideos fritos con gambas y yo intenté que me entrasen un par de bocados. Los comensales que estaban en la mesa de al lado hablaban en un idioma que no conocía y la calefacción estaba demasiado alta. Sonriente, Aiden alzó su móvil en alto para enseñarme la fotografía de, efectivamente, dos gemelas rubias y esbeltas con una mirada soez.

—Muy... interesante —logré decir.

—Lo sé. Hemos quedado mañana por la noche.

Miré a Aiden. No me sorprendía que pudiese montárselo con quien quisiese, porque tenía unos hombros fuertes y anchos y era muy guapo, el tipo de chico que consigue que una se descoyunte el cuello cuando va caminando tranquilamente por la calle. Qué fácil habría sido la vida si me hubiese sentido atraída por él. Podría haberle pedido que se acostase conmigo como un pequeño favor para acabar así con ese hormigueo incómodo que me acompañaba los últimos días. Por desgracia, aunque agradecía las vistas, no despertaba en mí ningún indicio de deseo.

—¿De verdad te satisface? Quiero decir, acostarte con dos chicas que ni siquiera eres capaz de distinguir y de las que no sabes nada.

Aiden frunció el ceño.

—¡Claro que sé distinguirlas! Y lo haré aún mejor cuando les vea las tetas, porque creo que Natasha se puso una talla más que Karenina.

—¡Qué asco, Aiden!

—¿Las tetas te dan asco?

—¡No! Tu forma de hablar.

—Podría hablarte de su inmenso corazón, porque seguro que son bondadosas y maravillosas, pero si te digo la verdad, solo las he visto una vez. Mi objetivo número uno son las tetas. Mi objetivo número dos, el culo. El resto va sobre la marcha.

Me negaba a creer que todos los tíos fuesen así. Es decir, había visto *Leyendas de pasión* la semana anterior y, vale, no es que pidiese tropezarme con un tipo como Tristan Ludlow, seamos realistas, pero me conformaba con alguien parecido a cualquiera de sus hermanos. Tenía los pies en la tierra.

—Tú también deberías probar lo del sexo sin compromiso. ¿Por qué no te acuestas con el tarad... quiero decir, con Jack? ¿Cuánto tiempo estuviste saliendo con Colin? ¿Casi una década? Eso no puede ser bueno para la salud. —Dio una palmada en la mesa con decisión como si estuviese defendiendo la abolición de la esclavitud—. Date un respiro a ti misma, Elisa. ¡Sal por ahí, disfruta, deja de analizarlo todo!

—Yo no analizo nada —protesté.

—Seguro que has hecho un informe mental detallado sobre los pros y los contras de este restaurante y la posibilidad de pedirle al dueño el certificado de sanidad.

—Eso no es... —Me callé y me mordí la lengua—. Las leyes están para algo.

—Sí, y tú ya te las has saltado.

—¡Solo fue un beso!

—Si las cosas se hacen, se hacen bien y punto. A ver, dame tu móvil, déjame leer esos correos que os habéis enviado.

Chasqueé la lengua, pero al final se lo tendí con un gesto de resignación. Tener una «perspectiva masculina» no ayudaba en absoluto; prefería mil veces los consejos de Emma, que se resumían en: «Es un capullo», «No te merece», «Ya le gustaría meterse en tus bragas», «Hazle sufrir por todas esas mujeres a las que les habrá roto el corazón». Y sí, mi amiga era bastante dada al dramatismo, pero en el fondo tenía razón.

Aiden terminó de leer los correos con una sonrisa

en los labios y me devolvió el teléfono deslizándolo por encima de la mesa.

—Este tío quiere follarte.

—Ya. Qué perspicaz —bromeé.

—¿Por qué no lo haces y ya está?

—¡Porque no puedo! Podría enumerarte unas mil razones, pero basta con saber que mi trabajo estaría en juego y, además, sigo buscando al hombre de mi vida y no puedo permitirme perder el tiempo con tíos como Jack. Cumpliré treinta años dentro de siete meses... cuatro días y nueve horas —resumí haciendo cálculos.

Él se rio y pidió dos chupitos de tequila.

—No exageres. Nadie va a despedirte por un polvo rápido.

—Está claro que no puedo hablar contigo de estas cosas.

—¿Qué cosas? ¿Sexo? Soy el tío más abierto del mundo en ese tema.

—Precisamente por eso.

En cuanto el camarero dejó los chupitos sobre la mesa, me lancé a por uno de ellos, porque de verdad que necesitaba aliviar el nudo que me oprimía la garganta. Un nudo que había aparecido ante la posibilidad de acostarme con Jack. ¿De verdad podía hacerlo? Un encuentro aislado era todo lo que necesitaba para desquitarme y volver a ser yo misma. Los riesgos son fruto de la desesperación, ¿no? Me bebí el tequila de un trago.

—Admite que le doy una nueva perspectiva a esta historia tuya con el tarado de Jack y eso te molesta. ¿O prefieres que me limite a decir lo mismo que seguramente te aconsejarán tus amigas? —bromeó antes de empezar a hablar con voz de pito imitando a una mujer—. «Oh, no, nena, no dejes que ese impresentable se meta en tu cama. Tú vales más que todo eso y él solo busca un polvo.» Pero la pregunta que de verdad debes hacerte es qué estás buscando tú, porque a menos que tengas en mente casarte con Jack y tener un montón de bebés, no veo cuál es el problema.

—¡No, claro que no! Por Dios. Sé que es cruel lo que voy a decir, pero deberían prohibirle tener hijos. Quiero decir, seguro que el diablo lleva una eternidad esperando su oportunidad para conquistar la Tierra, y esa oportunidad pasa por los espermatozoides de Jack.

—Me caes bien cuando bebes. —Aiden se rio y chasqueó los dedos para llamar la atención del camarero que pasaba a nuestro lado—. ¿Nos pones dos margaritas?

—Ahora mismo —respondió solícito.

—No pienso emborracharme —espeté.

—Lamento decirte que ya estás un poco tocada —replicó Aiden—. A ver, ¿por dónde íbamos? Sí, los espermatozoides de Jack. Reconozco que me da un poco de reparo hablar de este tema, pero como soy un amigo increíble, dejaré que te desahogues.

—¡No hablábamos de eso! No exactamente.

—Matices, matices... —se burló.

Le di un trago largo al margarita y tosí mientras dejaba la copa en la mesa.

—¡Joder! Se han pasado con el tequila.

—¡Qué va! Está en su punto. —Aiden se relamió los labios y le guiñó el ojo a las tres chicas que ocupaban el reservado de al lado cuando advirtió que lo miraban.

Le di una patada suave por debajo de la mesa.

—Córtate. Se supone que hoy eres mi cita.

—¿En plan exclusivo?

—Sí, totalmente.

—Vale, sigamos con la terapia. —Emitió un suspiro de resignación—. Supongamos que tienes razón, así que descartemos a Jack de momento. ¿Qué es lo que buscas en un tío? Porque tengo algunos amigos que quizá pueda presentarte.

Aplaudí emocionada. Vale, sí, él tenía razón y el alcohol empezaba a afectarme, pero la realidad era que llevaba más de un año sin tener citas, entristecida junto a mi solitaria vagina, sin apenas sociabilizar. Quedar con uno de los amigos de Aiden para tomar algo sonaba extrañamente bien. Arreglarme para salir, los nervios, las ganas, esa primera impresión...

—No tengo un prototipo... —respondí mientras removía con la pajita los restos de mi copa—. Pero me gusta que sean sinceros. Eso lo primero. Nada de mentiras ni infidelidades. Y que estén dispuestos a comprometerse.

—Perfecto, eso descarta al ochenta por ciento de mis amigos.

—Que sea bondadoso, detallista y humilde.

—Creo que estás describiendo a Aladdín.

—No me interrumpas justo ahora que me estoy viniendo arriba —repliqué y me terminé el margarita de un trago—. También quiero que sea independiente y que no me ponga límites. Ya sabes, no soporto al típico tío que piensa que por metértela pasas a ser de su propiedad y desea tatuarte un puto código de barras en el culo.

Aiden rio y le faltó poco para escupir su bebida.

—¡Ah, y el sexo, sí, importante! Que sea complaciente en la cama, que sepa que el sexo oral es algo recíproco y que entienda el significado de la palabra *preli-minares*.

—¿Preli... qué? —se burló Aiden inclinándose hacia delante—. Ahora que lo mencionas, nunca me has contado qué tal se le daba a Colin el asunto.

—Eres una cotilla de barrio.

—Lo sé, no puedo evitarlo. En el gimnasio uno acaba enterándose de todo y al final terminas cogiéndole el gustillo. Como dijo ese hombre que se llama como mi desayuno, «El conocimiento es poder».

—Pobre Francis Bacon.

—¡Lo tenía en la punta de la lengua! Pero, eh, no cambies de tema.

Aiden pidió dos margaritas más. El ambiente en el local se había vuelto más animado y distendido. Las chicas de la mesa de al lado seguían con los ojos fijos en Aiden y la pareja que ocupaba el reservado de delante no dejaba de reír y hacerse manitas por debajo del mantel. Había unos farolillos diminutos en el centro, entre las dos copas, que invitaban a que la conversación se volviese más íntima.

—Supongo que era normal. No sé, él... él... —Noté que empezaba a tener la boca un poco pastosa, así que le di un sorbo al margarita—. Al principio se esforzaba más. Ya sabes, mi vida siguió un curso lógico y ordenado: primer beso en el patio del instituto a los quince, luego baile de graduación con sus manoseos correspondientes en el asiento trasero de la furgoneta de Jim y, más tarde, pérdida de la virginidad en la universidad, cuando conocí a Colin. Y estaba... bien. Era agradable, ya sabes.

Aiden me miró en silencio durante un eterno minuto desde el otro lado de la mesa. Tenía la boca ligeramente entreabierta y los ojos algo vidriosos por el alcohol.

—A ver si lo he entendido, ¿intentas decirme que solo te has acostado con un tío en toda tu vida? ¿EN TODA TU VIDA? —repitió alzando el tono de voz.

Me giré avergonzada y me removí en el asiento con cierta incomodidad, pero nadie parecía prestarnos atención. Respondí un «sí» muy bajito y él se recostó en el respaldo con una mueca de asombro cruzando su rostro. A ver, vale, lo cierto es que a primera vista no aparentaba ser la típica mujer que solo ha tenido una experiencia sexual, pero, claro, había estado saliendo con Colin durante ocho largos años, lo que, en resumen, limitaba bastante mi tiempo de experimentación. Nada de tríos locos en la universidad ni escarceos en el baño de alguna fiesta. Y después de la infidelidad de Colin lo último que me apetecía era tener un lío esporádico. Estaba decidida a encontrar al hombre perfecto; mi media naranja, la horma de mi zapato, mi Ken perdido y...

—Vale, necesito detalles —pidió Aiden.

—No hay nada que explicar. Perdí la virginidad con Colin y ese mismo tío me engañó hace poco más de un año. Haz cálculos.

—Tenemos que ponerle remedio.

Empezaba a estar muy borracha y mis movimientos eran un poco torpes. Aiden rio a carcajadas, se levantó y me tendió una mano para ayudarme a hacer lo mismo. Me tropecé, a pesar de que, al ser sábado, había acudido al gimnasio vestida con vaqueros, cómodas zapatillas y una camiseta amarilla. Era oficial: estaba como una cuba. ¿Sabéis ese tipo de mareo brutal que no notas hasta que te pones en pie? Pues justo fue lo que sentí al salir del reservado. Las luces del estrambótico local parecieron volverse más difusas y pequeñas a mi alrededor, pero seguí a Aiden sin rechistar cuando salimos de allí.

Unos minutos después, los dos estábamos dentro de otro lugar más ruidoso, más grande y más caótico si cabe. Pedimos un par de cervezas en la barra, Aiden empezó a relatarme algunos de sus escarceos amorosos y se le escaparon un par de cotilleos de lo que ocurría dentro del gimnasio (al parecer, la señora Anne-Lise estaba enamorada de Rick y la semana anterior se había colado desnuda en los vestuarios masculinos al grito de «Soy toda tuya» que, poco después, fue seguido por un llanto tras el educado rechazo de Rick, por lo que a Aiden le tocó consolarla durante horas). Me reí, ajena a todo, disfrutando de la noche. La sensación de mareo se volvió más leve y empecé a sentirme liviana y relajada. Era liberador dejar de controlarlo todo durante unas horas, incluso en lo referente a mí misma.

—Tenemos que encontrarte un ligue.

—¿Qué? ¡No! —protesté—. Se suponía que ibas a presentarme a uno de tus amigos.

—Ya, pero ninguno se acerca a tu descripción. Lo que tú buscas se llama «robot».

Aiden ignoró mis protestas mientras me empujaba hacia la zona de baile. En cuanto empezó a moverse al son de la música con gesto seductor, varias chicas aparecieron a nuestro alrededor, contoneándose y bailando de forma exagerada. Eran como moscas. En mi época, las cosas eran diferentes. Y darme cuenta de que acababa de decir mentalmente «en mi época» me hizo sentirme como una mujer octogenaria. Le di un trago a la cerveza que todavía llevaba en la mano, balanceándola peligrosamente, y pasé un buen rato dando vueltas por ahí, danzando sola, riéndome como loca cada vez que un tío intentaba entrarme (creo que eso los espantó, sí).

Media hora después, cuando volví al lugar donde había dejado a Aiden, entorné los ojos al ver que una de las chicas le acariciaba el pelo con los dedos. Vale, él me ponía menos que una oliva rellena de anchoas (las olivas están de muerte), pero, eh, ¡era mi cita de esa noche! Me acerqué hasta ellos al ritmo de la canción latina que sonaba y me lancé a sus brazos.

—¿Sabes? Tienes razón, consígueme un tío. ¡*Quieeero* echar un polvo! —grité enloquecida—. ¡Quiero *hacerrr* alguna locura!

Aiden se rio y me quitó la cerveza.

—¿Cuánto has bebido?

—*Poquíshimo*.

—Mañana vas a querer matarme —bromeó, me rodeó la cintura y salimos juntos de allí. El aire frío de Nueva York me golpeó en el rostro y reprimí una arcada. Sí, todo muy bonito—. Te prometo que te presentaré a un amigo la próxima semana, pero ahora será mejor que pidamos un taxi —dijo mientras nos acercábamos a trompicones a la fila de vehículos amarillos que estaban aparcados a un lado de la calzada—. ¿A dónde le digo que te lleve?

—¡A la cama! —grité.

—Tu dirección, Elisa.

—La calle de la Piruleta...

Me reí rememorando el capítulo de una de mis series preferidas. Aiden empezó a ponerse serio, aunque él también iba algo tocado, y le pidió al taxista unos segundos, pero este se negó a esperar cuando otras chicas aparecieron y se montaron en el asiento trasero del coche. Reí más fuerte. Eso tuvo su gracia, sí. La cosa es que... no recordaba exactamente mi dirección. Mmm... calle Pirulet... no, calle Raintraine... no. Mierda. Lo tenía en la punta de la lengua, justo al lado de las náuseas que me sacudían el estómago. ¿Iba a vomitar en medio de la calle delante de toda esa gente? ¿Qué diría Henry si me viese en ese estado? Y lo que es peor, ¿por qué pensaba en mi jefe un sábado por la noche? Tendría un pase si estuviese bueno, pero no era el caso; a menos que pudiese considerarse atractivo que alguien guardase unas diez semejanzas con los mamíferos pinnípedos.

—Dame tu teléfono —pidió Aiden.

Se lo tendí sin dudar. En esos momentos, si me hubiese pedido que le diese mis bragas, me las habría quitado ahí mismo. Era como un monigote. Lo vi buscar algo en el móvil antes de llevárselo a la oreja. Mientras él hablaba con alguien, yo reía y me lamentaba a la vez. Reía porque me parecía de lo más gracioso el perro que un hombre trajeado paseaba por la calle de enfrente. Y me lamentaba porque mi vida era un verdadero fracaso. Mi trabajo ya no era un terreno en el que me sintiese segura. El que iba a ser mi futuro marido estaría ahora tirándose a alguna rubia por ahí y yo ni siquiera podía controlar mis movimientos y caminar sin tropezarme.

—¿A quién has llamado?

Aiden me metió el teléfono en el bolso.

—Jack viene hacia aquí.

—¿Qué has *hesho* qué?

—¡Era el único contacto de tu móvil que me sonaba! No sé dónde vives, ¿qué querías que hiciese? —se defendió antes de sonreír lentamente—. Pero, eh, lo de la calle de la Piruleta ha sido un puntazo. Mira, a ver qué te parece esto: un hombre dice «¡Tiraos a la mar!», y la mar se quedó preñada.

—¡No me hace gracia!

—¿Por qué no? Es bueno.

—¡Has perdido la cabeza!

—¿Sabes por qué un elefante no puede viajar? Porque la huella digital no le entra en el pasaporte.

—¿Cómo se te ocurre llamar a Jack?

—No te enfades. Me das miedo cuando te enfadas —admitió.

—¡Pues estoy *muuuy* enfadada! —repliqué—. No entiendo nada y hemos acabado aquí... en la calle... una calle que se mueve como plastilina.

—Estás como una cuba.

—¡No es verdad! ¿Cómo te atreves a llamarme borracha...? —balbuceé e intenté pegarle un puñetazo en el pecho, pero acabé golpeando la pared de enfrente y solté un alarido de dolor—. ¡Ay, joder!

—Hostia, ¿te has hecho daño?

Gimoteé como una cría idiota.

—¡*Jamazzz* volveré a salir contigo de fiesta!

—Vamos, la cosa se ha descontrolado un poco, pero lo hemos pasado bien, ¿no? Ven, cariño, enséñame esa mano. Curasana, curasana, si no se cura hoy, se curará maña...

Incluso en mi lamentable estado, pude notar la presencia de Jack antes de que apartase a Aiden y se inclinase hacia mí. Y es que, demonios, ¡olía tan bien! Olía como me imaginaba que deberían oler los ángeles. Un cielo de Hugo Boss. No quise pararme a pensar en la peste a alcohol que yo desprendería en esos momentos. Sus ojos eran hielo puro mientras evaluaba mis dedos con detenimiento. Después, con gesto serio, se giró hacia Aiden y le estrechó la mano con mucha fuerza, porque el otro se quejó, antes de pedirme que me despidiese de él y dirigirme con determinación hacia el taxi con el motor encendido que nos esperaba estacionado a un lado. Entré tras él, casi obligada por el tirón que me dio, y fue entonces cuando reparé en que, sentada en el otro extremo, con las manos cruzadas sobre el regazo, había una niña de unos ocho años.

—A West Village —dijo Jack.

¡Oh, sí, justo ahí estaba mi apartamento!

Noté una sacudida en el estómago cuando el taxi se puso en marcha y las calles de la ciudad se convirtieron en un dibujo difuso tras la ventanilla. Le presté a la niña toda mi atención. Era rubia, con dos graciosas coletas a ambos lados de un rostro redondeado y unos bonitos ojos azules. Llevaba puesto un vestido de color azul pálido y en la mano derecha sostenía un mono de peluche. Entorné los ojos. ¿Estaba teniendo visiones?

—Creo que hay un fantasma de una niña en el taxi... —balbuceé.

—Shh, cierra la boca. —Jack se giró hacia la pequeña—. Y esto es lo que pasa cuando bebes. Por eso estamos en contra de las drogas, ¿entendido?

—Entendido —respondió dulcemente.

—Así me gusta.

La niña se inclinó hacia delante y me miró.

—¿Se va a morir?

—No creo —contestó Jack.

—¡Eh, claro que no *pienssso* palmarla! —grité—. Todo esto ha sido por tu... por tu culpa. Eres lo peor. Me hiciste comprar un consolador al que llamé «Gerard» y ni eso funcionó, *ashí* que... tuve que salir... buscar hombres... alivio...

—¿Qué es un consolador? —preguntó la niña.

—Es un aparato que consuela a las personas que están tristes y solas —explicó él con sorprendente calma antes de dirigirse a mí—: ¿Crees que podrías mantener la boca cerrada hasta que lleguemos a tu apartamento?

—*Shí*.

—Perfecto.

Tenía ganas de llorar. De pronto me entró un inmenso bajón. Ya no me sentía liviana, ni mucho menos libre; tan solo notaba un malestar profundo y ganas de dejarme caer sobre un colchón con la firme intención de no volver a levantarme jamás. Me dolía la cabeza, el estómago y me picaban los ojos.

Cuando llegamos a West Village, Jack le pagó al taxista y los tres bajamos (yo con cierta dificultad). Al menos estaba lo suficientemente despierta como para advertir que la escena era de lo más surrealista. La adorable niña nos miraba en silencio con el mono colgando de su mano mientras él me arrebataba el bolso del brazo y rebuscaba en su interior hasta encontrar las llaves. Las sacó, se dirigió a la puerta de mi edificio y abrió sin vacilar. Los seguí cuando se metieron dentro, aunque tuve que apoyarme en la pared de la portería para no caerme. Maravilloso. Una noche estupenda.

—¿Qué piso es? —preguntó Jack en el ascensor.

—El tres. Creo.

La niña se me adelantó y apretó el botón con decisión. Sus ojos vivaces se clavaron en los míos y me dedicó una sonrisa infantil.

—Gracias por enseñarme las consecuencias de las drogas —dijo.

—Oh, no hay de qué. Eres un encanto —chapurreé.

Jack puso los ojos en blanco y suspiró sonoramente. El ascensor se paró en la planta tres y, antes de que me diese cuenta, estaba por fin dentro de mi apartamento. Mi adorado y seguro y confortable apartamento. Me dije que nunca volvería a salir de estas cuatro paredes. Regaliz se estiró y bostezó antes de darnos la bienvenida.

—¡Un gatito! ¡Es un gatito! —exclamó la chiquilla antes de apresarlo entre sus brazos.

Y no sé cómo ocurrió exactamente, pero cinco minutos después, ella estaba sentada en mi sofá, bebiéndose un tetrabrik de zumo de mi nevera, viendo mi televisión, con mi mascota sobre sus piernas.

Empecé a pensar que quizá todo fuese una alucinación mía. Puede que no solo hubiese bebido como un ruso a cincuenta grados bajo cero; existía la posibilidad de haber caído en la tentación de fumar un poco de maría. Sabía que me afectaba muchísimo, porque en la universidad Emma compró un día un cogollo a un tipo de su clase y solo nos hizo falta darle cinco caladas para terminar bailando desnudas una canción de los Backstreet Boys en el salón del piso que compartíamos.

—¿Puedes esperarme un momento viendo ese canal en el que echan dibujos todo el día? —le preguntó Jack a la niña, y ella asintió—. No tardaré, lo prometo.

Acto seguido, me cogió del brazo con firmeza y me llevó hasta la cocina.

—¿De verdad no es un fantasma? —insistí.

Jack me ignoró antes de preguntarme en qué cajón guardaba las pastillas. Sacó una, llenó un vaso con agua y me pidió que me la tragase.

—Mañana me darás las gracias. De rodillas —siseó.

—¿«De rodillas» en plan sexual o solo lo dices *enfadabo*?

141

—Jodidamente enfadado. Y tómate la pastilla.

—Está bien. —La cogí, me la tragué de golpe e hice una mueca al notar una sacudida en el estómago—. ¡Mierda!

—¿Qué pasa?

—Tengo ganas de...

—¡Joder! Venga, corre.

Y allí estaba yo, sí, arrodillada enfrente del retrete, vomitando mientras mi archienemigo (que, además, me ponía un montón) me sujetaba el pelo y me dedicaba alguna palabra de consuelo, algo que, dicho sea de paso, no era muy propio de él. Me tendió el cepillo de dientes cuando terminé y esperó pacientemente mientras me lavaba la cara e intentaba serenarme. Menuda noche. Definitivamente, primera y última vez que salía por ahí con Aiden; nos limitaríamos a entrenar juntos.

—¿Mejor? —preguntó Jack.

Asentí. La niña, todavía sentada en mi sofá con el gato durmiendo sobre sus piernecitas, nos saludó felizmente con la mano cuando cruzamos el comedor para ir hasta la habitación. A esas alturas ni me habría inmutado si se hubieran colado por las ventanas unos cuantos Umpa Lumpa.

Jack suspiró hondo tras encender la luz.

—Podrás desvestirte tú sola, ¿verdad?

—¿Te estás *inshinuando*?

Alzó una ceja al mirarme.

—Te aseguro que no.

¡Estaba tan guapo...! En serio, llevaba unos vaqueros desgastados y un suéter oscuro que le daba un aire muy sexy y tenía esa mandíbula tan masculina con la barba de un día y los ojos claros y brillantes... Posiblemente todo eso fue lo que me impulsó a lanzarme hacia él y rodearle el cuello con los brazos, pegándome a su cuerpo. Jack me miró serio, casi sin pestañear.

—*Teníasss* razón. *Shí* que deberíamos acostarnos.

—Me merezco algún tipo de premio honorífico por esto —comentó apartándome de él con delicadeza. Luego hizo a un lado las mantas de la cama—. Quítate las zapatillas.

—¿Vamos a hacerlo ahora? —pregunté con la voz gangosa.

—Claro, nena. Empieza por esas zapatillas.

Lo vi contener la risa, pero estaba demasiado borracha como para pararme a analizar el gesto y no me lo pensé dos veces antes de alzar los brazos y quitarme la camiseta. Del rostro de Jack se borró cualquier indicio de diversión.

—¿Pero qué demonios...?

—¡Jack! ¿Falta mucho? ¿Puedes preguntarle si tiene galletas de chocolate? —Se escuchó la voz almibarada de la niña tras la puerta, hacia donde él se lanzó para impedir que pudiese abrirla.

—¡Cariño, no hay galletas! ¡Salgo en seguida!

Para cuando volvió a girarse, ya me había desprendido de los vaqueros y de las zapatillas. Lo vi respirar profundamente mientras sus ojos se deslizaban por mi cuerpo y me gustó el deseo que encontré en ellos. Hacía una eternidad que nadie me miraba así; tan intenso, tan contenido. Jack cerró los ojos, sacudió la cabeza y me dio un empujoncito para que me metiese en la cama.

—Ni se te ocurra moverte, Elisa. Ahora vas a dormir, ¿entendido? Cuenta ovejas, respira hondo o haz lo que quieras, pero quédate quieta.

¿Dormir? ¿Quién quería dormir teniendo enfrente a ese hombre? Yo no, desde luego. Intenté decírselo, pero tenía la boca tan pastosa que terminé atragantándome y tosiendo. Jack me tapó con las mantas, metiéndolas bajo el colchón como si intentase encarcelarme dentro de la cama, y luego me dio las buenas noches, abrió la puerta y salió. Escuché susurros a lo lejos, la voz suave de una niña de coletas rubias y el tono más grave de Jack respondiéndole que «esto que había visto solo era una de las muchas consecuencias que acarreaba consumir drogas». Después, con la garganta dolorida y los párpados pesados, me sumí en un profundo sueño.

12

DECISIONES, DECISIONES

Me desperté con un dolor de cabeza insoportable y conseguí llegar al cuarto de baño a duras penas, tambaleándome por el pasillo. Tenía el rostro lleno de rímel y parecía una punki de los ochenta tras una juerga loca. La noche anterior me había transformado en una Elisa que era incapaz de reconocer al mirarme al espejo. Me lavé la cara con agua fría e ignoré la sacudida que noté en el estómago cuando los recuerdos me asaltaron y el rostro de Jack apareció en ellos.

Jack, en mi casa. En mi habitación.

Jack... ¿Y una niña rubia?

Sí, estaba casi segura de que no lo había imaginado. Una niña con dos coletas lo acompañaba. Una niña que también subió a mi apartamento, se sentó en mi sofá y achuchó a mi gato entre sus brazos mientras se entretenía viendo dibujos animados y yo vomitaba sin control. Fabuloso. Suspiré hondo y regresé al dormitorio en busca de mi teléfono móvil. Fue entonces, al ver los pantalones hechos un ovillo en el suelo, cuando advertí que solo llevaba puesta la ropa interior.

Ahogué un gemido. «¿En qué momento exacto me había desnudado?». Lo cierto es que no era capaz de ubicar la escena entre el manojo de recuerdos confusos que me sacudían y prefería no valorar demasiado la posibilidad de que Jack me hubiese quitado la ropa, así que opté por ignorarlo (temporalmente) y centrarme en encontrar el teléfono (veinte minutos más tarde descubrí que estaba en el cajón de las pastillas de la cocina, vete tú a saber por qué). Tenía tres llamadas perdidas de Hannah. Me convencí de que no me llevé una pequeña decepción al no ver el nombre de Jack en la pantalla y marqué el número de mi amiga tras beberme un vaso de agua para aliviar la sequedad en la garganta.

—¿Dónde te habías metido?

—Estaba durmiendo, es domingo.

—Prometiste ayudarme con el local, ¿recuerdas?

—¡Oh, mierda! Es verdad. Lo siento, Hannah.

—No pasa nad...

—Me doy una ducha rápida y estoy allí en media hora —la interrumpí—. ¿Qué te parece si compenso el retraso pasando por un Starbucks y cojo dos cafés para llevar?

—El mío con canela y doble de nata.

—Eso está hecho, rubia.

Me duché a toda prisa antes de dirigirme hacia Tribeca, el barrio donde estaba el local que Hannah había alquilado para montar su negocio de organización de eventos; se encontraba en la zona más meridional de la isla de Manhattan y en los últimos años había adquirido cierta fama alejándose de su pasado como distrito in-

dustrial. Era un buen lugar para empezar y algo parecido a calderilla para la familia Smith.

Cuando llegué, con un enorme vaso de café en cada
mano, admiré la enorme cristalera que daba a una de
las calles más transitadas. La persiana estaba bajada
hasta la mitad de la puerta, así que tuve que agacharme
para entrar.

—¡Madre mía, Hannah! ¡Esto es increíble!

—¿Verdad que sí? —Se acercó a mí dando salti-
tos—. Creo que la luz es lo mejor. Y el espacio. Y ese
papel raro de las paredes que no pienso cambiar. ¿Este
es mi café? —Cogió el que llevaba escrito «canela» en
la etiqueta y me enseñó el resto del local.

Lo cierto es que la incansable búsqueda de Hannah
había valido la pena, porque el sitio era perfecto, lumi-
noso y amplio. Me explicó los planes que tenía para
cada rincón y lo maravilloso que quedaría incorporar
un pequeño salón con cómodos sofás a un lado de la
entrada para los clientes que tuviesen que esperar.

—Es una gran idea —opiné.

—Lo que todavía no tengo claro es si colocar la
mesa al fondo o junto a la pared de la derecha, ¿tú qué
opinas? Quiero que se vea desde la puerta principal,
pero también tener un poco de intimidad.

—¿Y por qué no en la esquina?

Hannah ladeó la cabeza.

—Podría funcionar.

—¿Lo probamos?

—Ahora mismo.

Dejamos los cafés encima de una de las muchas cajas de cartón que seguían cerradas y amontonadas a un
lado y entre las dos movimos la mesa, sobre la que tan
solo había un ordenador portátil brillante y nuevo, la

agenda de Hannah y un par de bolígrafos. Al terminar el trabajo, nos alejamos unos pasos para ver el resultado final desde todos los ángulos.

—A mí me gusta —dijo.

—Y a mí. Es sencillo, pero efectivo.

—Desde aquí puedo controlar a los clientes que entran, pero también mantener un espacio propio para el que esté atendiendo. Es perfecto.

—¿Estás contenta? ¿Eso significa que puedo meterme en vena el café que he traído? Porque te juro que necesito mi dosis para seguir en pie. Anoche... bueno, no, no quieras saber lo que ocurrió anoche. En realidad, ahora que lo comento en voz alta, ni siquiera estoy segura de qué fue lo que hice.

—¿Te acostaste con alguien?

—¿Qué? ¡No, claro que no!

Fui a por los cafés, le entregué a Hannah el suyo cuando se sentó en la silla frente al escritorio blanquecino, y yo me acomodé en la esquina de la mesa.

—Pues deberías hacerlo; conocer a chicos, tener citas, salir por ahí. Colin nos engañó a todas con esa pinta de cordero mono, pero es hora de dejarlo atrás.

Bebí un sorbo de café y sonreí.

—¿Existen los corderos «monos»?

—Ya sabes lo que quiero decir.

Hannah se había tomado la traición de Colin como algo personal, cosa que también hizo a la inversa con el idílico reencuentro entre Emma y Alex. Así era ella, sensible y empática a niveles insospechados. El día que decidí que no me casaría con él, Hannah estuvo a mi lado, llorando incluso cuando yo no lo hacía, comiendo helado mientras veíamos una telenovela cutre para intentar dejar de hablar de ese hombre con el que pensé que pasaría el resto de mi vida. Días más tarde, tras coger un avión, Emma se unió al plan. Y ese era el secreto de nuestra amistad: sostenernos entre nosotras a pesar de lo diferentes que éramos y no dejar que la distancia afectase a nuestra relación.

—Ayer salí por ahí con Aiden.

—¿Aiden? ¿Quién es Aiden? ¿Por qué no me has hablado de él hasta ahora?

Hannah me miró indignada con sus ojos azules abiertos de par en par.

—No te emociones. Aiden solo es el chico con el que entreno y al que, por cierto, pienso matar en cuanto vuelva a verlo. La cosa es que me invitó a cenar, terminamos pidiendo un par de copas y lo siguiente que recuerdo es estar en otro local más grande, rodeada de gente y con ganas de vomitar. Después no conseguí recordar el nombre de mi calle, así que a Aiden se le ocurrió la fantástica idea de llamar a Jack.

—¿Jack el abogado?

—Ajá, ese Jack. Y apareció, sí, junto a una niña. No preguntes. Yo tampoco tengo ni idea de qué pintaba en la escena, aunque era una preciosidad. La cuestión es que me llevó hasta mi apartamento y hoy me he despertado en ropa interior.

Hannah se echó a reír y estuvo a punto de escupir el café. Tragó como pudo.

—Eso no cuenta como cita, tan solo como noche loca. ¿Sabes qué? No importa, también te hacía falta algo así, desmadrarte un poco. —Se enroscó en el dedo un mechón de cabello—. Creo que la solución de todos tus problemas pasa por acostarte con Jack. Además, tiene fama de saber lo que se hace; salió durante tres meses con la modelo Kate Rowen.

—Vale, eso no es de gran ayuda para mi autoestima —protesté, y me lo imaginé de inmediato al lado de una joven de piernas kilométricas y sonrisa perfecta a lo Julia Roberts. Noté un pequeño (pequeñísimo) tirón en el estómago—. Además, no sé por qué a nadie os importan las normas y empiezo a entender por qué los juzgados siempre están llenos. Tenemos un caso pendiente, ¿recuerdas?

—¿No me dijiste que se aplazaba hasta después de Navidad?

—Sí, pero mi idea era aprovechar ese tiempo para conseguir información. No tengo ninguna ventaja y necesito algo sólido para cubrirme las espaldas.

—Una cosa no quita la otra. Sigue indagando mientras te acuestas con él.

Me quedé callada mirando fijamente a Hannah. Fue como si los minutos se convirtiesen en segundos y las manecillas del reloj se detuviesen entre nosotras. Tenía tiempo para encontrar información valiosa sobre Frank Sanders. Tiempo durante el cual, en mi trabajo, me dedicaría a otros casos. Teóricamente, mientras tanto, estaba fuera del caso, ¿no? Bueno, no, lo cierto es que no, porque seguía siendo mío, vale, pero era algo así como estar en *stand by*.

«¿Qué narices me pasa?»

No, esa no era la solución.

—Lo que sí debería hacer es tener alguna cita o algo del estilo. Y con alguien que no sea Jack —puntualicé—. ¿Cómo es posible que en una ciudad con millones de tíos resulte tan complicado encontrar a uno decente? Está claro que algo no funciona en el proceso de fabricación.

—Así son las relaciones de pareja en el siglo xxi.

Cortas, superficiales e insatisfactorias. —Estaba a punto de admitir que era una de las frases más inteligentes que le había oído decir en toda mi vida, cuando añadió—: ¡Pero existe un aliado! ¡Las webs de citas! —exclamó alegremente antes de abrir la pantalla del portátil—. Veamos... La última en la que nos inscribimos Dasha y yo tenía un montón de filtros, lo que es genial porque así te ahorras tratar con todos los perturbados de Nueva York. Es un poco lío tener que rellenar todos los datos y contestar tantas preguntas, pero vale la pena. Antes de hacerlo, dos tíos me preguntaron si mis tangas olían a vainilla. Y hubo uno que, para pedirme amistad, me envió una fotografía de su pene con una carita sonriente dibujada en la punta con rotulador.

—¡Joder, Hannah! Si esperabas convencerme con eso...

—No, no, tranquila. Una vez rellenes el formulario, el sistema te sugerirá posibles parejas afines a ti. ¡Así tenéis cosas en común! Y luego tú eliges con quién te apetece hablar si te gusta su fotografía de perfil o sus intereses... Mira, vamos a probarlo ahora mismo. Te abriré una ficha.

—No sé yo...

—¿Quieres conocer al padre de tus hijos?

—Eh, sí, pero... es que... apenas tengo tiempo...

—Deja de poner excusas.

—¡Está bien, está bien!

—¡Ficha abierta! —canturreó.

Así que durante la siguiente media hora larga estuve respondiendo cosas como «¿Qué esperas encontrar en un hombre?», «¿Cómo te ves a ti misma dentro de diez años?», «¿Playa o montaña?» y un sinfín de preguntas del estilo que nos arrancaron más de una carcajada. Para cuando regresé en metro a mi apartamento, volvía a sentirme algo más segura y calmada, más yo. Al menos hasta que saqué el móvil del bolso y lo toqueteé con cierto nerviosismo antes de abrir un nuevo correo. Suspiré hondo. Era lo mínimo que podía hacer, las cosas como son.

De: Elisa Carman
Para: Jack Helker
Asunto: Gracias

Solo quería darte las gracias por lo de anoche. Siento mucho que Aiden decidiese llamarte justo a ti de entre todos los contactos que había en mi teléfono... La cosa es que... gracias. No tenías por qué ir y lo hiciste, así que supongo que te debo una.

P. D.: Llevo todo el día intentando ignorarlo, pero ¿por casualidad no sabrás tú por qué me he levantado desnuda? Quiero decir... de verdad espero que NO LO SEPAS y me diese por desvestirme después de que te fueses. Es una pequeña laguna que tengo.

Elisa Carman

Pulsé el botón de «Enviar» y me entretuve observando los rostros de los pasajeros del metro que estaban sentados en la fila de enfrente. De pequeña, solía intentar imaginar cómo serían las vidas de las personas que había a mi alrededor, esas que nunca llegaría a conocer, pero con las que probablemente compartía casi a diario un trayecto de media hora. Me pregunté si la chica morena con flequillo recto habría encontrado a su gran amor o si el tipo de al lado acababa de empezar algún tipo de dieta y por eso se zampaba una manzana verde con gesto distraído mientras leía un periódico. Bajé la vista a mi teléfono cuando vibró y sentí tal desilusión al ver el nombre de Aiden en la pantalla que cualquiera de esos desconocidos a los que yo analizaba podría haber adivinado cómo me sentía.

De: Aiden Park
Para: Elisa Carman
Asunto: ¿Estás viva?
¡Buenos días! (o más bien tardes) ¿Estás viva? Espero que sí. Que sepas que llevo todo el día con una resaca monumental (eso debería hacerte sentir mejor). O por si acaso no lo he conseguido a la primera, probaré con una segunda táctica: ¿sabes cuál es el animal más antiguo del mundo? El pingüino, porque está en blanco y negro.
Aiden Park

Presioné los labios para no reírme.

De: Elisa Carman
Para: Aiden Park
Asunto: Viva y vengativa
Gracias por preocuparte. Sí, sigo viva. Sí, me consuela saber que también tienes resaca. Y sí, pienso machacarte durante el próximo entrenamiento. Ah, y no, el chiste no es gracioso.
Elisa Carman

Suspiré cuando el móvil volvió a vibrar, convencida de que Aiden se tomaría aquello como un reto. En realidad, cuando estábamos dentro del ring, él disfrutaba de forma proporcional al nivel de mi cabreo, así que esa semana iba a pasárselo bien.

Pero esta vez no era él, sino Jack.

De: Jack Helker
Para: Elisa Carman
Asunto: Desnuda

Ya lo creo que me debes una. No, me debes varias en realidad. Por alejarte de ese idiota como-se-llame, por ir a por ti y por obligarme a hacer de niñera un sábado por la noche. De momento, me tomaré el *striptease* que me dedicaste como un pago anticipado por mis caballerosos servicios.

Jack Helker (de aquí en adelante, tu héroe)

De: Elisa Carman
Para: Jack Helker
Asunto: DIME QUE MIENTES

¿Hablas en serio? ¿Te dediqué un *striptease*?
Elisa Carman

De: Jack Helker
Para: Elisa Carman
Asunto: Keep Calm

Tranquila, te estaba tomando el pelo. No hiciste ningún *striptease*, solo te desnudaste delante de mí.

Jack Helker (el mirón)

De: Elisa Carman
Para: Jack Helker
Asunto: ...

¡Eso es jodidamente lo mismo!
Elisa Carman

De: Jack Helker
Para: Elisa Carman
Asunto: Así es la vida

¿Y qué querías que hiciera? Estabas como una regadera. Se me olvidaba, ¿te he contado ya que confesaste que querías follarme? Yo tenía razón. Los borrachos no mienten.

Jack Helker (conocedor de tus sucios secretos)

¡Joder! Estuve a punto de darme un tortazo a mí misma delante de los demás pasajeros al advertir que me había pasado dos paradas. Los efectos secundarios de Jack no tenían límites. Me levanté a toda prisa, bajé en la siguiente y no sé qué me dio, pero terminé acercándome a una cafetería y sentándome en una de las mesas del fondo. No estaba lejos de casa, así que podía ir más tarde dando un paseo, pero por alguna razón no me apetecía encerrarme ya entre esas cuatro paredes. Pedí otro café, a riesgo de que me diese un infarto, y volví a releer el último mensaje.

Vale, en esa lo había pillado. Yo no hablaba así.

De: Elisa Carman
Para: Jack Helker
Asunto: Pinocho
¿Dije exactamente «Quiero follarte»?
Elisa Carman

De: Jack Helker
Para: Elisa Carman
Asunto: Tecnicismos
Venía a ser lo mismo, pero si quieres que sea preciso, creo que fue algo parecido a «Tienes razón, deberíamos acostarnos». No sé por qué sigues empeñada en fingir que no estás loca por mí, ¿tan horrible es?

155

Ah, por cierto, ¿cómo está «Gerard»? ¿Te deja satisfecha?

Jack Helker (curioso)

¡Joder, le había hablado de «Gerard»!

Tragué el sorbo de café bruscamente.

Inspiré hondo mientras releía los mensajes e intentaba tomar una decisión. Una decisión que era arriesgada, impropia de mí e irresponsable. Probablemente, cuando contesté, más que «escuchar mi corazón» en plan místico, lo único que tuve en cuenta fue el deseo que sentía entre las piernas. Pero es que Jack me podía y me invadió de pronto el pensamiento de que la vida era corta y de que, al fin y al cabo, todos íbamos a morir pronto y blablablá. La cuestión es que me dije que «de perdidos, al río».

De: Elisa Carman
Para: Jack Helker
Asunto: Solo son suposiciones...

Suponiendo que tú tengas un poco de razón (y que «Gerard» fuese una pequeña decepción), y yo estuviese dispuesta a saltarme las reglas... ¿cómo lo haríamos? Quiero decir, ¿en tu casa o en la mía? (suena terrible, pero...)

Elisa Carman

Conociéndolo, crucé los dedos para que no me hiciese suplicar o, peor aún, decidiese tomárselo como una broma y lo usase para partirse de risa hasta el fin de sus días. Tardó más de lo previsto en contestar, pero, cuando lo hizo, el corazón me dio un vuelco.

De: Jack Helker
Para: Elisa Carman
Asunto: No podría sonar mejor

Entonces supongamos que estaré en tu casa sobre las diez y que pienso hacer que recuerdes esta noche cada vez que vuelvas a divertirte con «Gerard».

Jack Helker (loco por lamerte entera)

13

EL DIABLO ENTRE MIS SÁBANAS

Esa tarde volví a la tierna adolescencia. Me di una segunda ducha, me depilé, me miré en el espejo durante
más de media hora y pasé otras dos probándome diferentes modelitos a cada cual más horrible. Porque,
vamos a ver, ¿cómo se viste una cuando ha quedado
con su cita en casa? En pijama no, obvio, pero si me
ponía unos taconazos, parecería demasiado forzada.
Llamé a Emma por Skype y puse el manos libres con
Hannah.

—La falda no me convence.

—A mí tampoco —admití.

—¿Estás segura de lo que vas a hacer?

—No quiero pensarlo más. Y una locura al año no
hace daño.

—No pareces tú. —Emma rio.

Puede que tuviese razón, puede que quedar con un
tío para echar un polvo así en frío no tuviese mucho
que ver con la Elisa que todos conocían, pero no siem-

pre lo sabemos todo sobre nosotros mismos. A veces nos sorprendemos. A veces nos damos cuenta de que llevamos tiempo reprimiendo cosas que queremos. A veces nos alejamos de aquello que deseamos ser y nos conformamos con lo que se espera de nosotros. Uno nunca deja de seguir conociéndose. Yo me había pasado ocho años acomodada entre los brazos de un hombre que al final no me quiso lo suficiente, y ahora estaba cansada de ceñirme a lo correcto. Seguía deseando encontrar al amor de mi vida, claro, pero la búsqueda podía esperar un día más. Porque solo sería eso, un día, una noche.

—¿Qué vestidos tienes? —preguntó Emma.

—No, vestido no —repuso Hannah—. Si fuese verano, sí. Pero ahora tendrías que ponerte medias, botas... Se supone que quieres que piense que no te has esforzado demasiado para recibirlo.

—Madre mía, presiento que esto es una mala idea. Ya sabéis que soy un poco bruja y tengo una *premotición*, premonición, como se diga eso.

—Emma, ¿qué te da de beber Alex en California? —pregunté antes de echarme a reír.

—Caipiriñas, mojitos, mucho tequila. Ya no me quedan neuronas.

—En serio, deja de preocuparte. Tú tuviste tus líos locos en la universidad, yo nunca he podido probar eso de tirarme a un tío y despertarme sola por la mañana en la cama. Y me apetece mucho. Creo que será... liberador, sí.

—¿Podemos volver al tema de la ropa?

—Sí, Hannah, perdona, cariño. Decías que vestido no.

—Ponte unos vaqueros que te queden bien y que te

hagan el culo respingón, y lo combinas con algún suéter sencillo que no sea de cuello cerrado y que tenga un buen escote. Te queda bien el pelo suelto, así, natural, como cuando te lo peinas con los dedos.

Me despedí de ellas un rato después tras asegurarles que al día siguiente las llamaría para ponerlas al corriente. La última vez que mantuve una conversación de ese estilo con mis amigas fue cuando tenía veinte años y aquel momento parecía tan lejano e irreal... Estábamos en la universidad, en la habitación de Hannah (que era la única que pertenecía a una hermandad porque su madre, su abuela y, en resumen, todas sus antepasadas habían formado parte de esa especie de secta en la que todas se denominaban «hermanas» pero luego se apuñalaban por la espalda), y recuerdo que pusimos patas arriba su (inmenso) armario y al final terminé vistiéndome con una falda vaquera y una camiseta blanca de lo más simple. ¡Estaba tan nerviosa...! Al irme, me faltó poco para caerme por las escaleras, y cuando llegué junto al árbol donde había quedado con Colin, temblaba por dentro como una cría.

Lo cierto es que apenas nos habíamos dirigido la palabra durante los primeros meses de carrera, pero todo cambió cuando la profesora Faith nos emparejó para hacer juntos el trabajo de fin de año. Yo me enamoré de él en un pestañeo, y cuando me pidió salir aquel once de abril, pensé que estaba soñando. Colin era... perfecto. Era encantador, atento, inteligente y divertido. Se le daban bien los deportes, los estudios y las chicas. Estar con él era como vivir dentro de un anuncio de detergente en el que solo hay sonrisas, ropa de un blanco cegador y familias felices que corren alegres por un campo verde. Así que me pasé la mitad de mi vida intentando contentar a mi madre y la otra mitad esforzándome por estar a la altura de mi maravilloso e ideal novio.

Y ahora que por fin era yo misma, sin tener que proyectar ninguna imagen concreta frente a los demás, me sentía un poco perdida; como si necesitase agarrarme al papel de «hija», «novia» o cualquier otra «etiqueta» para estar completa.

Pero empezaba a tomar mis propias decisiones.

Jack era una de ellas. La atracción que sentía por él había sido sin duda el detonante principal, pero también me llamaba el riesgo, hacer algo «malo» por una vez en mi vida, sin pensar, sin juzgarme. Hacerlo y ya está. Desquitarme. Olvidarlo después. Seguir adelante. Encontrar al hombre con el que pasar el resto de mis días...

«¡Ya estoy planificando y esquematizándolo todo!», pensé algo molesta. Sacudí la cabeza, me levanté del sofá y me dirigí hacia la cocina. Hacía rato que había terminado de vestirme y el tiempo parecía haberse ralentizado. Estaba nerviosa e inquieta, y en dos ocasiones cogí el teléfono con la intención de mandarle a Jack un mensaje para cancelar los planes, pero, no sé por qué, ninguna de esas veces fui capaz de darle al botón de «Enviar». Suspiré hondo y decidí abrir una botella de vino. Eran las diez y cuarto. Me serví una copa y le di un buen trago. Diez y diecisiete. ¿Dónde se habría metido? Me fastidiaba tener que esperarle. El timbre sonó a las diez y veintidós.

Esperé junto a la puerta, incómoda, incapaz de mantener las piernas quietas. De pronto no sabía qué hacer con mis brazos (eran dos extensiones de mi cuerpo con las que llevaba conviviendo veintinueve años y así, de golpe y de repente, habían dejado de pertenecerme). ¿Por qué estaba tan nerviosa? Yo no me ponía así de nerviosa nunca. Intenté apartar esa sensación mientras abría la puerta, pero, conforme lo hacía, regresó con más fuerza. Me quedé mirándolo en silencio, todavía sin dejarlo entrar.

Estaba muy guapo. Demasiado guapo. Vestía unos vaqueros oscuros y una chaqueta negra y azul de motorista, lo que me hizo fijarme en el casco que sostenía en la mano derecha. Imaginé que esa era la razón de que llevase el pelo algo despeinado y, como si estuviese escuchando mis pensamientos, se lo revolvió aún más mientras me sonreía con inocencia.

—¿Piensas dejarme entrar o...?

—Llegas tarde —apunté.

—Puedo explicártelo, nena. —Ladeó la cabeza—. ¿Has visto? Ya empezamos a sonar como un viejo matrimonio. Vamos, déjame entrar. Sé buena.

Ni siquiera sabía si estaba cabreada o tan solo inquieta por estar a punto de sufrir un infarto, pero terminé apartándome a un lado y él se coló en mi apartamento con naturalidad, como si lo hiciese todos los días. Respiré hondo, con las pulsaciones a mil por hora. Era como si invadiese mi espacio, el lugar, todo.

Se quitó la chaqueta y la dejó con cuidado sobre el brazo del sofá.

—¿Tienes algo para beber?

—Sí, acabo de abrir una botella de vino.

Pasamos a la cocina y le tendí la botella mientras me ponía de puntillas para alcanzar otra copa. Él la alzó en alto y me miró divertido.

—¿Y dices que «acabas» de abrirla?

—Bueno, hace un rato. ¡No llegabas! ¿Qué querías

que hiciese? Me estabas... poniendo nerviosa... —Me mordí el labio inferior.

—No hagas eso.

—¿El qué?

—Tentarme, morderte así...

Jack dejó la botella a un lado y, un segundo después, estaba frente a mí, con los brazos apoyados en la encimera contra la que acababa de arrinconarme. El corazón empezó a latirme muy rápido; tanto, que temí que él también lo escuchase. Su aliento cálido me hizo cosquillas en la garganta cuando se inclinó y sus labios me rozaron la piel del cuello...

—Aún no me has dicho por qué has llegado tarde.

Me amonesté mentalmente por interrumpir ese momento. Una parte de mí quería que su boca siguiese trazando un camino hasta llegar a la mía, pero la otra parte estaba asustada porque todo estaba yendo muy rápido y necesitaba unos segundos para convencerme de que aquello era real. De que Jack, mi contrincante, se encontraba allí, en mi apartamento.

Él negó con la cabeza y sonrió.

—Sabía que no lo dejarías estar.

—¡Así soy yo! —Solté una risita nerviosa.

Por su expresión, supe que Jack se había percatado del miedo que me envolvía; se movió un poco hacia atrás, pero no me soltó.

—Tenía que cuidar de Molly. Pero he venido lo más rápido que he podido, no sé cuántos semáforos me he saltado... —susurró al tiempo que deslizaba los dedos por mi brazo, poniéndome la piel de gallina; llegó al lóbulo de la oreja y lo acarició con lentitud—. ¿Nos tomamos esa copa de vino?

Se apartó de repente y yo pestañeé confundida.

Me humedecí los labios mientras él se servía una copa y lo observé darle un trago largo a continuación. Era extraño, pero me sentía fuera de lugar en mi propia casa.

Jack apoyó una mano en la encimera de la cocina y me miró con curiosidad.

—¿Te encuentras bien?

—Sí —mentí.

—Estás nerviosa.

—¿Tanto se nota?

—Antes estabas temblando.

—Esto ha sido una mala idea... muy mala idea. —Caminé de un lado a otro y me llevé una mano a la frente—. ¿Podemos olvidarnos de todo...? A riesgo de que al final tengas razón y yo sea una calientapollas, creo que no puedo hacerlo... No saldría bien —parloteé histérica.

Paré de moverme cuando Jack me cogió del brazo con suavidad y trazó círculos con el pulgar sobre el dorso de mi mano.

—Eh, cálmate. No tienes que hacer nada que no quieras —aseguró muy serio—. Y la otra vez solo te dije eso porque me sentía dolido, no me gustó cómo me apartaste. Ahora, ¿qué te parece si nos olvidamos de lo que en teoría iba a pasar esta noche y nos tomamos esa copa? No diría que no a algo de picar, por cierto.

—¿No has cenado?

—Solo un puñado de Froot Loops.

Me reí, porque era gracioso imaginar a alguien tan frío comiendo cereales de colores a puñados. Le enseñé lo que tenía en la despensa y terminó conformándose con unas patatas fritas de bolsa. Y así fue como acabé sentada en el comedor al lado de Jack, viendo la televisión y bebiendo vino.

Crucé las piernas encima del sofá.

—Siento lo de esta noche —susurré muy bajito.

—Olvídalo. No tienes que sentir nada.

—¿Molly es la niña que te acompañaba el otro día? —pregunté presa de la curiosidad. Él asintió con la cabeza y, de pronto, caí en la cuenta de algo—. ¡Ay, joder! ¿Es tu hija? ¿Tienes una hija?

Jack frunció el ceño.

—No. Es la hija de mi mejor amigo.

—Vale. —Suspiré y lo miré pensativa—. Acabo de darme cuenta de que, en realidad, no sé nada de ti. Por ejemplo, vas en moto. —Señalé la cazadora que seguía sobre el brazo del sofá y reprimí el impulso de puntualizar que no era el sitio más adecuado para dejarla—. Jamás imaginé que tuvieses moto. No te pega. O sí. No lo sé, es raro.

—Tú también eres rara fuera del trabajo —dijo antes de engullir varias patatas de golpe.

—¿A qué te refieres?

—No pareces la misma. Vamos, que no parece que tengas un palo metido por el...

—¡Cállate! ¿Por qué eres siempre así?

—¿Encantador? ¿Adorable?

—Justo lo contrario. La cuestión es que llevo razón, no nos conocemos.

—Bueno, yo te investigué, ¿recuerdas? Me sé tu rutina semanal al dedillo.

—Ya, y lo preocupante es que creas conocerme por eso. Yo también he indagado sobre ti.

Jack se metió una patata en la boca, masticó, tragó y me miró con los ojos entornados. De fondo, en la televisión, estaban emitiendo un viejo programa de cocina.

—¿Qué es lo que sabes? Sorpréndeme.

—No mucho, tan solo que Riley Daunfrey te reconoció como hijo cuando tenías ocho años y que tienes una hermana y dos hermanos. Ah, también que saliste con una modelo, mmm... ¿cómo se llamaba? Bueno, no importa. El caso es que ese tipo de cosas, como la rutina de una persona, no me parecen definitivas para dictar un veredicto sobre cómo es alguien.

—Deja de hablar como si estuviésemos en los juzgados. —Rompió la tensión del momento con una sonrisa—. Vale, tienes razón. Cuéntame cosas sobre ti. Adelante.

Pensativa, volví a morderme el labio inferior y me estremecí cuando sus ojos grises descendieron hasta mi boca. Fue como si me tocase con la mirada. Ahí había deseo y contención y algo que no supe descifrar. ¿Pero qué estaba haciendo hablando con él de tonterías? Ni siquiera quería que me conociese. Y tampoco sabía qué decirle. ¿Cómo era yo? ¿Práctica, eficiente, profesional...? No eran adjetivos que resultasen muy interesantes. Tragué saliva. Él me miraba atento, imperturbable. Quizá por eso me obligué a responder y al final dije de verdad lo primero que se me pasó por la cabeza, sin adornos.

—Pues... no sé. Ahora así, en frío... Me gustan los días de lluvia, el invierno, la Navidad, los gatos, Tarantino, leer...

Jack me prestó toda su atención.

—¿Tarantino? ¿En serio?

—«Lo que me falta es compasión, perdón y piedad; no raciocinio» —dije recitando una frase de *Kill Bill*.

—Me estás poniendo muy cachondo.

Reí con ganas, dejándome llevar, y de pronto me di

cuenta de que estaba mucho más relajada. Y no sé si fue eso, o el hecho de verlo lamerse la sal de los labios antes de terminarse la copa de vino de un trago, pero el caso es que, sin previo aviso, alcé una mano y la posé en su boca. Bajo su atenta mirada, le acaricié despacio los labios entreabiertos, que eran suaves y tentadores. Me estremecí al sentir su aliento cálido soplar sobre mis dedos y él me sujetó por la muñeca antes de que pudiese apartar la mano. Nos miramos en silencio. Su pecho subiendo y bajando al compás de su respiración; tenía los ojos brillantes y la mandíbula en tensión. Tiró de mí con suavidad y la distancia entre ambos se acortó hasta volverse inexistente. El silencio resultaba turbador y, al mismo tiempo, excitante. Y de pronto todos mis sentidos estaban concentrados en él. En él y en el tacto seguro y confortable de sus manos. En él y en su ceño fruncido, como si también se sintiese algo descolocado. En él y en el aroma que desprendía, tan masculino, tan atractivo...

Cerré los ojos cuando sus labios rozaron los míos. Y, joder, fue como recibir una descarga eléctrica que me hizo reaccionar al fin y responderle casi con desesperación. Hundí la lengua en su boca y acaricié la suya lentamente, disfrutando del sabor de lo prohibido, de ese preciso momento que estábamos compartiendo. Jack acogió mi mejilla con su mano, me lamió el labio inferior y lo siguiente que supe fue que estaba sentada encima de él, a horcajadas, con mis manos enredadas en su cabello y las suyas deslizándose por mi espalda; una de ellas se internó bajo el suéter y su piel más áspera acarició la mía ascendiendo poco a poco.

—Una cosa —susurré con la voz agitada—. Esto no saldrá de aquí, ¿verdad?

—Me gusta saltarme las reglas, pero no soy un suicida.

—Eso me tranquiliza...

Volvió a tomar mis labios entre los suyos con un gruñido seductor que casi hizo que se me fundiesen los plomos. Aun así, una parte minúscula de mi cerebro seguía en pleno funcionamiento, atormentándome. Apoyé una mano en su pecho y me aparté hacia atrás respirando con cierta dificultad.

—Jack... espera...

—¿Qué pasa ahora?

—Solo... quiero aclarar que esto es únicamente sexo y nada más. Lo entiendes, ¿no?

Jack prorrumpió en una carcajada.

—No te ofendas, pero si pensase que esto pudiese ser algo más, no estaría aquí ahora mismo. Yo no me comprometo con nadie.

—Me alegra saberlo.

—Y ahora bésame, porque te juro que esta noche me estás matando. Si es una táctica para volverme loco, tengo que darte la enhorabuena.

—No, en realidad no era ninguna tác...

Jack me silenció con un beso exigente y me apretó más contra él. Ahogué un gemido al notar su erección y de repente los vaqueros que ambos llevábamos puestos me parecieron de lo más innecesarios y prescindibles. Me froté contra él, ansiosa. Hacía una eternidad que no me sentía así, tan excitada, tan deseable. Él interrumpió el beso para poder quitarme el suéter y luego me mordisqueó la barbilla con suavidad antes de ascender y volver a atrapar mi labio inferior entre sus dientes mientras una de sus manos se colaba bajo el sujetador. ¡Y Dios...! Sentir sus dedos allí, acariciándome el pezón con lentitud, me hizo temblar. Sonrió al advertir mi reacción y un segundo más tarde la prenda que se interponía en su camino terminó en el suelo. Acogió mis pechos con ambas manos y una mirada ardiente.

—Son perfectos. Eres perfecta.

—No hagas... No digas eso —le pedí.

Jack fijó sus ojos en los míos. Era cierto, ni me sentía así ni quería volver a oír la palabra *perfección* estando con él, porque era justo ese momento en el que no tenía que esforzarme para ser aún «mejor» ni demostrarle nada a nadie.

Él alzó una ceja, travieso.

—¿Prefieres que te diga cosas sucias?

—Prueba a ver... —Sonreí y luego me centré en arrancarle la camiseta casi a tirones y sacársela por la cabeza sin contemplaciones.

Jack se levantó llevándome consigo con las piernas enredadas en torno a sus caderas. Mi espalda chocó con la puerta del dormitorio y sus manos se hundieron en mi pelo mientras su boca presionaba la mía con fuerza, impaciente. Gemí. Esos labios... esos labios tenían algo que conseguía que dejase de pensar y me centrase solo en lo que estaba sintiendo. Y lo único que sentía eran unas ganas inmensas de tenerlo dentro de mí. Jadeé cuando la humedad de su lengua descendió hasta mis pechos; estaba a punto de empezar a suplicar cuando me bajó y me dio la vuelta. Apoyé las manos en la pared y él se pegó a mi espalda y frotó su excitación con lentitud contra mis nalgas.

No estaba segura de poder pensar en ninguna cosa coherente después de esa noche.

—¿Quieres que te diga la verdad? —preguntó mientras me desabrochaba el botón de los vaqueros y su mano se colaba dentro de mi ropa interior—. La verdad es que la primera vez que te vi no debería haber hablado contigo. Había leído el informe del investigador días antes y solo había visto un par de fotos tuyas —prosiguió, y cuando sus dedos me rozaron ahí abajo, me temblaron las rodillas. Jack me sostuvo rodeándome la cintura con el otro brazo y pegándome aún más a él; su boca me hacía cosquillas en la oreja—. Pero después de ir a una cena, pasé por esa calle con la moto y tuve el impulso... el impulso de entrar y comprobar si realmente estabas por allí... —No pude evitar gemir cuando su dedo resbaló en mi interior al tiempo que seguía acariciándome con el pulgar—. Y cuando te vi... joder, se me puso dura solo con mirarte. Me pareciste preciosa, apoyada en esa pared con el ceño fruncido como si el mundo entero te molestase. Tuve que acercarme. Y fue un error, porque deseé tenerte como te tengo ahora mismo desde ese momento, así, a punto de correrte entre mis manos, por mis manos... —Sonrió contra mi cuello y, efectivamente, tan solo hicieron falta un par de caricias más para que me sacudiese un orgasmo tan intenso que terminé mareada.

—Joder... Jack... —balbuceé.

—¿Mejor que «Gerard»? —preguntó divertido.

Me di la vuelta con una sonrisa lánguida.

—Mucho mejor.

Volvimos a besarnos y me di cuenta de que había echado de menos eso, el contacto de sus labios, la calidez de su boca. Nos quitamos el resto de la ropa sin dejar de avanzar hacia la cama. Sus ojos estaban llenos de deseo mientras se tumbaba sobre mí y se colocaba un preservativo. Me apartó el pelo de la cara con el dorso de la mano.

—Te tengo tantas ganas... —gruñó instantes antes de entrar en mí de una sola embestida. Cerré los ojos con un gemido y le rodeé la cintura con las piernas, hundiéndolo más en mí. Jack jadeó—. Joder, no hagas eso si no quieres que me corra ya. —Sonrió a duras penas con gesto de concentración y luego comenzó a moverse lento, muy lento, pero al mismo tiempo fuerte e intenso, llevándome con él.

Y fue como ver las estrellas. No, mejor aún, como una estrella que estalla en mil pedazos que terminan desintegrándose en la oscuridad. Así me sentí mientras Jack se hundía en mí cada vez más rápido, más profundo; busqué sus labios en medio del vaivén en el que nos mecíamos y le di un beso húmedo que provocó que me embistiese con dureza y que su respiración se volviese más agitada. Sentí sus músculos contraerse sobre mi cuerpo y lo abracé cuando él acabó con un gruñido ronco; me resultó tan erótico, que quise grabar ese sonido en mi memoria.

Jack se apartó con un suspiro, se levantó, fue al servicio, y cuando regresó se tumbó en el mismo hueco que había dejado vacío instantes antes. Nos quedamos allí, boca arriba, con la mirada fija en el techo de la habitación y las respiraciones aún entrecortadas. Tan solo se escuchaba el murmullo lejano de la televisión que habíamos dejado encendida en el salón. Pasados unos minutos, él se giró y me cubrió el pecho derecho con la mano como si reclamase su lugar. Mi piel se erizó respondiendo a la caricia.

—Me has puesto a cien con eso de ahora no, ahora sí, ahora no... —Su mano descendió hasta la tripa rozándola suavemente—. Pero puedo mejorarlo.

Me reí, satisfecha y relajada.

—¿Qué dices? Ha sido increíble.

—Entonces supongo que no dirás que no a un segundo asalto...

Sonreí y cerré los ojos mientras sus dedos volvían a colarse entre mis piernas. «Debería haber hecho esto mucho antes», me dije. Porque sí, después de lo de Colin tendría que haber salido, haberme dado el gusto de tener un lío esporádico o de tontear con alguien, vivir al día, dejarme llevar y no encerrarme durante meses en el dolor que sentía.

Jack se aseguró de convencerme del todo con esa segunda ronda. Terminamos exhaustos y saciados. Hacía una eternidad que no me sentía tan liviana, tan en calma. Deslicé la mirada por su torso desnudo, admirando los músculos que se adivinaban y la fina línea de vello que conducía hacia mi nueva y gran tentación. Me humedecí los labios. No estaba muy segura de si aquel deseo respondía al tiempo que llevaba sin tener sexo o todo era cosa de Jack y lo mucho que me atraía, pero lo que sí tenía claro era que iba a ser una gran pérdida no poder disfrutar nuevamente de él. Mundo cruel.

Estaba dándole vueltas a qué frase usar como despedida, porque no quería sonar demasiado brusca, cuando él se puso la ropa interior, apagó la luz y volvió a meterse en la cama. Me pilló tan de sorpresa que tardé unos segundos en reaccionar.

—No vas a quedarte a dormir, Jack.

—Claro que sí. —Me ignoró y pegó su cuerpo al mío todo lo posible.

—No, esto no está bien. Levántate.

—Shh, nena. Si hablas, no puedo dormir.

—Jack... —Intenté girarme hacia él, pero me lo im-

172

pidió sujetándome por la cintura—. Esto no debería ser así, mi fantasía incluía despertarme sola en la cama.

—¿Qué tipo de fantasía de mierda es esa? —me susurró al oído, y agradecí no poder verle la cara porque en ese momento le habría dado un puñetazo en el ojo—. Busca una mejor. Como despertarte con mi lengua entre tus piernas de madrugada, por ejemplo. —No pude evitar estremecerme cuando sus labios dejaron una caricia suave en mi cuello—. Además, si puedes follarme, no veo cuál es el problema. Solo es dormir. No implica nada.

—Para mí, sí.

—Tenía entendido que tú no eras de ese tipo de tías sensibleras.

Antes de que pudiese decir una sola palabra más, me giré hacia él y enrosqué una pierna alrededor de su cintura. Me pegué a su cuerpo todo lo posible como si fuese un pulpo y mis extremidades, tentáculos.

—¿Qué estás haciendo? —Había una nota de alarma en su voz.

—Te abrazo. ¿Cuál es el problema? No implica nada, ¿verdad? —contesté repitiendo sus mismas palabras.

Hubo un instante de silencio.

—Verdad.

—Genial.

Ninguno de los dos volvió a decir nada. El cuerpo de Jack estaba rígido, notaba la tensión en sus músculos y su pecho subía y bajaba a un ritmo más rápido de lo normal. Sonreí satisfecha. No era nada fácil intimidar a ese hombre. Punto para mí.

No sé cuánto tiempo estuvimos abrazados como dos robots, pero ninguno quiso dar su brazo a torcer y apartarse. En algún momento indeterminado, noté que se relajaba y su respiración se tornaba más pausada y lenta. En cambio, yo tardé horas en conciliar el sueño. Era incapaz de ignorar su presencia; que estaba allí, que la calidez de su cuerpo parecía envolverme y que sus dedos se clavaban en mi cintura como si no quisiese soltarme. Y olía tan bien que recordé por qué la primera vez que lo vi pensé que debería ser «ilegal»; porque era un peligro para la sociedad, para las chicas demasiado enamoradizas y para mi propio autocontrol, para empezar.

14

UN CALLEJÓN SIN SALIDA

Cuando me desperté a la mañana siguiente, Jack ya se había ido, pero me sorprendió descubrir que había trasteado en los armarios hasta encontrar el bote donde guardaba el café y toda la casa olía a ese aroma tan delicioso. Me serví una taza con una sonrisa en los labios y cogí la nota que Jack había dejado al lado:

«Tres tomates caminan por la calle. Papá tomate, mamá tomate y bebé tomate. El bebé tomate se despista y papá tomate se enfada muchísimo. Vuelve atrás, le aplasta y dice: Kétchup». Pulp Fiction

Me reí rememorando ese diálogo. Al menos teníamos algo en común: Tarantino. No sé si era demasiado preocupante que la cosa estuviese relacionada con violencia, mucha sangre gratuita y personajes al borde de la locura. Pero lo que sí sé es que ese día el trayecto en metro hasta el trabajo se me hizo más corto de lo habi-

175

tual, llegué dos minutos tarde (algo aceptable) y cuando les sonreí a las chicas de recepción me miraron extrañadas, como si estuviese a punto de palmarla por algún tipo de enfermedad rara.

Estuve un par de horas trabajando en los casos que tenía pendientes, concentrada, pero cuando me tocó asistir a una reunión general después del almuerzo, empecé a recordar momentos y sensaciones de la noche anterior. Había sido increíble. Incluso a pesar de que quisiese quedarse a dormir, porque me di cuenta de que, al final, accedió a cumplir mi fantasía y me desperté sola en la cama, satisfecha y feliz.

—¿Elisa? ¿Tienes el último informe?

—¿El último informe...? —Rebusqué entre los papeles que tenía enfrente intentando encontrar alguno con la palabra *informe* en rojo y con letras muy grandes. Porque, a ver, ¿de qué me estaba hablando? Hacía varios minutos que había perdido el hilo de la conversación—. Pues... ahora mismo... no lo encuentro —susurré muy bajito, como si el profesor me estuviese pegando la bronca delante de todos mis compañeros que, en esencia, venía a ser lo que estaba ocurriendo. La cosa es que a mí jamás de los jamases me llamaban la atención, no hacía falta.

—El informe de la resolución del caso de Kevin.

Henry se cruzó de brazos y me fulminó con la mirada.

—Ah, sí, ya. —Tragué saliva y se lo tendí.

—Bien. Gracias, Elisa —respondió cortante.

Bajé la cabeza y me quedé en silencio, convenciéndome de que mi despiste no había sido para tanto. Observé a los allí presentes: todos tenían sus ojos fijos en Henry. Tan solo dos abogados llevaban allí más

176

tiempo que yo, los demás eran jóvenes. Henry solía decir que le gustaba la frescura que aportaban, las ganas que todos tenían de comerse el mundo tras terminar los estudios. Y quizá sí que llevaba razón, porque había una chica pelirroja con flequillo que lo miraba con absoluta adoración; me pregunté si años atrás yo también llegué a mirarlo así.

Henry me pidió que me quedase cuando la reunión acabó y todos se marcharon.

—¿Qué ocurre? —pregunté.

—No lo sé, dímelo tú.

Lo miré algo cohibida.

—No me pasa nada.

—Estás distraída, Elisa —refunfuñó—. Y no te pago para que te quedes ahí mirando las musarañas. ¿Qué me dices del caso de Julia Palmer?

—Todo está en orden. Quedamos en proceder con la tasación de las propiedades, lo que llevará su tiempo, y en reunirnos después de las vacaciones de Navidad. ¿Cuál es el problema?

—El problema es que no es suficiente.

—¿Qué quieres decir?

—Te dije que íbamos a comisión. Quiero que saques más beneficio; la gracia de tener un limón en la mano es poder extraer todo el jugo. Y si alguien puede hacerlo, eres tú.

—Pero...

—Confío en ti. Ponte las pilas.

Henry abandonó la sala de reuniones antes de que pudiese decir ni una sola palabra. Me quedé un largo minuto con la mirada clavada en la puerta, preguntándome cómo demonios iba a conseguir sacarle más rentabilidad al caso. Dadas las circunstancias, ya me parecía un milagro lo mucho que había cedido la otra parte y pensaba que los acuerdos estaban siendo justos y buenos. Todavía teníamos que discutir bastantes cosas, pero todo avanzaba por buen camino. ¿Por qué Henry se empeñaba en apretar más las tuercas? No era aconsejable cabrear a Jack. ¡Y madre mía...! Jack. Sentí un hormigueo solo al recordar su nombre.

Si algún día Henry se enteraba de lo que había ocurrido la noche anterior, me desterraría a algún lugar muy feo y muy desagradable: el cruel desempleo. Y tenía que mantener el apartamento, claro, eso era lo primero. No había sido nada fácil encontrar una casa bonita y asequible en West Village y me encantaba esa zona de Nueva York. Era como un pequeño pueblo europeo en medio de la ciudad y aunque solía estar lleno de turistas que paseaban por las tiendas y las galerías de arte, el ambiente tenía un toque bohemio y era tranquilo y muy agradable.

Así que regresé a mi despacho con la cabeza hecha un lío y sin saber que lo que me esperaba allí dentro era aún peor. Mi cara de sorpresa debió de ser total al abrir la puerta, porque Nicole se llevó una mano al pecho, apesadumbrada, y me pidió perdón varias veces seguidas hablando muy rápido.

—De verdad que lo siento, la chica de recepción me dijo que estabas en una reunión y que podía esperarte en tu despacho —insistió.

—No, no pasa nada. Tranquila.

Le sonreí, pero la que no estaba nada tranquila era yo. ¿Qué hacía allí la hermana del tío con el que me había acostado hacía unas horas? Ah, claro, el vestido de Dior. Me calmé un poco cuando vi que lo llevaba en la mano dentro de una funda.

—Me habría gustado traértelo antes, pero pasé unos días en Los Hamptons.

—Ya te dije que no tenías que hacerlo...

—Oh, ¡por supuesto que sí! ¿Qué clase de anfitriones seríamos, si no?

—Muchas gracias. Dime cuánto te ha costado y yo lo pagaré.

—¡Ni hablar! Esto es una compensación por lo bruto que es mi hermano; espero que no se lo tengas en cuenta, le pierde esa boca que tiene.

Dios. Su boca sí que era mi perdición.

Me obligué a pensar en cualquier otra cosa.

—Jack no es tan horrible. Ya sabes, todos tenemos nuestros días malos.

Nicole, que había estado echándole un vistazo a mi escritorio, se giró de golpe y su cabello oscuro y lacio ondeó como una cortina. Me estudió con los ojos entornados.

—Oh, no, ¿te has acostado con mi hermano?

—¿Qué? ¿Por qué dices eso? —Me reí como una histérica. Genial—. ¡No, por supuesto que no! Somos contrincantes. Y profesionales. —Y unos mentirosos, también.

—Te has acostado con él. —Esta vez no hubo duda en su voz, fue una afirmación; ladeó la cabeza y me observó con interés—. Tienes que salir a comer ahora, ¿cierto? Conozco un sitio que está aquí cerca. Yo invito.

A ver, ¿cómo se rechazaba a la hermana de tu reciente ligue sin que pareciese que lo estabas haciendo? No se me ocurrió ninguna buena excusa y, además, era demasiado simpática como para comportarme como una bruja con ella; se había tomado la molestia de traerme ese vestido en persona. Ella. Una chica que días atrás habría estado haciendo «cosas de ricos» en Los Hamptons, como cepillar a su caballo o vete tú a saber qué. Solo por pronunciar ese nombre te cobraban. «Los Hamptons.» Diez dólares. «Los Hamptons.» Veinte dólares. «Los Hamptons.». Treinta dólares. Así que al final terminé por dedicarle una sonrisa y aceptar su oferta.

Caminar con Nicole por las calles de la ciudad era parecido a ir con Hannah: todos los tíos giraban la cabeza hacia ella y era difícil culparles por hacerlo, porque las dos llamaban la atención sin siquiera proponérselo, a pesar de que la hermana de Jack parecía ser muy consciente de su atractivo. Terminamos el paseo en un restaurante de comida japonesa. Yo pedí sushi variado y Nicole, un plato de pollo teriyaki.

—Así que os habéis acostado.

—Quizá quieras hablar de otra cosa mientras comemos —sugerí con tacto.

—No, no te preocupes, cielo. —Se encogió de hombros y sacudió la mano—. A estas alturas ya estoy acostumbrada. No hay nada que Jack pueda hacer para sorprenderme.

—¿Qué quieres decir con eso?

—Puede que ya lo hayas notado, pero para Jack no existen los límites. Hace o dice lo que quiere sin pensárselo demasiado. —Atacó su plato de comida en cuanto nos sirvieron—. Lo curioso de la situación —me señaló con los palillos— es que el trabajo siempre ha sido lo único sagrado para él. Y ahora también ha traspasado esa línea. Me pregunto por qué.

Me encogí de hombros.

—Quizá se sentía necesitado.

—No sé si eres consciente de ello, pero mi hermano está considerado como un «soltero de oro». Al fin y al cabo, es uno de los cuatro herederos de la fortuna de los Daunfrey.

Abrí la boca, consternada, y volví a dejar en el plato el *maki* que estaba a punto de tragarme.

—¿Piensas que me acosté con él por eso? Oh, no, no. Te estás equivocando. De hecho, no volverá a ocurrir, puedes estar tranquila. No te ofendas, pero tu hermano no me interesa. Busco un prototipo de hombre... diferente —aclaré.

—Ya sé que no estás interesada en su dinero. —Se rio felizmente—. Me refería a que tiene ofertas de sobra si se tratara de necesidad. Mmm, por cierto, el pollo está riquísimo, ¿quieres probarlo?

La miré un poco cohibida. Era tan impredecible como Jack. Terminé asintiendo con la cabeza y atrapando un trozo de pollo y un par de verduras con los palillos. Pues sí, tenía razón, estaba de muerte. Le ofrecí mi plato de sushi y Nicole cogió un par de salmón.

—¿A qué te dedicas? —pregunté.

—Soy diseñadora de interiores.

—¿Trabajas por tu cuenta?

—Sí. —Rebuscó en su diminuto bolso burdeos y me tendió una tarjeta—. Toma, por si alguna vez me necesitas.

—Gracias. Lo tendré en cuenta.

—¿Eres de Nueva York?

—Sí, me crié en las afueras.

—¿Y tienes hermanos?

—No, soy hija única.

—Una parte de mí te envidia, aunque no podría vivir sin ellos. —Sonrió de lado y luego comió y siguió hablando—: Imagino que no lo sabes, pero mis hermanos mayores son gemelos, siempre han estado muy unidos, así que pasé gran parte de mi infancia persiguiéndolos y esforzándome por caerles bien para que me dejasen jugar con ellos, pero no hubo manera. Y entonces, un día cualquiera, Jack llegó a la familia y así, de repente, tenía un hermano que sí me hacía caso, a pesar de que se la tuviese jurada a mis muñecas.

—Debió de ser difícil —logré decir.

—¡No creas! —Sacudió una mano en alto—. Para mí fue genial. Se convirtió rápidamente en mi hermano favorito. No me malinterpretes, adoro a Matt y a Anton, pero a veces pueden ser un poco egoístas. Mi madre también lo aceptó muy bien, a pesar de que a raíz de su llegada salieron a relucir las muchas infidelidades de mi padre, pero él... bueno, mi padre es un caso aparte. Ser hijo de Riley Daunfrey te condena a intentar superarte a ti mismo una y otra vez.

—Eso me suena de algo...

—¿Qué quieres decir? —preguntó con interés.

Me removí incómoda por haber hablado de más. No parecía lo más apropiado abrirme y desahogarme con la hermana del tío al que me había tirado y contra el que, además, tenía que ganar un caso. Un caso que Henry se empeñaba en complicar todavía más.

—Mi madre también puede ser exigente si se lo propone —confesé al final—. Pero reconozco que mi mayor enemiga siempre he sido yo misma. Ya sabes, a veces parece que nunca tenemos suficiente.

Nicole asintió con gesto pensativo y después terminamos de comer mientras hablábamos de cosas más banales, como de los nuevos azulejos europeos de moda que ella había empezado a incorporar en sus diseños o de las complejidades del mundo del boxeo incluso para principiantes. Al final la convencí y me aseguró que preguntaría por las clases en su gimnasio habitual.

Nos despedimos en la puerta del restaurante.

—Ha sido un placer comer contigo —aseguró.

—Lo mismo digo. Y gracias por lo del vestido.

Estaba a punto de darme la vuelta para volver a la oficina, cuando ella me frenó.

—Una cosa más, Elisa.

—Claro, dime.

—Sé que está mal lo que voy a decir, pero me pareces encantadora y una buena chica y no me gustaría que mi hermano te hiciese daño. Jack no es de los que se comprometen. Solo ha estado enamorado una vez en su vida, hace ya muchos años, y esa persona le rompió el corazón. No cambiará por nadie. Y si te confieso esto es porque puede llegar a ser muy... persuasivo. Cuando quiere algo, lo consigue.

—No creo que eso vaya a ser un problema conmigo, Nicole.

—Eso espero. —Suspiró y luego sonrió y lanzó un beso al aire antes de desaparecer entre la multitud que caminaba por una de las principales avenidas de Nueva York.

Negué con la cabeza y regresé a toda prisa a la oficina, porque iba justa de tiempo, y después de la pequeña bronca de Henry lo último que quería era darle más motivos para que se enfadase. Así que entré, me senté en mi despacho y me propuse adelantar todo el trabajo posible. O, al menos, lo hice hasta que me llegó un mensaje de Jack.

De: Jack Helker
Para: Elisa Carman
Asunto: Planes

¿A qué hora sales del trabajo? Puedo pasar a recogerte. ¿Quedamos a tres manzanas de tu oficina, enfrente de esa floristería que hace esquina?

Jack Helker (con ganas de verte)

Lo leí varias veces. Ya era casi una costumbre cuando se trataba de sus mensajes. ¿Cómo era posible que lo plantease así, tan natural, como si lo hiciésemos a diario? Tragué saliva al recordar la última velada. No es que no me apeteciese repetir. ¡Claro que me apetecía! Pero no podía. La gracia de lo ocurrido era que sería solo algo anecdótico y puntual y que a partir de ahora seguiría adelante con mi vida. Ya había hecho planes para esa misma noche. Planes que consistían en una copa de vino, un trozo de pizza y esa web de citas en la que Hannah me había inscrito. Me habían llegado un par de solicitudes, pero todavía no había encontrado el momento de valorarlas.

De: Elisa Carman
Para: Jack Helker
Asunto: Ese era el trato...

Lo siento, pero se suponía que sería solo un lío de una noche. Y a pesar de que te aseguro que me lo pasé genial, no puedo permitirme que vuelva a ocurrir. Espero que lo entiendas.

Hablamos pronto.

Elisa Carman

De: Jack Helker
Para: Elisa Carman
Asunto: Me he perdido algo
Sácame de dudas: ¿por qué no puedes permitírtelo?
Jack Helker (cotilla)

De: Elisa Carman
Para: Jack Helker
Asunto: Futuro
Dejando a un lado que sigues siendo mi rival y que lo que hicimos está terriblemente mal (muy muy mal, de verdad), estoy buscando a mi hombre ideal.
Elisa Carman

De: Jack Helker
Para: Elisa Carman
Asunto: Sin sentido
¿De qué estás hablando?
Jack Helker (confundido)

Suspiré dramáticamente.

No era algo tan difícil de entender. No sé si fue porque me molestaba estar reprimiendo las ganas que tenía de estar con él o si se me cruzaron un poco los cables, pero mi siguiente mensaje fue algo caótico:

De: Elisa Carman
Para: Jack Helker
Asunto: Propósitos
Tengo casi treinta años. O los cumpliré dentro de siete meses y no sé cuántos días más, ya he perdido la cuenta. La cuestión es que necesito encontrar a un hombre con el que pasar el resto de mis días, un hom-

bre que quiera boda, bebés y ese tipo de cosas que a los tíos como tú os producen urticaria. Así que me he inscrito en una web de citas y me he propuesto encontrar a esa persona especial durante los próximos meses. Por eso no puedo repetir lo que ocurrió. Ya no me queda tiempo que perder.

Elisa Carman

De: Jack Helker
Para: Elisa Carman
Asunto: Es perfecto

¡Gracias! Hacía tiempo que no me reía tanto. En serio, iba caminando por la calle mientras leía tu mensaje y he tenido que parar... ¿Tan desesperada estás? No te enfades, pero el mundo de las webs de citas es más complejo de lo que parece a simple vista. ¿Sabes? Yo podría echarte una mano. De hecho, sería perfecto, ¿no te parece? Tú y yo divirtiéndonos juntos mientras buscamos al hombre ideal para ti.

Imagino que a las cuatro habrás acabado, te recojo a esa hora enfrente de la floristería. No llegues tarde.

Jack Helker (especialista en webs de citas)

«¿Pero qué narices...?».

Me encontré a mí misma debatiéndome. Recordé lo que su hermana me había dicho sobre su capacidad de persuasión. ¡Cuánta razón tenía! El problema era que en ese momento de mi vida me sentía muy inclinada a caer en tentaciones. Dejé el mensaje sin contestar, vacilante, pero no pensé en ninguna otra cosa durante el resto de la jornada. Jack. Jack y esa sonrisa canalla. Jack y el brillo inquieto de sus ojos. Jack y sus manos masculinas y algo ásperas. Sacudí la cabeza. La única certeza era que él y yo estábamos de acuerdo en lo esencial: tenía que encontrar a mi media naranja. Cuando lo hiciese, todas las piezas encajarían solas. Me olvidaría de esa atracción tonta que sentía por él y, al mismo tiempo, retomaría el rumbo correcto.

A las cuatro de la tarde llegué a la puerta de la floristería. Ya estaba maldiciendo por dentro por permitirle llegar tarde otra vez, cuando me di cuenta de que el tipo que me miraba subido en una moto al lado del arcén era él. Vaya, vaya. Pues al final sí que lo imaginaba en moto; de hecho, encajaba con él, con esa actitud despreocupada de la que hacía gala. Sonreí y me acerqué. Jack me tendió un casco y terminé enredándome el pelo en el cierre de seguridad, lo que provocó que él suspirase dramáticamente antes de abrochármelo, como si le pareciese tonta o algo así. Aunque, pensándolo bien, era cierto que mi nivel de lucidez descendía un poco cuando él estaba cerca.

Nos incorporamos a la carretera. Terminé sujetándome a su espalda cuando cogió más velocidad. Avanzamos entre el tráfico antes de cruzar el puente de Brooklyn y dirigirnos hacia el sur. El sol rojizo teñía la ciudad de un tono caramelizado y los árboles desnudos o de hojas marrones reflejaban el invierno. Le rodeé la cintura con más fuerza y de pronto fui consciente de que sí, estaba allí, con él, recorriendo en moto las calles de Brooklyn. Si echaba la vista atrás, mi vida había cambiado mucho en apenas unas semanas. Jack redujo la velocidad cuando llegamos al barrio de Park Slope. Siempre me había gustado esa zona, próxima al parque más famoso del distrito, con casas unifamiliares a ambos lados de una calzada amplia, algunas de estilo *brownstone*, y muchas cafeterías, restaurantes y boutiques. Era, en esencia, un barrio muy familiar y, desde luego, a Jack no le pegaba en absoluto. Me quité el casco de la moto en cuanto bajé con cierta dificultad.

—No me digas que vives aquí...

—¿Te sorprende?

—Un poco —admití.

—¿Tú no eras la señorita que no juzga a nadie? —replicó burlón tras guardarse las llaves de la moto en el bolsillo de la chaqueta y colgarse el casco del codo.

—No es lo mismo juzgar que suponer. Y sí, supuse que vivirías, no sé, en una de las últimas plantas de un rascacielos minimalista con las paredes de cristal en el Upper East Side.

—Has visto demasiadas películas.

Jack negó con la cabeza sonriente y yo lo seguí caminando por la acera. Escondí mi asombro cuando subimos los escalones que conducían hasta la puerta principal de una casa de dos plantas, con una fachada preciosa de ladrillos rojos y ventanales alargados. En el pequeño porche que tenían todas las viviendas de esa calle crecían arbustos verdosos y plantas con diminutas flores amarillas. La acera estaba llena de hojas secas que habían caído de los árboles.

Entré tras él cuando abrió la puerta, pero antes de que pudiese echarle un vistazo al interior de la casa, Jack me aprisionó contra la pared del recibidor y sus labios chocaron con los míos, suaves pero exigentes. Respondí con la misma ferocidad. Las llaves produjeron un chasquido cuando las dejó caer al suelo y, un segundo después, nuestras ropas siguieron el mismo camino. No sé cómo lo conseguía, pero con él podía pasar de cero a cien en un segundo. Sus manos me buscaban, acariciando cada tramo de mi piel, memorizando esos puntos más sensibles que me hacían temblar. Mantuve los ojos cerrados cuando Jack me embistió con fuerza allí mismo, contra la pared, de pie, ambos jadeantes y demasiado ansiosos como para esperar hasta llegar al dormitorio. Y si pensaba que nuestra primera vez había sido insuperable, me equivocaba. La segunda fue aún mejor. Fue como celebrar el Cuatro de Julio por anticipado y ser testigo de un montón de fuegos artificiales detonando entre él y yo.

Cuando terminamos, ya vestidos (aunque él llevaba la camisa arrugada y por fuera), nos miramos fijamente en la cocina mientras bebíamos un vaso de agua. Incluso después de lo que acababa de ocurrir, sentía un deseo latente al observarlo; no sé si era por la pose, por los gestos o por su forma de moverse, pero cada detalle suyo me resultaba tentador e intrigante. Dejé el vaso vacío dentro del fregadero.

—¿Piensas enseñarme alguna estancia más? Aparte del recibidor, claro.

—Estamos en la cocina. Y la cosa debería ir a orgasmo por habitación. —Paró de reírse cuando le di un puñetazo en el hombro—. ¡Eh, eso ha dolido!

Sonreí con orgullo.

—Practico boxeo.

—¿Estás de broma?

—No. El chico que conociste la otra noche, Aiden, es mi entrenador.

—Parecía un gilipollas. —Torció el gesto—. ¿Y por qué lo haces?

—Me ayuda a liberar el estrés. Ahora que lo pienso... retomé las clases gracias a ti. Me sacabas de quicio. Perdón, aún me sacas de quicio. Y Aiden no es ningún gilipollas.

Jack frunció el ceño y me miró con atención.

—¿También te acuestas con él?

—¿Qué? ¡No! ¡Claro que no! Solo somos amigos.

—Un tío no tiene amigas a menos que no sepa de qué otra forma conseguir meterse entre sus piernas —gruñó.

—Suenas tan rancio que paso de contestarte.

Apenas había dado dos zancadas cuando él me retuvo agarrándome de la muñeca con suavidad y, con un pequeño tirón, me atrajo hacia su pecho. Olía tan bien como siempre. O aún mejor, aunque no sé si eso era posible.

—Está bien, quizá tengas razón, pero quiero la exclusividad mientras esto dure.

«Claro, como si me pasase la vida teniendo sexo desenfrenado con unos y con otros.» Suspiré hondo e imaginé que, por el contrario, esa sería su rutina habitual. Sacudí la cabeza y recordé lo que estaba haciendo allí.

—Ya, pues auguro que la duración será corta, porque te recuerdo que estoy buscando al futuro y encantador padre de mis hijos.

—No sufras. Me gusta lo «breve» si hablamos de relaciones.

—Qué halagador. Todavía estoy esperando que me expliques eso de «especialista en webs de citas». ¿Recuerdas? Lo prometiste.

—Nena, siempre cumplo mis promesas.

Me tendió la mano y yo la acepté. No me soltó mientras recorríamos la casa y me enseñaba las diferentes estancias. Era más pequeña de lo que parecía desde fuera y estaba decorada con mucho gusto; masculina, pero con personalidad. Colores cálidos, estanterías llenas de libros y películas, cuadros atípicos, espacios poco recargados y muy luminosos.

—¿Qué te parece?

—Muy bonita.

—Y eso que aún no has visto lo mejor...

A un lado de su dormitorio, que era sencillo, con una colcha azulada, había una puerta corredera. Jack la movió y apareció ante mí una preciosa terraza que se escondía casi al nivel del tejado de la casa. Era de proporciones reducidas, pero eso solo le daba más encanto; había una especie de banco tapizado y lleno de cojines y, en el suelo, una colorida alfombra y varias macetas con plantas. Era íntima, porque el muro y el propio tejado la mantenían oculta. Y tenía un aire bohemio, único.

—Esta fue la razón por la que compré la casa. No hay otra en toda la manzana que tenga terraza; imagino que el anterior dueño la haría construir. —Se encogió de hombros—. Bueno, también tuvo que ver que Ethan y Molly viviesen justo enfrente.

—¿Ethan es tu mejor amigo? —Jack asintió con la cabeza—. ¿No está casado?

—Lo estuvo, pero Lauren murió hace unos años.

—Lo siento. —Nos sumimos en un silencio incómodo, así que me asomé a la terraza poniéndome de puntillas y observé la calle. Recordé la visita de Nicole—. Por cierto, quizá debería habértelo dicho antes, pero tu hermana se ha pasado hoy por mi oficina para traerme ese vestido que tú ensuciaste y ha terminado invitándome a comer.

Jack arrugó la frente.

—¿Y qué quería?

—Nada, solo comer. Ya te lo he dicho.

—Tú no conoces a mi hermana. Es la persona más entrometida del mundo, sobre todo en lo referente a mi vida. Ya tendré una charla con ella.

Apoyó los codos en el muro, a mi lado. El viento frío le sacudía el cabello oscuro. Me mordisqueé el labio inferior, nerviosa. Quizá Nicole esperaba que esa comida quedase entre ella y yo, pero me pareció un poco feo no decirle nada a Jack. Él notó cómo me debatía por dentro y a una parte de mí le molestó que fuese tan observador.

—No te preocupes, adoro a Nicole; solo quiero que entienda que no puede ir por ahí hablando de más porque, como la conozco mejor de lo que a veces me conozco a mí mismo, daré por hecho que te contó cosas sobre mí, ¿cierto?

Jack alzó una ceja. Tragué saliva.

—No creas. Apenas dijo nada.

—Concreta ese «apenas».

—Va en serio, Jack. Lo único que comentó fue que eras persuasivo y que estás medio pirado, algo que ya tenía claro. Ah, y que te partieron el corazón, sí. Pero no dijo quién, ni cómo ni cuándo, así que tranquilo. Además, a estas alturas ya deberías saber que no me interesa lo más mínimo lo que sea que te ocurriese en el pasado.

Jack puso los ojos en blanco y rio con ironía.

—¿Dijo que me partieron el corazón? ¡Esa chica cada día tiene más pájaros en la cabeza! —farfulló y se apartó del muro con la intención de volver a entrar en la casa. Me miró antes de abrir la puerta corredera que conducía a la habitación—. ¿Nos ponemos en marcha con esa web de citas?

Sonreí, asentí y seguí sus pasos.

15

I *LOVE* BERENJENAS CON ATÚN

—Vale, déjame ver ese perfil que has creado.

—Hannah me ayudó —me apresuré a decir mientras tecleaba la dirección de la página web en el ordenador portátil que Jack había dejado en mi regazo.

Estábamos sentados en el amplio sofá de color tostado que presidía el salón. Él se había quitado la camisa y ahora vestía los mismos vaqueros, pero conjuntados con una cómoda y sencilla camiseta. Mientras se cargaba la web, lo observé de reojo remangarse con gesto distraído. No sabía decir por qué, pero la situación me ponía nerviosa. Aquello era... íntimo. Y entre Jack y yo no debería existir esa intimidad, lógicamente. Suspiré, ingresé los datos de mi cuenta y aparecieron las tres solicitudes que había recibido en poco más de veinticuatro horas. No estaba nada mal, ¿no?

Jack se inclinó hacia mí para ver mejor y luego señaló cada una de esas tres fotografías con actitud crítica.

—Pardillo, pardillo y, a ver, amplía un poco... Sí, también pardillo.

—Oye, ¿de qué vas? Ni siquiera le has echado un vistazo a sus perfiles.

—El segundo tío lleva pajarita.

—¿Y? —cuestioné, aunque tampoco es que me entusiasmase la idea.

—No me hagas explicártelo.

—De acuerdo, ¿cuál es el problema del primero?

—La fotografía no tiene calidad. Mira, nena, te diré algo: cuando alguien te parezca muy atractivo en una web o una red social, en realidad será solo atractivo a secas. Si te resulta atractivo, será normal. Y si te parece normal... mejor no te molestes en descubrir la realidad que se esconde tras ese perfil.

—Eres cruel —me quejé.

—No es cierto, es la primera regla, la más importante. No te fíes de las fotografías, ni mucho menos de las que lleven mil filtros; asegúrate de que la imagen tenga la calidad suficiente como para distinguir bien los rasgos.

—Lo que tú digas. —Puse los ojos en blanco—. ¿Qué pasa con el tercer perfil?

—Depravado.

—¿Qué?

—¿No te has fijado en su *nick*?

Clavé la mirada en la pantalla del ordenador.

—@Ian.calientaconejos —susurré muy bajito.

—Así que a menos que estés buscando que te calienten el conejo... —Jack empezó a reírse y le di un manotazo en el hombro, avergonzada. ¡Por favor! Podría haber accedido perfectamente a quedar con ese tipo; de hecho, en la fotografía parecía decente. Tenía unos ojos bonitos.

—Me fijaré en los nombres a partir de ahora.

—Buena idea. Necesito ver tu perfil —añadió antes de acceder a través de la pestaña correspondiente—. ¡Joder, me cago en la puta!

—¿Qué pasa? —grité.

—¿Te has vuelto loca?

—No, ¿por qué?

—«¿Cómo te ves dentro de diez años?» —leyó en voz alta y luego siguió con la respuesta que yo había dado—: «Felizmente casada, celebrando mi décimo aniversario en algún pequeño y coqueto restaurante de París. Con hijos. Uno o dos, todavía no lo he decidido. Trabajo estable, vehículo propio, quizá viviendo a las afueras de la ciudad en alguna casa adosada que, a ser posible, tenga jardín para mi futuro perro. Largos veranos en alguna zona de la costa e inviernos familiares».

Yo también volví a releerlo.

Y, sinceramente, era perfecto.

—¿Cuál es el problema? Me parece un buen futuro.

—Sobre todo si le cortas las pelotas a tu príncipe azul y las usas de llavero. Vuelve a leerlo. Estás decidiendo sola los próximos diez años de tu vida. ¡Hasta el detalle del perro! Oh, mira, olvidaste especificar de qué raza será —ironizó.

—Labrador —respondí resuelta.

—¿Ves? A eso me refiero. Un hombre decente, con personalidad, no quiere que le muestres un resumen de lo que será su relación, sino poder descubrirla por sí mismo. Ya sabes, una pizca de misterio, algo más abierto. Así que... vamos a eliminarlo todo.

—¿Todo? Tardé diez minutos en escribirlo.

—Los diez minutos peor invertidos de tu vida.

Subrayó el texto y le dio al botón de «Suprimir» antes de que pudiese impedírselo. Vale, quizá me había pasado un poco especificando el destino de nuestro décimo aniversario y el asunto del perro, pero todo lo demás es el curso lógico de la vida. ¿Qué misterio ni qué diantres? Me crucé de brazos, algo enfurruñada por no entenderlo, y leí de reojo lo que él iba escribiendo: «¿Dentro de diez años...? Todavía falta mucho tiempo para eso y me gusta pensar en el presente, en disfrutar cada segundo de la vida como si fuese un pequeño regalo. Pero supongo que me conformaría con ser feliz, muy feliz.»

Jack me miró orgulloso.

—¿Qué te parece? —preguntó.

—Supongo que podría servir.

Lo cierto es que me gustó, pero jamás lo admitiría delante de él. Ya se lo tenía demasiado creído como para darle más motivos.

—A partir de ahora puedes llamarme «poeta del amor» —dijo divertido.

Justo lo que estaba diciendo. Exceso de ego.

—Lo haría si supieses algo del amor.

—¿Intentas decirme que tú eres una experta?

De repente me sentí muy incómoda y le presté toda mi atención a una pielecita que tenía al lado de la uña del dedo índice.

—Algo así. Podría ser. Tuve una relación de ocho años.

—¿Y qué ocurrió?

—¿A qué te refieres?

—Estamos buscándote un marido, hablas en pasado y follas conmigo, lo que me hace ponerme en modo Sherlock Holmes y deducir que no tienes pareja —bromeó, aunque a mí no me hizo ni pizca de gracia—. Algo pasaría para que la relación terminase, ¿no?

Hubo un tenso silencio entre nosotros.

—No te ofendas, pero eres la última persona con la que quiero hablar de mis relaciones.

—Pero sí la primera para buscarte pareja. Es curioso. Eh, vamos, ven aquí, no te enfades. —Me cogió de la barbilla antes de que pudiese alejarme y sus labios chocaron con los míos, dejándome un poco aturdida. No solo por el beso en sí, cálido, húmedo y electrizante, sino porque era la primera vez que Jack me besaba sin tener ninguna intención de quitarme la ropa. Me di cuenta de que mis suposiciones eran ciertas cuando él se levantó y dejó el ordenador a un lado del sofá—. Hay un sitio aquí cerca de comida casera para llevar donde aceptan encargos por teléfono, voy a pedir algo para cenar.

Dudé, pero no dije nada.

Aún teníamos que seguir con el asunto de la web de citas y, teniendo en cuenta las tres solicitudes que había recibido, quizá sí necesitaba un empujoncito. Esperé en el salón mientras escuchaba a lo lejos el murmullo de su voz al teléfono. Me levanté. Al lado del enorme televisor había una estantería con algunos libros apilados sin mucho orden, como si hubiese dejado ahí sus últimas lecturas, y justo a la derecha, una fotografía en la que salían él y Nicole, sonrientes; estaban en Long Island y se distinguía a su espalda el famoso faro de Montauk y un trozo de costa.

No había ninguna otra instantánea familiar.

Me fijé en los estantes llenos de películas. Tenía todas las de Tarantino. Sonreí mientras deslizaba los dedos por el lomo de las carátulas.

—¿Cotilleando un poco?

Me giré, pero no me aparté.

—¿Qué te pareció *Stoker*? —pregunté—. He oído buenas críticas, pero todavía no la he visto.

—Yo tampoco, la tengo pendiente.

—Será mejor que sigamos —propuse antes de volver a acomodarme en el sofá. Él tenía el ordenador sobre las piernas cuando alargó un brazo y lo apoyó en el respaldo, tras mi cabeza. No tardé en relajarme. Señalé una de las respuestas—. No me digas que esa tampoco está bien, porque es perfecta. Entre playa o montaña, elijo playa. No hay margen de error.

A Jack pareció divertirle mi comentario.

—Te la pasaré por buena.

—¿Y la siguiente?

—Por encima de mi cadáver —murmuró al tiempo que pulsaba el botón de «Suprimir» sin vacilar—. No puedes contestar eso cuando te preguntan qué buscas en un hombre. ¿De verdad esperas sinceridad, bondad, un amigo y alguien que sepa escuchar? Si pegas en una farola un cartel con ese texto, te llama la mitad de la comunidad gay.

—Muy gracioso, ¡ni es verdad ni debería haber dejado que lo borrases! Y sí, quiero un hombre sincero, bondadoso, que sea mi mejor amigo y que sepa escucharme. ¿Tanto estoy pidiendo?

—Pedir un yate me parecería más realista.

—¿Qué sabrás tú? Esta pregunta es personal. Y sé lo que quiero.

Jack dejó escapar un suspiro hondo.

—Está bien, está bien. Mira, restauro lo que tenías. Luego no te quejes si no encuentras a tu principito. Siguiente pregunta: «¿Cómo sería tu cita ideal?». Respuesta: «Bajo la luz de las velas en algún restaurante elegante, seguido de un paseo por Central Park cogidos de la mano en una cálida noche primaveral». —Me miró muy serio—. Te juro que, si metes un puto tópico más, vomito.

—Pues qué pena, porque a mí me gusta.

Me encogí de hombros y Jack se levantó cuando llamaron al timbre de la puerta.

—¡Menos mal! Cierra ese ordenador antes de que borre todo tu perfil o lo lance por la ventana. Vamos a cenar. —Le dediqué una mueca de burla mientras él desaparecía para atender al repartidor. Regresó un minuto después—. ¿Tienes hambre? —preguntó sonriente.

—¡Mucha! ¿Qué hay para cenar?

Lo seguí a la cocina. Jack parecía extrañamente feliz mientras dejaba la bolsa sobre la encimera. Sacó un par de platos del mueble más alto y luego desempaquetó la cena. Se inclinó, me dio un beso en los labios y una palmada en el trasero.

—Pizza para mí y berenjena rellena de atún para mi chica preferida —canturreó.

«¡Maldito cabrón!»

Me mordí el labio inferior para evitar soltar varios improperios. Era oficial: Jack era el hombre más retorcido, testarudo e imprevisible que había conocido en toda mi vida. ¿Cómo podía seguir dándole vueltas a ese detalle estúpido...? Se me hizo la boca agua cuando él abrió la caja de cartón y el aroma a pizza de cuatro quesos tamaño familiar inundó la estancia. Luego tuve que reprimir el impulso de arrugar la nariz al sostener el plato mientras me servía la berenjena que, además, tenía un aspecto terrible.

—¿Estás bien, cariño?

—No me llames «cariño» —le solté.

Esbozó una sonrisa aún más amplia. Claro, para él todo aquello era muy divertido. Y lo peor es que se lo había servido en bandeja, nunca mejor dicho.

—No hace falta que me des las gracias por ser una persona maravillosa que se preocupa por tus apetencias, pero acepto sobornos sexuales como compensación.

—Eres lo peor —maldije por lo bajo.

Me di la vuelta, dispuesta a regresar al salón, tragarme la berenjena lo más rápido posible y regresar a mi casa, pero él me retuvo por la espalda y me pegó a su pecho. Apoyó la barbilla en mi hombro y me hizo cosquillas al respirar.

—Vamos, nena. Tan solo admite que eres una mentirosa de cuidado y podremos compartir esa deliciosa pizza. Mmm, ¿la hueles? Pues confía en mí, sabe aún mejor. Es la mejor pizza de todo Brooklyn.

Se apartó a un lado cuando me giré.

—¡Está bien, tú ganas!

—Sé más específica.

—Me pierde la pizza —confesé.

—Y eres una mentirosa.

—Me haces ser mentirosa —aclaré.

—No está mal. Vamos, dame eso. —Me quitó el plato con la berenjena, abrió la nevera y lo dejó allí—. ¿Qué quieres beber?

Le dije que Coca-Cola y sacó un par de botellas antes de encaminarnos hacia el salón. Dejó la caja de la pizza en la mesita auxiliar y me tendió una servilleta antes de coger un trozo y darle un gran mordisco.

Lo imité. Y, joder, ¡estaba de muerte!

Casi gemí cuando saboreé la mezcla de quesos fundidos y la masa estaba justo en su punto. Jack se rio al ver mi reacción.

—Está increíble. Tienes que darme la dirección de ese sitio.

—Lo pensaré —replicó—. ¿Quieres que ponga la película?

—¿Cuál de todas?

—Esa que has nombrado antes. *Stoker.*

—Vale —accedí y cogí otro trozo de pizza.

La película era violenta, intimista y muy poética.

Fue agradable verla junto a él. Cada vez que había algún diálogo brillante, Jack paraba la cinta y lo comentábamos. La fotografía era espectacular, al igual que el ritmo, los símbolos y las metáforas que se sucedieron hasta el final. No dejamos ni un trozo de pizza y, cuando terminó la película, estuvimos un buen rato hablando sobre algunas escenas.

Sentado en el sofá, Jack estiró los brazos.

Ya había anochecido.

—Debería irme a casa.

Él pareció dudar unos segundos, pero finalmente asintió con la cabeza. Recogimos los restos de la cena, nos pusimos la ropa de abrigo y salimos a la calle. Hacía mucho frío mientras avanzábamos en moto hacia West Village, así que me apreté junto a él y lo abracé con fuerza hasta que llegamos a nuestro destino. Jack paró el motor y yo bajé, me quité el casco y se lo tendí.

—Casi me asfixias, ¿tan mal te lo has pasado?

Me reí mientras me peinaba el pelo con los dedos.

—Tenía mucho frío —aclaré.

—Todavía no hemos terminado con tu perfil, así que le echaré un vistazo mañana; te aviso cuando esté listo —dijo, y recordé que había dejado la cuenta abierta en su ordenador. Mierda—. Vas a aburrirte de quedar con tíos, pero, si de verdad estás buscando algo serio, recuerda la famosa regla de las tres citas. Todo el mundo lo sabe. Si le gustas de verdad, esperará. Nada de lanzarte a la primera de cambio. No mientras estés conmigo, claro.

—Lo que tú digas, jefe —me burlé.

—Va en serio, Elisa. Nada de bromas con esto.

—¿Por qué te preocupa tanto?

—No me preocupa. Solo quiero que cuando te apetezca tirarte a otro o empezar una relación, te tomes la molestia de decirme que lo nuestro ha terminado. —Sonrió fanfarrón—. A menos que antes me haya cansado de ti, que es lo más probable.

Volvió a ponerse el casco, arrancó el motor y se alejó calle abajo.

Me quedé ahí unos segundos, plantada en medio de la acera. «¡Será capullo!», pensé. Aunque no debería sorprenderme, eso por descontado. Pero aun así... dolía ese tonito chulesco con el que había asegurado que probablemente pronto me daría la patada. Y es que, sinceramente, todavía no entendía qué hacía conmigo pudiendo tener a una chica diferente cada noche, pero lo que sí sabía era que no pensaba volver a sentirme inferior. Quizá hasta tenía un golpe de suerte y encontraba a mi hombre ideal en la primera cita. Sonreí mientras entraba en casa y Regaliz se paseaba entre mis piernas. Sí, puede que al final fuese yo la que pusiese el punto final a nuestra corta historia.

16

—

RETOMANDO EL CONTROL

Había quedado con Julia Palmer en un restaurante de comida vegetariana que apenas llevaba dos meses abierto. El lugar era bonito, con plantas de hojas ovaladas en cada esquina y mesas de madera a juego con las sillas. Me senté cerca del ventanal que daba a una calle de Murray Hill y esperé pacientemente durante veinte largos minutos. Estuve a punto de sufrir un infarto cuando la vi atravesar la puerta principal acompañada por un fornido hombre. Iba vestida con un conjunto de color rojo cereza y pronunciado escote que, desde luego, no parecía demasiado apropiado para las bajas temperaturas que azotaban la ciudad desde comienzos del invierno.

Me puse en pie. Y entonces lo vi.

Llevaba una especie de rata dentro del escote. Era de color negro, con dos ojillos redondos y brillantes y la cabeza calva. Pestañeé confundida.

—¿Qué demonios es eso? —pregunté.

—¿Esto? Ah, ¡Bigotitos! ¿No es adorable?

—Pero... —comencé a decir.

—Señorita, no está permitido entrar en el establecimiento con animales de compañía —se apresuró a re-
cordarle uno de los camareros.

Malhumorada, Julia arrugó la nariz.

—¿Qué tipo de vegetarianos sois? ¡No puedo
abandonar a mi perro fuera! ¿Dejaríais que un animal
muriese de frío? —gritó, y varias personas que estaban
comiendo en el restaurante se giraron para contemplar
la escena. Deseé que se me tragase la tierra.

—Señorita, nosotros no...

—¿Vosotros no qué? ¿No amáis a los animales?

Un agujero. Solo pedía que un agujero se abriese
bajo mis pies para poder desaparecer. Me llevé los dedos al puente de la nariz y suspiré hondo.

—Está bien. Puede quedarse si no lo saca de... de...
ahí. —El pobre camarero señaló a la mascota, que en
esos momentos era como una tercera teta apretujada
entre las otras dos—. Ahora les traeré la carta.

Julia y yo nos sentamos, pero su acompañante se
disculpó para ir a los servicios. Me incliné un poco sobre la mesa e hice un esfuerzo para apartar la mirada de
Bigotitos y centrarla en ella. A decir verdad, el chihuahua era una monada y eso que a mí jamás me habían
gustado los perros.

—Espero que no se te haya ocurrido la brillante
idea de traer al jardinero —le advertí.

—¿Qué jardinero? —Julia arrugó el entrecejo.

«No sé, no sé, ¿al que se la chupaste?», estuve a
punto de decir a voz en grito. Me mordí la lengua e intenté buscar las palabras adecuadas.

—Tu amante. O algo así —concluí.

—Ah, ¡ese jardinero! —Soltó una carcajada.

—¿A cuántos jardineros has conocido tú?

Julia me miró extrañada.

—A uno.

Tomé un par de inspiraciones seguidas. Era imposible mantener con ella una conversación coherente; decir que tenía una neurona era ser demasiado optimista.

—Vale, olvídate de eso. ¿Quién es ese hombre que ha venido contigo?

—Su representante —respondió una voz masculina a mi espalda.

El tipo, que tenía una barba pronunciada y la cabeza rapada, se sentó al lado de Julia y metió la mano entre sus tetas para acariciar al chihuahua. Antes de que pudiese decir nada, apareció el camarero con la carta y poco después tomó nota del pedido. Crucé las manos sobre la mesa.

—No me habías dicho que tenías un representante...

—Claro, porque antes no lo tenía —respondió Julia, tan obvia como siempre—. Lo conocí este fin de semana. Julien se ha ofrecido a convertirme en una estrella. ¿Y no te parece una feliz coincidencia? Julia y Julien. Supe que tenía que ser una señal.

Aproveché mientras acababan de servirnos las bebidas para darle un sorbo a mi zumo de naranja natural y tomarme unos segundos para procesar la situación. «Cálmate», me dije a mí misma.

—¿Qué clase de estrella? —le pregunté directamente a Julien.

—Quiero potenciar su don natural.

—¡Vuelvo a la barra! —canturreó Julia felizmente.

—¿La barra?

—¡La barra de *stripper*!

—Oh, ¡no, no, no! —Me faltó poco para escupir el zumo y el chihuahua pareció asustarse cuando alcé el tono de voz—: ¡De ninguna manera, Julia! Al menos, no hasta que hayamos formalizado todos los trámites del divorcio. Después, por mí puedes dedicarte a la industria del porno si es lo que quieres.

—Mmm, el porno... —tanteó pensativa.

—No se me había ocurrido —dijo Julien, que me sonrió fascinado como si fuese una descendiente perdida de Einstein.

Cerré los ojos e ignoré que acababa de llegarme un mensaje al móvil.

—Por favor, chicos, centrémonos. Necesitamos mantener una actitud lo más neutra posible hasta que el divorcio quede cerrado; de hecho, quería proponerte que asistieses a alguna actividad de voluntariado durante estas próximas semanas. Por ejemplo, servir la cena de Navidad en algún comedor social. Tenemos que cubrirnos las espaldas y, si algo saliese mal y al final hubiese que ir a juicio, no está de más tener ciertas bazas.

Julia arrugó la nariz.

—¿Servir cenas?

—Eso he dicho. Te dará buena imagen.

Julien asintió con la cabeza y me miró con admiración antes de volver a centrar sus ojos en su compañera.

—¡Tiene razón! Imagínate. Podemos explotarlo después del divorcio. Ya veo los carteles con tu fotografía empapelando toda la ciudad con el lema «De ángel a demonio»; la chica que cambió por amor y perdió su inocencia.

Tampoco es que fuese primordial lo de que se me tragase la tierra. Me conformaba con que un meteorito cayese encima del restaurante. O con un ataque nuclear. No sé, cualquier cosa era mejor que tener que comer con Julien y Julia.

Ella aplaudió animada. Qué sorpresa.

—¡Es maravilloso! —exclamó.

—Bien, entonces harás el voluntariado —atajé, y cuando el camarero pasó por mi lado le pregunté si podía ponerme la comida para llevar porque me había surgido un imprevisto—. Ahora necesito que me digas qué lugares suele frecuentar Frank cuando está en la ciudad, ¿recuerdas alguno?

—Bueno... le gusta ir a Coudark, una de esas tabernas oscuras. Y también al club de *striptease* en el que nos conocimos, claro.

—¿Puedes darme la dirección de ambos sitios?

Salí del restaurante vegetariano con una bolsa de comida en la mano y dos lugares que no me apetecía nada visitar, pero a los que me acercaría para ver si conseguía averiguar algo que me fuese útil. Pensar en el caso me hizo sentir una punzada en el estómago. Jack. No lo había visto desde hacía tres días, pero tenía la sensación de que habían pasado meses desde la última vez que estuvimos juntos en su casa. Me estaba preguntando si él también estaría trabajando, cuando saqué el móvil del bolso y leí el mensaje que me había llegado antes de bajar a la estación de metro.

De: Jack Helker
Para: Elisa Carman
Asunto: ¿Estás libre?
¿Qué haces esta noche? Quiero verte.
Y tengo listo tu perfil...
Jack Helker (con los deberes hechos)

De: Elisa Carman
Para: Jack Helker
Asunto: ¿Mañana?
Hoy es viernes, he quedado con las chicas.
¿Nos vemos mañana?
P. D.: Tengo que revisar ese perfil.
Elisa Carman

De: Jack Helker
Para: Elisa Carman
Asunto: No puedo
Dada tu imprevisibilidad habitual, deduzco que estarás por el Greenhouse Club, ¿cierto? El sábado por la noche tengo que quedarme con Molly. Te llamo el domingo.
Jack Helker (Holmes)

«¡Qué idiota!»

Aunque sí, estaría por allí. Pero no porque fuese «predecible» como él pensaba, tan solo era que teníamos la costumbre de quedar en ese lugar... ¿Por qué cambiar algo que nos funcionaba genial? Puse los ojos en blanco antes de contestar y meter el móvil en el bolso.

Llegué a casa, comí mientras veía el capítulo ciento veintiocho de la telenovela (la lasaña vegetal estaba riquísima) y luego estuve leyendo un par de informes. Tras cerrar el caso de Kevin, tenía que elegir algún otro del que ocuparme y Henry me había ofrecido dos opciones diferentes. Hacia mitad de la tarde, cansada, llamé a mamá y estuve un rato hablando con ella y escuchando los milagros del último producto de limpieza que había descubierto (una lejía con jabón y olor a hierbabuena, lo que me hizo pensar que el fin del mundo estaba cerca). Después vi otro capítulo antes de meterme en la ducha y empezar a arreglarme.

Esa noche había quedado con Hannah, Dasha y Clare en el local de siempre, pero también con Aiden. Tan solo había ido a entrenar un día en toda la semana y, a raíz de eso, Aiden había creído que seguía enfadada con él, lo cual no era cierto. Simplemente sentía... menos estrés. Y puede que el sexo tuviese algo que ver, sí. La cuestión es que, para que dejase de repetírmelo y convencerle de ello, le dije que se apuntase al plan del viernes por la noche y él aceptó encantado, y me aseguró que, además, se traería a su amigo más decente.

Así que tenía una especie de cita...

¿Qué se ponía una para una «especie» de cita?

Cobijada bajo el albornoz, repasé mi armario. Tenía vestidos negros con escotes ovalados, cuadrados, cerrados e incluso uno que se perdía hacia abajo como si quisiese llegar al ombligo y que tenía que ponerme sin sujetador. También había todo tipo de tallas: largos, por debajo o encima de la rodilla, y algunos ridículamente cortos. Suspiré. Era como estar dentro de un funeral. La verdad es que el negro me gustaba, y mucho; me parecía elegante y sexy, pero quizá sí debería empezar a ser un poco más abierta, más... impredecible.

Terminé decantándome por una blusa negra, de tela vaporosa y sin mangas, que combiné con una falda en tonos grises que tenía algunas lentejuelas. «Al menos era un poco diferente», me dije mientras me miraba en el espejo, justo antes de ponerme los tacones y coger un bolsito pequeño que pendía de una cadena fina.

Cuando llegamos al local, estaba tan nerviosa que parecía un flan andante. Nos sentamos en el reservado de siempre y pedimos cuatro margaritas. Casi le quité el mío al camarero cuando se acercó con las copas.

—Cualquiera diría que llevas siglos sin tener una cita... —bromeó Dasha.

—Y así es. De hecho, faltaría poco para el siglo —admití.

Hannah dejó de beber y me miró consternada.

—¿Acostarte con Jack Helker no cuenta como cita?

Casi escupo el sorbo de margarita. Las otras dos se llevaron una mano a la boca con los ojos muy abiertos. Mierda. Y más mierda. No es que quisiese mantenerlo en secreto, aunque era lo más sensato, pero tampoco tenía intención de ir pregonándolo por ahí ni mucho menos delante de personas que lo conocían y se movían en su entorno. Las amigas de Hannah me caían bien, pero no tenía con ellas la suficiente confianza como para relatarles con pelos y señales ese tipo de cosas. Incluso en lo referente a Colin, había sido bastante escueta con ellas: me limitaba a proferir insultos sin ton ni son y poco más.

—¿Te has tirado a Jack? ¿A ese Jack?

—Bueno... es... es una larga historia —mentí.

—¡Genial! ¡Tenemos toda la noche!

Y así fue como me vi obligada a contarles por encima lo que había ocurrido; omití gran parte de la historia y resumí el resto sin entrar en detalles.

—¿Sabes la suerte que tienes?

—Eso me deja un poco a la altura del betún —me quejé.

—No quería decir eso, pero Jack es difícil de cazar... tú ya me entiendes. Creo que su relación más larga fue con la modelo Kate Rowen, pero la dejó cuando ella se refirió a él como «su pareja» en una entrevista para una revista de moda —explicó Dasha—. Se lo tiene demasiado creído, espero que tú le bajes esos humos.

Me encogí de hombros y le di otro trago a la bebida. Lo cierto es que me daba igual si se lo tenía creído o no, porque a mí lo único que me importaba era lo que tenía entre sus... sí, piernas, ¿para qué adornar la aplastante realidad? De cualquier modo, estaba convencida de que Jack era mucho más inseguro de lo que aparentaba ser, y que quizá lo camuflaba con su agresividad laboral y ese ego fuera de control. Pero a mí sus dramas personales me parecían menos interesantes que la vida de un guisante desde que germinaba hasta que salía de su vaina.

—Es algo esporádico, nada importante. Por eso estoy nerviosa con la cita de esta noche. Quiero decir, me cuesta un poco eso de conocer a alguien de verdad sin tener la intención de pasar por su cama después.

—Es fácil, tú limítate a preguntarle cosas sobre su vida; a los hombres les encanta hablar de sí mismos. Son narcisistas por naturaleza —atajó Clare.

Hannah negó con la cabeza y me sonrió. Una de esas sonrisas suyas que serían capaces de conseguir que un asesino a sueldo dejase las armas y firmase un acuerdo de paz mundial.

—Olvida eso, ¡nada de fingir! Solo tienes que ser tú misma, Elisa.

—¿Has leído esa frase en algún sobre de azúcar? —preguntó Dasha tras soltar una carcajada—. Vamos, fíjate lo que le ocurrió a la pobre con Colin: se relajó, fue ella misma y, ¡zas! ¡Infiel a la vista! Por desgracia, todavía no he encontrado a ningún hombre que acepte que sí, me tiro pedos, y sí, tengo inquietudes y además...

—¡Madre mía! ¿De verdad esta es la primera copa? —la interrumpió Clare.

—Verdades como puños —concluyó Dasha.

—Chicas, creo que nos estamos desviando del tema. El problema es que no busco un lío, sino al padre de mis futuros hijos —expliqué, y Hannah se llevó una mano al pecho y profirió un dulce «oooh»—. Así que no puedo estar fingiendo durante, no sé, cuarenta años. Necesito gustarle. Y que él me guste a mí, claro.

Mi móvil vibró en ese preciso instante. Era Aiden. Habíamos acordado encontrarnos en la puerta cuando llegasen. Le pedí a Hannah que me acompañase y nos encaminamos hacia allí esquivando a los clientes que empezaban a llenar el local. Una enredadera escalaba por el muro de la salida principal y allí, apoyado en la pared, estaba Aiden junto a un chico de cabello rubio, alto y de rasgos angulosos. Hice un análisis completo de él en menos de medio minuto, justo antes de que Aiden me viese.

Primer filtro superado: era atractivo.

—¡Aquí está mi chica! —gritó Aiden mientras me estrechaba entre sus fornidos brazos. Luego me soltó y bajó la barbilla—. Porque sigues sin estar enfadada conmigo, ¿verdad?

—Deja de decir tonterías, nunca he estado enfadada contigo.

Le di un manotazo en el hombro mientras le dirigía una mirada coqueta a su amigo. Visto de cerca era aún más mono, tenía una mandíbula cuadrada y muy varonil.

—Elisa, te presento a Paul.

—Encantado de conocerte.

Me obsequió con una sonrisa bonita.

—Lo mismo digo. —Correspondí al gesto antes de coger a Hannah del brazo—. Ella es mi amiga Hannah.

Tenemos un reservado dentro y nos están esperando, así que, si os parece, podemos tomar algo juntos —propuse.

Me parecía un buen plan poder ir conociendo a Paul estando cerca de los míos, así evitaríamos los silencios incómodos.

Nos dirigimos hacia allí y les presentamos a Dasha y a Clare. Yo me terminé lo poco que quedaba de mi margarita y pedí otro. Por suerte, pronto todos los presentes empezaron a hablar y me sentí más cómoda y relajada.

Paul jugueteó con la etiqueta de su cerveza antes de mirarme y dedicarme otra sonrisa radiante.

—Así que entrenas con Aiden y eres abogada.

—Eso es —asentí—. ¿Vosotros os conocéis desde hace mucho tiempo?

—Hará un par de años. Aiden empezó a tontear con mi novia y yo fui a su gimnasio y le di una paliza. Lo bueno es que me libró de casarme con esa chica. Y lo malo, que, no me preguntes cómo, terminamos por hacernos amigos, y como bien sabes, aguantarle no es nada fácil.

Oh, era bueno. Me gustaba que tuviese sentido del humor.

—¿Estáis hablando de mí? —se inmiscuyó Aiden desde el otro extremo del reservado.

—De ti y de lo capullo que eres, sí —respondió Paul.

Me giré feliz y radiante hacia él con la copa en la mano.

—¿Sabes? Veo que tenemos muchas cosas en común.

Estuvimos charlando un rato más; la conversación

era fluida y agradable, pero tenía la sensación de que un par de nubarrones negros y muy feos se balanceaban sobre nuestras cabezas. Por su forma de abordar los temas más recurrentes, Paul tenía experiencia en esto de las citas y, aunque me caía simpático, echaba en falta esa chispa de anticipación y atracción. Mientras él seguía hablando, me mordisqueé la uña del dedo meñique e intenté borrar de mi mente el estremecimiento que me sacudió la primera vez que mis ojos tropezaron con los de Jack en ese mismo local. El deseo. Las ganas de besarlo a pesar de no conocerlo de nada. Mi debate interior al alejarme de él...

Paul carraspeó suavemente llamando mi atención y continuó relatándome sus últimas hazañas deportivas con todo lujo de detalles. A decir verdad, nuestras afinidades eran escasas. Para empezar, a él le encantaba el surf, la escalada y cualquier otro deporte de riesgo. Yo odiaba los deportes de ese tipo. Y el primer problema surgió cuando media hora después, mientras bailábamos en la pista central, me propuso acompañarlo a una playa cercana el próximo fin de semana:

—¡Claro! ¡Suena genial!

—Estupendo. —Sonrió.

El problema era que no sonaba nada genial y acababa de soltarle una mentira de las gordas. Sonaba terrible: enfundarse en un incómodo traje de neopreno, meterse en el agua helada en esa época del año, intentar subirme una y otra vez a un trozo de madera como si el Titanic acabase de hundirse.

Chasqueé la lengua.

—Perdona, pero no. Lo siento.

Paul pestañeó confundido.

—¿Cómo dices...?

—Te he mentido. No me apetece ir a hacer surf, creo que es una cita muy original y estoy segura de que a cualquier otra chica le entusiasmará la idea, pero no es lo mío. Di unas cuantas clases cuando fui con mis amigas de viaje a California el año pasado, pero, si he de ser sincera, no le encontré la gracia.

Paul frunció el ceño en un primer momento, pero terminó suavizando su expresión sin dejar de moverse al son de la melodía que sonaba en la sala.

—Lo entiendo, no importa —dijo.

Sin embargo, teniendo en cuenta que un minuto después se alejó de mí y empezó a bailar felizmente con una morena de metro ochenta y culo respingón, supuse que en realidad sí le había importado. En fin. Llegados a ese punto de mi vida, creía que era mejor ser sincera que perder el tiempo en citas que estaban destinadas al desastre desde antes de empezar.

Había perdido de vista a las chicas y a Aiden, así que cerré los ojos y bailé sin pensar en nada ni en nadie, tan solo disfrutando del momento.

De pronto, unas manos me rodearon la cintura con delicadeza, y supe que era él antes de girarme.

—Estás preciosa esta noche —me susurró.

Era increíble que en apenas una semana me hubiese aprendido de memoria el aroma de su colonia y el tacto de sus dedos sobre de mi piel. Me di la vuelta. Jack no bailaba, tan solo estaba allí en medio de todos los que sí lo hacían, quieto, mirándome bajo las luces tenues que palpitaban al ritmo de la música. Noté que se me encogía el estómago al ver lo guapo que estaba. Tenía la insólita capacidad de conseguir que, de repente, el resto de la sala fuese invisible para mí.

—Gracias. No me dijiste que vendrías.

—No pensaba hacerlo. Tenía una cena de trabajo.
—Me cogió de la mano y me atrajo hacia su pecho; le rodeé la espalda con un brazo sin dejar de bailar—. Y luego no estaba seguro de querer interrumpirte.

«Así que me ha visto con Paul.»

—¿Estás celoso? —me burlé.

—No me hagas reír.

—Solo era una pregunta.

—Una pregunta estúpida —replicó justo cuando apoyaba la cabeza en su hombro y él seguía mis pasos a un ritmo lento y relajado—. ¿Era una especie de cita?
—Asentí—. ¿Y qué tal ha ido la cosa?

—No muy bien, aunque era majo y eso. Quería que quedásemos el próximo fin de semana para practicar surf y al principio contesté que sí, pero... luego le dije que estaba mintiendo y que en realidad no me gustaba el plan.

—¿No te gusta el surf?

Jack me hizo cosquillas en la nuca al hablar y me estrechó con más fuerza contra su cuerpo. Y era cálido, duro y confortable. Inspiré hondo, llevándome conmigo ese aroma que era una mezcla entre jabón y colonia.

—No. He probado un montón de deportes a lo largo de mi vida, porque a Colin le encantaban, pero a mí tan solo me han gustado el boxeo y correr.

—¿Quién es Colin? —preguntó.

Ni siquiera había sido consciente de haber pronunciado su nombre, compartiendo con Jack esa parte de mi vida; simplemente lo dije como si fuese lo más normal de mundo y él ya estuviese al tanto de mi desengaño amoroso.

—Es... es un chico con el que estuve saliendo.

Jack asintió despacio y pareció captar a la primera

que no quería hablar de eso con él. Me gustaba que siempre se diese cuenta de ese tipo de detalles, que pudiese anticiparse a lo que necesitaba en cada momento. Me sostuvo por la barbilla y me vi obligada a mirarle a los ojos antes de que sus labios atrapasen los míos.

Nos besamos como si llevásemos días esperando ese momento.

Sus manos bajaron con lentitud hasta mis caderas y su cuerpo encajó con el mío cuando mi espalda chocó con la pared. Nuestros labios se acariciaron, se buscaron y se encontraron durante lo que me parecieron horas; primero lentamente, suave, después casi con desesperación, ansiosos. Terminé hundiendo los dedos en su cabello y le mordí con cuidado el labio inferior. Jack sonrió y me besó en la punta de la nariz antes de apoyar su frente sobre la mía.

—¿En qué piensas? —preguntó.

—En nada —mentí.

—Vamos, dímelo.

«Puñetero Jack.»

—En que así de fácil debería ser todo.

Jack arqueó las cejas. Sé que me entendió. Entendió que buscaba a un hombre que no se parecía en nada a él, sí, pero que en eso del deseo y la atracción me conformaba con encontrar algo similar a lo que sentía cuando estábamos juntos. Porque no estaba segura de que pudiese ser «más». Tenía las piernas temblorosas, los labios hinchados y aún ávidos de sus besos, y unas ganas terribles de marcharme de allí y pasar un rato con él entre las sábanas.

—Fácil... —repitió Jack en un susurro mientras me separaba un poco de la pared y deslizaba su mano por mi trasero.

Me entró la risa tonta un segundo, pero se extinguió de inmediato cuando noté sus dedos acariciando el borde del bajo de la falda.

—¿Qué estás haciendo?

—Shh, ¿no confías en mí?

—No mucho, la verdad.

Él se echó a reír y subió un poco más hasta acariciarme el muslo. Tragué saliva y miré a mi alrededor. Las luces intermitentes tenían la culpa de que apenas se distinguiesen los rostros de la gente que bailaba y saltaba en medio de la pista. Nadie parecía prestarnos atención, pero aun así... aun así...

Tuve que sujetarme de su hombro cuando me presionó el culo con la mano. No estaba muy segura de si quería que parase o que siguiese un poco más. Inspiré hondo, aturdida.

—Joder, llevas tanga... —masculló entre dientes—. ¿Tú quieres volverme loco?

—Vámonos a casa —supliqué.

No hizo falta que se lo repitiese. Jack dejó de acariciarme, me colocó bien la falda y me cogió de la mano antes de encaminarse hacia la salida. Ya en el taxi, hice malabarismos para enviarle un mensaje a Hannah mientras Jack se proponía terminar con todo mi autocontrol y ofrecerle al taxista un espectáculo gratuito (quise pensar que por eso nos cobró menos de lo que debía). Al llegar a casa, no conseguimos entrar en la primera habitación. Jack me arrinconó contra la puerta y esta vez sus manos se perdieron bajo mi falda sin ningún tipo de control, tirando de la ropa interior mientras yo me encargaba de quitarle la suya. Lo hicimos en el suelo, rápido y fuerte, duro y ansioso, como si llevásemos semanas sin tocarnos. Al acabar, Jack rodó hacia un lado, se quitó el preservativo y, cuando nos miramos, ambos empezamos a reírnos a la vez.

—Creo que deberíamos dejar de hacerlo en los recibidores.

—Por intentarlo... —contestó Jack sonriente.

17

LOS CHICOS DE TELENOVELA
NO GRUÑEN TANTO

Olía a café. Y a beicon. Y a algo delicioso.

Estiré los brazos en alto y bostecé. La cama estaba vacía. Me froté los ojos y me obligué a levantarme al contar hasta tres, aunque habría podido dormir durante varias horas más. Se escuchaba el chisporroteo del fuego en la cocina. Entré en el cuarto de baño y me lavé la cara con agua fría; no me molesté en peinarme porque, total, a esas alturas Jack me había visto vomitar, borracha y con un aspecto bastante peor.

Lo encontré en la cocina volcando el contenido de una sartén en un plato limpio. Me miró sonriente; estaba estupendo, en su línea.

—Buenos días —dije.

—¿Te gusta el revuelto de huevos?

—Sí, mucho —respondí mientras servía el café—. ¿Lo tomas con azúcar?

—No, y lo prefiero corto de leche.

—Por supuesto, mi amo —bromeé.

—Me encanta cuando llamas a las cosas por su nombre. —Se rio y me dio un beso breve cuando pasó por mi lado para coger un par de tenedores del cajón de los cubiertos.

Nos encaminamos juntos hacia el comedor y Jack dejó la bandeja del desayuno encima de la mesa auxiliar. No me parecía el mejor lugar para comer, sentados en el sofá (que podía ensuciarse), pero terminé por no decir nada e intentar disfrutar del momento. Al fin y al cabo, Jack se había esforzado; había beicon, tostadas, huevos revueltos, queso y un bol con un poco de fruta recién cortada.

—¿Cuánto tiempo llevas en la cocina?

—Un buen rato —admitió y se metió una rodaja de plátano en la boca—. Aunque, para tu interés, también he tenido tiempo de averiguar ciertas cosas...

El tono risueño de su voz me hizo ponerme en tensión. Empezaba a conocerlo lo suficiente como para saber que su felicidad era directamente proporcional a mis enfados.

—Habla —ordené secamente.

—Mejor te lo enseño. Y que quede claro que no quería cotillear, solo pretendía ver las noticias del día —explicó justo cuando le daba al botón rojo del mando a distancia y encendía la televisión.

La pantalla mostró el videoclub online, que era lo último que había visto la tarde anterior antes de arreglarme para salir. Suspiré hondo. Siendo sincera, la carátula era bastante cutre, con un hombre moreno con un torso impresionante que la chaqueta vaquera abierta dejaba al descubierto.

—Así que no mentías. *El cuerpo del deseo* no era una porno —dijo con una sonrisa en sus labios.

—¡Qué tonto eres! Dame el mando.

Jack alejó la mano y me impidió cogerlo mientras reía como un crío.

—¿En serio? ¿La gran fan de Tarantino ve telenovelas a escondidas?

—No, no las veo a escondidas.

—Pequeña mentirosa...

Empecé a cabrearme de verdad.

—Ni siquiera sé por qué sigues aquí esta mañana.

—Me gané el derecho anoche consiguiéndote tres orgasmos, ¿recuerdas?

Me sonrojé. Sí, después de todo lo que habíamos hecho, me sonrojé como una idiota tras oírle decir aquello y solo conseguí que su carcajada se tornase aún más fuerte.

—Creo que tenemos que fijar nuevas normas.

—Vamos, no te enfades, nena. —Fue a darme un beso en la boca, pero me aparté y terminó besándome en la mejilla—. Solo estoy sorprendido, eso es todo.

—¿Has visto alguna vez una telenovela?

—¡Joder, no! Soy un hombre decente.

—Yo diría que eres demasiado prejuicioso —repliqué mientras cogía una tostada y ponía encima beicon y un poco del revuelto—. ¿Qué quieres que te diga? No pienso sentirme culpable. Las telenovelas enganchan. Y mucho.

—Va, pon un capítulo mientras desayunamos.

—¿Estás de broma?

Ante mi atónita mirada, Jack pulsó el botón de «Play» y el capítulo ciento veintinueve empezó a reproducirse. Ignoré sus caras de dolor cuando la música de la entradilla comenzó a sonar y luego disfruté de aquel desayuno como una enana, comiendo sin parar mientras le explicaba a Jack la historia de cada personaje. Que si el atractivo protagonista, don Pedro José Donoso, era en realidad un hombre mayor reencarnado en un cuerpo de escándalo que había vuelto a la villa familiar en busca de venganza. Que si la que fue su mujer, Isabel Arroyo, tan solo se casó con él por su dinero. Que si el mayordomo lo odiaba y su suegra era una interesada... No sé si se enteró de mucho, porque salían un montón de personajes de lo más variopintos y ya había ocurrido de todo a esas alturas, pero sí sé que al menos terminó picándose, porque no dijo ni mu cuando dio comienzo de forma automática el siguiente capítulo. Normalmente prefería verla con subtítulos, pero en este caso el doblaje no estaba nada mal e imaginé que para Jack sería más «soportable».

—¿Y quién es la tipa esa? —preguntó al rato.

—Valeria, la prima de la que fue su esposa.

Suspiró con desagrado y cogió el último trozo de fruta que quedaba en el bol antes de reclinarse en el sofá.

—Más le vale quedarse solo —farfulló.

—La idea es que acabe con Valeria.

—¿Para qué?

—¿Para ser feliz? Valeria es buena.

—¡Memeces! —exclamó pasota. Pausé la reproducción y me miró como si hubiese cometido un gran crimen—. ¡Eh! ¿Qué demonios haces? Por fin se estaba poniendo interesante después de tanto parloteo.

Ignoré esa vocecita interior que me gritaba con mucha insistencia que no me metiese en sus asuntos y dejé salir a la insana curiosidad que no dejaba de provocarme:

—Creo que este sería un momento idóneo para que me contases qué ocurrió con esa chica que te partió el corazón. Somos algo así como amigos, ¿no? Puedes confiar en mí.

Con la mirada que me dirigió podría haber congelado el desierto del Sahara.

—Nadie me ha partido el puto corazón. Y no somos amigos, Elisa —sentenció antes de levantarse del sofá y dirigirse hacia la habitación para buscar sus cosas. Lo seguí.

—¡Pues menuda forma de reaccionar para no sentirte dolido!

—Reacciono como me da la gana.

Aplaudí secamente mientras él abría la puerta.

—¡Qué alarde de madurez y sensatez!

Jack cerró de un portazo y el apartamento se quedó sumido en un silencio absoluto. Respiré hondo, en medio del pasillo, sin saber muy bien qué hacer a continuación. Decidí prepararme un segundo café, a pesar de que estaba algo nerviosa, y al rato llamé a mi madre y me tranquilicé mientras hablaba con ella sobre la mejor forma de limpiar y barnizar el suelo de madera. En realidad, ella hablaba y yo escuchaba, pero a veces basta con oír una voz familiar para volver a sentirte en casa, protegida y feliz.

—He encontrado un producto maravilloso para las juntas. Es un poco caro, pero vale la pena. ¿Estás ahí, Elisa?

—Sí, sí. Las juntas.

—Te noto distante.

—No, no es nada.

—¿Va todo bien? Cariño, soy tu madre, te conozco. No quiero preocuparme tontamente, pero desde hace unas semanas estás algo... rara. Sí, eso es. Rara. Tengo la sensación de que tienes la cabeza en otra parte.

«Otra parte... otra parte. En las partes de Jack, por ejemplo, sí.»

Puede que tuviese algo de razón. Me pasaba el día mentalmente ocupada, primero odiándolo, después deseándolo; además, aún no tenía claro qué otro caso escoger ni si al final saldría bien todo el asunto de Julia Palmer. Lo último que me apetecía era tener que ir a esos dos lugares que Frank frecuentaba, pero no estaba segura de hasta cuándo podría retrasar el momento. Decidí que le pediría a Hannah que me acompañase.

—Es cierto que estoy un poco dispersa estos días, pero todo va bien, mamá.

—¿Has conocido a alguien? —adivinó.

—No. O sí. Más o menos.

—¿Y no pensabas contármelo?

¿Qué iba a decirle? No podía explicarle que me estaba acostando con el enemigo, así que opté por relatarle una verdad a medias. Le hablé sobre la web de citas a la que Hannah me había apuntado y admití que tenía razón, que ya iba siendo hora de volver a enamorarme y encontrar a esa persona que me hiciese ver la vida color de rosa. Quería pensar en el futuro de nuevo, hacer planes, imaginar un mañana.

Cuando corté la llamada media hora más tarde, regresé al sofá y encendí el ordenador. Al intentar entrar en mi perfil de la web para ver lo que Jack había rellenado (más me valía revisarlo pronto), descubrí que mi antigua contraseña ya no era correcta. «¡Maldito seas mil veces, Jack!» Deduje que, como dejé la página abierta en su casa, la cambiaría antes de que se cerrase la sesión para asegurarse de poder entrar. Clavé la mirada en el techo y me tragué mi orgullo al escribirle un mensaje:

225

De: Elisa Carman
Para: Jack Helker
Asunto: Acceso
Dame la nueva contraseña de mi perfil.
Elisa Carman

De: Jack Helker
Para: Elisa Carman
Asunto: Preocupante...
¿En serio? ¿Me marcho y en una hora ya estás desesperada buscando nuevos pretendientes? No imaginé que estuvieses tan necesitada.
Jack Helker

De: Elisa Carman
Para: Jack Helker
Asunto: ¿Hola?
Invertir en un psicólogo no siempre es dinero perdido. Piénsalo.

Y sí, quiero mi contraseña. Yo tampoco imaginaba que tú fueses tan sensible. Te he preguntado sobre una chica, vaya, no sobre las coordenadas de un arma de destrucción masiva que mantengas en secreto para el gobierno.
Elisa Carman

De: Jack Helker
Para: Elisa Carman
Asunto: Toda tuya
La contraseña es «BuscoMaridoDesesperadamente», así, todo junto.
Jack Helker

De: Elisa Carman
Para: Jack Helker
Asunto: (sin asunto)
Capullo.
Elisa Carman

Grité varios insultos más cuando introduje la contraseña y, efectivamente, era correcta. No es que fuese exactamente mentira, ¿pero de verdad hacía falta ser tan explícito? Y lo peor es que la había cambiado antes de que tuviésemos esa especie de... ¿discusión? Ni siquiera estaba segura de qué había ocurrido. ¿Seguíamos juntos? «Juntos» en un sentido figurado, claro. ¿O acaso había terminado todo así, de golpe, solo por preguntarle esa tontería de nada...?

Me obligué a tragar saliva para deshacer el nudo que se me formó en la garganta al pensar en esa posibilidad e intenté olvidarme de él (y de sus manos, el tacto de sus labios, su risa ronca) mientras le echaba un vistazo a lo que había rellenado del perfil. Había respondido a casi todas las preguntas de forma directa y corta (yo me hubiese enrollado mucho más), algunas eran pasables, pero otras...

«¿Tienes algún sueño por cumplir?»
«Seguir siendo feliz.»

Ya, claro. El problema era que no me sentía feliz, así que la palabra *seguir* no tenía demasiado sentido. Podría haber puesto «conseguir ser feliz» o «encontrar la felicidad», pero ¿qué narices? Aquello era una web de citas y yo quería una dichosa cita, así que lo cambié por:

«¿Tienes algún sueño por cumplir?»
«Encontrar a mi alma gemela (y ser feliz).»

Retoqué ciertos detalles de algunas respuestas más que, o bien eran muy hippies (en plan paz, amor y felicidad), o bien excesivamente escuetas (¿era necesario ser tan misteriosa?). Regaliz se tumbó en el lado derecho del sofá y me miró con sus ojos ambarinos antes de hacerse un ovillo para dormir. Entre el ronroneo del gato, mis dedos se quedaron paralizados antes de llegar al teclado cuando leí la siguiente pregunta:

«¿Cuáles son tus aficiones?»
«Siempre estoy abierta a probar y a descubrir cosas nuevas, pero, en general, me encanta leer, el cine (soy una incondicional de las películas de Tarantino), los días de lluvia y de invierno y cuando llega la Navidad y la ciudad se convierte en un lugar lleno de luces y magia. También me gustan los gatos y practicar boxeo en mis ratos libres.»

Inspiré hondo al notar un cosquilleo extraño en el estómago. Volví a releer la respuesta con la intención de encontrar algún error, pero al final no cambié ni una coma. Todo estaba bien. Giré la cabeza hacia Regaliz.

—Vale, parece ser que el tarado de Jack también sabe escuchar —dije en voz alta y con el mal presentimiento de que si seguía por ese camino la cosa acabaría mal—. No debería estar hablando contigo, eres un gato —resalté lo evidente cuando el felino bostezó y me miró con los ojos entornados—. ¿Dónde está ese meteorito tan necesario cuando una necesita callarse?

Dejé de hacer el idiota, corregí las respuestas que

228

quedaban y elegí uno de los dos casos que Henry me había propuesto. Esa misma noche aparecieron cinco solicitudes, así que me entretuve leyendo sus perfiles y me dije a mí misma que había llegado el momento de empezar a tener citas.

18

PRIMERA CITA

Me miré en el espejo una última vez antes de salir de casa y coger el metro. Me había vestido informal, pero eligiendo cada prenda meticulosamente. Un poco como la cita a la que asistía. Había leído el perfil de Garrett Jill unas cuatro veces antes de atreverme a decirle que sí, que quedaríamos para tomar algo en un local de copas en el barrio del Soho. Por lo que me había dicho Hannah (aunque últimamente estaba más distraída de lo normal y no me había devuelto la llamada del día anterior), lo más clásico era quedar para cenar, pero me parecía demasiado «íntimo» para una primera toma de contacto. Si solo pedía una copa y el candidato no me convencía, podía largarme de allí en menos de media hora.

Era lunes. Tras la huida (injustificada) de Jack, me había pasado el resto del fin de semana organizando mi vida. Es decir, que había impreso un calendario y había marcado en rojo los días en los que tendría citas (lunes, miércoles y viernes). En azul había señalado la llegada de Frank Sanders para tenerlo presente e intentar acercarme antes a las dos direcciones que Julia me había dado. Y luego había usado el naranja para marcar los festivos por Navidad y los días que vería a mi madre.

Eso era lo que necesitaba. Orden. Control.

Garrett Jill era arquitecto, tenía treinta y dos años y un perfil tan perfecto que suspiré tres veces al terminar de leerlo. Le gustaban las comedias románticas, pedir comida a domicilio, los gatos y, por encima de todo, valoraba la sinceridad. Era como leer un informe detallado de cómo quería que fuese mi futuro marido. Supongo que por eso estaba entre nerviosa y emocionada cuando llegué al lugar donde habíamos quedado.

Era un local pequeño, de luces anaranjadas y altos taburetes de madera alrededor de la barra principal. Sin embargo, lo encontré sentado en una de las pocas mesas que allí había. Se levantó en cuanto me vio. Era muy guapo y su corte de pelo, con la raya ligeramente a un lado y típico de los niños de papá, me recordó un poco a Colin. Unas atractivas arrugas aparecieron en la comisura de sus ojos cuando sonrió tras estrecharme la mano. Me quité el abrigo y me senté en la silla que estaba libre.

—Bonita blusa —halagó.

—Oh, ¡gracias! —respondí con una sonrisa.

Supongo que en ese momento debería haber empezado a sospechar, pero ¿quién no desea que un hombre se fije en su ropa cuando asiste a una cita? Además, la blusa era preciosa, de color verde botella, y me la había comprado esa misma mañana (después de admitir que no podía seguir con un armario propio de una viuda de los años cincuenta).

Pedimos un par de refrescos y empezamos a hablar sobre la web de citas en las que nos habíamos conocido. Le conté que me inscribió mi amiga Hannah y él me dijo que terminó ahí por casualidad buscando un poco de «aire fresco».

—¿Aire fresco? ¿A qué te refieres? —pregunté.

—Las que están especializadas son un engorro. Tengo la sensación de que todos los perfiles son iguales, todo está mucho más enfocado a ir directamente al grano, no sé, no es lo que busco en este momento. —¡Ay, podría enamorarme perfectamente de él...!—. La cuestión es que necesito algo más profundo. —Sacudió la cabeza y se metió la pajita en la boca para darle un sorbo a su bebida. Tragó y me sonrió—. Cuando vi tu perfil sentí una especie de conexión. Todas tus respuestas se parecían a las mías. Me dije que teníamos tantas cosas en común que debíamos conocernos en persona. ¿Sabes...? Hace solo unos meses que me mudé a Nueva York y no conozco a mucha gente.

Ya. Esa forma densa de hablar y el acento de Alabama solo lo hacía aún más atractivo. Me fijé en su ropa, en los puños perfectamente abotonados de su camisa y en lo bien planchada que estaba (mi madre le hubiese dado el aprobado alto solo por eso).

—Lo entiendo. Debe de ser duro dejar atrás a tu familia.

—Mucho. Mis padres son encantadores.

Sumaba puntos por momentos...

—¿Te gusta Nueva York?

—Sí, es fascinante, aunque al principio me costó un poco acostumbrarme. Vengo de un pueblo muy pequeño de Alabama, así que el contraste fue duro. ¿Tú eres de aquí?

Durante lo que me pareció una eternidad, estuvimos hablando de películas, de lugares, de costumbres, de música, del trabajo... Cuando quise darme cuenta eran casi las nueve de la noche y llevábamos más de una hora y media sentados el uno frente al otro. Me levanté con una sonrisa, dejé el móvil y el bolso encima de la mesa y le dije que necesitaba ir al servicio. Al hacerlo, eché en falta no haber cogido al menos el pintalabios o haberme arreglado un poco más antes de asistir a la cita. Salí unos minutos más tarde y, cuando me acerqué, vi que Garrett tenía mi móvil en la mano.

—¡Lo siento! No quería... De verdad que no quería mirar, pero te ha llamado un tal Jack dos veces y la pantalla se ha iluminado... —Volvió a dejarlo encima de la mesa y me miró con inocencia—. Es muy guapo —añadió.

Pestañeé confundida, hasta que caí en la cuenta de que días atrás había cogido la fotografía que Jack tenía en LinkedIn para asociarla a su tono de llamada. Me senté con lentitud, procesando sus palabras.

—No te preocupes —susurré.

—¿Es alguien importante? —preguntó.

—Eh... bueno, no exactamente.

—¡Vamos, a mí puedes contármelo! —Alargó una mano por encima de la mesa y cogió la mía, sus dedos eran cálidos y me envolvieron con cariño—. ¿No tienes tú también la sensación de que nos conocemos desde siempre? Ese Jack tiene pinta de ser un canalla. Créeme, sé lo que me digo por experiencia.

Fijé la mirada en la etiqueta de la Coca-Cola que ambos habíamos pedido, pero no, no llevaba alcohol, obviamente. Así pues...

—Creo que me estoy perdiendo algo —logré decir.

—¿Tienes un lío con él?

Soltó mi mano y se tocó las puntas del pelo mientras me miraba con interés, como si estuviese esperando pacientemente a que le relatase todas mis memorias.

—No parece apropiado que hablemos de esto.

—¿Por qué no? ¡Somos amigos!

—¿Amigos? Sí, claro, pero también...

—¡Oh, mierda! —Se llevó una mano al pecho—. Cariño, no pensarás que... oh, mierda —dijo otra vez y cerró los ojos mientras suspiraba—. Elisa, soy gay.

—Eres gay —repetí como si necesitase decirlo en voz alta para convencerme de ello.

—Exacto. Cariño, esto es un poco...

—No, no te disculpes.

—Te he dicho que mi película preferida es *Pretty Woman* —insistió.

—Esto ha sido un error.

—Cuando leí tu perfil me pareciste encantadora y me sentía un poco solo, pensé que podríamos ser amigos. A mí también me encantan la Navidad y los gatos y los días de lluvia...

Suspiré profundamente.

Lo miré. ¡Era tan perfecto! Demasiado perfecto, sí, ahora lo veía claro. Su expresión de incertidumbre me hizo reír. Lo cierto es que resultaba adorable y yo era incapaz de levantarme y largarme de allí, así que pedimos otra ronda, esta vez de cervezas, y nos quedamos toda la noche hablando. Terminé contándole la historia de Jack casi sin filtros, incluyendo el detalle de que él mismo había rellenado mi perfil de la web (aunque más tarde acabase cambiando la mitad de las respuestas) y él se desahogó y aseguró que estaba harto de los hombres y de que solo se interesasen por el sexo. Garrett buscaba pareja estable y le estaba costando mucho encontrar a un tipo decente con el que compartir su vida. Visto en perspectiva, teníamos muchas cosas en común.

—Así que cuando leí que querías a un hombre bueno, sincero, que supiese escuchar y fuese tu mejor amigo, supe que estábamos en el mismo barco —explicó mientras caminábamos por las calles de Nueva York cogidos del brazo como hacen las ancianas cuando van a pasear.

—Un barco que se hunde. —Me reí.

—Puede ser. Nos hundiremos juntos —añadió tras soltar una carcajada. Luego nos quedamos un rato callados, pero no fue un silencio incómodo—. Así pues, ¿qué piensas hacer con el tal Jack? Es evidente que lo vuestro no ha terminado porque acaba de llamarte hace un rato.

—Creo que con él solo puedo improvisar.

—Suena bien. Y excitante.

—No creas, porque eso significa que, más que nunca, tendré que planificar bien el resto de mi vida. No puedo dejar que las cosas se tuerzan. No puedo perder el control.

Garrett gritó «¡Así se habla!» y un rato más tarde nos despedimos en la entrada de la boca del metro tras prometer que quedaríamos pronto para tomar algo.

Cuando llegué a mi apartamento, me acurruqué en el sofá dispuesta a ver un nuevo capítulo, pero antes de que mis manos encontrasen el mando dieron con el teléfono y cuando quise darme cuenta estaba devolviéndole la llamada a Jack, a pesar de que me había prometido esperar al menos hasta el día siguiente como demostración sutil de lo mucho que me había molestado esa reacción tan desmedida.

—Hola —saludé.

—¿Qué quieres?

«¡La madre que lo parió...!»

—Me has llamado tú —contesté.

—Ah, sí, cierto. Ya no me acordaba —replicó con desgana.

—¿Crees que soy idiota?

—No lo sé, ¿eres idiota, Elisa?

—No, pero empezaré a ser violenta si no te dejas de jueguecitos y empiezas a comportarte como un tío medio normal —farfullé enfadada.

—Así que estamos jugando... —ronroneó—. ¿Qué llevas puesto?

—No me jodas. Jack esto no es...

—Podemos joder por teléfono.

—Se supone que estamos enfadados. Deberíamos hablarlo —dije en un alarde de sensatez, aunque hubiese preferido lo del sexo telefónico.

—Pues ya no estoy enfadado, ahora solo tengo ganas de tocarte.

—Jack, acabo de llegar, estoy cansada y quiero que dejemos algunas cosas claras.

—¿Dónde has estado?

Dudé, pero solo un segundo.

—Tenía una cita.

—Mmm. Vale.

—¿Qué significa «mmm»?

—Que me alegro mucho por ti, eso significa —replicó, y noté un cambio apenas perceptible en el timbre de su voz—. ¿Y bien? ¿No piensas contarme qué tal ha ido?

—Ha estado bien. Muy bien.

No vi necesario añadir que Garrett era gay.

—¿Hubo beso de despedida? —preguntó burlón.

Y creo que fue precisamente ese tonito chistoso lo que me hizo cabrearme de nuevo con él. ¿Por qué lo decía así, como si fuese algo insólito que de verdad pudiese interesarle a un hombre? Apreté el teléfono hasta que se me quedaron los nudillos blancos—. Elisa, ¿sigues ahí?

—Sí, sigo aquí, perdona, estaba recordando el beso —mentí, incapaz de tragarme el orgullo y la decepción—. Y por si también te lo preguntas, ha sido magnífico. Ahora tengo que colgar, creo que voy a darme una ducha de agua fría para calmarme un poco.

Y, evitando pensar y valorar lo que acababa de hacer, colgué.

Lancé el teléfono al otro extremo del sofá, preguntándome qué demonios me pasaba. Algo estaba ocurriendo. Algo que no era capaz de entender. ¿Por qué reaccionaba así? ¿Por qué Jack me hacía comportarme como una niñata en plena pubertad? ¡Por favor! Si era una mujer adulta, tenía un trabajo estable, un apartamento propio, un gato algo arisco, y ahí estaba, inventándome batallitas y sintiéndome más insegura que nunca.

19

SEGUNDA CITA

Me costó lo mío, pero finalmente convencí a Hannah para que me acompañase a la siguiente cita. La idea era que se tomase un capuchino sentada en una de las mesas del local para que, en caso de que la cosa saliese fatal, ella se cruzase «casualmente» en mi camino y me reconociese como esa gran amiga de la facultad con la que perdió el contacto hace años y «¡Ups!, lo siento, me tengo que ir, quizá podamos vernos en otro momento».

La cita en cuestión se llamaba Evan Sawer, tenía treinta años, era aficionado al béisbol, al boxeo (punto a su favor) y trabajaba como fotógrafo *freelance* para algunas revistas. Su perfil era claro, directo y sencillo. En la fotografía salía sonriente, con los ojos entornados por el sol y una cámara Canon colgando del cuello. No era ningún adonis, pero precisamente buscaba a un tipo normal y agradable, así que decidí darle una oportunidad y quedar con él en una cafetería a media tarde.

—¡Esto es muy emocionante! —exclamó Hannah dando un saltito justo cuando divisamos al otro lado de la calle la cafetería en cuestión.

—Más que emocionante, un engorro —puntualicé.

Ojalá pudiese chasquear los dedos y, ¡zas!, que apareciese frente a mí el hombre de mi vida. ¿Por qué era tan difícil encontrar a alguien decente que me atrajese físicamente y que estuviese dispuesto a comprometerse? Yo no era una diosa de la belleza, pero tampoco estaba tan mal. Tenía un cuerpo proporcionado a pesar de no ser alta, la cintura estrecha y unos pechos que aún se mantenían firmes (probablemente gracias a su tamaño reducido); tenía un trabajo estable, un apartamento en una buena zona de la ciudad y gustos bastante comunes.

—Así que, si me envías un mensaje con la palabra *troll*, tengo que ir en tu busca.

—Exacto. Cuando vayas a salir de la cafetería, ¡sorpresa!, finges que acabamos de encontrarnos después de un montón de tiempo y me rescatas de sus garras.

—Esto va a ser divertido.

—Quizá me guste —repliqué—. Tenía un perfil interesante.

—Se llama Evan, ¿verdad?

—Sí. Vamos, se está haciendo tarde. Entra tú primero y yo iré en unos minutos.

Hannah asintió decidida, me dio un beso en la mejilla y se acercó al paso de peatones para cruzar la calle. Varios hombres le miraron descaradamente el trasero y me obligué a no poner los ojos en blanco. La vi caminar por la acera de enfrente directa hacia la cafetería. Hannah irradiaba felicidad. Era como si tuviese un sol gigante encima o algo así, lo que me hizo recordar que, desde hacía unos días, estaba un poco rara. No me había devuelto las llamadas en dos ocasiones y parecía más distraída de lo normal, que ya es decir, porque a veces estaba tan metida en su propio mundo que olvidaba ponerse los zapatos al salir a la calle, por ejemplo, o tiraba una barrita de chocolate al cubo de la basura en lugar del envoltorio que acababa de quitarle; hacía ese tipo de cosas todo el tiempo. Quizá no debería preocuparme, pero, casualmente, había estado hablando por Skype con Emma la pasada noche, contándole el resultado de la cita con Garrett y mis últimos avances (o no avances) con Jack, y luego el tema se desvió y ambas terminamos comentando lo mismo: a Hannah le ocurría algo.

Suspiré y repasé mi atuendo: vaqueros ajustados, zapatos de tacón, blusa y abrigo oscuro encima. Luego hice algo más de tiempo revisando el correo. Era miércoles y no había vuelto a saber nada de Jack después de colgarle el lunes asegurándole que necesitaba una ducha fría tras mi sensual y excitante cita de ese día con un tío con el que me pasé la noche hablando de comedias románticas y de lo genial que era el papel de Kate Hudson en *Cómo perder a un chico en diez días*. No podía culparle por su silencio, pero tampoco tenía razones para cabrearse: él mismo me había ayudado en esto de las citas. O, peor aún, puede que ni siquiera estuviese enfadado, quizá simplemente había empezado a aburrirse de mí y había olvidado mi existencia. Por desgracia, yo me pasaba las veinticuatro horas del día con «Jack-ilegal» en mi cabeza.

Por culpa de ese último pensamiento, cuando me dirigí hacia la cafetería, lo hice un poco cabreada, ansiosa por encontrarme con un buen tipo. Evan estaba allí, acomodado en una mesa. Me gustaba llegar a las citas unos minutos tarde precisamente por eso, para poder observarlos antes. Me acerqué y lo saludé. Él sonrió.

—Un café con leche y canela —le pedí al camarero.

—Vaya, mi hermano tenía razón. Eres muy guapa —dijo.

—Oh, gracias. —Sonreí, pero luego fruncí el ceño—. ¿Tu hermano?

—Eh, sí. Lo cierto es que creó el perfil y lo rellenó, ya sabes. A mí no se me dan muy bien esas cosas y él es todo un ligón. —Se rio y me fijé en que le temblaba un poco el labio superior al hacerlo.

—A mí también me ayudó una amiga —«y un amigo», pero eso lo omití—, es normal. Y dime, Evan, en tu perfil ponía que te gustaba el boxeo, ¿sueles practicarlo?

Le di un sorbo al café que acababan de servirme.

—No, no. El boxeo le gusta a mi hermano, aunque de vez en cuando he ido a verle a alguna competición de segunda, ya sabes.

Se removió intranquilo en la silla y nos quedamos en silencio dando paso a un momento bastante incómodo. Él no parecía muy dado a sacar tema de conversación, así que intenté omitir mi decepción y seguir como si no ocurriese nada. Desvié un instante mi mirada hacia el fondo del local y atisbé a Hannah, que estaba tecleando en su móvil con una sonrisa tonta en el rostro y sin ser consciente de que varios tíos babeaban a su alrededor. Angelito.

—¿Y el béisbol? —pregunté.

—Alguna vez quedo con mi hermano para ver los partidos más importantes. Él es un gran hincha de los Yankees.

Estuve tentada de pedirle que me diese el teléfono de su querido hermano, pero me tranquilicé a tiempo.

Le di otro sorbo rápido al café.

—Al menos serás fotógrafo, ¿no?

—Sí, ¡claro!

Volvimos a quedarnos en silencio.

Hablar con Evan era como arrancarle a una persona palabras que no quiere decir, sílaba a sílaba, con mucho esfuerzo. Llevaba solo cinco minutos sentada, así que pensé que quizá sería un poco precipitado pedirle a Hannah que me rescatase.

—¿Y qué es lo que te gusta hacer? —insistí.

—No sé si debería... —Respiró intranquilo—. Mi hermano me pidió que no hablase de ello durante la cita.

—¿Por qué?

—Pensó que no te gustaría.

—¡Bobadas! Soy toda oídos.

Me obligué a sonreír. Evan era muy tierno y la inseguridad que lo envolvía me daba un poco de lástima. Le dediqué una mirada alentadora.

—Colecciono braguitas.

—¿Cómo dices?

—Braguitas de mujer.

Silencio. Un silencio prolongado.

—Pues qué... original.

Evan estaba sudando, nervioso, a pesar de que estábamos en pleno invierno. Yo sentía que tenía algo atascado en la garganta y, de pronto, era incapaz de seguir dándole conversación. Porque, a ver, ¿qué se puede decir en esta situación?

«¿Y cuáles son tus preferidas: de encaje, tangas, lisas, con dibujitos...?»

—No es lo que parece, no soy un pervertido —se apresuró a decir—. Solo es que me gusta... tocarlas y, no sé, imaginar el cuerpo de una mujer con la prenda puesta. Aunque algunas no pueden salir de su caja, perderían todo su valor.

—Entiendo...

Rebusqué en mi bolso, accedí rápidamente a los mensajes y tecleé «troll» antes de enviárselo a Hannah. Ella se levantó como un resorte en cuanto lo recibió y se aproximó al mostrador para pagar cuanto antes.

—Hay muchos coleccionistas de ropa interior femenina en el país, ¿sabes? No soy el único. Me uní hace poco a una comunidad que encontré en internet y es genial poder compartir algo que uno lleva tan adentro con otras personas.

—Supongo que sí.

—A pesar de lo que diga mi hermano, me gustaría que la mujer que me quisiese pudiese también entender y apoyar mi pasión. «A veces las cosas más pequeñas ocupan el mayor espacio en tu corazón» —concluyó mirándome intensamente.

—Ya. Esa frase es de *Winnie The Pooh*.

Lo sabía porque los dibujos de la factoría Disney eran los únicos que mi madre me había permitido ver durante mi infancia, y como empecé a ser una sabelotodo controladora cuando tenía entre dos y tres años, me aprendí los diálogos de todas las películas de memoria, incluidas las canciones y muchos de los nombres que aparecían en los créditos del final.

—¿Elisaaaa? ¿Eres túúú? —gritó Hannah. Después, sobreactuando en exceso tal y como le había pedido que no hiciese, se llevó una mano a la boca para fingir aún más sorpresa si cabe—. ¡No me lo puedo creer!

Evan la miró deslumbrado.

—¡Qué casualidad! —Me levanté y le di un beso en la mejilla—. Pensaba que seguías en San Francisco.

—¡No, me mudé aquí hace unos meses, pero perdí el teléfono y todos los números! ¡Fue un desastre! —Hizo un mohín de lo más gracioso—. Veo que estás ocupada y sé que es un poco precipitado, pero justo ahora iba a probarme el traje de novia que me han hecho a medida y nada me haría más feliz que me lo pudieses ver puesto.

Juro que vi cómo a Hannah se le caía una lágrima por la mejilla.

Qué pena que sus padres no la dejasen apuntarse a ese curso de teatro que ella se empeñaba en hacer. Era magnífica.

Miré a mi cita con gesto dubitativo.

—¿Te importaría...?

—Supongo que podríamos seguir en otro momento —dijo tras ponerse también en pie; me tendió la mano sin dejar de mirarle el escote a Hannah—. ¿Qué tal mañana? —Chasqueé la lengua—. ¿Pasado? ¿El sábado?

—Te llamaré —mentí.

Hannah entrelazó su brazo con el mío y le dedicó su sonrisa más radiante antes de despedirse agitando una mano en alto con su optimismo habitual.

—¡Hasta pronto, Evan! —gritó felizmente.

«Mierda.» Cerré los ojos con fuerza.

—Eh, ¿cómo sabes mi nombre?

Ella se puso nerviosa. Me miró buscando ayuda, pero tampoco supe qué hacer. Hannah intentó arreglarlo sin mucho éxito.

—Tienes cara de Evan —dijo y se encogió de hombros.

«Magnífico.» Nos encaminamos hacia la puerta de salida a toda prisa mientras Evan alzaba la voz asegurando que seguro que éramos «de esas que llevan bragas blancas de abuela». Exclamé ofendida que usaba tanga y salimos a la calle ante las curiosas miradas de todos los presentes en la cafetería. Noté que me ardían las mejillas, pero al mismo tiempo nos entró la risa tonta y llamamos aún más la atención de varios de los transeúntes que se cruzaron con nosotras de camino hacia Central Park.

—¿Qué problema tiene con las bragas? —preguntó Hannah.

—Uno bien gordo. Ahora que lo pienso, ¿no dijiste que un tipo te preguntó si tus bragas olían a vainilla cuando te inscribiste en esa web? ¿Cuántos depravados por las bragas puede haber en la ciudad de Nueva York?

—Más de los que me gustaría imaginar.

Como había dejado mi café a medias, pedimos uno cada una para llevar antes de terminar paseando por Central Park. Los árboles desnudos y las hojas de colores ocres, marrones y amarillas vestían el suelo que pisábamos. Me encantaba caminar por allí. Lo tenía más que visto porque no solo me acercaba con frecuencia en primavera, sino que también era recurrente en los libros, las películas y las series que caían en mis manos. Y a pesar de ello, me seguía pareciendo uno de los lugares más especiales de Nueva York y no podía dejar de imaginar lo fantástico que debía de ser que alguien se te declarase en el Bow Bridge, el romántico puente que atravesaba el lago uniendo Cherry Hill y The Ramble. Inspiré hondo.

—¿Y qué tal te ha ido a ti con la web de citas?

—¿A mí? —Hannah frunció el ceño—. Ah, sí, bueno, no le estoy poniendo mucho empeño. Ya sabes, el trabajo me tiene muy ocupada, conseguir clientes está siendo más difícil de lo que pensaba y no quiero tirar de los contactos de mis padres.

—Ten paciencia.

—Eso intento. —Sonrió con optimismo—. ¿Llamamos a Emma y le contamos lo de las bragas?

—Oh, seguro que le encantará —dije buscando el teléfono en mi bolso.

20

TERCERA CITA

Kevin Miller era pelirrojo, tenía la piel muy blanca y llena de diminutas pecas, y unos ojos tan claros que no sabría decir de qué color eran exactamente. Trabajaba por las mañanas en una clínica veterinaria y casi todas las tardes acudía a un refugio de animales como voluntario. Evidentemente, en su perfil decía ser un amante de los gatos y de cualquier otro ser vivo. Habíamos hablado un par de veces a través del chat de la web, aunque él solía ir justo de tiempo a lo largo del día y tan solo lograba sentarse frente al ordenador cuando caía la noche. Era muy agradable y no parecía que le fascinasen las bragas, algo que, sin duda, a esas alturas valoraba como un punto a favor.

Sin embargo, cuando lo vi apoyado en la columna de aquel bar deportivo en el que habíamos quedado, descubrí que no era la clase de hombre que tanto deseaba encontrar. Y lo supe por la forma en que miraba el trasero del tío que tenía enfrente, comiéndoselo con los ojos. Aquel día me había arreglado para nada (creí que era un buen momento para estrenar una faldita color burdeos y los nuevos botines que había tenido la tentación de comprar al pasar frente al escaparate de una tienda con un toque *vintage*).

Me acerqué a él y lo saludé tendiéndole la mano.

—Encantado —respondió efusivamente.

Era peculiar, pero atractivo.

—Lo mismo digo.

—¿Nos sentamos en una mesa o prefieres que nos quedemos en la barra?

—La barra, si no te importa —respondí.

Nos acomodamos en sendos taburetes y pedí una soda antes de empezar a quitarme los guantes de lana y guardármelos después en el bolsillo del abrigo que había dejado doblado sobre mi regazo.

Kevin parecía nervioso.

—Así que eres abogada...

—Sí, y tú veterinario. Y gay.

—Perdona, ¿qué has dicho?

—Te he visto mirándole el trasero a ese tío de ahí. —Señalé al chaval musculoso que reía junto a sus amigos un poco más allá—. Lamento ser tan directa, Kevin, pero esto de las citas está resultando más difícil de lo que pensaba y no tengo mucho tiempo que perder. Ya sabes, me acerco a la treintena. Necesito retomar el control de mi vida.

Me callé cuando él dejó escapar un suspiro apesadumbrado. Tampoco merecía que le relatase todos mis dramas, esa tortura me la reservaba para mis enemigos.

—Lo siento mucho —susurró—. Mi madre es un poco... de la vieja usanza, le cuesta aceptarme tal y como soy. Piensa que, si conozco a la mujer adecuada, dejaré de interesarme por los hombres.

—Y le prometiste tener un par de citas solo para que te dejase tranquilo.

—Básicamente. Me pareciste muy auténtica cuando leí tu perfil. Te entiendo, ¿sabes? Es agotador intentar encontrar a un buen tío, sincero y que esté dispuesto a conocerte y escucharte. Todos van a lo que van.

Asentí. Vale, en cuanto llegase a casa cambiaría de inmediato la respuesta de esa pregunta porque, muy a mi pesar, no estaba dándome los resultados que esperaba. Y de pronto, mientras me torturaba mentalmente por acumular otro fracaso más, se me encendió la bombilla. Presa de la emoción, lo cogí del brazo.

—¡Yo podría presentarte a alguien!

—¿Tú? —Alzó una ceja en alto.

—¡Sí! —Sonreí—. Se llama Garrett y es absolutamente encantador. Es un arquitecto guapísimo, sensible y muy divertido. Creo que seríais perfectos el uno para el otro.

La mirada de Kevin se iluminó.

21

CONFESIONES Y ABRAZOS

Cuando bajé del taxi, me quedé unos segundos en medio de la calzada, frente a esos escaloncitos que conducían hacia la casa de ladrillo rojo que se alzaba imponente. Aún no tenía claro qué hacía allí, pero después de terminar la cita con Kevin, le dije a Hannah que esa noche no me apetecía ir al Greenhouse Club y decidí dar un paseo sin rumbo fijo. Tras un rato caminando sola y pensativa, mis pies se acercaron por voluntad propia a la parada de taxis más cercana. Y ahora estaba enfrente de la casa de Jack, con el que, dicho sea de paso, no había vuelto a hablar tras la tensa llamada telefónica del lunes. Lo más probable, además, era que un viernes por la noche no estuviese allí. «O peor aún, que estuviese bien acompañado», pensé.

El cielo oscuro se cernía sobre mí cuando me armé de valor y decidí tocar el timbre.

Jack abrió la puerta y, pasada la sorpresa inicial, su rostro se tiñó de indiferencia.

—¿Qué estás haciendo aquí?

—Yo... bueno, no lo sé...

Nos miramos fijamente en silencio.

—¿No lo sabes? —repitió.

—Eso he dicho.

Apoyó la cadera en el dintel de la puerta y suspiró; parecía apático y cansado. Todavía iba vestido de calle, aunque llevaba la camisa algo arrugada y la corbata gris aflojada. Se tocó el pelo con los dedos antes de dejar caer la mano a un lado.

—¿Qué quieres, Elisa?

—Solo pasaba por aquí... —Se me trabó la lengua. Jack había dejado de ser un extraño más y estaba segura de que no podría engañarle sin que él lo notase, así que opté por ser sincera—. Miento. Estaba en la otra punta de la ciudad, pero me apetecía verte —admití.

Jack volvió a suspirar y luego me tendió una mano y tiró de la mía con suavidad hacia el interior de la casa. Cerró la puerta y sus dedos tantearon mi rostro en medio de la oscuridad del recibidor hasta encontrar mis labios y acariciarlos antes de cubrirlos con los suyos. Y fue un beso lento y húmedo y erótico que me dejó en una nube.

—No quiero que nadie más te bese —dijo con un gruñido—. Pensaba que sí, pero no. Al menos mientras esto dure, hasta que conozcas a alguien que te guste lo suficiente como para que no tengas que volver aquí.

Dejé escapar un jadeo entrecortado cuando pegó su cuerpo al mío y noté lo excitado que estaba. Lo abracé y colé las manos debajo de su camiseta buscando el calor que desprendía su piel y su tacto suave y masculino.

—No hubo ningún beso alucinante.

—¿Cómo dices?

—En realidad, no hubo beso, a secas.

Dio un paso hacia atrás para poder mirarme a la cara. Sus ojos echaban chispas; una mezcla entre alivio, enfado y diversión. Sonrió; una de esas sonrisas ladeadas que no presagiaban nada bueno.

—Esta me la guardo, cariño —susurró y luego sus brazos volvieron a rodearme la cintura y sus labios se posaron sobre los míos—. Estás dispuesta a cualquier cosa con tal de salirte con la tuya, ¿no? Eres inevitablemente controladora.

Mientras nos movíamos, dejé de besarlo para poder hablar.

—No es verdad. Me enfadaste.

—Te enfadé —gruñó tras darme un mordisquito en el cuello; la barba de un día me hacía cosquillas en la piel.

—Por el tonito que usaste.

—¿Y qué tonito usé exactamente?

Una de sus manos se coló bajo mi blusa y acarició el borde del sujetador con lentitud. Me contoneé intentando encontrar el ángulo perfecto para que me tocase justo donde quería que lo hiciese. Él apartó la mano a propósito.

—Uno condescendiente. Ya sabes, puedes ser muy egocéntrico cuando te lo propones. Y no me gustó que te sorprendiese que mi cita pudiese querer despedirse con un beso, ¿por qué no? No soy tan horrible. Quiero decir, quizá no tan deslumbrante como una de tus dichosas modelos, pero, eh, me conservo bien para mi edad y además...

—Para de hablar —ordenó tras silenciarme al colocar su dedo sobre mis labios. Reprimí la tentación de morderle, me ofuscaba cuando se ponía en plan «mandón líder del pelotón»—. Lo entendiste mal. Cualquier tío querría estar ahora mismo en mi lugar. Eres preciosa. Y me paso el día como un puto adolescente deseando que llegue el momento de besarte, de tocarte... de lamerte...

Vale, eso era un plus para la autoestima.

Me agarré a sus hombros cuando tropezamos con el primer peldaño de la larga escalera semicircular que conducía a la planta superior. Conseguimos subir un par de peldaños más antes de terminar en el suelo, quitándonos la ropa. Estaba sentada en uno de esos escalones cuando Jack me subió la falda con brusquedad y me quitó los botines y las medias de un tirón. Sin darme tiempo a asimilar lo que estaba a punto de hacer, apartó a un lado con los dedos la ropa interior y hundió la cabeza entre mis piernas. Creo que dejé de respirar al sentir su lengua acariciándome a un ritmo lento y enloquecedor. Jamás imaginé que la boca de Jack, esa misma boca que me sacaba de quicio casi todo el tiempo, pudiese llegar a ser tan increíble. Me agarré al borde del escalón cuando noté que temblaba de placer y aunque, como siempre, intenté mantener el control, lo perdí en menos de un minuto, literalmente.

Jack se apartó y me miró alzando una ceja antes de relamerse los labios.

—¿Ya has terminado? —preguntó.

Asentí con la cabeza, aún con las mejillas ardiendo y el corazón agitado. Él pareció satisfecho y luego soltó una risita pretenciosa, pero en ese momento podría haber pasado por alto casi cualquier cosa. Me alzó y subió la escalera llevándome en brazos antes de ir directo hacia el dormitorio. Sentí su mirada hambrienta sobre mí cuando me dejó encima del edredón azul de su cama. Se despojó de la ropa interior y me quitó la falda que todavía llevaba puesta y arrugada en torno a la cintura. Cogió un preservativo del cajón de la mesita y después me besó la rodilla, el interior del muslo, el ombligo, los pechos y la clavícula; cuando nuestros labios se encontraron, se hundió en mí de una sola embestida. Permaneció quieto unos segundos mientras su boca exploraba la mía y su lengua me buscaba, y luego comenzó a moverse lento, muy lento, sin dejar de susurrarme al oído todo lo que había deseado hacerme durante aquellos días de ausencia y todo lo que me haría durante los siguientes.

Cuando terminó, me quedé tumbada en la cama, inerte pero complacida. Él regresó un minuto después y se dejó caer a mi lado sin mucha delicadeza. Me arropé con el edredón y me acurruqué junto a él, que suspiró hondo. No sé cuánto tiempo estuvimos en silencio, escuchando nuestra propia respiración, pero cuando habló, me pareció que hacía una eternidad que no escuchaba su voz y pensé que quizá me estaba empezando a gustar demasiado ese timbre ronco y profundo.

—Entonces, ¿no hubo suerte con las citas?

—No, tú tenías razón. Quedé con tres y dos estaban en el otro bando.

—¿Qué pasó con el tercero?

—Coleccionaba braguitas —susurré.

Jack soltó una vibrante carcajada y me rodeó con los brazos pegándome a su pecho firme y desnudo. Le acaricié el estómago con la mano y jugueteé distraídamente con el escaso vello que crecía y se perdía tras la goma de la ropa interior.

—Tengo que cambiar ese perfil... —admití.

—¿Quieres que te eche una mano?

—No, creo que es mejor que a partir de ahora me ocupe de ese asunto por mi cuenta. —Me moví para poder mirarlo desde abajo—. Pero te prometo que mientras tenga algo contigo no habrá besos, tocamientos ni nada raro, ¿trato?

—Eres una negociadora nata —se burló.

—Puedo hacerlo. De hecho, ahí está la clave. El tío perfecto tiene que quererme por esto —me llevé la mano a la cabeza— y no por esto —añadí señalándome las tetas. Jack pensó que aquel era un momento de lo más oportuno para pellizcarme un pezón y yo gruñí en respuesta—. Así que sabré que es «él» si no intenta meterse entre mis piernas a la primera de cambio.

Puso los ojos en blanco y me miró divertido.

—Qué sopor. Eres como un somnífero cuando te pones a hablar del amor y blablablá.

—¿En serio? —Me incorporé y me senté en la cama llevándome el edredón conmigo—. Pues tú te conviertes en un ogro. Eso me recuerda que sigo enfadada contigo por cómo reaccionaste el otro día. No me gusta que me griten.

—Ni a mí que me toquen los cojones.

—Ya te los he tocado, cierto, lo que significa que ha llegado la hora de irme. Gracias por lo de hoy, ha sido... ha estado muy bien —resumí antes de ponerme en pie y coger mi falda del suelo.

Salí de la habitación mientras Jack mascullaba algo a mi espalda y avancé por el pasillo hacia las escaleras para recuperar el resto de mi ropa. Me puse las braguitas y el sujetador. Las medias estaban rotas. «Genial.»

—¿A dónde crees que vas?

—A mi casa, supongo.

—De eso nada —masculló rodeándome la cintura y

atrayéndome hacia él—. No debería haberte gritado el otro día, lo siento. Pero hay cosas de las que prefiero no hablar con nadie, no es nada personal. Tú también te guardas tus asuntos.

—No es verdad, no tengo nada que esconder.

—Vale, entonces imagino que no te importará hablarme de ese chico que nombraste el otro día. Es más, ¿qué te parece si preparo algo para cenar y hacemos una noche temática sobre Colin? Suena bien.

—No tiene gracia, Jack —siseé.

—Lo sé, por eso es mejor que dejemos las cosas tal y como están. —Me dio un beso en la comisura de la boca y luego otro en los labios, más dulce, más casto—. Nos lo pasamos bien juntos, que es lo que importa. Quiero que te quedes a dormir. Y lo de hacerte la cena iba en serio.

Tardé unos segundos en responder.

—¿Sabes cocinar?

—Me defiendo.

Quince minutos después, los dos estábamos en la cocina. Yo llevaba puesto un pijama rojo de Jack que me había dejado tras asegurarme que era el más pequeño que tenía; había doblado varias veces los camales y las mangas y aun así parecía un duendecillo recién salido de un bosque mágico, o eso mismo había dicho él. Jack también se había puesto cómodo con una camiseta gris y un pantalón deportivo del mismo color. Le miré el trasero mientras se ocupaba de los fogones y luego llevé al comedor vasos y cubiertos cuando me dijo que la cena estaba casi lista. Había preparado una ensalada con tomate, rúcula y queso parmesano para acompañar la carne a la plancha con una «salsa secreta».

—¿De verdad no piensas decirme qué lleva esa salsa? —insistí mientras nos sentábamos en el sofá y él acercaba la mesa auxiliar.

—Lo sabrías si prestases atención en vez de mirarme el culo. —Mojó una rebanada de pan y me la acercó a la boca—. Vamos, pruébala, dime si te gusta.

—Riquísima.

—Eso me parecía. —Sonrió.

—Tú y tu ego. —Pinché un trozo de carne y giré la cabeza hacia él sin dejar de masticar—. ¿Qué hubiese pasado si no llego a venir? Quiero decir, no pensabas volver a llamarme, ¿verdad?

Y conforme pronunciaba aquellas palabras, me di cuenta de que me dolía esa idea, la posibilidad de que no volviésemos a vernos así, fuera del trabajo. De pronto, Jack se mostró incómodo y prudente.

—Sí iba a llamarte —aseguró—. Pero he tenido una semana difícil. Mucho trabajo, ya sabes.

—¿Cuántos casos llevas?

—Demasiados, entre otras cosas.

—¿Qué otras cosas? —indagué.

—Ah, pequeña tramposa, ¿estás intentando conseguir información? —Se rio tras tenderme la ensalada y dedicar toda su atención a la carne.

—No, ¡ni que te hubiese preguntado en qué paraíso fiscal esconde Frank Sanders parte de su fortuna! —Me burlé y lo apunté con el tenedor—. Sabes que ese hombre es un gañán, ¿cierto?

—Un gañán que paga muy bien —añadió—. ¿Y qué tal te va a ti con la inocente Julia Palmer? Ya me imagino vuestras largas conversaciones en el despacho analizando *Guerra y paz* capítulo a capítulo. Me apuesto lo que sea a que León Tolstói volvería a la vida solo para apuntar en su bloc de notas todo lo que esa chica tiene que decir.

—Eres cruel —repliqué.

—Vamos, ¡no me digas que no piensas lo mismo! Julia es una cazafortunas de manual. Y, además, infiel. No sabe mantener las manos quietas; ni la boca, ya puestos a entrar en detalles.

Me fijé en su expresión contrariada y até cabos antes de deducir que, por alguna razón que se me escapaba, para Jack la lealtad era algo muy importante. Me di cuenta de que no se sentía celoso al pensar que podía besar a otro hombre durante una de mis citas, sino traicionado, que era muy diferente.

Su desconfianza habitual y las barreras que imponía lo mantenían a salvo. Y quizá eso mismo me ocurría a mí, porque advertí que no había sido diferente a él al ser incapaz de hablarle de Colin. ¿Por qué me daba tanto miedo contarle lo que había ocurrido? ¿Temía que pensase que era tonta, débil o ingenua? Yo no tenía nada de lo que avergonzarme, había sido Colin el que cometió un error.

—No sé si deberíamos hablar de trabajo... —concluí vacilante.

—Ya. Es complicado. —Suspiró hondo y me miró con interés tras dejar su plato vacío encima de la mesa—. ¿Tú has pensado alguna vez en irte a otro sitio? —Su expresión cambió y se volvió cauta cuando me vio fruncir el ceño—. Quiero decir, le eché un vistazo a tu currículum hace unas semanas y vi que ganaste ese caso relacionado con la publicidad de comida basura dirigida a un público infantil. Creo que eres buena, muy buena, y que podrías estar trabajando en algún bufete más grande y ambicioso.

—Henry me contrató antes de terminar la carrera...
—contesté como si eso lo justificase todo. Jack pareció entender que no era una buena idea seguir hablando del tema y se quedó callado mientras yo repasaba con la mirada las películas que tenía en la estantería del comedor—. ¿Te apetece que veamos alguna de Tarantino?

—¿*Kill Bill*? —propuso.

—¿Qué tal *Pulp Fiction*?

Se inclinó para coger una moneda del cuenco de cristal anaranjado, que había dejado de ser decorativo para pasar a estar lleno de trastos inútiles, y la lanzó al aire tras anunciar que él sería cruz. Dada mi suerte habitual, salió cruz. Jack se levantó y puso la película antes de que llevásemos los platos a la cocina y volviésemos a sentarnos en el sofá. Cuando lo hicimos, me cogió de la cintura y me arrastró hacia él.

—¿Qué haces?

—Ponerme cómodo.

Sentí un hormigueo cuando me apretó contra su pecho y aguanté la respiración unos segundos. Jack se había tumbado y yo estaba sobre él, tensa y sintiéndome fuera de lugar. Una de sus manos me abrazaba con despreocupación y mi mejilla estaba apoyada en su pecho. Podía escuchar su corazón latiendo a un ritmo monótono, relajado, justo lo contrario a lo que en esos instantes ocurría con el mío. Apenas presté atención a las primeras escenas. No podía evitar relacionar la situación con Colin. Así era como solíamos tumbarnos en el comedor de casa, abrazados, encontrándonos al caer la noche después de días de trabajo, estrés y rutina. Agradecí que la colonia que Jack usaba no se pareciese en nada a la de Colin, porque entonces no habría podido soportarlo. El pecho de Jack era cálido y estar tumbada junto a él resultaba agradable, muy agradable. Intenté centrarme en la película y recité mentalmente algunos diálogos en plan mantra para lograr calmarme: «Para aquellos considerados guerreros: cuando entablas combate, el triunfo sobre tu enemigo puede ser la única preocupación. Domina toda compasión y emoción humana. Mata a quienquiera que esté en tu camino, aun si es Dios o el mismo Buda. Esta verdad se halla en el corazón del arte del combate.» Pero ni eso impidió que Jack parase la película y se separase un poco de mí para mirarme con el ceño fruncido.

—Llevas media película a punto de sufrir un puto infarto. —Me cogió la muñeca y pegó la yema de sus dedos contra mis venas para contar mis pulsaciones—. ¿Qué demonios te pasa?

—Solo... nada.

—¿Nada? —replicó.

—Nada que quiera contarte.

Mi respuesta sonó seca y brusca, pero me había puesto nerviosa al sentir los ojos algo irritados porque, para empezar, yo jamás lloraba, eso no iba conmigo, ¿qué sentido tenía que tras más de un año de ausencia ahora me pusiese sentimental y nostálgica? Inspiré hondo recuperando el control y rodeé la cintura de Jack con fuerza, pegándome a él como si necesitase el contacto. Noté su pecho hincharse al coger aire, justo antes de que dejase correr el momento y retomásemos la película.

Estaba a punto de cerrar los ojos cuando salieron las líneas de crédito. Jack me dijo en voz baja que nos fuésemos a la cama y subimos las escaleras a paso lento sin encender las luces. Me metí bajo el edredón en cuanto lo apartó y me acurruqué junto a él. Fuera se escuchaba el viento del invierno soplando a su paso entre las calles de la ciudad. Me planteé que quizá ya estaría dormido, pero, aun así, las palabras se me escaparon en medio de la oscuridad.

—Estuve con Colin ocho años. Empezamos a salir en la universidad y, aparentemente, teníamos una relación perfecta. Me pidió matrimonio en un restaurante, arrodillándose delante de todo el mundo y gritando a los cuatro vientos que era la mujer de su vida, su gran amor. —Jack alzó una mano y me acarició el pelo con delicadeza—. Lo pillé con otra dos meses más tarde un día que salí del trabajo antes de lo habitual. Quería perdonarlo, quería que todo siguiese tal y como estaba, pero no pude hacerlo. Ya quedó atrás —suspiré—, pero necesitaba contártelo.

—Siento que tuvieses que pasar por eso.

Y sus palabras fueron sinceras, acogedoras.

22

HASTA JACK EL DESTRIPADOR
TIENE SUS DÍAS TIERNOS

Me di la vuelta en la cama envuelta en el grueso edredón e inspiré hondo. Olía a Jack, a su colonia, a su piel. Y fue entonces cuando recordé que no estaba en mi cama, sino en la suya, en su casa de Park Slope. Abrí los ojos de golpe. Jack no estaba a mi lado y, aunque la oscuridad reinaba en la habitación porque las cortinas estaban corridas, se escuchaban pisadas y voces que provenían de la primera planta.

Estuve un buen rato valorando la situación. La peor alternativa era que su madre estuviese allí abajo. La mejor, que se tratase de su hermana Nicole, porque al menos me caía bien y ya estaba al tanto de lo que nos traíamos entre manos (a pesar de que le había asegurado que solo fue un «desliz aislado», cuando, en realidad, casi podía empezar a considerarlo parte de mi rutina).

Terminé levantándome de la cama para ir al servicio

y, gracias a mi suerte habitual, comprobé que la puerta no se abría cuando intenté salir después de asearme un poco frente al espejo y lavarme la cara con agua fría. ¡Mierda! Bajé la manivela de nuevo un par de veces, pero nada. Pasé al plan dos: golpear la puerta para ver si se desatascaba.

Imagino que hice mucho ruido, porque cinco minutos después Jack estaba tras la puerta del baño riéndose a carcajadas. Nunca había sido de las que tienen mal despertar, pero él tenía la insólita capacidad de cabrearme de buena mañana.

—¿Qué has hecho?

—¿Cerrar la puerta? Te lo he dicho, se ha atascado —apunté—. ¿Puedes... puedes dejar de reírte y sacarme de aquí? Mi estómago vacío y yo te lo agradeceríamos mucho.

Escuché más risas. «Más» en toda la extensión de la palabra; no solo Jack se descojonaba tras la puerta, había alguien más. Estaba a punto de pegar la oreja a la madera para poder oír mejor, cuando él me pidió que me apartase y golpeó la puerta un par de veces antes de conseguir abrirla. Y allí, mirándome fijamente como si fuese un marsupial recién descubierto, estaba la niña rubita que había achuchado a mi gato semanas atrás, acompañada por un hombre que tendría la edad de Jack.

—Encantado de conocerte, Elisa. —Me tendió la mano con gesto firme, a pesar de que parecía estar conteniéndose para no partirse de risa; la acepté algo desubicada—. Jack me ha hablado mucho de ti. Me llamo Ethan, por cierto. —Sonrió.

—¡Es mi papá! —canturreó Molly.

Todavía confundida, seguí sus pasos escaleras abajo. Jack apoyó una mano en mi espalda mientras caminábamos tras ellos y se inclinó para susurrarme al oído que había olvidado que hoy le tocaba cuidar de Molly. Al entrar en la cocina, descubrí que en la mesa había un plato repleto de humeantes tortitas recién hechas y una jarra de zumo de naranja.

—¿Te gustan las tortitas? —me preguntó la pequeña con esa vocecita dulce con la que parecía ser capaz de conseguir cualquier cosa que se propusiese.

—Claro, como a todo el mundo. —Sonreí.

—Jack las odia, pero las hace para mí.

Alcé las cejas sorprendida y miré al aludido.

—Bueno, supongo que hasta Jack el Destripador tiene sus días tiernos.

De pronto, Ethan se echó a reír. Y fue una risa sincera y agradable que consiguió arrancarle a Jack un gruñido como respuesta, antes de sacar del armario una caja de cereales para niños y, ante mi atónita mirada, volcar en su tazón de leche un montón de esas cositas coloridas que yo había dejado de comer a los ocho o nueve años. Alcé una ceja, a lo que él replicó con una mirada desafiante; por suerte, no tuve que esforzarme demasiado, porque Molly se encargó de recalcar que Jack siempre comía «cereales para bebés». Después, los tres empezaron a desayunar como si hacerlo delante de una extraña fuese lo más normal del mundo.

Ethan tenía los ojos oscuros, el pelo rubio como su hija Molly y unos rasgos muy masculinos que le daban cierto aire misterioso. Me miró con interés sin dejar de masticar, tragó y se dirigió a Jack:

—No me puedo creer que lleve tu pijama.

Avergonzada, bajé la vista hacia mi propia ropa.

—Ni yo que todavía siga viva —soltó Molly.

—Creo que la estáis asustando —replicó Jack, y noté un torrente cálido en el pecho al sentirme arropada por él.

—No quería asustarte, pero es que la otra noche pensé que te ibas a morir. Mi profesora de arte, Tina Speark, siempre dice que las drogas cambian a las personas. Su hermano cambió por eso, aunque ahora ya está bien. Nos lo explicó él mismo el día de puertas abiertas.

No estaba segura de que las lecciones que le daban en ese colegio suyo fuesen apropiadas para su edad, pero ella sonrió felizmente; tenía los dientes muy blancos y las palas superiores un poco separadas entre sí, lo que le confería un aire travieso.

—Pues lo mismo me ocurrió a mí, ¡ya estoy curada! —exclamé con una alegría desbordante.

Molly aplaudió animada ante las buenas noticias y luego mordisqueó su última tortita, nos dio a cada uno un sonoro beso en la mejilla y corrió a toda velocidad hacia el comedor gritando que estaban a punto de empezar sus dibujos animados preferidos. Cuando nos quedamos a solas, el silencio se volvió un poco incómodo hasta que Ethan se decidió a romperlo:

—Yo tampoco pretendía asustarte, es que... bueno, Jack no suele dejarle sus pijamas a nadie y, ¡auch! —se quejó cuando el aludido le dio una patada por debajo de la mesa antes de meterse una cucharada de coloridos cereales en la boca—. ¿De qué vas? ¡Era solo un comentario de nada!

—Cierra la boca —gruñó Jack.

Ethan puso los ojos en blanco antes de dedicarme una sonrisa encantadora.

—Así que, cuéntame, Elisa, ¿qué tal te trata la vida?

—Eso sigue siendo «asustar a la gente» —masculló Jack.

—No, no te preocupes —dije tras darle un sorbo al zumo de naranja. Empezaba a sentirme más relajada—. La vida bien, no me quejo. Podría ir mejor, pero, ya sabes, supongo que siempre queremos más, es inevitable. ¿Qué tal tú, Ethan?

Jack nos miró alternativamente como si no pudiera creerse que estuviésemos manteniendo ese tipo de conversación inverosímil en su cocina.

Ethan suspiró hondo.

—Jodido. ¿Sabes lo difícil que es tener una cita decente en esta ciudad? La última parecía que había ido bien y de repente, ¡pum!, ayer me manda un mensaje diciéndome que lo siente, que no puede hacerse cargo de la responsabilidad que supone salir con un hombre que tiene una hija.

Nunca me había sentido tan identificada con alguien. No con la situación en sí, claro, sino por el trasfondo de la conversación. Me llevé una mano al pecho.

—¡A mí me ocurre lo mismo! Ayer tuve una cita desastrosa.

—¿Ayer? ¿Ayer no estabas con Jack?

—Sí, ¿no te lo ha contado? Mantenemos una relación muy especial que se resume en que tengo citas mientras quedo con él.

Ethan frunció el ceño mientras Jack evitaba su mirada y se levantaba para dejar los platos dentro de la pila de la cocina; parecía incómodo y tenso.

—Ah, mira, pues lleva varias semanas hablando de ti y justo se le olvidó mencionar ese detalle. Qué casualidad. Jack, ¿tienes algo que decir?

—Sí, ¿no entrabas a trabajar a las diez? Vas a llegar tarde, hay tráfico.

Ethan se rio al tiempo que se ponía en pie y se alisaba la camisa azul. Me miró y negó con la cabeza sin dejar de sonreír; daba la impresión de estar pasándoselo en grande.

—La sutilidad nunca ha sido su fuerte, no se lo tengas en cuenta. Ya en la universidad tenía algunos problemas para no comportarse como un cretino...

—¡Ethan, joder!

—¡Vale, vale! —Alzó las manos en alto y sonrió con inocencia, aunque parecía más bien todo lo contrario—. Ya me voy. Tienes razón, es tarde. —Me tendió la mano—. Encantado de conocerte, Elisa. Ha sido un placer. Espero que volvamos a vernos pronto —añadió con sinceridad.

La estancia se quedó sumida en un silencio tenso cuando Ethan se fue. Suspiré, sintiéndome llena tras el copioso desayuno, y me puse en pie con la intención de ayudar a Jack a fregar los platos. Él estaba apoyado en uno de los muebles de la cocina y parecía pensativo.

—¿Estás bien? —pregunté.

—Sí, ¿y tú? —susurró.

—Perfectamente.

—A veces Ethan es un poco entrometido —lo justificó—. Bueno, ahora que lo pienso, casi toda la gente que me rodea es así: mi hermana, mi madrastra...

—Quizá el problema sea que tú eres demasiado reservado.

Me ignoró y me abrazó por la espalda mientras yo enjabonaba un plato; sus manos me rodearon la cintura y sus labios se pegaron a mi cuello dejando un reguero de besos que consiguieron ponerme la piel de gallina.

«Buena táctica para cambiar de tema», pensé. Cuando acabé lo que estaba haciendo, me giré y sus labios encontraron los míos fundiéndose en un beso lento y largo que interrumpimos de golpe cuando Molly entró en la cocina.

—¡Puaj, qué asco! —se burló.

—Ojalá digas eso mismo dentro de unos años... —farfulló Jack por lo bajo.

—¿Vamos a ir al acuario de Coney Island? ¡Me lo prometiste!

—No sé si es una buena idea...

—¿Por qué no? ¡Porfa, porfa, porfa!

—Está bien, iremos —accedió.

—¿Los tres? —Una sonrisa inmensa se adueñó de su rostro infantil.

—Es que... tengo muchas cosas que hacer... —me excusé, aunque no sonó muy convincente.

Jack se rascó el mentón y me miró con una sonrisa que no presagiaba que fuese a darse por vencido fácilmente.

—Todo villano necesita un esbirro, nena.

—¿De qué estás hablando?

—¡Yo soy la princesa! —exclamó Molly—. Papá es el héroe, la tía Nicole la doncella de la princesa y Jack el villano.

No pude evitar reírme.

—Diría que me sorprende, pero...

—No intentes hacer un chiste —replicó Jack.

—De todas formas, y aunque me encantaría, no podré acompañaros —insistí. Lo cierto era que no tenía nada mejor que hacer y pensaba quedarme el día en casa viendo la televisión y adelantando un poco de trabajo—. Quizá en otra ocasión.

—¡Pero ahora tú eres su esbirro, no puedes irte!

—sentenció Molly y luego miró a Jack con inocente curiosidad—. ¿Qué es un esbirro?

—Alguien que tiene que hacer todo lo que se le ordene. —Jack se mostró pensativo unos segundos—. Pero como soy un villano benévolo, he decidido que prescindiré temporalmente de mi poder y lo echaremos a suertes. Cielo, trae la moneda del comedor —le pidió a Molly, quien salió corriendo de la cocina con una sonrisa traviesa.

—¿Qué estás haciendo? —siseé molesta.

—Si sale cruz, nos acompañas. Si sale cara, te llevamos a casa antes de acercarnos al acuario. —Cogió la moneda que Molly le tendía y la lanzó al aire, dio unas cuantas vueltas antes de caer al suelo produciendo un sonoro tintineo. Salió cruz. Puse los ojos en blanco—. Vamos, sube a cambiarte, ¡no tenemos todo el día, esbirro! —dijo tras darme una palmada en el trasero. Molly se echó a reír.

—¿Acabas de darme una palmada en el culo?

—Manías que tengo los sábados por la mañana.

Los dejé allí riéndose de alguna broma que desde luego se me escapaba, y bajé cinco minutos después lista para ir a un acuario. Jack me explicó que cogeríamos el coche de Ethan y, ya dentro del vehículo, lo convencí para que pasásemos antes por mi apartamento para poder cambiarme de ropa y darle de comer a Regaliz, aunque el día anterior le había dejado el cuenco repleto de comida. Al subir, Molly se entretuvo con el gato y Jack se sentó en el sofá. Me di la ducha más rápida de mi vida y, bajo el agua, pensé en lo peculiar que era la situación; la estrecha relación que Jack parecía tener con Ethan y su hija, su extraña situación familiar, su hermetismo...

269

Cuando salí de la ducha, escuché a lo lejos la voz de don Pedro José Donoso. Frunciendo el ceño, me puse la ropa interior, unos vaqueros y un suéter azul de cuello alto antes de abrir la puerta y acercarme al comedor. Molly seguía jugando con Regaliz, lanzándole una de sus pelotas, que habría encontrado debajo del sofá. Jack, con la vista fija en la pantalla de la televisión, tenía aún el mando a distancia en la mano.

—¿Estás viendo mi telenovela? —pregunté.

Me miró por encima del hombro.

—Sí, ¿qué pasa?

—Es solo que... bueno...

—Dime que Isabel Arroyo muere al final.

—No lo sé, aún no he terminado de verla.

—¡Lástima! Ya me lo contarás. —Chasqueó la lengua, apagó la televisión y se puso en pie—. Venga, Molly, levántate; a este paso los peces se habrán dormido de aburrimiento cuando lleguemos al acuario.

Ella se rio mientras bajábamos en el ascensor.

—¡Los peces no pueden dormir! —gritó.

—Eso no es del todo cierto, señorita.

Así que, durante casi todo el camino en coche hacia Coney Island, Jack estuvo explicando al detalle los numerosos estados de reposo que adoptaban los peces y las diversas formas de hacerlo según su condición, su especie, su temperatura corporal y varios factores más que ni Molly ni yo estábamos dispuestas a seguir escuchando.

—¡Eres un muermo, Jack! —replicó la niña, quitándome las palabras de la boca—. Cuéntanos algo más interesante.

—¿Interesante?

—Interesante para una princesa.

—Eso limita bastante las cosas —admitió.

—¿Te gustan los cuentos? —Le pregunté mirándola por el espejo retrovisor, y ella asintió entusiasmada con la cabeza—. ¿Te apetece que te cuente uno?

—¡Sí, por favor!

—Está bien. —Sonreí al recordar las veces que mi madre me había contado esa historia cuando era pequeña tras arroparme en la cama—. La señorita Ardilla era muy ordenada, siempre tenía sus vestidos de lunares bien planchados colgados en su casa del árbol y colocaba las nueces y las semillas que recolectaba en la estantería; se aseaba peinándose con dos trenzas, salía en busca de comida por las mañanas y tejía por las tardes.

—Pues sí que estaba ocupada la ardilla... —masculló Jack, y le lancé una mirada furiosa que le hizo reír antes de que el siguiente semáforo se pusiese en verde.

—La señorita Ardilla vendía las bufandas que tejía y ahorraba todo el dinero que ganaba. Sin embargo, un día de caluroso verano, un pajarito precioso de plumas coloridas apareció en la puerta de su casa. Cuando la señorita Ardilla se dio cuenta de que tenía un ala rota, lo dejó dormir en su morada y le vendó el ala y le abrigó el cuello con su bufanda más gruesa y suave.

Hice una pausa y Molly se mostró intrigada.

—¿Y qué pasó después? ¿Vivieron felices?

—No, no exactamente. Al día siguiente, la señorita Ardilla dejó al pajarito descansando y se fue con una cestita de mimbre a la orilla del río para buscar unas semillas crujientes que caían de un árbol cercano. Tras una mañana de duro trabajo, la señorita Ardilla regresó a su hogar y se lo encontró todo revuelto. ¡No quedaba nada! El pajarito la había engañado fingiendo que tenía el ala rota y se había llevado el dinero, las bufandas y la comida que llevaba meses recolectando para el invierno —relaté—. Y así fue como la señorita Ardilla aprendió que debía ser más precavida y cauta y se prometió a sí misma que no volvería a confiar en el primer pajarito colorido que llamase a su puerta.

Un silencio aplastante se apoderó del coche.

Jack apartó la vista de la carretera solo un segundo para mirarme con el ceño fruncido. Molly se inclinó en su asiento y posó su manita sobre el mío.

—¿El cuento acaba así? —preguntó.

—Sí, ¿te ha gustado?

—No lo sé —respondió pensativa.

—¿Cómo va a acabar así? Solo le has contado la primera parte —objetó Jack—. Lo divertido llega en la segunda, cuando la señorita Ardilla descubre que en realidad el pajarito solo le estaba gastando una broma para demostrarle que tenía que ser más confiada y no tomarse la vida tan en serio.

—¡Qué pajarito más travieso! —Molly sonrió.

—Sí que lo era —dijo Jack—. Y después los dos se dieron cuenta de que estaban hechos el uno para el otro: el pajarito picaba las ramas haciendo caer las semillas y la señorita Ardilla las recogía y se las guardaba en los mofletes. Así que se casaron, tuvieron bebés y vivieron felices.

—¿Cómo son los bebés de un pájaro y de una ardilla? ¿Pueden volar?

—Molly, solo es un cuento —replicó, aunque a mí me pareció que la pregunta tenía toda la lógica del mundo. Yo misma me hubiese cuestionado lo mismo de pequeña.

Me mantuve callada hasta que llegamos al acuario.

No entendía por qué Jack le había quitado toda la gracia al cuento de la señorita Ardilla que tanto había disfrutado durante mi infancia. Puede que no fuese perfecto, sí, pero las historias con finales ideales abundaban y eran todas iguales. En cambio, mi relato tenía una moraleja y era útil y estaba lleno de sabiduría: nadie debería fiarse de los pajaritos insolentes.

Una vez dentro del acuario, Molly empezó a correr de un lado a otro, posando sus pequeñas manitas en el cristal y observando a los llamativos peces de colores y brillantes escamas que danzaban a nuestro alrededor. Una anguila asomó la cabeza tras una roca y nos quedamos rezagados dejando que la niña disfrutase un rato de esa primera zona.

Tenía casi su misma edad la última vez que había visitado el acuario. Lo hice con mi madre y fue una de las pocas escapadas que nos permitimos hacer juntas; recuerdo que era verano y que después comimos en el famoso puesto de perritos calientes que está en el paseo de Coney Island, al lado del parque de atracciones. Mi madre llevaba puesto un vestido que me encantaba y que siempre intentaba probarme cuando no me veía; era azul con flores blancas, se ajustaba a la cintura y tenía un corte estilo años cincuenta. Estaba muy guapa. Aún era guapa hoy en día. Me pregunté por qué nunca había intentado rehacer su vida, salir más, confiar de nuevo...

Jack me cogió del brazo cuando Molly se alejó siguiendo a unos peces amarillos.

—¿Qué demonios ha sido eso? —preguntó—. ¿A quién se le ocurre contarle un cuento así a una chiquilla? ¡Acaba de cumplir ocho años!

—No es para tanto. Yo me lo sé desde los seis.

—¿Desde los seis años? ¿Qué problema tienen tus padres?

—Solo madre, no conozco a mi padre, y ni se te ocurra meterte con ella —repliqué enfadada—. El cuento de la señorita Ardilla es auténtico, una historia con mensaje.

—¡Oh, claro, qué gran mensaje! No creas en el amor, niña, ¡dedícate solo a recoger putas semillas! Empiezo a entender muchas cosas. Empiezo a entenderte a ti —sentenció, y de repente su rostro dejó atrás cualquier atisbo de enfado y se mostró compasivo. Sentí que se me erizaba la piel. No me gustaba esa mirada suya, esa especie de lástima que se adivinaba en sus ojos.

—No digas nada más —me adelanté—. Tuve una infancia feliz y plena. Y me sorprende que no estés de acuerdo con la moraleja de la señorita Ardilla porque, si mal no recuerdo, tú eres el mismo tipo que hace unas semanas alardeaba de no comprometerse con nadie y es evidente que la sola mención de la palabra *amor* te da pavor. A eso se le llama hipocresía.

Se inclinó hacia mí y me susurró al oído:

—No soy un hipócrita. Es cierto que no creo en el amor, en las relaciones largas ni en toda esa mierda, pero me parece que Molly tiene derecho a descubrir por sí misma si quiere pasar toda su vida junto a un pajarito o prefiere buscar alternativas. Se llama libertad. Y, por desgracia, ella sabe que no siempre todos los finales son felices, créeme.

—Lo siento, no pretendía herirla...

—No he dicho que hicieses eso, Elisa. Solo te pido que tengas un poco de tacto con ella, en el fondo es muy sensible —explicó—. Olvídalo. Ven, vamos a disfrutar del día, ¿te parece?

Asentí con la cabeza y tomé la mano que me ofrecía, cálida y familiar. Avanzamos detrás de Molly por un túnel de paredes de cristal hasta llegar a la zona de los tiburones y pensé en las palabras de Jack, en la madre y la esposa que Ethan y Molly perdieron, y en la pobre señorita Ardilla que ahora estaría en su impoluta casa del árbol, mirando sus avellanas alineadas y tejiendo perfectas bufandas, pero sola, muy sola.

Pasamos el resto del día entre risas y bromas, disfrutando del acuario, especialmente de la zona de las medusas, que brillaban y se mecían en el agua capturando toda la atención de Molly. Cuando llegó la hora de alimentar a los animales, uno de los momentos clave de la visita al acuario, estuvo a punto de empezar a hiperventilar de la emoción y no perdió detalle de lo que hacían los voluntarios que trabajaban allí.

—¿Te gusta? —dije poniéndome de cuclillas a su lado.

—¡Me encanta! Algún día trabajaré aquí —dijo con decisión—. Seré veterinaria y me ocuparé de que todos los animales del mundo estén contentos.

—Eso suena increíble. Ahora entiendo por qué le caes tan bien a Regaliz, no suele ser tan dócil con los desconocidos, ¿sabes?

—¿Lo dices en serio? —preguntó.

—Te lo prometo.

Molly me abrazó y tardé unos segundos en reaccionar y apresar su pequeño cuerpecito entre mis brazos; olía a fresas y parecía feliz y satisfecha.

—Papá no me deja tener animales en casa, dice que casi no tiene tiempo ni para respirar y que es una gran responsabilidad —se quejó.

—En eso último tiene razón.

—¡Pero yo lo cuidaría!

—Molly, no empieces con eso otra vez. —Jack la cogió en brazos, le hizo cosquillas y ella trepó hasta colgarse de su espalda. Comenzamos a caminar bajo el techo lleno de relucientes pececillos—. Algún día tendrás tu mascota, cuando tu padre consiga otro turno de trabajo más cómodo y tú seas lo suficientemente mayor como para encargarte de ello.

Molly refunfuñó por lo bajo, pero no volvió a protestar. Un rato más tarde, salimos del acuario y nos dirigimos a un restaurante de comida rápida. Pedimos tres hamburguesas con sus correspondientes refrescos y patatas fritas. Jack se empeñó en pagar y nos sentamos en una mesa de color granate al lado de la ventana desde la que se veía el mar y el cielo plomizo que lo envolvía. Molly se comió media hamburguesa y unas cuantas patatas antes de convencer a Jack para que la dejase irse sola a la zona de juegos en la que había una especie de castillo hinchable con bolas de colores. Le permitió hacerlo con la condición de que se mantuviese a la vista en todo momento.

—Es muy bonito lo que haces por ella —dije cuando se marchó.

Jack se metió la pajita de su Coca-Cola en la boca y dio un sorbo largo antes de contestar.

—No es bonito —dijo—, es... natural. Molly y Ethan son parte de mi familia.

—Aun así... —insistí, y jugueteé con una patata frita que terminé dejando en la bolsa antes de limpiarme los dedos con la servilleta de papel—. ¿Cómo os conocisteis Ethan y tú?

—De pequeños. Crecimos en el mismo barrio.

—Ah, creía que fue en la universidad.

—No. Ethan y yo éramos vecinos, vivía en la casa de al lado y solíamos jugar juntos todos los días. Fuimos al mismo instituto y luego cada uno acabó en una universidad distinta, porque él estudió Medicina, pero decidimos compartir piso para no tener que tomar rumbos tan distintos. Esa es la historia. Nuestra historia.

—¿Y ella? ¿La madre de Molly?

Jack suspiró hondo.

—Ethan conoció a Lauren en una cafetería y se enamoró de ella al instante. Lauren era guapa, lista, divertida e increíble en todos los sentidos. Ethan la quiso muchísimo y le ha costado superar..., ya sabes, lo que ocurrió. Aún hoy le cuesta.

Suspiré hondo.

—¿Y Molly? ¿Sufrió mucho?

—Fue duro. Lauren pasó mucho tiempo en el hospital, tuvo varias recaídas hasta que el cáncer la venció. Molly era muy pequeña por aquel entonces y Ethan pasaba mucho tiempo en el hospital, así que solía quedarse conmigo o con mi hermana Nicole. No recuerda a Lauren tanto como cabría esperar, casi todo lo que sabe de ella es lo que le hemos contado, las fotografías que le enseñamos... —Carraspeó y apartó la mirada—. Suele mirar el álbum casi todas las noches, le encanta hacerlo —concluyó.

Nos quedamos en silencio mientras Molly jugaba a lo lejos con otros niños y tampoco hablamos demasiado durante el camino de regreso. Ella se quejó y lloriqueó cuando Jack estacionó en West Village enfrente del portal de mi apartamento.

—¿Por qué no puede cenar con nosotros?

Evité mirar por el espejo retrovisor para no ver sus ojos acuosos.

—A Regaliz no le gusta estar solo todo el día —apunté en un burdo intento por ahorrarle a Jack el mal trago; de pronto parecía cansado y perdido en sus propios pensamientos.

—¿Y cuándo volveré a verte?

—No lo sé, pero espero que pronto.

—¿Puede venir a patinar con nosotros la próxima semana, Jack? Papá me prometió que iríamos a la pista de hielo de Bryant Park. Todos los años vamos. ¡Por favor, por favor! —Juntó las manos en plan rezo para darle más énfasis a sus palabras.

Nos quedamos en silencio. Jack suspiró hondo, con la espalda apoyada contra el respaldo del coche. Cuando me miró, no supe si estaba complacido o enfadado. O quizá ambas cosas a la vez.

—¿Puedes...? —preguntó con sequedad.

—Lo intentaré —respondí antes de salir del coche.

23

EL CHICO ADICTO
A LOS FROOT LOOPS

De: Jack Helker
Para: Elisa Carman
Asunto: Me aburro
¿Qué haces? ¿Sabes que los hombres utilizan una media de 15 000 palabras al día y las mujeres 30 000? Acabo de leerlo.
Jack Helker (profundamente aburrido)

De: Elisa Carman
Para: Jack Helker
Asunto: Charlatán
¿En serio? Creo que la media masculina aumentaría si te dejasen participar en las encuestas. Yo estoy viendo un capítulo. De la telenovela, sí. No te burles.
Elisa Carman

De: Jack Helker
Para: Elisa Carman
Asunto: Tengo el don de la palabra

No me burlo, solo me río. No es lo mismo. O sí.

¿Y qué está ocurriendo? ¿Ya ha descubierto que Isabel es la mala malísima?

Jack Helker (muerto de intriga)

De: Elisa Carman
Para: Jack Helker
Asunto: Te resumo

Claro, pero está observando todo lo que ocurre antes de actuar. Es un tío muy precavido, no le gusta precipitarse. Andrés sigue haciendo de las suyas y él se está enamorando de Valeria, la prima de Isabel. Tampoco traman nada bueno Nina y Rebeca, pero la relación con su hija Ángela va viento en popa. ¿Sabes...? A pesar de esa constante música de tensión, hay más de ciento cincuenta episodios, tampoco pasan grandes cosas todo el tiempo, pero engancha.

Elisa Carman

De: Jack Helker
Para: Elisa Carman
Asunto: Culpa mía por preguntar

El infierno debe de ser así, ¿no? Un lugar lleno de televisores enormes de plasma en los que solo retransmiten episodios de telenovelas con títulos porno. Y da igual las veces que toques los botones del mando a distancia, no puedes cambiar de canal ni apagarlo. Tampoco puedes suicidarte. Un gran drama.

Jack Helker (que espera no ir al infierno)

De: Elisa Carman
Para: Jack Helker
Asunto: ¡Mentiroso!
¡Los títulos no son porno!
Elisa Carman

De: Jack Helker
Para: Elisa Carman
Asunto: Hagamos la prueba
Vale, dime alguna otra telenovela.
Jack Helker (buscador de la verdad)

De: Elisa Carman
Para: Jack Helker
Asunto: Títulos
Pasión de Gavilanes, por ejemplo, esa me gustó mucho. O *Yo soy Betty, la fea*, porque es imposible no sentir empatía por esa protagonista. *El zorro, la espada y la rosa*. Y una de mis preferidas: *Gata salvaje*.
Elisa Carman

De: Jack Helker
Para: Elisa Carman
Asunto: Esto es mejor que el sexo telefónico
Joder, cariño, me lo has puesto muy fácil.
Pasión de Gavilanes la conozco por culpa de Nicole. Veamos, tres hermanos que terminan montándoselo con tres hermanas en plan orgía familiar, ¿hace falta que añada algo más? *Yo soy Betty, la fea*, típica película porno de bajo presupuesto, empieza con ella siendo una estudiante modélica con aparato y termina con él tirándosela encima del escritorio. *El zorro, la espada y la*

rosa, creo que es demasiado evidente, pero me da que la rosa termina tocando la espada de cierto zorro, ¿lo pillas? Y en cuanto a *Gata salvaje*, ¿en serio? Creo que podría ponerme a ronronear si quisieses representar para mí ese título en privado.

Jack Helker (muy imaginativo)

De: Elisa Carman
Para: Jack Helker
Asunto: Maldito pervertido...
No sé cómo puedes tener una mente tan sucia.
¿Y qué me dices de *La mujer en el espejo*?
Elisa Carman

De: Jack Helker
Para: Elisa Carman
Asunto: Espejito, espejito...
¿De verdad quieres que lo diga? Se la tira delante de un espejo. Es la fantasía de cualquier tío.
Jack Helker (cogiendo ideas)

De: Elisa Carman
Para: Jack Helker
Asunto: Sorpréndeme
Que seas adicto a los Froot Loops hace que tus burlas ya no tengan el mismo impacto. Es como si hubieses perdido chispa. A ver, déjame con la boca abierta, cuéntame tú algo interesante.
Elisa Carman

De: Jack Helker
Para: Elisa Carman
Asunto: Mataría por una caja de Froot Loops

¿Sabías que el vuelo más largo que se ha registrado de un pollo duró trece segundos?

P. D.: ¿Qué tienes en contra de esos cereales?

Jack Helker (adicto a los Froot Loops)

De: Elisa Carman
Para: Jack Helker
Asunto: Rarezas

Pues, dejando a un lado que llevan tanto azúcar que me sorprende que sigas vivo después de comerte medio kilo cada mañana, sencillamente no te pega nada. Es como ver a Drácula devorando ositos de gominola o algo así. Pensaba que te iría más otro tipo de desayuno y hasta me resultaba raro pensar en verte añadir mermelada a las tostadas, con eso te lo digo todo.

P. D.: Gracias por el dato del pollo, ahora puedo por fin dormir tranquila.

Elisa Carman

De: Jack Helker
Para: Elisa Carman
Asunto: Adoro la mermelada

Tienes una mente jodidamente retorcida que me encanta.

Buenas noches. Recuerda lo del miércoles.

P. D.: A mí también me emocionó saber lo del pollo.

Jack Helker (sugar boy)

24

ASUNTO: NO DEJO DE PENSAR EN TI

Nunca imaginé que los beneficios del sexo fuesen tan palpables en el día a día. Es decir, el lunes, cuando entré en la oficina, no apreté los dientes al ver a las chicas de recepción perdiendo el tiempo hablando del último pintalabios de Chanel que habían probado, tampoco me entró un sarpullido cuando todos mis compañeros se largaron con quince minutos de antelación a almorzar, y horas más tarde, cuando Henry me echó la bronca en su despacho por estar siendo demasiado «conformista», apenas me importó que estuviese decepcionado, tan solo pensé que era un hombre muy pesado y que no entendía por qué siempre tenía que alzar la voz para hacerse respetar.

—A finales de esta semana te asignaré otro caso.

—¿Qué? ¡Pero si no tengo ni un minuto libre!

—Ya se te ocurrirá algo.

Salí furiosa de su despacho. Estuve a punto de decirle que quizá todo estaría mejor organizado si no se dedicase a contratar siempre a jóvenes recién graduados, a los que les pagaba una miseria, para ocupar puestos que exigían cierta experiencia. El último informe que una de esas chicas me había enviado parecía hecho por una niña de cinco años y no precisamente porque hubiese usado unos seis bolígrafos de colores diferentes para escribirlo, sino por el desastroso contenido.

Intenté concentrarme durante el resto del día y decidí comer en el despacho para seguir adelantando un poco de trabajo y no tener que llevármelo a casa, porque esa misma tarde había quedado con Hannah para acercarme a los locales que Frank Sanders solía frecuentar. Y, además, el miércoles había accedido a ir Bryant Park con Jack, su hermana Nicole, Ethan y Molly; algo que, según Emma, era un tremendo error.

—¿Eres consciente del lío en el que te estás metiendo? —me había preguntado la pasada noche durante nuestra llamada semanal de rigor.

—No dramatices, la cosa se lio un poco porque Molly insistió y no fui capaz de negarme. A fin de cuentas, somos amigos —dije, aunque semanas atrás Jack había matizado secamente que «no éramos amigos», pero decidí omitir ese detalle—. Y pienso seguir teniendo citas, muchas citas, así que encontraré a mi hombre ideal en menos de lo que dura un pestañeo. —Sonaba tan falso que ni siquiera me enfadé cuando Emma emitió una risita cínica—. Pero mientras tanto...

—¿Tan bueno es? —preguntó.

—Depende de si consideras que *bueno* es «maravillosamente genial» o «quiero morirme entre sus brazos». —Las dos nos reímos a la vez y luego no pude evitar suspirar—. Es diferente. Quiero decir, que lo que hacemos en la cama está muy bien, pero, además, él es diferente a lo que pensé en un primer momento. No es tan... capullo. Solo un poco. Un poquitín.

—¡Madre mía! Eres como un mendrugo de pan que se cae dentro de un vaso de agua y se hincha, se reblandece y deja de estar duro y entonces...

—Estás totalmente pirada, Emma. En serio, dile a Alex que eso de tomaros todos los días una caipiriña mientras veis el atardecer en la playa en plan hippies de los sesenta te está pasando factura.

Estallamos en risas seguidas de un silencio cómodo.

—Ten cuidado, ¿vale? —insistió.

—Lo tendré, no te preocupes.

—Y recuerda lo del regalo de Hannah.

—De acuerdo. Saluda a Alex de mi parte.

El cumpleaños de Hannah coincidía con la noche de fin de año. Sí, llegó al mundo el uno de enero como un ángel que aparece para dar la bienvenida a un nuevo año. Así que, teniendo en cuenta que Hannah recibía regalos navideños como un coche (eso ocurrió a los veinticuatro) o un viaje a las Bahamas (cortesía de su madre al cumplir los veintiséis), Emma y yo teníamos que devanarnos los sesos buscando alguna idea original que pudiese competir con el bolsillo de los señores Smith, aunque, ¿a quién queríamos engañar? Ellos jugaban con demasiada ventaja.

Esa tarde, cuando me reuní con Hannah, intenté tantear el terreno mientras nos dirigíamos al primer local que Julia Palmer me había sugerido.

—¿Te siguen gustando los unicornios?

—¿Y a quién no? —Abrió mucho los ojos al mirarme—. ¡No me digas que a ti no te gustan! Yo me cortaría el dedo meñique a cambio de tener un unicornio.

Reprimí una carcajada. Hannah era así, soltaba bar-

baridades sin pensar mucho en lo que estaba diciendo. Aunque con los años había ido cambiando, para mí siempre sería esa eterna adolescente entusiasta, soñadora e impulsiva.

—¿Qué tal va el negocio?

—Más o menos, espero empezar a cubrir gastos dentro de unos meses. Y sigo esperando que me llame esa clienta que estaba interesada en la boda campestre. ¿Te imaginas? ¡Lo veo todo claro en mi cabeza! —exclamó emocionada—. ¡Vestidos color champán, ramos con florecitas silvestres, mesas de madera y guirnaldas colgando de las copas de los árboles! Creo que podría hacer un gran trabajo, lo único que necesito es que me dé la oportunidad.

—Por lo que me contaste, parecía estar casi convencida.

—Eso espero. —Nos detuvimos frente a un semáforo y Hannah se apartó los mechones rubios del rostro cuando una ráfaga de aire sacudió su perfecta melena—. ¿Todo sigue igual con Jack?

—Sí, ¿por qué lo preguntas?

—Simple curiosidad.

La cogí de la muñeca y las pulseras que llevaba tintinearon.

—¿Hay algo que quieras contarme, Hannah? Estas últimas dos semanas estás un poco rara, más distraída de lo normal. El otro día no me devolviste la llamada.

—¡Es culpa del trabajo! Lo siento.

—No te disculpes. Y si necesitas ayuda, sabes que puedes contar con Emma y conmigo.

Parada en medio de aquella transitada calle, Hannah me miró y se sonrojó. Y no sé si fue porque la conocía desde hacía casi una década o porque es una de esas personas que no pueden mentirle a la gente que quieren, pero supe que no me estaba contando toda la verdad. Bajó la cabeza justo antes de que el semáforo se pusiese en verde y empezásemos a movernos al ritmo de los demás peatones. Sopesé la idea de presionarla un poco más, pero al final decidí dejarlo correr por el momento. Estaba casi segura de que se trataba de algo relacionado con sus padres; el señor Smith era cruel en lo que se refería al negocio de Hannah y, a pesar de haber accedido a darle un préstamo tras meses de súplica, seguía convencido de que sería mucho mejor para su hija no dedicarse a organizar eventos, sino asistir a ellos como futura heredera de los Smith que era.

Aunque el atardecer ya se ceñía sobre la ciudad de Nueva York, el primer local acababa de abrir cuando llegamos. La persiana estaba medio bajada y tuvimos que agacharnos para entrar y descubrir al tipo fornido que limpiaba la barra con gesto hosco. El lugar era la típica taberna diminuta de mala muerte y me sorprendió muchísimo que Frank Sanders acudiese asiduamente a un sitio como aquel. Hannah no estaba acostumbrada a ese tipo de ambientes, algo que explicaba su mirada atemorizada. Me cogió de la manga del suéter y estiró antes de susurrarme al oído:

—Creo que deberíamos irnos de aquí.

—Espera un momento, cielo —le pedí.

—¿Qué se os ha perdido? —refunfuñó el hombre.

—Queríamos hacerle unas preguntas sobre Frank Sanders.

—¿Qué ocurre con mi primo? —masculló.

¿Su primo? ¡Eso sí que no me lo esperaba! Pero ahora que lo miraba bien, tenían cierto parecido, sí. Además, eso explicaba que Frank se dejase caer por ahí de vez en cuando a tomarse un par de copas en busca de un lugar más familiar, lejos de los fans que probablemente lo acosarían a diario. Dado el parentesco, no iba a poder sobornarlo en plan película de Tarantino (en mi mente, la escena era genial), así que intenté pensar algo rápido y dije lo primero que se me ocurrió:

—Somos... somos... ¡periodistas! —exclamé más alto de lo esperado y luego acompañé esa información con una radiante sonrisa—. Hemos oído que Frank Sanders suele venir por aquí y queríamos entrevistarlo a usted brevemente, si no es molestia.

El tipo arrugó el ceño y sus facciones se endurecieron.

—¿Una entrevista? —gruñó.

Hannah se movió incómoda a mi lado.

—Sí, queremos hacerle un reportaje especial recordando sus grandes éxitos y hablando de sus nuevos proyectos, incluido en el que está inmerso ahora mismo en Tailandia —añadí con la esperanza de sonar convincente.

—Sí que estás informada, no sabía que lo de Tailandia se hubiese filtrado a la prensa.

—Oh, bueno, conozco a Frank, no es el primer reportaje que le hago —puntualicé—. Pero en esta ocasión quería enfocarlo desde otra perspectiva, mostrar lo que el público piensa de él, darle un toque original.

—No suena mal. De acuerdo, sentaos en esa mesa de allí, ¿os pongo una birra para beber? —ofreció amablemente.

—¿Tiene soda de frambuesa? —preguntó Hannah, y yo la fulminé con la mirada.

—Creo que no, rubia.

—¿Y de cereza?

—¡Hannah! —exclamé.

—Vale, un poco de agua me sentaría genial. —Mi amiga le sonrió y el aludido asintió con la cabeza y se sentó frente a nosotras tras servirnos las bebidas.

Saqué una libreta pequeña que tenía en el bolso y un bolígrafo. Aunque ya sabía que siendo su primo no sacaría gran cosa, empecé con las preguntas más básicas: su película preferida de todas las que había protagonizado, su opinión sobre su último proyecto y los puntos que pensaba que lo diferenciaban del resto de los actores del estilo.

—Frank es único, auténtico. El mejor.

—Estoy totalmente de acuerdo —contesté—. ¿Y qué puede decirme de su relación con Julia Palmer? ¿Qué opina de ella?

El tipo dudó, se rascó el mentón pensativo y luego pareció enfadado y noté que Hannah retrocedía un poco en su silla.

—¡Es una fulana! Mi pobre primo. —Se llevó una mano al pecho—. Para nosotros la familia lo es todo, por eso confió en ella y se casó sin pensárselo. Una decisión terrible, sí. Es lo que tiene la fama, nunca sabes quién se acercará a ti por mero interés, pero la familia... la familia es por y para siempre.

—¡Oh, qué bonito! —Hannah aplaudió y yo le di una patada por debajo de la mesa.

—Yo se lo advertí... —continuó—. ¡Menos mal que le dio una buena tunda a ese jardinero y lo mandó derechito al hospital! —Dejó escapar una risotada y después se puso serio—. No sacará esto último en la entrevista, ¿no? —preguntó alarmado.

—No, no, por supuesto que no —me apresuré a

290

decir antes de fingir que no sabía nada del tema—. ¿De qué jardinero está hablando?

—Déjelo, me he ido de la lengua.

Y en ese momento supe que la entrevista había terminado. El hombre se puso en pie con pesadez y nosotras imitamos sus movimientos. Me ofrecí a pagarle la cerveza y el agua de Hannah, pero insistió en que invitaba la casa, así que, tras despedirnos con un apretón de manos, salimos de allí.

—¡Qué tensión! —gritó ella emocionada—. ¡Éramos como Sherlock y Watson!

—¡Por Dios, Hannah! Me has puesto de los nervios, ¿una soda con frambuesa? ¿En serio?

Se encogió de hombros.

—Me apetecía, ¿y ahora a dónde vamos?

—Ahora cenaremos juntas por ahí. El otro sitio es el local de *striptease* en el que conoció a Julia y quiero acercarme cuando ya esté bastante lleno.

—¡Un local de *striptease*! ¡Siempre he querido ir a un sitio de esos!

Me reí mientras buscaba mi teléfono móvil en el bolso enorme que llevaba lleno de cosas. Cuando lo encontré, sin dejar de caminar distraída por la calle junto a Hannah, le escribí un e-mail a Julia pidiéndole el nombre completo del famoso jardinero y sus datos de contacto. Después, sintiéndome un poco tonta, pensé en Jack y me decidí a mandarle un mensaje con la excusa de que no habíamos acordado ninguna hora, aunque lo cierto es que tan solo me apetecía escribirle sin más, encender el móvil unos minutos después y ver su nombre en la bandeja de entrada.

De: Elisa Carman
Para: Jack Helker
Asunto: Planes
¿A qué hora quedamos el miércoles?
Elisa Carman

De: Jack Helker
Para: Elisa Carman
Asunto: Miércoles
¿Sobre las cinco te viene bien? Por cierto, nena, ¿sabes patinar sobre hielo? Porque no tienes que hacerlo si no tienes ni idea. Ya sabes, siempre puedes animarme desde detrás de la valla como un esbirro bueno y obediente...
Jack Helker (terrorífico villano)

Entramos en el primer restaurante que nos pilló de paso. Hannah pidió una ensalada y yo un pescado a la plancha. Aproveché para contestar a Jack, ya que ella también estaba respondiendo algunos correos. Sonreí. A ese punto habíamos llegado. Al punto de que sus mensajes no me sacaban de quicio, sino que me entretenían.

De: Elisa Carman
Para: Jack Helker
Asunto: Los villanos tienen verrugas
¡Claro que sé patinar! ¿Por quién me tomas? ¡Soy una princesa de hielo!
Elisa Carman

De: Jack Helker
Para: Elisa Carman
Asunto: ¿Princesa? No te pega el papel

¿Quieres que empiece a llamarte «Elsa» en vez de «Elisa»? ¿Acabaremos cantando juntos *Hazme un muñeco de nieve*? No finjas que no sabes de lo que hablo solo para atacar la parte más tierna de mi (varonil) autoestima.

P. D.: Dime un solo villano que tenga verrugas.

Jack Helker (con la carita como el culo de un bebé)

Hannah dejó su teléfono a un lado.

—¿Con quién hablas?

—Con Jack.

—Te encanta. —Se rio.

—También me saca de quicio.

—Ya, pero es que a ti te gusta que te saquen de quicio. —Dejé de teclear al levantar la vista hacia ella—. Eres muy competitiva. Te gustan los retos. No lo digo como algo malo. ¿Recuerdas esa vez que sacaste un cinco con cuatro en un examen de la universidad?

—¡La profesora me tenía manía! —repliqué.

—Decías que la odiabas, pero no dejabas de hablar y hablar sobre ella. —Soltó una risita—. Incluso Emma tuvo que poner esa norma que te prohibía pronunciar su nombre de viernes a domingo. Pero, ¿sabes?, creo que en el fondo adorabas a la profesora Perks.

—¡No es cierto! —gruñí.

—Le regalaste una caja de bombones al graduarte.

—Es que terminé sacando matrícula de honor en su asignatura.

—¿Lo ves? Te gustó tener que esforzarte, que te llevase al límite.

—Qué imaginación tan grande tienes, Hannah.

Negué con la cabeza mientras ella se reía y guardamos silencio cuando el camarero nos sirvió los dos platos. Aproveché el momento para dar un trago al agua y mandar el mensaje a Jack.

De: Elisa Carman
Para: Jack Helker
Asunto: Eres imprevisible

¿En serio has visto *Frozen*? Me estoy imaginando a Molly poniéndote una mordaza y sentándote frente al televisor para poner las canciones en bucle una y otra vez.

¿Y tú sabes patinar? A ver si vas a terminar haciendo un ridículo espantoso.

P. D.: Me encanta *Frozen*.
Elisa Carman

Hannah y yo hablamos de todo y de nada mientras comíamos. En un momento dado, ella insistió en llamar a Emma para preguntarle si en Halloween, durante el tercer año de universidad, fue cuando las tres nos disfrazamos de langostas sangrientas, dado que yo estaba convencida de que ocurrió durante el último curso. Y, efectivamente, así fue. Tenía mi vida estructurada en mi cabeza en orden cronológico, no era fácil ganarme en algo así. Pedimos el postre sin dejar de cotillear sobre el último ligue de Dasha que, al parecer, era un acaudalado hombre de negocios.

Al terminar, tras pagar la cuenta, volví a mirar el móvil.

De: Jack Helker
Para: Elisa Carman
Asunto: ¿Sabes con quién estás hablando?

Cariño, claro que sé patinar. Sé hacer de todo. En la universidad jugué en un equipo de hockey durante dos años. ¿En cuántos equipos has jugado tú? ¡Ups! Creo que..., ah, sí, EN NINGUNO.

P. D.: Lo que imaginas no dista mucho de la realidad. Y hablando de mordazas y ese tipo de cosas, ¿te va el tema? No me importaría tenerte atada al cabezal de mi cama.

Jack Helker (muy fan de Elsa)

Sonreí, nos pusimos en pie y nos dirigimos hacia el local de *striptease*. Tuvimos que coger el metro para llegar hasta allí, pero no tardamos en encontrarlo. Había un hombre de seguridad en la puerta que tenía pinta de poder tumbar a cuatro tíos de un solo puñetazo. Nos acercamos.

—Buenas noches —dije—. ¿Nos deja pasar?

Nos miró sorprendido. Supongo que no todos los días aparecen dos mujeres con pinta de haberse perdido insistiendo en acceder a un local para ver a un par de tías encaramarse a la barra.

—Hay que pagar entrada.

—No tenía ni idea... —Rebusqué en el bolso, pero al abrir la cartera me di cuenta de que no tenía monedas. Me dirigí a Hannah—. ¿Tú llevas algo de suelto?

—Creo que no...

El segurata se cruzó de brazos y sonrió.

—Un poco más de escote y pasáis gratis.

—¿Perdona? —pregunté.

—O escote o fuera. Vais a espantar a la clientela, parecéis dos esposas despechadas; no quiero que mis chicos se asusten. Nos gusta la discreción.

El tipo dirigió sus ojos hacia la blusa que Hannah llevaba abrochada hasta arriba y silbó soez. En honor a los genes de mi amiga, debo decir que sus tetas son impresionantes. Apreté los dientes para reprimir las ganas que tenía de darle una patada en la entrepierna. Cogí a Hannah del brazo, pero ella se soltó resuelta y, siguiendo su lógica habitual, soltó lo primero que se le pasó por la cabeza.

—Escucha, tronco —comenzó a decir con su acento pijo que gritaba a los cuatro vientos que vivía en un lujoso apartamento en el Upper East Side—, llevo una pistola en el bolso y estoy muy pirada, así que déjanos pasar o no me hago responsable de mis actos.

El tipo pestañeó confundido.

—¿Te estás quedando conmigo?

—No, yo solo... solo...

Cuando advertí que Hannah empezaba a trabarse, tomé las riendas aun a sabiendas de que iba a ser difícil reconducir la situación. Inspiré hondo, erguí los hombros y puse mi mejor cara de señorita sabihonda.

—Soy una de las abogadas más prestigiosas de la ciudad de Nueva York —mentí—, he estado grabando la conversación desde que pusimos un pie frente a la puerta de este local —añadí enseñándole el móvil con la mano derecha—, y como no nos dejes entrar ahora mismo, pienso denunciarte por acoso sexual y extorsión; créeme, me sé de memoria el código penal. Tú eliges: o te apartas, o no solo te veré en los juzgados, sino que mi amiga la pirada montará un buen espectáculo que espantará a tu querida clientela. Está en su derecho, la calle no es de nadie.

—Y puedo bailar una danza africana al grito de «¡Infieles, degenerados, me chivaré a vuestras mujeres!» —añadió Hannah con una sonrisa en los labios.

El segurata se quedó mudo sin dejar de mirarnos. La nuez de su garganta se movió al tragar saliva y tras echarnos otro vistazo rápido debió de decidir que no valía la pena seguir enfrentándose a dos chaladas como nosotras, así que se hizo a un lado y ambas entramos en el local cogidas del brazo.

El interior era tal y como me había imaginado. Parecía sacado de una película de bajo presupuesto, más por lo vulgar que resultaba que por los tipos que lo frecuentaban; todos parecían tener pasta, llevaban relojes caros adornando sus muñecas y camisas de marca. La decoración era en tonos rojos y grises, bastante recargada, aunque a juego con la sensual música que sonaba de fondo y que los cuerpos de las bailarinas seguían a la perfección. Como era evidente que llamábamos demasiado la atención entre un público casi enteramente masculino, decidimos ocupar una de las mesas del fondo, casi en la penumbra, para poder estudiar el lugar antes de pasar a la acción. Y sí, puede que hubiese visto demasiadas películas, pero me sentía un poco heroína en medio de aquel ambiente, con ganas de ponerme en pie y gritar: «¡Policía, que nadie se mueva! Quedan todos (o casi todos) detenidos por infieles (como Colin), cualquier cosa que digan podrá ser utilizada en su contra y blablablá». Y al salir, el inspector jefe, Henry, me palmearía la espalda y me diría: «Buen trabajo, Carman, buen trabajo. Hoy gracias a ti muchas mujeres descubrirán la verdad».

Sacudí la cabeza al escuchar una voz.

—¿Qué van a tomar? —preguntó una camarera que iba disfrazada de estudiante cachonda. Nos miró con curiosidad e hizo un globo con su chicle de fresa. Sonrió, como si de pronto cayese en la cuenta de algo—. ¿Pareja de lesbianas buscando nuevas emociones? ¡Habéis elegido el sitio perfecto! Kelly acepta encargos de ese tipo, ¡no soporta los penes!

Hannah estuvo a punto de abrir la boca para sacarla de su error, pero me adelanté antes de que pudiese hacerlo.

—Sí, eso es. Quizá luego preguntemos por ella. Por el momento, tomaré una Coca-Cola light.

—¿Tienen soda de frambuesa?

—¡Por Dios, Hannah! —me quejé.

—Sí que tenemos —aseguró la chica, apuntó el pedido y se alejó de nuestra mesa contoneándose y dejando poco a la imaginación con esa falda minúscula que vestía. Uno de los clientes que estaba en otra mesa le dio un cachete en el trasero cuando pasó por su lado, ella rio coqueta y él le metió un billete en el escote.

Iba a ser una noche muy larga.

Hannah y yo pasamos el rato observando el ambiente y dando pequeños sorbitos a nuestros refrescos. Llevaba quince minutos sentada cuando me decidí a levantarme para hacer algo útil, aunque lo cierto es que no sabía ni cómo empezar. Hannah estaba mandándole un mensaje a alguien y tenía una sonrisa bobalicona en el rostro, así que la dejé a lo suyo, a cambio de que vigilase nuestros bolsos, y me dirigí sola hacia la zona de la barra. Decidí probar suerte con una chica menuda de cabello pelirrojo que parecía un duendecillo. Cuando le hablé de Julia Palmer, me dijo que el nombre le sonaba, pero que no había trabajado con ella porque apenas llevaba unos meses allí; aun así, llamó a otra compañera que sí reaccionó al oír el nombre.

—Ah, Julia. Una chica lista —dijo la morena y a mí me dejó a cuadros, porque Julia podría ser muchas cosas, pero lista, lista, como que no—. Hace tiempo que no trabaja aquí. Cuando se marchó, dijo que vendría a visitarnos de vez en cuando, pero no volvimos a saber

298

nada de ella. Incluso se cambió el número de teléfono y luego la vimos en algunas revistas de prensa rosa con aires de digna y bolsos de diseño.

—Por lo que veo, se conocían bastante...

—Podría decirse que fuimos amigas. Y, por cierto, ¿quién eres tú? —preguntó de pronto con cierta desconfianza tras apartarse el cabello lacio de los hombros y dejar más a la vista su escote en forma de uve.

Decidí apostarlo todo a una carta.

—Tengo algunos asuntos pendientes con Julia. Digamos que le presté un dinero que aún no me ha devuelto —mentí—, así que me he propuesto averiguar si a alguien más le ha ocurrido algo parecido con ella, porque estoy pensando en demandarla.

Hubo un momento de tensión antes de que la chica sonriese abiertamente mostrándome el último blanqueamiento dental que probablemente su jefe o algún cliente le habría costeado. Se inclinó en la barra.

—No deberías haberte fiado de ella. Esa chica estaría dispuesta a vender a toda su familia a cambio de un par de dólares. Entre tú y yo, el día que Frank Sanders apareció por aquí, se volvió loco por mí y quiso que pasásemos a uno de los reservados —bajó la voz aún más—, pero cuando estaba a punto de dirigirme allí con él, Julia apareció, fingió que tropezaba conmigo y me tiró encima la copa que llevaba en la mano. Me excusé un momento para ir al servicio y cuando volví, ¡sorpresa!, Julia había entrado en el reservado con Frank. Al salir, el muy idiota la miraba embobado como si nunca hubiese visto a una tía. ¡Qué pardillo! —bufó.

—¡Eso es terrible...!

—Lo sé, pero, en fin, tuvo lo que se merecía.

—¿A qué te refieres?

Me dirigió una mirada que parecía decir «¡Es obvio, piensa un poco!», pero la verdad es que no fui capaz de adivinarlo, así que volví a preguntárselo sin rodeos.

—¡No consiguió mantenerlo atado ni un par de meses! ¿No te parece triste? Yo hubiese logrado dejar satisfecho a mi hombre —aclaró resuelta—. Ni te imaginas lo mucho que disfruté cuando me lo tiré hace un par de meses y conseguí que me regalara esta pulsera. —Alargó la mano hacia mí—. Es bonita, ¿verdad? Fue como una venganza doble: a él le aseguré que no volvería a catar este cuerpazo después de llevarme el regalo y, además, hice que a ella le creciesen aún más los cuernos.

—¿Aún más? —pregunté sin salir de mi asombro.

—¡Claro! Frank Sanders volvió a frecuentar este local dos meses después de su boda. Y como ya te imaginarás, lo de dormir solo no le va —concluyó.

Seguía en *shock* mientras caminaba de nuevo hacia la mesa en la que había dejado a Hannah. De pronto todo había dado un giro de ciento ochenta grados; es decir, que el tipo que había pasado a ser la víctima ahora era igual que Julia o incluso peor. Sentí un hormigueo en la punta de los dedos y me sentí triunfal, enorme, plena, pero me embargó una cierta desazón al acordarme de Jack. Demonios. ¿Por qué teníamos que seguir los dos metidos en el caso? A veces se me iba un poco la cabeza y llegaba a pensar en la posibilidad de pedirle a Henry que buscase a alguien para sustituirme, pero, en primer lugar, Jack se merendaría con patatas a cualquiera de esos becarios que se paseaban por la oficina y, en segundo lugar, mi orgullo estaba en juego.

—¿Qué tal ha ido todo? —preguntó Hannah.

—Sorprendentemente bien.

—¡Genial! ¡Choca esos cinco, Watson!

—Hannah, estamos en un local de *striptease* —siseé, pero luego terminé sonriendo como una tonta—. Y, en todo caso, tú serías Watson.

Nos pusimos en pie y avanzamos entre las mesas directas hacia la puerta de salida. Un tipo que estaba apoyado en la barra y parecía estar familiarizado con el local le guiñó un ojo a mi amiga y ella, toda inocencia, le sonrió.

—¿Buscas trabajo, muñeca?

—No, acabo de abrir un negocio.

—A mí me encantaría negociar contigo...

—¿Necesitas organizar algún evento?

Parecía imposible que Hannah no captase la indirecta, pero así era ella. Puse los ojos en blanco y suspiré hondo al tiempo que volvía sobre mis pasos para no dejarla atrás.

—Hannah, ¡por favor!, el único evento que podría interesarle a este hombre es una orgía —repliqué antes de cogerla de la mano y tirar de ella mientras el tipo se reía a nuestra espalda.

¡Qué capullo! Uno más.

Media hora después estaba en mi apartamento, agotada tras la búsqueda de información, pero satisfecha con el resultado. Había sido fácil tirar de algunos hilos, principalmente porque a la prensa rosa le interesaba cualquier tontería; de algo como «Le pegó un puñetazo a su jardinero» seguro que podría sacar un titular del estilo «Casi dejó en coma a su jardinero». Y por eso todo me resultaba útil.

Me di una ducha rápida, me puse el pijama y busqué el móvil en el bolso antes de meterme bajo el edredón y acurrucarme. Hacía frío y habían anunciado nevadas para las próximas semanas.

Sonreí al ver que tenía otro mensaje de Jack.

De: Jack Helker
Para: Elisa Carman
Asunto: ¿Demasiado para ti?
¿Te has enfadado por lo de atarte al cabezal de la cama?
Jack Helker (dubitativo)

De: Elisa Carman
Para: Jack Helker
Asunto: Estaba haciendo los deberes
He estado ocupada. Aunque sé que te sigue sorprendiendo, a veces hago cosas. Cosas imprevisibles (va en serio). Tengo una vida (muy plena) y, en ocasiones, olvido mirar el móvil (cuando estoy entretenida).
Elisa Carman

De: Jack Helker
Para: Elisa Carman
Asunto: Curiosidad
¿Has tenido una de tus citas?
Jack Helker

De: Elisa Carman
Para: Jack Helker
Asunto: La curiosidad mató al gato
Puede que sí o puede que no...
Elisa Carman

De: Jack Helker
Para: Elisa Carman
Asunto: Malévola
Mmm, si sigues siendo tan mala voy a tener que ir ahora mismo a tu casa y atarte de verdad al cabecero de la cama, ¿es eso lo que quieres, nena?
Jack Helker (con ganas...)

Tragué saliva.
No entraba en mis planes, pero tampoco me negaría, claro. Pensé en seguir con el juego un poco más, pero terminé diciéndole la verdad:

De: Elisa Carman
Para: Jack Helker
Asunto: Solo porque me gustan los gatos...
No he tenido ninguna cita, he ido con Hannah a un par de sitios y hemos cenado juntas. Estoy agotada, ¿qué tal tú?
Elisa Carman

De: Jack Helker
Para: Elisa Carman
Asunto: No se lo cuentes a tu nutricionista
Llevo toda la noche trabajando en casa y he vuelto a cenar Froot Loops. Molly se ha quedado dormida en el sofá y creo que terminaré pidiendo una pizza en cuanto Ethan venga a recogerla.
Jack Helker (también cansado)

Suspiré hondo y noté que el corazón me latía atropellado en el pecho mientras tecleaba. Me hundí más en el edredón y dudé, con el pulgar sobre la tecla de

«Enviar», pero finalmente, mientras aguantaba la respiración, terminé apretando el botón.

¿Qué me estaba pasando?

Lancé el teléfono a los pies de la cama y escondí la cabeza entre las rodillas. Dios. ¿Por qué?, ¿por qué?, ¿por qué? ¿Existía la opción de eliminar un mensaje antes de que llegase a su destinatario? Porque ese mensaje... ese mensaje no era propio de mí. No era mío. No. Eso. Fingiría que Regaliz se había sentado encima del móvil, y entre el corrector y su trasero peludo, una cosa llevó a la otra y entonces... entonces... estaba jodida.

De: Elisa Carman
Para: Jack Helker
Asunto: No dejo de pensar en ti
En lo que hacemos cuando estamos juntos. En tus manos tocándome. En lo bien que hueles...
Elisa Carman

No hubo respuesta.
Cinco minutos.
No hubo respuesta.
Diez minutos.
No hubo respuesta.
Quince minutos.
Valoré la posibilidad de cortarme las venas.
Diecisiete minutos.
O de comprar un billete de ida al Caribe y esconderme detrás de una roca y vivir a base de cangrejos y algas y no volver nunca jamás.
Diecinueve minutos.

De: Jack Helker
Para: Elisa Carman
Asunto: Yo tampoco dejo de hacerlo
Buenas noches, nena.
Jack Helker

¿Qué? ¿QUÉ SIGNIFICABA ESO? Que él tampoco dejaba de pensar en mí, ¿no? ¿O estaba perdiendo cualquier resquicio de eso que llaman «comprensión lectora»? Respiré profundamente varias veces en un vano intento por tranquilizarme. «¿Debería preocuparme por un mensajito de nada?», me pregunté. ¡Joder! ¡Pues claro que debía preocuparme a nivel de alerta máxima, terremoto inminente! ¿Qué había sido eso? «En tus manos tocándome» podía tener un pase, pero «en lo bien que hueles» era de chalada total y me había salido así, solo, como si mis dedos no hiciesen ni puto caso a las órdenes que gritaba mi cerebro. Cerré los ojos. Puede que Emma tuviese razón. Puede que la situación se me estuviese yendo un poco de las manos.

Me levanté de la cama, fui al comedor a por mi ordenador y volví a meterme bajo las sábanas. Busqué la página de citas y gruñí por lo bajo al poner la contraseña «BuscoMaridoDesesperadamente». Tenía varias solicitudes, pero las eliminé todas. Basándome en mis tres primeros encuentros, estaba claro que tenía que tomar medidas en el asunto. Eso era. Empezaría desde cero. Abrí el formulario de preguntas y la sonrisa insolente de Jack acudió a mi mente antes de que empezase a teclear.

«¿Qué buscas en un hombre?»
Alguien que tenga las cosas claras, divertido, impre-

visible y que quiera conocerme bien y se muestre tal y como es. Que sea sincero, inteligente y que esté dispuesto a arriesgar y a hacer locuras por amor. Aviso: no busco amigos, gracias.

25

DE PALABRAS NO DICHAS
Y DE OTRAS QUE DICEN DEMASIADO

Aiden se echó a reír al escucharme parlotear a lo loco mientras daba puñetazos a diestro y siniestro sin mucha elegancia. Tras los dos últimos mensajes que intercambiamos la noche del lunes, no habíamos vuelto a hablar y, supuestamente, ese miércoles era el día que habíamos quedado para ir a patinar. Según Aiden, era una tontería y yo me tomaba las cosas demasiado a pecho; su teoría era que decir «no dejo de pensar en ti» podía significar mil cosas dependiendo del tono, de la actitud o de la perspectiva de cada uno. Hannah vino a mi casa el martes por la tarde, se comió todas las nueces que encontró en mi despensa (a veces entendía a la señorita Ardilla) y, tras relatarle lo ocurrido, tan solo llegó a la conclusión de que Jack era «muy mono». Solo a ella se le podría ocurrir algo semejante. Jack podía ser muchas cosas: un capullo, un canalla, un «tío-aplasta-corazones», un amante del caos e incluso ilegal, sí, pero «mono» no era exactamente el adjetivo que hubiese elegido para describirlo, ni mucho menos cuando sonreía de esa manera tan... tan... excitante. Ajá, eso era. Sabía cómo hacerlo. Jack tenía el don de mostrar una faceta diferente según lo que quisiese lograr; en una realidad paralela, podría haber llegado a desesperar y enfadar al mismísimo Gandhi, pero también tenía sus trucos para resultar encantador cuando le convenía. Y eso mismo era lo que le preocupaba a Emma, que, como siempre, había lanzado al aire su opinión, asegurando que me estaba ablandando por su cara bonita y tres pestañeos tontos. Y lo peor de todo es que empezaba a tener un poco de razón.

—¿Estás enamorada? —preguntó Aiden ceñudo.

—¿Enamorada? ¡¿ENAMORADA?! —Me reí como una loca y luego le di un par de puñetazos al saco que él sujetaba—. ¡Por Dios, Aiden, no digas tonterías! Para enamorarme primero tendría que encontrar a un tío decente, valiente, de esos que están dispuestos a comprometerse. Pero, ¡oh, problema!, ¡están en peligro de extinción! ¡No existen! Son como Santa Claus o los unicornios.

—Estás enfadada... —tanteó él con una media sonrisa que se esfumó de inmediato de sus labios ante la punzante mirada que le dirigí—. Vale, vale, calma. ¿Quieres saber mi opinión? Creo que si dejases de obsesionarte con esa idea prehistórica de encontrar a tu príncipe azul, quizá aparecería cuando menos lo esperases, así, sin más.

Me quedé callada antes de volver a golpear el saco de boxeo con rabia. Puede que Aiden tuviese razón, aunque no era precisamente el más adecuado para dar consejos sobre el amor. Sin embargo, yo nunca había sido una de esas personas que esperan en vez de actuar; prefería tomar las riendas de la situación, hacer algo, poner empeño y dedicación.

Pensé en Jack y sentí un cosquilleo incómodo ante la idea de volver a verlo por la tarde. Esperaba que ese mensaje, que de ahora en adelante llamaría «el mensaje que no debe ser nombrado», no hubiese trastocado las cosas, porque lo cierto es que no quería que nada cambiase entre nosotros; todo era perfecto así.

Alcé la barbilla.

—¿Tú has estado enamorado alguna vez?

Aiden me miró fijamente.

—Creo que sí —respondió.

—Qué sorpresa.

Él suspiró con incomodidad antes de apartarse del saco y dar por finalizado el entrenamiento. Estuvimos hablando un rato más mientras me quitaba los guantes de boxeo, comentando los planes que teníamos esas Navidades, y me preguntó si ya sabía qué haría la noche de fin de año. Le dije que no tenía ni idea, pero que ese mismo día era el cumpleaños de Hannah y que siempre acabábamos con una resaca tan grande que luego empezábamos el primer mes del año con buen pie, aborreciendo (temporalmente) el alcohol. Le conté que el año anterior bebimos demasiado durante la cena y al final terminamos la velada en el puente de Brooklyn, viendo desde allí los fuegos artificiales sobre Midtown mientras Hannah gritaba como loca que el cielo lloraba purpurina de colores.

—Suena divertido.

Me incliné hacia delante para sacudir mi cabello y luego volví a erguirme haciéndome una coleta alta. Miré a Aiden de reojo.

—Apúntate si te apetece.

—Puede que lo haga —asintió.

Seguimos hablando de planes y de trabajo. Aiden me dijo que cerraría tres días el gimnasio porque tenía pensado irse a Kansas para reunirse con su familia, y a mí se me ocurrió de pronto que quizá podría invitar a mi madre a mi apartamento en vez de ir a su casa para celebrar el día de Navidad. Sería bueno para ella salir de allí y disfrutar de la gran ciudad; podríamos ir juntas a ver algún musical, caminar por las calles llenas de luces cogidas del brazo y preparar entre las dos una cena navideña en casa, como en los viejos tiempos. Sonaba bien. Sonaba mejor que bien.

Sin embargo, cuando unas horas después se lo comenté, ella no opinó lo mismo. Empezó a poner excusas, como siempre, desde «¿Quién limpiará la casa durante esos días?» hasta «Sabes que el aire de la ciudad no me sienta bien». Me armé de paciencia, con el teléfono sujeto al hombro mientras quitaba el polvo de los muebles con un plumero ultraeficiente que ella misma me había regalado por mi cumpleaños dos años atrás. Terminé rebatiendo todas sus teorías y, tras prometerle que solo serían dos días en vez de tres y que le vendría genial salir un poco y abrirse al mundo, accedió. Fue casi un milagro.

Cuando colgué, vi que tenía un mensaje en la bandeja de entrada. Era Garrett, el chico adorable de mi primera cita:

De: Garrett Jill
Para: Elisa Carman
Asunto: ¡Gracias, gracias, gracias!

Te debo una muy gorda, Elisa. ¿Te he dicho ya que eres un sol cálido y lleno de bondad? Gracias por darme el teléfono de Kevin Miller, ¡es perfecto! No, en serio, es como si el hombre de mis sueños hubiese aparecido de la nada. ¿Te dijo que es voluntario en un refugio de animales? Es adorable. Se me ocurrió aportar mi granito de arena diseñando los planos para una toma de agua que necesitan en la zona nueva del refugio. El otro día, al terminar nuestra tercera cita, lo invité a casa, le presenté a Lady Gaga (mi gata persa) y ella se frotó contra sus piernas, ¿puedes creértelo? (Lady Gaga odia a todos los humanos, y a los no humanos, ya puestos a entrar en detalles). Kevin es maravilloso (aunque, por lo que me ha contado, su madre no tanto). Prometo mantenerte al corriente y convertirte en una de nuestras damas de honor si la cosa acaba en boda.

P. D.: ¿Sigues tirándote al bomboncito de Jack?
Garrett Jill

Sonreí. Garrett había sido una gran pérdida, por eso de que era perfecto (tan perfecto como Kevin, dicho sea de paso), pero me alegraba por ellos. Hacían una pareja estupenda. Le contesté diciéndole que sí, que seguía con «el bomboncito» y que esperaba de verdad que todo fuese viento en popa y la cosa terminase con un anillo de por medio y fuesen felices y comiesen perdices.

Respiré aliviada unos minutos más tarde cuando Jack me mandó un mensaje diciéndome que pasaría a recogerme en media hora. Estaba agotada después del entrenamiento al que había acudido directamente tras salir del trabajo, llevándome la ropa del gimnasio de casa, pero aun así tenía ganas de pasar la tarde en Bryant Park. Hacía años que no iba. De hecho, la última vez que lo hice fue con Colin.

Sentí una desazón en el pecho al recordarlo. Recordarlo a él, con su cabello castaño claro perfectamente peinado y esa sonrisa que pensaba que se reservaba solo para mí. Recordar sus manos extendidas hacia mí animándome a que patinásemos juntos. Recordar su risa suave, esos gestos que creía sinceros y que aún no sé cuándo dejaron de serlo, su respiración cálida...

Negué con la cabeza, confundida, y metí las narices en el armario intentando encontrar la bufanda más gruesa que tenía. No entendía por qué pensaba tanto en Colin últimamente. Me había ocurrido lo mismo aquella noche, tumbada sobre Jack mientras veíamos *Kill Bill*, y no, no era porque lo echase de menos. Creo que, aunque suene raro, era porque por fin lo estaba dejando atrás. Ya no estaba enfadada y la rabia había desaparecido. Ahora tan solo me sentía triste y desencantada.

Me vestí con unos vaqueros ajustados que había comprado la semana anterior y que esperaba que me quedasen la mitad de bien de lo que me había parecido dentro de ese probador de luces colocadas estratégicamente para hacerme más esbelta. Luego me puse un suéter de color rojo y una bufanda del mismo color antes de recogerme el cabello castaño en una coleta desenfadada. Aún no había terminado de ponerme un poco de rímel cuando sonó el telefonillo y Jack me dijo que bajase.

Estaba sentado encima de la moto con los brazos apoyados en la parte superior y gesto pensativo. Sonrió al verme, una sonrisa sincera que me calentó por dentro. Noté que empezaba a sonrojarme y me amonesté con tres puntos menos en mi propio examen mental sobre conducta adecuada. ¿Por qué me sentía así, tan inestable, tan confusa...? Había hecho todo lo que se podía hacer con Jack, no tenía ningún sentido que de pronto me comportase como si fuese la primera vez que quedábamos fuera del trabajo.

—¿Qué te pasa? —Me miró divertido, le brillaban los ojos.

—Nada, ¿por qué lo preguntas?

—No lo sé —se encogió de hombros—, tienes pinta de querer lanzarte por un acantilado de un momento a otro, ¿tan pocas ganas tenías de verme? —ronroneó y posó una de sus grandes manos sobre mi rodilla derecha cuando monté tras él en la moto.

—¿Estás esperando a que lo niegue?

—Bueno, a mi ego le gusta que lo mimen.

—No sé cómo no te cansa mantener esa fachada de tipo narcisista durante todo el día. Eres un fraude, Jack.

Él rio, y no sé si se dio cuenta de que mis palabras eran más un cumplido que otra cosa, pero no añadió nada más antes de que nos incorporásemos a la carretera y avanzásemos entre el tráfico de Nueva York. Abracé a Jack e ignoré cualquier atisbo de sentido común cuando apoyé la mejilla en su espalda. Hacía frío. Mucho frío. Aparcamos poco después cerca de Bryant Park, situado en el corazón de Midtown entre altísimos rascacielos. Casi había anochecido y la decoración navideña envolvía la ciudad ya de por sí llena de luces y magia. Jack me cogió de la mano y la metió en el bolsillo de su abrigo junto a la suya para darme calor. Tragué saliva e intenté concentrarme en el abeto navideño que habían encendido semanas atrás, con sus características luces azul turquesa, y en las risas y las voces de la gente que nos rodeaba. Rockefeller Center era también un lugar precioso al que acercarse durante esas fechas, pero Bryant Park siempre había sido mi debilidad. El mercado de casitas de vidrio que rodeaba la pista de hielo era auténtico y estaba lleno de productos artesanales, de encanto y de vida.

Molly y Ethan nos esperaban al lado de un puesto lleno de botellines de cerveza de calabaza adornado con guirnaldas parpadeantes. Ella se lanzó a mis brazos en cuanto me vio y Ethan me saludó con un cálido apretón de mano y una sonrisa afable.

—Tienes mejor aspecto que en pijama.

—Gracias. Tú pareces más relajado.

—Es lo que tiene la Navidad, me hace ser mejor persona —dijo entre risas y luego se inclinó hacia mí mientras Jack y Molly seguían a lo suyo, ajenos a lo que Ethan me susurraba al oído—. Sé que la pequeña princesa te puso en un apuro, pero gracias por venir, Elisa. De corazón. Le gustas mucho —añadió.

—No es... no es ninguna molestia —me sinceré.

Ethan asintió lentamente con la cabeza y me miró atento. Tenía la sensación de que estudiaba y analizaba cada uno de mis gestos y sus ojos oscuros y penetrantes me ponían nerviosa, porque no tenía muy claro qué era lo que esperaba encontrar cuando me observaba de ese modo tan calculador.

—Eh, ¿qué estáis cuchicheando vosotros dos? —gritó Jack, con Molly canturreando felizmente a su alrededor.

—De los precios de los carburantes.

Me reí ante la ocurrencia de Ethan y su sonrisa falsa hizo gruñir a Jack por lo bajo, pero, antes de que pudiese replicar, Nicole apareció jadeante y se llevó una mano a las costillas como si acabase de correr la maratón.

—Lamento... llegar... tarde —logró decir.

—¡Nicole! —Molly la abrazó muy fuerte.

—¡Hola, pequeñaja!

A pesar de la carrera, Nicole estaba estupenda, como siempre. Su cabello largo, lacio y oscuro resbalaba sobre su hombro derecho y tenía la piel tersa y luminosa. Me mostró una sonrisa inmensa en la que distinguí la perfecta hilera superior de sus dientes blanquecinos. Correspondí el gesto, aunque imagino que con peor resultado.

—¡Qué alegría volver a verte! Me hizo ilusión saber que vendrías cuando Ethan me lo dijo —torció el labio con gracia—. Tienes muy buen aspecto, ¿te haces algún tratamiento semanal o algo así en el cutis?

—¿Yo? Oh, no, no. Qué va. —El idiota de su hermano se inclinó hacia mí con la excusa de abrocharme bien el pendiente y me susurró al oído que mi aspecto radiante tenía mucho que ver con sus manos (y, más concretamente, con lo que sus dedos eran capaces de hacer). Le di un codazo tan fuerte que lo escuché gemir de dolor antes de echarse a reír—. Tú sí que estás increíble. ¿Qué tal te va todo? ¿Conseguiste esos azulejos exclusivos de cerámica que buscabas?

—¡Sí! ¡Y me costó la vida encontrarlos!

Nicole se quejó cuando Jack le despeinó el pelo con la mano y luego los cinco comenzamos a caminar hacia la caseta correspondiente para alquilar los patines de hielo. Nicole y Molly hablaban por los codos y Ethan parecía feliz y sonriente mientras las escuchaba a las dos parlotear sobre princesas, la última muñeca veterinaria que había salido al mercado (y que Nicole prometió pedirle a Santa Claus de su parte), justo antes de que volviese a resurgir el asunto de tener una mascota (Molly suplicó hasta la extenuación), pero enmudeció al llegar a nuestro destino. Cuando nos pusimos en la cola, admiré la brillante y reluciente pista de hielo y sonreí emocionada. Llevaba tiempo sin hacer cosas tan sencillas, como cuando el sábado visitamos el acuario, y me gustaban esos momentos en teoría normales y corrientes, pero que quizá no lo eran tanto en medio de la rutina diaria en la que se había convertido mi vida durante el último año.

—¿Preparada para que te machaque?

Puse los ojos en blanco y chasqueé la lengua.

—¿Por qué tienes que tomártelo todo como si fuese una competición?

Jack sonrió malévolo y me dio un mordisquito en el cuello mientras Ethan, Nicole y Molly avanzaban en la cola delante de nosotros sin dejar de discutir el asunto de la mascota.

—Me encanta competir contigo.

—Qué sensato y reflexivo —ironicé.

—Sabes que soy un puto inmaduro —admitió con una sonrisa adorable curvando sus tentadores labios. Tuve que hacer un gran esfuerzo para no abalanzarme sobre él y besarlo.

Sentí un nudo en la garganta al recordar el caso en el que sí competíamos de verdad. Ahora que por fin lo tenía todo bajo control (aunque Julia aún no me había enviado los datos de contacto del jardinero), no me sentía tan triunfal como cabría esperar, sino dubitativa y extrañamente triste. Reprimí un suspiro melancólico cuando cogí los patines y luego nos acercamos a la zona de las taquillas para prepararnos. Observé cómo Jack ayudaba a Molly a ponerse bien los patines, preguntándome por qué de pronto todo lo que hacía me parecía adorable cuando, en teoría, él era odioso y egocéntrico y superficial.

«Por favor, ¿qué me está ocurriendo?»

Algo en la forma en la que se relacionaban Nicole y Ethan, que ahora hablaban entre ellos, me hizo olvidarme durante unos segundos del caso, de Jack y de todos los vértices y bordes angulosos de su cambiante personalidad.

Nos adentramos en la pista sujetándonos a la valla baja que la rodeaba. Molly fue la primera en soltarse.

—¿Lista? —Jack me tendió la mano y yo la acepté sin sospechar que se proponía tirar de mí y deslizarse por el hielo como si fuésemos putos bailarines a punto de competir en un mundial de patinaje artístico.

—¡Ay, joder, Jack! ¡Para!

—¿Y tú eras la experta patinadora?

—Sé patinar, no hacer malditas piruetas.

Él se echó a reír y me dirigió una mirada suave y tierna que me encogió el estómago. Ignoré el extraño momento cuando Molly se nos acercó seguida por su padre y Nicole. La pista de hielo estaba llena de gente que danzaba a nuestro alrededor, de voces entusiastas y risas infantiles. Me moví con cierta torpeza tras ellos.

—¿Seguro que estás bien? —preguntó Jack burlón, patinando (lo juro) de espaldas.

—Falta de práctica —atajé, y era verdad, recordaba hacerlo mucho mejor la última vez que había estado en aquel lugar con Colin, moviéndome bajo las luces azuladas del árbol navideño y mirándolo embelesada.

—¡Los esbirros no saben patinar! —dijo entre risas Molly «la traidora».

—¡Shh! —Jack se llevó un dedo a los labios sin dejar de sonreír ni de moverse con soltura—. ¡No te me-

317

tas con mi esbirro, pequeña princesa, o me veré obliga-
do a asaltar tu reino!

—¡Inténtalo! ¡Tengo dos aliados! —Le sacó la lengua antes de resguardarse detrás de un sonriente Ethan
y una callada Nicole de mejillas sonrosadas.

Estuvimos un rato patinando y, muy a mi pesar, me
caí un par de veces, algo de lo que obviamente Jack
disfrutó como un crío. Cuando me cansé de hacer el
ridículo, salí de la pista y me apoyé en la valla que la
rodeaba. El lugar era precioso, lleno de encanto. Reí al
ver a Molly a lo lejos chillando como loca mientras Jack
la perseguía y ella se deslizaba por el hielo cogida de la
mano de Nicole.

—¿Te importa? —Ethan apareció a mi lado y yo
negué con la cabeza y me aparté un poco para dejarle
espacio, porque no éramos los únicos espectadores que
disfrutaban del ambiente—. Se lo están pasando bien.

—Ya lo creo que sí. Parecen profesionales.

No sé si notó el débil resquicio de mala perdedora
que impregnaba mis palabras, pero si lo hizo, lo ignoró
y se limitó a sonreír nostálgico. El viento frío le sacudía
el cabello rubio; lo llevaba lo suficientemente largo
como para que le rozase la nuca.

—A Molly le encanta este lugar. Solíamos venir aquí
hace años, pero cuando Lauren enfermó dejamos de
hacerlo. Hace un par de Navidades volvimos a recuperar esa vieja tradición y ahora, mírala, parece feliz
—concluyó sin apartar la vista de su hija, que aún huía
despavorida del villano de Jack.

—Debió de ser muy duro.

Ethan asintió con la cabeza.

—Aún lo es. —Sus ojos se apartaron de Nicole y se
movieron siguiendo el rumbo de Molly. Emitió un sus-

piro—. Es difícil no pensar en Lauren cuando la miro —admitió apoyando un codo en la valla y girando el cuerpo hacia mí—, son muy parecidas. Los gestos, la sonrisa, esa mirada traviesa...

Me quedé en silencio sin saber qué decir, porque nada de lo que se me ocurrió me pareció que pudiese valer como consuelo. Nada consuela la pérdida, nada la sustituye ni la enmascara. Ethan me sonrió algo dubitativo mientras se sacaba la cartera del bolsillo trasero del pantalón y la abría. Me tendió una fotografía y la cogí con las manos temblorosas por culpa del frío invernal.

—Es Lauren. Es... era preciosa.

—Sin duda lo era —admití y no lo dije por compromiso.

Lauren salía tumbada sobre un prado verde salpicado de diminutas flores blancas. Llevaba una camiseta holgada, granate, y unos vaqueros cortos algo deshilachados, pero no le hacía falta nada más para desprender sensualidad y feminidad. Quizá era por su sonrisa adorable o por el brillo de su cabello rubio y largo que descansaba sobre el césped, o puede que el desencadenante de esa exótica belleza tuviese que ver con su mirada inteligente y divertida. Pero, efectivamente, tal y como Ethan decía, Lauren era preciosa y no tenía nada que ver con un atractivo clásico o perfecto.

Le devolví la fotografía.

Nos quedamos callados un rato más.

—¿Te gusta Jack? ¿Te gusta mucho?

—¿Cómo dices...?

Lo miré alzando una ceja.

—¡Vamos! Te prometo que lo que hablemos en este momento no saldrá de aquí —dijo dándome un codazo amistoso—. Soy un hombre de palabra.

Tenía mis dudas. Le eché un vistazo rápido al centro de la pista donde Jack, su hermana y Molly seguían patinando. ¿Nunca se cansaban? Los tres parecían frescos y lozanos como si deslizarse por el hielo no supusiese ningún esfuerzo. Me tragué mis miedos y volví a centrarme en Ethan.

—Aclararé tus dudas si tú también respondes a las mías.

—Ah, ¿es eso? ¿Buscas información? No puedo decirte nada relacionado con ese caso que os traéis entre manos. Además, si te soy sincero, casi nunca presto atención cuando me habla del tema —se adelantó.

—No. Preguntas sobre ti.

Se mostró interesado y flexionó una rodilla.

—¿Y qué puedes querer saber de mí?

—¿Hay trato o no hay trato?

—Trato —accedió sonriente.

—Vale. Contestando a tu pregunta, sí, me gusta Jack. No es lo que busco, pero me gusta. Espero que eso sacie tu curiosidad. Y ahora, en cuanto a ti, ¿tienes intención de rehacer tu vida?

—Espero hacerlo algún día —admitió.

—¿Y por qué no se lo dices?

—¿De qué estás hablando?

—Ethan... he visto cómo la miras.

Él rompió el contacto visual un segundo, solo un segundo, pero ese segundo me bastó para saber que estaba en lo cierto y que no me había imaginado nada. Puede que alguien que pase tiempo con ellos habitualmente no se diese cuenta, precisamente por eso, por la familiaridad, la costumbre; pero a mí me habían bastado unos minutos para notar que Ethan parecía extrañamente risueño cuando estaba cerca de Nicole y, aún más revelador, que ella se sonrojaba cada vez que él abría la boca para decirle cualquier tontería, algo que desde luego no era propio de una chica que caminaba por ahí con paso seguro, la cabeza alta y la espalda recta como si nada ni nadie pudiese desestabilizarla.

—Jack tiene razón, estás totalmente chiflada —dijo con una risa nerviosa.

—¿Jack te ha dicho que estoy chiflada? —grité.

—No te alteres. ¡Total, a él le encanta eso de ti!

—Estás intentando cambiar de tema —insistí—. ¡Te gusta Nicole! Lo que todavía no consigo entender es cómo es posible que Jack, el infalible Jack que presume de calar a todo el mundo gracias a su gran instinto, no se haya dado cuenta. Y peor aún, ¿por qué no se lo has dicho tú?

—Baja la voz.

—No pueden oírnos desde aquí.

—Joder, Elisa, ¡es su hermana! No puedo... Es una de las leyes más básicas del código de colegas. Nada de hermanas. Está prohibido.

—Seguro que lo único que Jack quiere para los dos es que seáis felices. Sé que parece un ogro, pero tiene corazón y todo —bromeé intentando disipar la tensión.

Ethan suspiró al tiempo que se frotaba el mentón con aire pensativo.

—Es complicado. Tú no lo entiendes. Y no sé cómo demonios hemos terminado hablando de mí y de mis problemas cuando se suponía que iba a interrogarte sobre Jack en plan «mejor amigo protector».

—Créeme, Jack no necesita que lo protejas. Él solito ya se encarga de ponerse encima varias capas antiadherentes, una armadura de hierro y espray antiemociones. —Ethan esbozó una sonrisa, pero fue débil y

321

efímera—. ¿Nicole sabe lo que sientes? ¿Se lo has dicho alguna vez?

Él dejó escapar un largo suspiro antes de asentir levemente con la cabeza. Apoyó la cadera en la valla de la pista de hielo, dándole la espalda a los otros tres.

—Estuve... —guardó silencio—, estuve a punto de besarla. Y de eso hace casi medio año. Fue en verano, un día que se quedó en casa cuidando de Molly. Cuando volví del trabajo y la vi allí, en mi cocina... no sé qué se me pasó por la cabeza. Pero conseguí evitarlo en el último momento; por poco, pero lo hice. Desde entonces, Nicole está... ya sabes... enfadada conmigo, rara. O eso creo. Ya no hablamos como antes ni quedamos a solas... En fin, no sé por qué te estoy contando todo esto, Elisa.

—Porque piensas que no puedes hablarlo con Jack —repliqué con tristeza—. Y eso es horrible. Él es tu mejor amigo, ¿por qué no le explicas esto mismo que me estás diciendo? Seguro que lo entendería.

—No es tan sencillo.

—¿Por qué?

—Me gusta Nicole, la adoro, pero no sé cómo funcionaríamos como pareja, no sé si nuestras vidas encajarían bien... ¿Y si no es así? No es una desconocida que pueda desaparecer en caso de que las cosas no salgan bien entre nosotros. Es su hermana, la persona que Jack más quiere en este mundo.

—Te da miedo arriesgar vuestra amistad...

Ethan asintió con la cabeza y se giró de nuevo hacia la pista de hielo justo para ver a su hija deslizándose a toda velocidad hacia nosotros seguida por los otros dos a la carrera. Casi por arte de magia, sustituyó la expresión taciturna por una espléndida sonrisa que Molly correspondió antes de abrazar a su padre y que este la cogiese y la alzase para sentarla sobre la valla sin dejar de mantenerla agarrada.

—¿Me has visto patinar, papá?

—Todo el tiempo, princesa.

Nicole posó su mirada en Ethan y, cuando él ladeó la cabeza y sus ojos se encontraron, ambos apartaron la mirada a la vez. Cogí a Jack del codo antes de que se inclinase para desabrochar los cordones de los patines, a pesar de que Molly insistía en seguir un rato más.

—¿Te apetece dar una vuelta por el mercado navideño?

—¿Tú quieres hacerlo? —preguntó dubitativo.

—Sí, no sé, podríamos picar cualquier cosa; llevo media hora oliendo la comida y casi puedo escuchar a mis tripas gritando de frustración.

Jack se rio y asintió.

Unos minutos después, y tras dejar a Ethan, a Nicole y a Molly inmersos en otra ronda de patinaje, nos perdimos entre la gente y el mercado de Navidad Holiday Shops, que reunía a artesanos y vendedores de todo el mundo. Parecía sacado de un cuento infantil con sus casitas de cristal entre las luces ambarinas. Caminamos a paso lento, sin prisa, disfrutando del ambiente. Olía a café, a calabaza y a gofres recién hechos. Pasamos junto al famoso carrusel y seguimos caminando un rato más envueltos por un cómodo silencio que Jack terminó rompiendo:

—Te gusta esto, ¿verdad?

—¿Esto? ¿Bryant Park?

—Sí, la Navidad, el ambiente —aclaró, y yo asentí con la cabeza—. ¿Por qué?

—Es mágico, familiar y cálido. Y también por todo lo que representa.

—¿Y qué representa?

—Cosas buenas. Encuentros, sonrisas, ilusión, recuerdos. —Le sonreí—. Cuando era pequeña adoraba el día de Navidad. No es que hiciese nada especial, pero... era especial. Ayudaba a mi madre en la cocina y entre las dos preparábamos la cena y el pastel de frutas para el postre mientras escuchábamos alguno de sus discos antiguos y bailábamos... Era divertido —concluí con la sensación de que había hablado de más; de que, en realidad, Jack no querría escuchar todas esas niñerías de mi infancia. Tragué saliva y, por supuesto, él percibió mi incertidumbre.

—¿Qué ocurre?

—Te estoy contando tonterías.

—Me gustan tus tonterías —dijo con una sonrisa.

—¿Tomamos algo? —pregunté incómoda.

Estábamos frente a un puesto de bebidas, justo en medio de uno de relucientes bolas navideñas pintadas a mano y otro de dulces. Yo me pedí una *apple cinder* calentita y Jack prefirió un *pumpkin spice latte*, que era un café con leche con un toque de calabaza, nuez moscada y clavo. Sorbí de mi pajita mientras seguíamos caminando.

—¿Y qué más hacíais?

—Nada. Eso. La cena para las dos.

Tras dar un sorbo a su bebida, Jack ladeó la cabeza mirándome.

—¿No te reunías con tu familia?

—Mi madre es mi única familia —expliqué.

—No lo sabía —añadió en un susurro.

Intenté sonar animada cuando hablé de nuevo:

—¿Y tú? ¿Qué hacías en Navidad?

—Mi madre y yo solíamos celebrarlo con la familia

de Ethan. Ya sabes, vivíamos casi puerta con puerta, como ahora. Nos reuníamos todos allí y era un poco caos, pero guardo buenos recuerdos de aquello. Desde que ella murió, suelo pasar esos días en casa de mi padre, aunque algún que otro año he terminado aprovechando estas fechas para viajar.

—Lamento lo de tu madre, no tenía ni idea.

Jack abrió la boca para decir algo más, pero volvió a cerrarla.

—Era una mujer muy... triste.

—¿Qué quieres decir?

—Casi siempre estaba deprimida, tenía muchas recaídas —explicó—. Todo el asunto de mi padre la destrozó, era como si se fuese consumiendo con el paso de los años. Y no pude hacer nada para evitarlo. Era incapaz de dejar de quererlo, estaba obsesionada.

El silencio se deslizó entre nosotros unos segundos, a pesar del jolgorio que nos rodeaba. Me metí la pajita en la boca, le di un trago a mi bebida y degusté los grumos de manzana y el sabor más fuerte y cítrico de la naranja y las especias.

—¿Cómo es tu padre? —me atreví a preguntar.

—Complicado. Sí, esa es la palabra que Riley Daunfrey debería llevar escrita en la frente —dijo riéndose a pesar de que el asunto parecía mantenerlo en tensión y yo me guardé mi opinión sobre lo raro que me resultaba que lo llamase por su nombre completo—. Es exigente, perfeccionista y duro, pero sobre todo lo primero, exigente.

—¿En qué sentido?

Jack encestó el vaso ya vacío de su bebida en una papelera cercana y se metió las manos en los bolsillos. Por un momento, solo un momento, parecíamos una pareja normal de paseo, hablando y conociéndonos sin barreras. Era quizá la primera vez que estábamos solos fuera de las cuatro paredes de nuestras casas y sin intentar quitarnos la ropa el uno al otro.

—Para él solo sirve aquello que es útil o que puede demostrarse mediante un papel, un contrato o un nuevo puesto de trabajo, qué sé yo, algo que pueda palpar. Es el mejor apartando las emociones a un lado y fijándose tan solo en lo esencial, en lo que de verdad importa.

—¿Qué se supone que es lo que de verdad importa?

—Ganar. Ser mejor. Tener siempre un objetivo. Y ser ambicioso. Muy ambicioso.

Lo miré de reojo antes de hablar en voz baja:

—¿Y tú estás de acuerdo?

—Supongo que sí. —Se encogió de hombros.

La melodía de su teléfono comenzó a sonar y lo sacó del bolsillo de su abrigo. Era Ethan. Jack habló con él un par de minutos y acordaron verse al día siguiente. Cuando colgó, estaba frotándome las manos entumecidas por el frío.

—¿No vamos a volver con ellos?

—No. —Sonrió de lado, se acercó y me rodeó la cintura con un brazo—. Me he dado cuenta de que nunca salimos solos por ahí y he decidido hacerte una demostración totalmente gratuita de lo que debería ser una cita perfecta con cualquiera de esos pardillos con los que piensas quedar.

Fruncí los labios para evitar reírme.

—¿Buscas una excusa para pasar más tiempo conmigo? —me burlé.

—En un ejercicio de modestia y humildad, admitiré que pasar tiempo contigo no es tan insufrible como pensaba; es más, me atrevería a decir que hace semanas que ya no llevas ese palo en el culo. —Logró esquivar mi puño, que iba directo hacia su cara—. Así que si a eso le añadimos que no quiero que termines en el altar junto a algún capullo del que te divorcies unos meses después... Bueno, ¿qué me dices? ¿Vas a negarte a tener una primera y última cita conmigo? Sabes que puedo ser muy persuasivo.

Inspiré hondo. Me sentía enfadada, agradecida y dubitativa, todo a un mismo tiempo. Y sensible, sí, muy sensible, como si cada palabra fuese un cuchillo afilado o una caricia suave. Repasé mi calendario mental, intentando encontrar alguna explicación lógica a esas emociones enrevesadas y sin sentido que cada vez me asaltaban con más frecuencia. Ah, ¡ahí estaba, sí! En breve me llegaría la regla. Eso lo explicaba todo, ¿no? La inestabilidad, los cambios de humor y ese alto nivel sensitivo.

Sonreí más tranquila.

—Está bien. Acepto esa cita.

26

LA CITA PERFECTA

Jack condujo en silencio por las calles de Nueva York. Cuando bajé de la moto, sentía las piernas entumecidas por el frío y el vaho escapaba de mis labios, pero me parecía un sufrimiento soportable a cambio de pasar aquella noche con él perdidos en la gran ciudad. Acepté su mano cálida y recorrimos un par de calles antes de parar frente a un restaurante cerca de Little Italy.

Tan solo había cuatro mesas y todas estaban separadas entre sí, creando un ambiente íntimo y privado. Sonreí al fijarme en los manteles de cuadros blancos y rojos y en las velas dentro de antiguos farolillos que culminaban la romántica decoración. Las paredes eran preciosas, de ladrillo rojo, y olía a pasta y a masa recién horneada.

Jack saludó al camarero antes de apartar mi silla en un alarde de caballerosidad. Lo miré burlona y él entornó los ojos sin dejar de sonreír mientras se acomodaba a mi lado; y me gustó eso, que no se sentase enfrente, sino junto a mí. Su codo rozó mi mano cuando lo posó sobre la mesa y cogió la carta. Como era de esperar, terminé pidiendo una pizza de cuatro quesos y Jack se decantó por la de champiñones.

—Cualquiera diría que tienes experiencia en esto de las citas, Helker —bromeé.

—¿Intentando sonsacarme información?

Sus ojos claros brillaron traviesos.

—No me interesa lo más mínimo —repliqué.

—Nunca he conocido a una mujer que mienta tan mal como tú lo haces, pero admiro tu tenacidad. —Atrapó mi mano antes de que pudiese apartarla y su dedo pulgar trazó círculos sobre mi piel; me estremecí ante la intensidad de su mirada—. ¿Te he dicho ya que el color rojo te sienta especialmente bien? Estás muy guapa.

Tragué saliva para deshacer el nudo que tenía en la garganta.

—¿Eso debería decir mi cita?

Jack respiró hondo y asintió despacio.

—Luego quizá haría algo así... —Alzó la mano que tenía libre y me colocó tras la oreja el mechón de cabello que había escapado de la coleta. «¿Cómo es posible que un gesto tan sencillo me provoque este cosquilleo?», me pregunté—. Y aprovecharía para rozarte la nuca o el lóbulo de la oreja —concluyó haciendo eso mismo.

—No está mal —logré decir.

Jack sonrió y soltó mi mano.

—¿Te gusta el sitio? Imagino que no se parece al tipo de restaurante que describías en ese perfil de la web de citas, pero tiene su encanto, ¿no crees?

Fruncí el ceño y resoplé.

—Es precioso y claro que podría encajar.

—Dijiste «cenar en algún restaurante elegante».

—Estaría condicionada. Este lugar es muy bonito.

—¿Condicionada? —Arqueó una ceja y yo me cerré en banda—. Nena, vamos, sé sincera conmigo. Es la gracia de las citas: ser auténtico, ser tal y como uno es.

Inspiré hondo y apoyé un brazo en la mesa.

—¿Piensas serlo tú?

—Te prometo que lo intentaré.

Y no sé si fue su voz ronca o el miedo que encontré en sus ojos, pero supe que estaba siendo sincero, como si esa noche se hubiese quitado al fin todas esas capas que lo protegían. Me pareció real. Me pareció que lo estaba viendo a él de verdad.

Nuestras miradas se enredaron unos segundos.

—Está bien —accedí y suspiré—. Creo... creo que estaba condicionada por Colin. Por él y por las películas, sí, eso también... —Negué con la cabeza sintiéndome tonta, pero Jack no se rio, tan solo continuó mirándome extrañamente serio, y creo que fue eso lo que me impulsó a seguir hablando como si las palabras resbalasen y se me escapasen sin control—. A Colin solían gustarle los restaurantes lujosos y elegantes, los que estaban de moda en un momento determinado. Me pidió matrimonio en un sitio así y, bueno, fue muy de cuento, estábamos rodeados por un montón de comensales que estallaron en aplausos y luego se levantó y me besó y... en fin, uno de los camareros descorchó una botella cara de *champagne*... —Sacudí la cabeza—. Ahora que lo pienso, ni siquiera recuerdo los detalles, creo que estaba demasiado aturdida como para asimilarlo bien.

—¿Y era eso lo que querías?

Cogí un trozo de pan cuando el camarero dejó la cestita al lado del farolillo y lo mordisqueé distraída. Y en ese instante fui consciente de que cenando con Colin nunca hubiese empezado a roer un trozo de pan a secas antes de que nos trajesen la cena, por mucha hambre que tuviese. Me habría contenido. Habría mirado la maldita cesta con deseo, pero jamás hubiese dado el paso de alargar el brazo hacia ella. Y podía parecer un gesto estúpido o irrelevante, pero para mí fue determinante. Porque no todos los días una descubre que ha estado reprimiéndose durante ocho años delante de otra persona y, aún peor, que es capaz de no hacerlo con una que conoce desde hace apenas un mes.

Alcé la mirada hacia él.

—No estoy segura, Jack, creo que nunca me paré más de un segundo a pensarlo, estaba demasiado ocupada intentando planificar una vida perfecta que nunca existió. Pero ahora mismo, si viajase atrás en el tiempo, preferiría que hubiese ocurrido en un lugar así, como este, sin aplausos ni espectáculo, solo nosotros.

Jack respiró por la boca y se alejó un poco al dejarse caer hacia atrás y apoyarse en el respaldo de la silla. Fijó la vista en la fulgurante luz de las velas y no la apartó de allí cuando habló de nuevo:

—¿Sigues enamorada de él?

—¿De Colin? No, ya no.

Porque lo había estado. A pesar de todo, a pesar de no poder ser siempre yo misma con él o de lo que hizo al final, lo había querido mucho. Muchísimo. Había intentado ser mejor, por y para él, aunque no por mí, y me gustaba pensar que nuestros primeros años juntos fueron bonitos e inolvidables.

—Ahora te toca a ti, Jack.

—¿Qué quieres saber?

Estiró las piernas bajo la mesa y rozó las mías.

—Lo que te ocurrió —susurré.

—Supongo que lo mismo que le pasa a todo el mundo —dijo con la voz un poco rota—. Amar duele demasiado. Y a mí me dolió durante mucho tiempo.

Jamás había sido tan sincero, tan claro. Lo noté en su mirada confusa y en el rítmico y nervioso movimiento de su pierna contra la mía.

—¿Quieres contármelo?

—Nunca lo he hecho.

Parpadeé desconcertada cuando entendí lo que quería decir.

—¿No lo has hablado con nadie? —pregunté, y él negó con la cabeza—. ¿Por qué no?

—Porque no, porque eso es mío.

—¿El dolor es tuyo? —adiviné.

—Algo así.

Se frotó el mentón con gesto pensativo justo cuando nos sirvieron las dos pizzas. Parecía un poco aturdido, fuera de su zona de confort. Y no soporté verlo así, ver aún el dolor en sus ojos. Me incliné hacia él y lo cogí del cuello de la camisa antes de darle un beso suave en los labios. Al separarme, sonreí al ver su mueca de sorpresa.

—Menuda primera cita más intensa —bromeé y comencé a cortar la pizza como si no acabase de ocurrir nada inusual, como si no fuese la primera vez que Jack se relajaba y se dejaba ver, aunque solo hubiese sido un reflejo fugaz—. Me dejarás probar algún trozo de la tuya, ¿no? Porque lo que te dije la otra vez sobre las berenjenas con atún iba en serio; que me guste algo no significa que no me apetezca comer nada más.

Jack me dedicó una sonrisa minúscula con la que logró que se me disparasen las pulsaciones, porque era íntima y real. Se incorporó en su silla, suspiró más tranquilo, y comenzó a cortar su pizza en pequeñas porciones.

Así que, durante el resto de la noche, mientras las velas se consumían y la conversación se volvía más fluida y distendida, hablamos de todo un poco. Jack me contó que, cuando era pequeño, solía montar en monopatín y escalar árboles y hacer cualquier cosa que implicase algún peligro, algo que explicaba las múltiples cicatrices pequeñas que tanto él como Ethan tenían después de tantas caídas. Yo le hablé de mi madre, de los vestidos para mis muñecas que me enseñó a lavar y a coser, aunque ahora odiaba hacerlo. Y, conforme fueron pasando los minutos, terminé contándole cosas de la universidad, de Emma y de Hannah, de los muchos momentos que habíamos vivido juntas.

Cuando salimos de aquel restaurante, me llevé conmigo que a Jack le daban miedo las avispas y que los únicos alimentos que no soportaba eran las alcachofas y los espárragos; que a veces lo relajaba darse una ducha justo antes de acostarse, incluso aunque fuese después de cenar, y que tenía cierta debilidad por los cereales y las galletas para niños, razón por la que solía pedirle a Molly que fuese con él al supermercado a comprarlas (según él, porque la cajera lo había mirado mal hasta el día que lo vio acompañado por la dulce niña de coletas rubias).

—¿A dónde vamos? —pregunté.

El frío de la noche me mordía la piel, pero su mano sobre la mía me calentaba por dentro. Nuestros hombros se rozaron al caminar.

—No lo sé. Improvisaremos.

Y eso hicimos. Terminamos entrando en un local

que estaba decorado con algunos motivos caribeños y matrículas de diferentes estados adornando las paredes de un amarillo limón. Había bastante gente, la mayoría de ellos de habla hispana, igual que la bailable música que sonaba de fondo. Solo había estado en un lugar semejante durante mi viaje a California el año anterior. Nos sentamos frente a la barra, en uno de los extremos, y pedimos un refresco de piña colada sin alcohol porque Jack tenía que conducir y, además, no parecía muy apropiado llegar al día siguiente a la oficina haciendo eses.

Nos sirvieron las bebidas. Casi todo el mundo estaba en los pocos reservados que había en el local o bailando en el centro de la sala. No sé si era bachata o algo parecido, porque dejé de observar sus gráciles movimientos cuando Jack posó su mano sobre una de mis rodillas y comenzó a ascender lentamente con una sonrisa canalla en sus labios.

—¿Te estás divirtiendo?

—Mucho —admití.

—Eso pensaba...

—¿Qué estás haciendo? —dije riéndome.

—En una cita, esto se llamaría «preparar el terreno». Si deja caer una mano sobre tus piernas, en realidad es que está deseando abrírtelas.

—Qué fino eres —gruñí divertida.

—Sé que te encanta.

Atrapé sus dedos antes de que avanzasen hasta el interior de mis muslos y dedicásemos a los allí presentes un espectáculo gratuito. Jack alzó una ceja y me dedicó una especie de mohín.

—Eso es censura.

—Muy necesaria, en este caso —repliqué—. Además, llevo toda la noche dándole vueltas a algo y creo que debería decírtelo. O quizá no, ¡es que no lo sé! Me confundes, porque nunca sé cómo vas a reaccionar, eres demasiado imprevisible.

Jack ladeó la cabeza y se mostró curioso.

—Habla —ordenó.

—No me mandes así —siseé.

Su rostro se ablandó de forma fingida.

—Cariño, sabes que puedes confiar en mí y contarme cualquier cosa que te preocupe. —Me acarició con el dorso de la mano la mejilla y mi cerebro sufrió una especie de colapso que se disipó en cuanto advertí su sonrisa burlona—. ¿Mejor así? —añadió.

—Eres un cínico, pero sí, mucho mejor. —Tomé una bocanada de aire—. El caso es que antes... he estado hablando con Ethan porque, bueno, me he dado cuenta de una cosa, pero prométeme que no te enfadarás.

Jack resopló y se giró hacia la barra poniendo los ojos en blanco antes de volver a enfrentarme.

—¿Qué demonios piensas que soy, un puto ogro?

—Bueno, a veces...

—Va, dime qué ocurre con Ethan.

Y ante la impaciencia que escondía su voz, terminé soltándolo todo de golpe. Todo. Que su hermana y él estaban pillados pero eran incapaces de darse una oportunidad por miedo a lo que Jack pudiese pensar. Me pareció tan triste, tan horrible que dos personas que se habían encontrado no pudiesen disfrutar de ello, que supe que tenía que hacer algo en plan alcahueta, aunque nadie me lo hubiese pedido.

Él escuchó atentamente, sin pestañear, sin moverse.

—¿Y bien? ¿No piensas decir nada?

Repiqueteó con sus largos dedos sobre la barra.

—Ya lo sabía.

—¿Cómo?

—Lo sabía —repitió.

Lo miré confundida.

—¿Y por qué no haces nada?

—Porque no me corresponde a mí hacerlo, no me da la gana —masculló.

—No puedo creer que seas así, que te interpongas en esto.

—Te estás equivocando. Es justo al revés —aclaró—. Si tuviese que elegir a un tío de este planeta con el que me gustaría que Nicole saliese, ten por seguro que mi primera opción sería Ethan.

—No lo entiendo.

—Si de verdad la quiere, que lo demuestre, que tenga los cojones de venir a mí y decirme que desea estar con ella, lo apruebe o no. Si no es capaz de dejar de ser un cobarde, es que lo que siente por Nicole no es suficiente, y ella se lo merece todo.

—¡Madre mía, eres un tópico de hermano mayor! —Sonreí y cogí su mano cuando empezó a maldecir por lo bajo—. Pero lo entiendo, de verdad que sí. Y es tierno que quieras lo mejor para ella. En el fondo, Nicole parece... sensible.

—Lo es. Nicole lo ha pasado mal. —Se mordió el labio inferior con gesto pensativo antes de darle un trago a la piña colada sin soltar mi mano, que mantenía sujeta bajo la suya—. Mi padre puede ser muy cruel si se lo propone. Todos... todos llevamos lo nuestro.

—¿A qué te refieres?

—Mis hermanos, Matt y Anton, son dos gilipollas que después de más de veinte años siguen llamándome «hermanastro» —confesó con sequedad y arrastrando las palabras al hablar—. Pero ni siquiera lo estúpidos que pueden llegar a ser justifica que mi padre los trate como si fuesen basura; tan solo los tiene trabajando en la empresa familiar para seguir controlándolos y que no hagan nada que a él pueda avergonzarlo. Y luego está Nicole... Nicole tuvo que enfrentarse a él para conseguir dedicarse a lo que le gustaba, porque, según mi padre, la decoración de interiores es una patraña de lo que, como mucho, debería ocuparse en sus ratos libres. Lo que de verdad él esperaba era que se casase con el hijo de los Jordan, una familia más que acaudalada con la que le interesaba hacer negocios, y sí, Nicole estuvo saliendo con Tom Jordan un par de años, pero terminó rompiendo con él. Mi padre entró en cólera, porque justo entonces estaba a punto de firmar un acuerdo muy interesante con los Jordan que no salió adelante, pero, como imaginarás, la felicidad de Nicole le importaba entre poco y nada.

—¡Joder, es tan retorcido que parece la trama de una telenovela! —se me escapó y me llevé una mano a la boca, pero Jack se rio sin darle importancia.

—Después de aquello, Nicole se fue de casa y estuvo unos meses viviendo conmigo, mientras lo preparaba todo para dedicarse por fin a lo que deseaba hacer. Yo le dejé el dinero, algo que a mi padre no le hizo ni puta gracia, pero... bueno, es mi hermana. Nicole es la única persona por la que haría cualquier cosa, aunque eso signifique cabrear al viejo. Ella no es tan fuerte como parece, tiene muchas inseguridades y una gran falta de autoestima; supongo que es inevitable cuando llevas toda tu vida escuchando que tu única función en este mundo es la de ser la esposa de alguien. —Le dio un trago a la bebida e hizo una pausa antes de continuar—: Imagino que fue durante esos meses cuando la relación entre ella y Ethan cambió, porque al vivir casi puerta con puerta pasaron a verse prácticamente todos los días y siguieron haciéndolo a menudo cuando ella encontró un apartamento cerca de allí a buen precio y se mudó.

Lo miré. Intenté asociar la primera imagen que había conocido de él, esa superficial y egoísta, con la otra parte que ahora me estaba permitiendo conocer. Y advertí que no encajaban. Sentía que había algo que se interponía entre ambas facetas y que, por alguna razón, Jack no podía evitar ser una contradicción en sí mismo. Era como si las piezas estuviesen equivocadas. Jack era demasiadas cosas a la vez, demasiado todo: cuidadoso e insensato, cercano y distante, alegre y taciturno, despreocupado y responsable, familiar y solitario...

«¿Cómo se puede ser tan incoherente?»

No lo entendía. No tenía sentido.

—¿Y tú? —pregunté—. ¿Qué pasó contigo?

Se rascó la barbilla con aire pensativo.

—Fue complicado. Mi padre no me quería, tan solo me aceptó cuando se demostró que era hijo suyo ante la ley, aunque eso él ya lo sabía mucho antes. Yo iba a su casa dos fines de semana al mes y la mitad de las veces él ni siquiera estaba, así que apenas teníamos trato. —Suspiró sin apartar su mirada gris de la mía y entendí que estaba siendo sincero, tal y como me había prometido al comenzar la velada en el restaurante—. La primera vez que se dirigió a mí como su hijo fue cuando me gradué en la universidad; recuerdo que se acercó, me estrechó la mano y me dijo: «Hijo, buen trabajo». Se me quedó grabado. Y en ese momento entendí que su interés por mí era proporcional a mis triunfos. Lo que, mirando el lado positivo, me convirtió en el hombre que soy ahora y supongo que, al menos, le debo eso.

Sus palabras me oprimieron el pecho.

—¿Y estás satisfecho? ¿Era lo que querías?

—Creo que sí. Es el camino que elegí.

—Un camino que implica muchas cosas.

Jack dejó escapar con lentitud el aire que estaba conteniendo y negó con la cabeza con gesto cansado.

—No puedes tenerlo todo, Elisa. A veces hay que tomar elecciones difíciles y seguir adelante hasta el final. Yo intento ser el mejor en mi trabajo, lo que no significa que cuando acabo mi jornada no pueda tomarme las cosas menos en serio, pero sí me exige cierta dedicación. Sacrificios.

—¿Qué tipo de sacrificios?

Él me dirigió una mirada que no supe descifrar.

—Ahora mismo, además de los casos que llevo, estoy inmerso en otros asuntos relacionados con el bufete. Asuntos que implican que, si todo sale según lo previsto, tendré que pasar menos tiempo en la oficina y más tiempo dentro de un avión viajando de un lugar a otro. —No dije nada, tan solo lo observé en silencio, asimilando sus palabras. A fin de cuentas, ¿qué esperaba?, no podíamos mantener esa especie de relación temporal toda la vida porque, precisamente, era eso, temporal, y Jack no tenía la obligación de compartir conmigo en qué andaba metido o cuáles eran sus próximos planes—. Algunas decisiones nos obligan a dejar el exceso de equipaje por el camino. ¿No te lo has planteado? ¿No te has parado a pensar en que lo que tú buscas afectará a tu trabajo? Amor, familia, estabilidad...

Tenía un nudo en la garganta.

—Valdrá la pena —contesté secamente.

—Espero que sí. —Jack suspiró y se puso en pie.

Regresamos sobre nuestros pasos sin apenas hablar, los dos sumidos en un silencio que parecía ir acompañado por enredados pensamientos. Yo lo hacía. Yo pensaba en sus palabras, en lo que había dicho. Era consciente de ello, de que formar una familia y disfrutarla supondría también no pasarme el día en la oficina o, por ejemplo, dentro de un avión, tal y como él pensaba hacer. Pero al contrario de lo que le ocurría a Jack, estaba harta del éxito, de querer perseguir siempre ese «más» que perdía todo su valor una vez alcanzado, de buscar nuevos objetivos y esperar expectante una palmadita en la espalda y una felicitación de Henry para sentirme realizada. Esas semanas a su lado me habían hecho darme cuenta de muchas cosas. Adoraba mi trabajo, pero tenía la sensación de que se había comido parte de mi vida, engulléndola sin control. Y al mirar a Jack, vi el reflejo de lo que Colin también había sido. De lo que habíamos sido los dos como pareja, en realidad. Rutinarios, centrados en nuestras profesiones y anteponiéndolas siempre a cualquier otra cosa.

Pensé en Emma, que el año anterior había dejado su puesto en una prestigiosa editorial de Nueva York y ahora trabajaba para sí misma, tranquila, sin presión, con tiempo para salir por las tardes con Alex a tomar algo o visitar alguno de los mercadillos ecológicos que tanto abundaban en la zona, ver el atardecer o dar un paseo por la playa...

Jack me abrochó el casco de la moto.

—¿Duermes conmigo?

—Mañana trabajamos...

—Te acerco a casa temprano y luego te dejo a una

340

manzana de la oficina —instó con la voz ronca, y no sé por qué, pero me pareció que necesitaba aquello.

Así que asentí con la cabeza. Me coloqué tras él y, pasadas un par de manzanas, cuando advirtió que no lo abrazaba como de costumbre, cogió mis manos y rodeó con ellas su cintura. Apoyé la cabeza en su espalda. Tenía un mal presentimiento, una sensación de angustia en la boca del estómago, atormentándome, como cuando tienes una piedrecita dentro del zapato y, sí, puedes caminar con ella, pero no deja de ser molesta, de gritarte que está ahí a cada paso que das.

Al llegar a su casa y, a pesar de que ya era un poco tarde, no me opuse cuando Jack dijo de ver una película. Sin mediar palabra y como si fuese parte de nuestra rutina, metió una bolsa de palomitas en el microondas, me dio mi (su) pijama recién lavado y cinco minutos después los dos estábamos en el sofá, abrazados, viendo *Malditos bastardos* con el estómago lleno. Y lo noté diferente, como si memorizase cada detalle, cada roce, cada vez que se inclinaba hacia mí y dejaba un beso salado en mis labios.

Besos que terminaron siendo insuficientes y que consiguieron que parásemos la película a medias y lo hiciésemos allí mismo, en el sofá, lento, muy lento, sin dejar de mirarnos, sin dejar de preguntarnos qué significaba aquel silencio y esa necesidad.

Siguió besándome al acabar. Su boca buscaba el calor de la mía, su lengua húmeda recorría cada recoveco en un beso sincero, pero también dulce y amargo a la vez. Dulce porque sus labios eran cálidos y tiernos y parecían haber sido hechos para estar sobre los míos. Amargo porque lo sentí triste, como si fuese una especie de despedida.

Entre beso y beso, Jack cogió la manta que descansaba a los pies del sofá y nos tapó con ella. Sus manos recorrieron mi rostro en la oscuridad del salón; noté la punta de sus dedos sobre mis labios, acariciándolos, y, sin ninguna razón, me entraron ganas de llorar. Pero no lo hice. No lloré. Deseaba hacerlo, en el fondo, de algún modo retorcido, pero sencillamente no podía. Tragué saliva con brusquedad. Jack escondió el rostro en mi cuello, entre mi pelo, y las palabras que llevaba días conteniendo se me escaparon antes de que pudiese retenerlas.

—Jack... —susurré con la voz temblorosa.

—Dime, nena.

—¿Crees...? ¿Tú crees que debería seguir teniendo citas?

El silencio nos envolvió y los segundos que lo precedieron se me antojaron eternos; tenía el estómago encogido y estaba conteniendo la respiración. Deseé que dijese que no. Un «no» decidido, firme y lleno de promesas. Un «no» esperanzador. Pero, en cambio, noté sus dudas antes de sentir el aliento cálido de Jack sobre mi piel cuando respondió:

—Sí, deberías seguir teniéndolas.

27

DESENGAÑOS

Henry gruñó en cuanto me vio entrar en la oficina; paró de hablar con uno de mis compañeros cortándolo con brusquedad y se dirigió a mí con paso amenazante antes de sisear un «Te veo en mi despacho». Así que dejé el maletín en mi escritorio y luego me dirigí hacia allí. Henry estaba sentado tras su mesa, con la mirada fija en un par de documentos que tenía encima y el ceño fruncido. Alzó la cabeza al escuchar el ruido de la puerta cerrándose a mi espalda. Me senté.

—¿Todo va bien? —pregunté cohibida.

—Si a ir bien se le puede llamar a entregar dos informes tarde y seguir sin conseguir ni una mísera prueba con la que poder negociar con Helker y su equipo, sí, supongo que todo va bien —ironizó—. ¿A qué demonios estás jugando, Elisa?

—Lo tengo todo bajo control.

—Permíteme que lo dude —replicó enfadado—. ¿Y qué ocurre con esos informes?

Inspiré hondo y solté el aire despacito e intentando calmarme. Llevaba años matándome, anteponiendo mi empleo a todo lo demás, llevándome a casa el exceso de trabajo y dedicándole mis tardes libres, tal como había hecho el lunes de esa misma semana al acercarme con Hannah a los dos lugares que Frank Sanders frecuentaba. Y no me quejaba por lo que hacía, sino porque Henry era incapaz de ver nada de todo eso, valorarlo y reconocer que me esforzaba como nadie.

—Los informes los entregué dentro del plazo.

—Ya, pero es impropio de ti dejarlo para el último momento.

—¿Qué importa eso? Cumplí con mi trabajo, cumplí con el plazo —repetí—. Llevo años dedicándome a este bufete en cuerpo y alma. No entiendo que estés decepcionado conmigo. He conseguido un buen trato en el divorcio de Julia Palmer teniendo en cuenta la situación, pero a ti no te parece suficiente —me defendí.

Henry me sostuvo la mirada y jugueteó con uno de sus bolígrafos mientras esbozaba una sonrisa lobuna.

—¿Sabes por qué son pocos los becarios que consiguen un contrato fijo en mi empresa y por qué decidí contratarte hace años? Porque busco a los mejores. No quiero gente mediocre, quiero personas ambiciosas. Y tú, Elisa, eras la ambición personificada.

«Y sigo siéndolo», me dije. La única diferencia era que antes solo me importaba eso, no había nada más, y ahora quería poder centrarme también en otras cosas: en mí misma, para empezar, en mis amigas, en mi madre, en salir por ahí al terminar el trabajo a tomar una copa sin pensar en la pila de informes que me esperaban para acompañarme hasta las tantas de la madrugada, y en conocer a alguien y ser feliz, disfrutar, viajar...

Contuve el aliento al recordar las palabras de Jack, esas palabras que habían roto cualquier atisbo de esperanza entre nosotros, y sacudí la cabeza, aturdida, porque no era el momento de pensar en eso.

—Lo siento... Yo... yo...

—Tú tienes que espabilar —gruñó.

—De acuerdo. Creo que el otro día... encontré algo... —balbuceé insegura, porque todavía no le había contado nada sobre las infidelidades de Frank ni la paliza que terminó dándole al famoso jardinero, antes quería tenerlo todo atado y bajo control—. Te mantendré informado.

—Está bien. —Suspiró sonoramente, como si hablar conmigo fuese un fastidio para él.

—¿Puedo irme?

—Sí, sí, vete.

Salí del despacho más confundida que nunca.

Ni siquiera sabía ponerle nombre a lo que sentía. Una mezcla entre miedo, porque era incapaz de imaginarme sin ese trabajo, y al mismo tiempo rabia, porque pensaba que no me merecía el trato que Henry me estaba dando en las últimas semanas. Caminé a paso rápido hasta mi despacho y cerré la puerta al entrar antes de llamar a Julia Palmer. No lo cogió. Me armé de paciencia y le escribí un mensaje.

De: Elisa Carman
Para: Julia Palmer
Asunto: Datos de contacto
Julia, tal como te pedí hace un par de días, necesito los datos de contacto del jardinero. Gracias.
Elisa Carman

Contestó a los diez minutos.

De: Julia Palmer
Para: Elisa Carman
Asunto: Re: Datos de contacto
¿Qué jardinero?
Julia Palmer

«Joder.»
Pensé que la vida era demasiado corta para estar perdiendo el tiempo con gente como Julia Palmer o Frank Sanders; a esas alturas, estaba convencida de que, en el fondo, hacían una pareja ideal; ambos eran igual de mentirosos, egoístas y simples. Podría estar representando a alguien que tuviese un problema de verdad, salvando la selva del Amazonas en un tribunal o especializándome en casos como aquel de la comida basura dirigida a un público infantil que Jack comentó en su día y que tanto me enorgulleció ganar.

De: Elisa Carman
Para: Julia Palmer
Asunto: Haz memoria...
El jardinero con el que practicaste sexo oral.
¿Recuerdas que quería ponerme en contacto con él?
Elisa Carman

Esperaba que no sonase muy brusco, pero a esas alturas mi paciencia estaba bajo mínimos. Y no recordaba haber estado tan distraída en mucho tiempo. No dejaba de repetir en mi cabeza las palabras de Jack: «Sí, deberías seguir teniéndolas». Sentí una opresión en el pecho. ¿Qué esperaba? Pues, según mi caótica mente, que hubiese dicho algo como: «No, olvídate de esas citas, intentémoslo nosotros; al fin y al cabo, nos gustamos, nos entendemos y el sexo es brutal». Y que luego me besase hasta la extenuación y me cogiese en volandas a lo *Guardaespaldas* antes de confesarme que todo ese tiempo había estado equivocado, no por él, sino porque hasta entonces no había encontrado a la mujer de su vida.

Me sobresalté cuando sonó el teléfono.

Era Hannah. Cogí la llamada.

—¿Cómo estás? —saludé.

—Bien... Yo... tenemos que hablar —dijo, pero su voz sonaba entrecortada.

—¿Dónde estás? No te escucho bien.

—Creo... que... enamor...

—¿Hannah?

—Y es perfect... pero... entonces tú...

—Hannah, no tienes cobertura.

Me levanté y me moví por el despacho hacia la ventana, aunque el problema no era mío, que siempre recibía allí llamadas sin sufrir ningún percance, sino suyo.

—Tenía que... decirte... namorada —continuó.

Escuché el sonido de otra llamada entrante y, al apartarme el teléfono de la oreja, vi que se trataba de Julia Palmer. Puse los ojos en blanco, porque lo último que me apetecía era hablar con esa mujer.

—Hannah, me están llamando y no te escucho bien, hablamos en otro momento.

Colgué y unos segundos después la voz aguda de Julia llegó hasta mis oídos. La escuché reír, diciéndome que no había caído en lo del jardinero y tuve que morderme la lengua para no contestarle de malos modos. Me dijo que me dictaba su correo y su teléfono electrónico y se equivocó tres veces al deletrearlo.

—¿Es cierto que Frank le propinó una paliza? —pregunté para recabar toda la información posible antes de hablar con el tal Michael.

—Sí, le rompió tres costillas. Y la nariz.

—¿En serio? —Arrugué la nariz—. Me sorprende que no se filtrase a la prensa.

—Le pagué para que no lo hiciese.

—Perdona, ¿cómo dices?

—Le pagué —repitió puntualizando cada letra como si lo que yo no estuviese entendiendo fuese el significado de la palabra *pagar*—. El pobre Frank estaba celoso.

—No te sigo —admití.

—Me pareció un acto bonito.

—¿La paliza?

—Ajá. Que defendiese mi honor, ya sabes.

Inspiré profundamente antes de hablar entre dientes. Era como un volcán en erupción, podría haber escupido fuego de habérmelo propuesto.

—PERO TÚ SE LA CHUPASTE —dije.

—¡Ya lo sé! Pero a toda mujer le gusta que dos hombres se peleen por su amor. Fue muy romántico por parte de Frank, así que me aseguré de que el jardinero no hablase. No fui tan mala esposa, sabía valorar y premiar que mi marido hiciese algo bonito por mí —concluyó, y yo me alejé de mi mesa llena de bolígrafos porque, a esas alturas, era consciente de que no necesitaba mucho más para intentar cortarme las venas con la punta de uno de ellos o con cualquier otra cosa afilada que encontrase sobre el escritorio.

Quería decirle muchas cosas. Quería decirle que era medio lela y que, para empezar, ni siquiera merecía el dinero que iba a recibir, porque incluso aunque él fuese un cerdo, al menos se lo había ganado. Quería gritar que, por culpa de mujeres como ella, que se conforman con ser meros floreros o asocian los celos con algo bonito que debe ser recompensado, el mundo iba cada día un poco peor. Quería decirle que el pobre perro no tenía por qué sufrir el tormento de ir todo el día metido entre sus enormes tetas. Y, ante todo, quería decirle que era una de las personas más desagradables que había conocido.

Pero no lo hice. Me quedé callada. Ausente. Fría.

—¿Elisa? ¿Sigues ahí? —gritó.

—Sí, gracias por los datos, veré lo que puedo hacer —logré decir—. Te llamo después de las vacaciones de Navidad.

—Oh, ¡genial! ¡Este año las pasaré en Las Vegas!

—Me alegro por ti. Felices fiestas —masculló antes de colgar.

Esa misma tarde, en casa, adelanté todo el trabajo que tenía hasta que no quedó nada que hacer. Al terminar, y a pesar del relajante ronroneo de mi gato sobre mis piernas, me sentí inquieta, aunque no tenía ninguna razón para estarlo. Me puse un capítulo de la telenovela e intenté relajarme y concentrarme en lo que estaba sucediendo, pero tenía la mente en otra parte. En otra persona. En él.

Acabé con el teléfono en la mano.

De: Elisa Carman
Para: Jack Helker
Asunto: Me aburro
¿Qué haces?
Elisa Carman

De: Jack Helker
Para: Elisa Carman
Asunto: Ojalá me aburriese
Todavía estoy trabajando...
Jack Helker (muy responsable)

De: Elisa Carman
Para: Jack Helker
Asunto: ¿En serio?
Eres un hombre insaciable (en todos los sentidos).
Elisa Carman

Sonreí tontamente antes de darle a «Enviar».

De: Jack Helker
Para: Elisa Carman
Asunto: Puedes ser graciosa y todo
Insaciable... en algunas cosas más que en otras.
Jack Helker (glotón)

De: Elisa Carman
Para: Jack Helker
Asunto: Planes
¿Quedamos mañana?
Elisa Carman

De: Jack Helker
Para: Elisa Carman
Asunto: El deber me llama
No puedo. Tengo una cena de negocios.
Jack Helker

De: Elisa Carman
Para: Jack Helker
Asunto: Pobre Jack
¿Mejor el fin de semana?
Elisa Carman

Contuve la respiración al leer su siguiente mensaje y es que me vino a la cabeza ese presentimiento que había tenido la pasada noche. Los besos dulces y amargos. El sabor de una despedida. La tristeza en sus ojos grisáceos...

De: Jack Helker
Para: Elisa Carman
Asunto: Lo siento...
Estaré fuera, te llamo cuando vuelva.
¿Cómo van esas citas?
Jack Helker

De: Elisa Carman
Para: Jack Helker
Asunto: Lo entiendo
Bien, gracias por preocuparte.
Elisa Carman

Dejé el teléfono móvil a un lado y abracé uno de los cojines con fuerza. Regaliz me miró con sus ojos ambarinos desde el otro extremo del sofá y de verdad que su expresión parecía decir: «Eres estúpida, humana». Y tal vez estuviese en lo cierto. Que esa chica fuese mi verdadero reflejo.

Estúpida. Tonta. Enamoradiza.

Y de pronto me sentí muy sola. Y el apartamento

me pareció enorme y silencioso y demasiado pulcro, con todo en su lugar, sin nada que señalase que aquello era mío. Me fijé en el mueble impoluto y grisáceo sobre el que estaba la televisión; lo había elegido Colin a pesar de que a mí nunca me convenció del todo. Y al lado se alzaban esos jarrones chinos de diferentes tamaños de color rojo que, por cierto, me parecían un esperpento. Suspiré. No me veía a mí misma en nada de lo que me rodeaba. De haberse desatado un incendio y haberme pedido que eligiese tres cosas que llevarme conmigo, me habría bastado con una: el gato. Todo lo demás era prescindible. Había objetos que me gustaban, claro, muebles, utensilios de cocina (estuve semanas buscando ese cortador de calabacines con forma de espaguetis en un intento fallido por engañar a mi estómago), cuadros y ropa, pero de pronto deseé cambiarlo todo. Casi todo. Cambiar los muebles que Colin escogió porque, en el fondo, ese aire tan minimalista no iba conmigo. ¿Y la especie de estatua griega que presidía el recibidor? Era horrible. Me asustaba cada vez que abría la puerta de casa.

Tras ponerme en pie, cogí un paquete de patatas fritas de la despensa y engullí varias de golpe. Mastiqué con furia. Cada día me sentía más confusa y no tenía muy claro si estaba perdiendo el control y volviéndome loca o, por el contrario, dándome cuenta al fin de lo que quería y lo que no, valorando mi vida, mis prioridades.

Dejé el paquete sobre la encimera y me dirigí hacia el recibidor. Cogí la estatua y las llaves y salí del apartamento a pesar de llevar puestas las zapatillas de andar por casa. Dudé un instante cuando llegué a la puerta de la entrada y me crucé con una vecina que me miró como si acabase de ver a un caribú en biquini, pero finalmente salí del edificio e ignoré el aire frío del invierno mientras caminaba a paso rápido hasta el cubo de basura más cercano. Deposité la estatua al lado, que parecía mirarme enfadada en su postura imposible, y regresé sobre mis pasos con la extraña sensación de no haber dejado allí solo eso, sino también una parte de mi vida.

28

CUARTA CITA, QUINTA CITA

El fin de semana se presentaba como una de esas solitarias calles con *tumbleweed*, esos matojos rodantes que aparecen en las películas de wéstern.

Hannah tenía el teléfono apagado, Michael el jardinero no había respondido aún a mis llamadas ni a mis e-mails, mi madre se despidió de mí apresuradamente antes de colgar cuando la señora Dorothy llamó el viernes por la tarde a su puerta para tomar el té, y de Jack no había vuelto a tener noticias.

Puede que fuese por todo eso por lo que decidí abrir la web de citas con mi flamante contraseña y repasar los últimos candidatos que me habían mandado un mensaje. O quizá sencillamente lo hice porque estaba cabreada conmigo misma por, en primer lugar, colgarme por un tío que estaba claro que no era para mí y, en segundo lugar, haber tirado a la basura días atrás una estatua horrenda, sí, pero que en su día costó unos trescientos dólares; lo que no significaba que la echase de menos, pero, no sé, podría haberla vendido por internet o llevarla a una de esas tiendas de antigüedades.

La cuestión es que terminé con la agenda del sábado ocupada por dos citas. Sí, dos. Había llegado a la conclusión de que era tan difícil encontrar a un tipo decente que lo mejor sería empezar a despacharlos de dos en dos, para ir rápido y no perder más tiempo. Me sentía tan apática y desencantada que ni siquiera me molesté demasiado en elegir mi atuendo y terminé vistiéndome como lo hacía todos los días, con unos vaqueros, un suéter calentito, botines y el abrigo. Dejé que mi cabello castaño se deslizase libremente por mi espalda en suaves ondas y me puse un poco de rímel y de brillo en los labios, pero no me maquillé.

Rob Donson me había citado en un local moderno que se encontraba dentro de un hotel. Lo distinguí entre la multitud en cuanto entré, porque su fotografía de perfil era nítida y tenía un rostro anguloso y llamativo que no era fácil confundir. Vestía un traje de chaqueta oscuro, de marca, y leía unos papeles con gesto de concentración. Me acerqué a él y alzó la mirada como si hubiese detectado mi presencia.

—Hola, Elisa.

Sonrió con gesto seductor, se levantó y, en vez de estrecharme la mano, depositó un beso suave en mi mejilla que sacó a flote mis nervios. Me senté en la silla que había enfrente sintiéndome un poco incómoda. Suspiré. Rob llamó al camarero y pidió por mí una especie de cóctel de nombre raro. Fruncí el ceño.

—Te agradezco el detalle, pero en realidad me apetecía un café.

—Hazme caso, nena, este cóctel te encantará.

Mientras guardaba los papeles que había estado leyendo en su maletín, intenté ignorar que ese «nena» sonaba mil veces mejor en los labios de Jack, porque lo decía en un tono diferente: divertido, cariñoso, íntimo.

—Así que... abogada, eso me gusta.

—Bien, me alegro —contesté sin saber qué otra cosa decir. Miré a mi alrededor—. Es... es un lugar bonito.

Rob entornó los ojos.

—No tanto como tú...

—Oh, vaya, eres... eh, bastante directo.

—Según tu perfil, era lo que querías, ¿no? —continuó usando un tono que a mí se me antojaba extrañamente sexual (y no en un buen sentido)—. Ponía que buscas «a alguien que tenga las cosas claras». Pues te diré una cosa, Elisa, soy tu hombre, porque tengo claro que quiero que esta cita acabe en una de las habitaciones del hotel.

«¡Hostia puta!»

Estuve a punto de escupir el primer sorbo que acababa de darle al cóctel (que, por cierto, sabía amargo), pero tragué como pude ante la pétrea mirada de Rob. En ese momento decidí que, al fin y al cabo, coleccionar braguitas no es tan malo. Es una práctica sana, inofensiva, ¿no? Bueno, al menos si lo comparaba con tener que lidiar con el típico «macho alfa empresario implacable» que tenía enfrente.

Pero no pensaba amedrentarme.

—Creo que nadie te ha dicho todavía que el rollito Christian Grey está más pasado de moda que los Teletubbies. Tu única posibilidad, y escúchame atentamente, es terminar en la habitación solo y cascándotela en la ducha.

—Me encanta. Una chica guerrera.

—No, lo relevante es que tú eres un...

«Puto cerdo», iba a decir, al menos hasta que su teléfono sonó y me silenció alzando una mano frente a mi cara como si fuese el jodido presidente de Estados Unidos. Nunca había tenido tantas ganas de golpear a otro ser humano. Se levantó arrastrando la silla hacia atrás y se alejó hacia la puerta de la entrada con el móvil en la oreja, momento que aproveché para guardarme el mío en el bolso, tras comprobar que no tenía mensajes ni llamadas. Me planteé la posibilidad de dejar un billete, pero ¡a la mierda!; él había pedido ese cóctel y apenas le había dado un trago (y por educación). Desgraciadamente, antes de que pudiese levantarme, él regresó y ocupó su sitio.

—Perdona, cielo, era la pesada de mi mujer. —Puso los ojos en blanco y luego sonrió y apoyó una mano en la mesa—. ¿Por dónde íbamos?

Me puse en pie respirando furiosa.

—Íbamos por esa parte en la que la chica se levanta y decide que ha llegado el momento de pirarse antes de que la cosa se le vaya de las manos y termine vomitando del asco —gruñí fuera de control—. Y, por cierto, eres un puto cerdo —añadí solo por el placer de no quedarme con las ganas.

Y ante su mirada afilada, me di la vuelta y salí de allí tan rápido como me lo permitieron mis botines.

Durante la siguiente media hora lo insulté mentalmente; fueron alrededor de veintinueve minutos, porque el minuto restante lo reservé para meditar si lo mejor sería irme a casa y pasar de la siguiente cita. Puede que Aiden tuviese razón con lo que me había dicho la semana anterior; quizá lo único que debía hacer era abandonar la búsqueda de ese príncipe a lomos de un caballo y dejar que el destino marcase las normas. Porque así era en las películas, ¿no? Un imprevisto, un choque entre dos estudiantes delante de las taquillas y un montón de papeles desparramados por el suelo; dos personas cogiendo a la vez la última chocolatina del estante del supermercado, sus dedos rozándose, sus miradas conectando y un cosquilleo en el estómago; ese antiguo mejor amigo del colegio que aparece de repente y que resulta que está tan tremendo que ni siquiera lo reconoces hasta que no le echas un segundo vistazo y te das cuenta de que, oh, el tímido y desgarbado chico ahora tiene un aire a Ryan Gosling...

Inspiré hondo.

¿Qué hacía...? ¿Me quedaba? ¿Me marchaba?

Llegué a una conclusión: iría, pero sería la última cita. Y me prometí a mí misma que en cuanto el chico en cuestión empezase a hablarme de *Pretty Woman*, de braguitas de encaje o de esposas «pesadas», me levantaría y me largaría sin molestarme en decir adiós.

Así que cuando entré en la cafetería que había elegido para citarme con Connor Foster, iba decidida a trazar el punto final de aquella fallida búsqueda. Tal vez por eso le saludé escuetamente, e intenté no encariñarme demasiado con esos ojos de color miel que me miraban con curiosidad y esos rizos dorados que acariciaban su frente. Me senté, colgué mi bolso del respaldo de la silla y sonreí sin ganas. Él ladeó la cabeza.

—¿Un mal día? —preguntó.

Tardé en contestar, valorando la posibilidad de mentirle o de escupir por la boca la primera cosa que me viniese a la cabeza. Pero estaba tan cansada, tan enfadada conmigo misma por no dejar de pensar en Jack, que opté por lo segundo:

—Si se considera un mal día tener una cita con un tío que me ha interrumpido para poder contestar la llamada de su esposa, entonces sí, supongo que sí, he tenido un día de mierda.

Connor se rio. Tenía una risa bonita, sincera.

—Así que estás en esa fase de recurrir a las citas dobles —adivinó—. Te entiendo. Es agotador. La semana pasada quedé con una chica que parecía de lo más normal; era divertida y guapa, así que cuando al acabar la cita me propuso tomar una copa en su apartamento, le dije que sí.

—¿Y qué pasó? —pregunté.

—No pude entrar. En el apartamento, quiero decir —aclaró—. Resulta que vive en una casa de cincuenta metros cuadrados con veintitrés perros. Apenas conseguí dar dos pasos entre lametazos, colas agitadas y ladridos furiosos.

—¡No me lo puedo creer! —Me reí llevándome una mano a la boca.

—Hui despavorido. No me malinterpretes, me encantan los perros, todos los animales en general, pero en esa casa apenas se podía respirar. Olía... No tengo palabras para describir ese olor —terminó diciendo entre risas.

Una camarera vino a tomarnos el pedido. Connor se mantuvo en silencio mientras yo me decidía por un café con canela y extra de nata, lo que fue un punto para él dada mi última experiencia. Y casi sin darme cuenta terminé relatándole por encima mis anteriores citas, hablándole de lo unidos que ahora estaban Garrett y Kevin y del coleccionista de braguitas. Cuando volví a levantar la vista hacia el reloj que colgaba de la pared de la cafetería, descubrí que llevábamos un buen rato hablando sin parar y, aunque por lo que había visto en su perfil, Connor era un exitoso comercial de artículos deportivos, en ningún momento salió a relucir ningún tema relacionado con el trabajo. En cambio, ante el silencio que precedió su último comentario, dijo:

—Me hizo gracia leer que te gustaba la Navidad. Mi madre es una apasionada de estas fechas. Es... es una locura... Decora la casa con cientos de luces, se pasa días horneando galletas de jengibre y cuando salgo de su casa estoy una semana tarareando villancicos que se me pegan sin remedio.

Me reí alegremente, relajada.

—Tranquilo, no llego a ese extremo, ni siquiera adorno mi apartamento. Ya no —maticé, recordando que los dos primeros años en que me mudé con Colin sí que lo hice; después, los dos empezamos a estar demasiado ocupados como para dedicarle tiempo—. Pero sospecho que tu madre me caería genial.

—Ya lo creo que sí. Y cada año nos envía a mí y a mis hermanos calcetines, bufandas y jerséis de lana a juego con motivos navideños. Un infierno. Aunque, ahora que lo digo, hoy me ha venido bien porque a veces soy un desastre y había olvidado hacer la colada —parloteó y estiró la pierna bajo la mesa levantándose un poco el camal del pantalón para enseñarme el calcetín rojo con ramitas de muérdago como estampado.

Sonreí. Era adorable.

Connor siguió hablándome de sus hermanos y de su infancia porque, otra cosa no, pero hablar, hablaba mucho. Era totalmente transparente. Era lo opuesto a Jack. Mientras que él se esforzaba por mantener el muro que había construido a su alrededor, conteniéndose y alejándose de mí, Connor se abría en canal y me descubría a ese chico simpático, tierno y entusiasta que se escondía tras su mirada amable.

Y me gustó. Me gustó que la cita fuese fácil y fluida, que no hubiese silencios incómodos ni esposas esperando al otro lado del teléfono. Me gustó que se dejase conocer, que me hablase de sus sueños más inmediatos (viajar a Berlín) y que no hubiese tensión entre nosotros. Me gustó que me permitiese pagar la cuenta tras insistir, a pesar de que sabía que deseaba hacerlo él, y me gustó que me acompañase hasta la boca del metro dando un paseo y se despidiese de mí con un beso dulce en la mejilla.

—Ha estado bien, ¿no? —preguntó inseguro.

Sonreí y asentí con la cabeza.

—Más que bien.

—¿Eso significa que aceptarías tener una segunda cita conmigo?

—Me gustaría mucho —admití.

Connor tomó aire satisfecho y prometió llamarme el lunes.

Pasé el viaje en metro pensativa, intentando decidir cómo me sentía, pero estaba demasiado confusa para llegar a ninguna conclusión. No podía seguir mintiéndome a mí misma: sentía algo por Jack. Algo que provocaba que el estómago se me encogiese al verlo y que siempre tuviese ganas de pasar más tiempo con él, de escarbar en ese corazón de hielo que no parecía dispuesto a dejarme entrar. Jack me atraía, me retaba, me sacaba de mi zona de confort y me obligaba a replantearme las cosas sin siquiera proponérselo. Jack era todo lo que nunca había querido y, sorprendentemente, ahí estaba, pensando en él, pensando en su sonrisa traviesa y en su mirada intensa; en sus labios cálidos apretándose contra los míos y en su forma de abrazarme por la espalda cuando dormíamos juntos...

Supongo que al hielo debía de caerle muy mal el señor fuego, pero, claro, a veces derretirse y pasar a convertirse en un charco de agua no es tan malo si el camino resulta delicioso, tentador y lleno de mariposas que aletean sin descanso.

Sacudí la cabeza y dejé de imaginar tonterías. ¿Qué más daba lo que hubiese empezado a sentir?, me pregunté. Jack estaba fuera de mi alcance. Suspiré con la mirada fija en el suelo del metro y pensé en Connor, en sus pestañas rubias, en su mirada cariñosa y en la promesa de un mañana.

29

HE CONOCIDO A ALGUIEN

De: Jack Helker
Para: Elisa Carman
Asunto: Milagro navideño

No te lo vas a creer, pero sea lo que sea lo que le dijiste a Ethan, lo hizo decidirse. Ayer domingo vino a casa a hablar conmigo, me confesó que estaba loco por Nicole y que quería intentarlo. Ojalá hubieses estado delante, fue divertido; parecía un niño asustado. Hasta me preguntó si no pensaba pegarle un puñetazo.

Tenía que contártelo.

Jack Helker (mejor amigo del nuevo novio de mi hermana pequeña)

Releí el mensaje, y me sentí pletórica por ellos, feliz de haber conseguido, sin saber cómo, que Ethan diese el paso y dejase de reprimir lo que sentía. Pero luego me embargó cierta tristeza al darme cuenta de que el domingo Jack había estado en casa y no de viaje como me había dicho. Noté una sacudida rara en el estómago. ¿Decepción, tristeza...? Puede que ambas cosas. Valoré la posibilidad de que hubiese llegado tarde, por la noche, porque era más fácil moldear la realidad a mi antojo que aceptar que nuestra relación había cambiado y que Jack ya no quería que siguiésemos viéndonos.

De: Elisa Carman
Para: Jack Helker
Asunto: RE: Milagro navideño
Me alegro mucho por ellos, de verdad, es una noticia fantástica. Dales la enhorabuena de mi parte. ¿Molly lo sabe? ¿Cómo se lo ha tomado?

P. D.: ¿Qué tal el fin de semana?

Elisa Carman

De: Jack Helker
Para: Elisa Carman
Asunto: Necesito unas vacaciones
Es broma (el asunto del mensaje, quiero decir). Todo bien, mucho trabajo, muchas reuniones en las que me convierto en el tío más simpático y agradable del mundo, ¿te lo imaginas...?

¿Qué tal tú?

P. D.: Aún no han hablado con Molly. Han acordado esperar un tiempo para ver qué tal avanza todo, pero tengo el presentimiento de que compartimos mi instinto de algún modo mágico o algo así y que sabe más de lo que parece.

Jack Helker (instinto ganador)

De: Elisa Carman
Para: Jack Helker
Asunto: ¿Pero puedes ser simpático?
Si me esfuerzo mucho, sí, te imagino contentando a cualquiera que se te cruce, eres muy embaucador y persuasivo si te lo propones. Ah, y me parece bien la decisión que han tomado antes de decirle nada a Molly.

P. D.: Mi fin de semana bien, productivo. Tuve una cita desastrosa, la peor de todas. Un tal Rob que era terrible y odioso.
Elisa Carman

De: Jack Helker
Para: Elisa Carman
Asunto: Pequeña princesa sin príncipe ni corona...
Tú y las citas, ¿cuándo aprenderás? Si me hubieses dejado escribir bien y al completo ese perfil, no tendrías tantos problemas.
Jack Helker (infalible)

Tragué saliva. Me enfadé y sentí rabia y un vacío en el estómago. Jack tenía que saberlo. Tenía que saber que empezaba a tener dudas sobre él, sobre nosotros, porque le había preguntado aquello... lo de dejar de tener citas... cerrar esa posibilidad... Y él había reaccionado ante ese momento de debilidad alejándose de mí.

De: Elisa Carman
Para: Jack Helker
Asunto: He conocido a alguien
No todo fue malo. Tuve una segunda cita después y fue bien, muy bien.

P. D.: ¿Pasarás aquí las fiestas?
Elisa Carman

Terminé de teclear con la certeza de que en esa ocasión no había mentiras ni intentos de demostrarle nada, sino la verdad. Puede que Jack me hiciese perder la cabeza, sí, pero Connor me interesaba; lo había pasado bien con él, lo suficiente como para que, al día siguiente, martes, fuésemos a quedar de nuevo. Tal como dijo al despedirnos, había cumplido su palabra y me había llamado esa misma mañana para acordar una segunda cita. Acepté cenar en un local del Soho que le habían recomendado unos amigos.

De: Jack Helker
Para: Elisa Carman
Asunto: (sin asunto)
¿Qué significa «bien, muy bien»?
Jack Helker

De: Elisa Carman
Para: Jack Helker
Asunto: Es evidente
Pues eso mismo, que la cosa fue bien.
Elisa Carman

De: Jack Helker
Para: Elisa Carman
Asunto: (sin asunto)
¿Cómo se llama?
Jack Helker

De: Elisa Carman
Para: Jack Helker
Asunto: ...
¿Por qué quieres saberlo?
Elisa Carman

De: Jack Helker
Para: Elisa Carman
Asunto: (sin asunto)
Lo investigaré.
Jack Helker

De: Elisa Carman
Para: Jack Helker
Asunto: ...
¡No! ¿Has perdido la cabeza?
Elisa Carman

De: Jack Helker
Para: Elisa Carman
Asunto: (sin asunto)
Dame el nombre. Esto es por tu bien.
Jack Helker

Dejé el móvil un segundo para coger el ordenador, entrar en la web de citas y cambiar mi contraseña (no sé por qué no lo había hecho hasta ese momento) antes de que se le ocurriese meterse y buscar entre los últimos candidatos con los que había hablado. Abandoné mi etapa de «BuscoMaridoDesesperadamente» y empecé una nueva bautizada como «Gato», que era la simple contraseña que usaba siempre.

De: Elisa Carman
Para: Jack Helker
Asunto: No te entrometas

Jack, soy una persona adulta, te agradezco tu preocupación, pero puedo hacerme cargo de esto por mí misma. Connor es agradable, de verdad, me habló de su familia, de los países que había visitado y de lo mucho que desea encontrar una estabilidad en su vida. Hasta usa calcetines navideños, ¿puedes creértelo? (en realidad solo porque olvidó hacer la colada, no te burles). Así que, en fin, quédate tranquilo. No tiene pinta de sicario ni de pertenecer a ninguna mafia. Tampoco intentó sobrepasarse.

Todo está en orden, mi capitán.
Elisa Carman

Menos de un minuto después de enviar el mensaje, mi teléfono sonó, pero en esa ocasión era una llamada entrante de Jack. Descolgué insegura.

—¿Has cambiado la contraseña? ¿En serio?

—Sí, y menos mal. Sabía que intentarías entrar. Al final va a resultar que te conozco mejor de lo que pensaba.

Me levanté del sofá y me dirigí a la cocina mientras él protestaba al otro lado del teléfono. Abrí la despensa y cogí un puñado de frutos secos que me llevé a la boca.

—... la cuestión es que no lo conoces, podría ser peligroso —concluyó.

—Jack, estás exagerando.

—Y tú eres una inconsciente.

—Lo que tú digas —masculló para que me dejase en paz.

—Imagino que volverás a verlo...

—Hemos quedado mañana para cenar.

—¿Para cenar? —repitió con frialdad.

Dejé los frutos secos que aún no me había comido encima del banco de la cocina y parpadeé más de lo normal mientras respiraba hondo.

—¿Por qué haces esto? Fingir que te importo...

—Sabes que me importas.

Contuve el aliento con la mirada fija en el ventanal tras el que se dibujaban las luces de la ciudad en medio de la oscuridad de la noche. Me tragué mi orgullo y el dolor.

—Lo del otro día... la última vez que estuvimos juntos... fue una despedida para ti, ¿verdad? Sé sincero en esto, por favor.

Silencio. Más silencio.

—Supongo que sí.

—Vale —respondí, aunque la palabra sonó hueca, como si de pronto todo atisbo de emoción me hubiese abandonado.

—Elisa... —susurró con la voz ronca.

—No, no te molestes, lo entiendo...

—Voy para allá. Llego en media hora.

—¿Qué? Jack, no, no lo hagas.

Pero cuando terminé de decirlo, descubrí que ya había colgado. No lo cogió cuando volví a llamarle un par de veces, frustrada y confundida. Todo había terminado; lo aceptaba, sabía desde el principio que ese momento tenía que llegar, aunque me daba cuenta de que hubiese sido mucho más fácil dejarlo en una sola noche, como pretendí en su día, que alargarlo, conocerlo, aprenderme las pequeñas cicatrices de sus manos, el significado de cada gesto, su estado emocional según el tono de su voz o la intensidad de su mirada y

369

esa ternura que salía a relucir cuando se dejaba llevar y que tanto intentaba esconder.

Apareció puntual.

Vestía unos vaqueros y una cazadora oscura. Llevaba el casco de la moto y una pequeña bolsa en la mano derecha y sus ojos relucían bajo la luz del descansillo. Nos miramos en silencio, él sin intentar entrar, yo sin invitarlo a hacerlo... al menos hasta que alargó una mano y la dejó caer en mi nuca antes de inclinarse y besarme. Y fue un beso que dijo muchas cosas. Un beso de palabras, de dejar claro que aquello no era una reconciliación, sino una despedida de verdad.

Dejé escapar un gemido ahogado que se perdió en su boca. Jack entró en el apartamento sin parar de besarme y cerró la puerta a su espalda antes de pegarme a la pared. Sus manos, que estaban sobre mis mejillas memorizando mi rostro, pronto se perdieron bajo la ropa, encontraron la piel, provocaron escalofríos, me buscaron con impaciencia. Y quizá fue cuando sus labios contaban las pulsaciones sobre mi cuello, o mientras me arrancaba la ropa interior, pero entre alguno de esos momentos sentí que conectábamos de una forma especial. Y supe que él también notó de pronto ese hilo que nos ataba, porque dejó de mirarme, sostuvo mi cuerpo contra la pared, alzándome, con el rostro escondido entre mi hombro y mi pelo antes de hundirse en mí.

Lo abracé, clavándole las uñas en la espalda y apretando los dientes para evitar gemir más fuerte. Sus jadeos llenaron la estancia mientras me embestía con fuerza susurrando mi nombre. Fue una contradicción de principio a fin, como él mismo; rápido e intenso, suave y lento. Antes de dejarme llevar junto a él, me quedé los pequeños detalles: sus dedos clavándose en la piel de mis caderas, su aliento rozándome el cuello como una caricia con cada respiración entrecortada, su olor envolviéndome...

Y luego fuegos artificiales, plenitud, placer. Y silencio. Silencio roto.

—Joder —susurró con la voz ronca, y tuvo que sujetarme contra su pecho cuando mis pies tocaron el suelo de nuevo, porque estaba mareada y temblorosa—. Joder...

Se inclinó, acogió mi mejilla en una de sus grandes manos y dejó un reguero de besos por mi rostro: en la nariz, en los labios, en los párpados cerrados...

—Me nublas la mente... —susurró.

—Deberíamos... limpiarnos —logré decir.

—Vale —convino dedicándome una mirada tierna.

Cuando él regresó del cuarto del baño, me encaminé hacia allí con las piernas todavía temblorosas. Lo miré por el encima del hombro antes de entrar: Jack estaba terminando de abrocharse el cinturón. Alzó la vista hacia mí cuando hablé.

—¿Estarás cuando salga? —pregunté insegura.

—Claro. —Una mueca traviesa cruzó su rostro—. ¿O prefieres que me duche contigo para asegurarte de que no me escapo?

Era tentador, pero quería estar sola. Negué con la cabeza y cerré la puerta tras abrir el grifo del agua caliente. Me quité la camiseta que aún llevaba puesta antes de meterme debajo del chorro de la ducha. Cerré los ojos. Podría haberme limpiado en menos de un minuto, pero necesitaba alejarme de él, acercarme a mí, calmarme.

Cuando salí un rato después envuelta en una toalla blanca, Jack me siguió a la habitación y, antes de que consiguiese coger algo de ropa, sus manos volvían a estar sobre mi piel. La toalla cayó al suelo. Sus labios encontraron los míos, pero esta vez con delicadeza en un beso dulce y suave. Me tumbó en la cama y recorrió mi cuerpo desnudo descubriendo cada curva y cada lunar escondido.

Nos quedamos callados, abrazados.

Estaba a punto de dormirme cuando el susurro de su voz ronca se coló entre nosotros:

—Cuéntame algo que no sepa nadie más.

Lo pensé unos segundos. Tragué saliva.

—No lloro. Nunca lloro. No puedo llorar.

Al despertar a la mañana siguiente, encontré vacío el hueco al otro lado de la cama. Las sábanas aún olían a él y nos habíamos besado tanto rato durante la noche anterior, como dos adolescentes que no se atreven a ir a más, que casi podía sentir todavía el tacto cálido de sus labios suaves sobre los míos. Pero supe que no ocurriría de nuevo.

Él no estaba. Jack se había ido.

Aunque había dejado algo antes de hacerlo. Alargué la mano y cogí la pequeña bolsa que estaba encima de la mesita de noche. Dentro había un regalo al que le quité rápidamente el papel de envolver rojo, sentada aún en la cama. Abrí la caja. Era una bola de nieve. La giré y observé los copos que caían sobre un escenario en miniatura que sin duda era Bryant Park. Sonreí. Era un recuerdo. Un recuerdo solo nuestro. Leí la pequeña nota que lo acompañaba:

Gracias por estas semanas. Gracias por todo.
Jack Helker (siempre tuyo).

30

NAVIDAD, DULCE NAVIDAD

El martes, y a pesar de que sentía que llevaba a Jack conmigo en cada poro de mi piel, quedé con Connor. Cenamos en un restaurante que hacía unas patatas deliciosas con diferentes salsas que probamos y analizamos entre risas como si fuésemos expertos catadores de comida. Estar con Connor era agradable. No despertaba en mí un deseo irrefrenable, aunque era atractivo y tenía una sonrisa preciosa, ni tampoco sentía un agujero en el pecho cada vez que nuestras miradas tropezaban. Pero quizá ahí estaba la clave. Quizá la intensidad tiene poco que ver con el amor, un amor más tranquilo, maduro y puro. O eso fue lo que me dije cuando nos despedimos al terminar y dejé que sus labios rozasen los míos en un beso sosegado y cariñoso.

—¿Nos vemos después de las fiestas?

—Claro. Disfruta de la familia —respondí.

—Lo mismo te digo.

Y eso hice. Fui a recoger a mi madre a la parada del

autobús correspondiente y después cogimos juntas el metro hacia mi casa. Me reí ante su cara de desconcierto cuando un grupo de hippies entró en nuestro mismo vagón y la adoré porque hiciese el esfuerzo de estar allí, sujetándose a la barra de metal con un bonito pañuelo de algodón que, con toda seguridad, lavaría enérgicamente en cuanto llegásemos a casa.

Una vez en el apartamento, mi madre se convirtió en un halcón capaz de encontrar hasta la última mota de polvo, algo que no era fácil teniendo en cuenta que llevaba toda la semana limpiando de forma obsesiva y desahogando mi frustración sacándole brillo al mueble del salón. Ese mueble que Colin se empeñó en comprar y que continuaba sin gustarme. Decidí que algún día no muy lejano seguiría el mismo camino que la estatua que la pasada semana había desterrado de mi pequeño reino.

La acomodé en mi habitación tras asegurarle que el sofá era cómodo y grande y que allí dormiría perfectamente. Juntas, sin apenas hablar, cambiamos las sábanas y pusimos las que mi madre se había traído de casa. Otra de sus manías, aunque todas estaban enlazadas entre sí por esa necesidad de mantener el control, de sentirse segura entre sus cosas.

Al caer la tarde fuimos a comprar al supermercado los ingredientes que necesitábamos para la cena de Navidad. Y fue agradable estar con ella, pasear entre las hileras llenas de productos y que resultase algo cotidiano y familiar. Aparté la mirada de los cereales de colores para niños que tanto le gustaban a Jack y seguí adelante arrastrando el carrito con decisión por el pulido suelo del supermercado. Mi madre apoyó su mano delgada en mi hombro.

—¿Estás bien, cariño?

Hice un esfuerzo y sonreí.

—Sí, claro. No tengo té en casa, por cierto, olvidé comprarlo; vamos a ver si encontramos ese que tanto te gusta.

Eso es lo que pasa cuando una persona desaparece de repente de tu vida, que es imposible que los detalles, las palabras, las miradas y los recuerdos también se vayan igual de rápido, así, en un pestañeo. Jack ya no estaba, pero sí todo lo que había dejado por el camino.

El tiempo se nos escurrió de las manos entre guardar la compra en la despensa y salir a tomar un café con leche calentito. Estuvimos hablando, sentadas en unos mullidos sofás, relajadas (después de que ella hubiese limpiado el contorno de la taza en la que le sirvieron su bebida). Le hablé del divorcio entre Julia Palmer y Frank Sanders y lo mucho que me había disgustado llevar ese caso desde el principio. Me desahogué hasta quedarme sin palabras, poniéndolos verdes a los dos.

—No me gusta que no estés contenta con tu trabajo...

—No es eso, mamá. Es que... no sé, déjalo.

—Cuéntamelo, Elisa.

Alcé la mirada hacia ella.

—No quiero decepcionarte.

Mi madre posó su mano cálida sobre la mía.

—¿Por qué dices eso? Tú jamás podrías decepcionarme. Estoy muy orgullosa de ti, cariño.

Tragué para deshacer el nudo que tenía en la garganta.

—Desde hace un tiempo ya no me siento como antes ni tengo las mismas ganas de pisar la oficina cada lunes. Y no porque esté dejando de ser ambiciosa, no, creo que es justo lo contrario. Quiero hacer algo diferente. Quiero luchar por cosas que para mí valgan la pena, que me motiven... —susurré—. Olvídalo. Es una tontería.

—De eso nada. Elisa, escúchame, puedes hacer todo lo que te propongas. Siempre lo he sabido. Eres perseverante, lista e intuitiva, mucho más de lo que yo lo fui en su día cuando era joven; ojalá me hubiese parecido un poquito más a ti —dijo con los ojos brillantes—. Si no estás contenta con tu trabajo, déjalo. Ya aparecerá alguna otra oportunidad que te llene.

—¿Lo dices en serio?

No podía creerme que mi madre, la mujer que adoraba la seguridad, la estabilidad y la rutina, me animase a dejar mi trabajo.

—Por supuesto, cariño.

—Pero eso... eso es imposible.

—¿Imposible dejar tu trabajo?

—Tengo que pagar la hipoteca y no vivo en una zona precisamente económica. Tengo algunos ahorros, pero no sé hasta cuándo me durarían sin ingresos y... es demasiado arriesgado. No puedo hacerlo.

Nos quedamos calladas.

Ella le dio un sorbo a su café.

—¿Has conocido a alguien? —preguntó, y lo hizo con la seguridad de saber la respuesta de antemano.

—Sí... bueno, más o menos.

—Una relación complicada.

—Algo así —admití.

No era fácil explicarle que esa relación ya no existía como tal y que el hombre con el que había quedado los últimos días y con el que me enviaba algún que otro mensaje diario era otro. Cada vez que leía «Connor» en la bandeja de entrada, tenía que esforzarme para no desanimarme al no ver ese otro nombre que tanto echaba de menos. Y me sentía horrible por ser incapaz de dejar de pensar en él, pero, al mismo tiempo, una parte irracional de mí deseaba que lo de Connor funcionase, que quizá, con el tiempo, esa otra persona fuese diluyéndose en el recuerdo entre citas divertidas y besos dulces.

—Todo se arreglará —dijo mi madre.

Asentí, incapaz de corregirla y sacarla de su error. Cogí la taza con las dos manos, agradeciendo el calor que desprendía, y le di un pequeño sorbo.

—Mamá, ¿puedo preguntarte algo...?

—Dime, cariño —accedió mientras repasaba el extremo de la mesa de madera con una servilleta de papel.

—¿Recuerdas ese cuento que me contabas de pequeña? —Ella asintió con la cabeza, distraída—. ¿Tú... tú eras la señorita Ardilla?

Me miró sorprendida, como si fuese la última pregunta del mundo que esperase escuchar de mis labios, pero la asimiló y asintió lentamente con la cabeza.

—Supongo que sí. Cuando eras una niña, me sentía aún muy dolida por todo lo que ocurrió con tu padre. Enamorarme de él fue... fue lo peor que me ha ocurrido en la vida... Pero ahora te miro a ti, que estás aquí, y sé que volvería a pasar por todo aquello sin dudarlo.

Sentí una opresión en el pecho.

—Mamá, no es necesario que me cuentes...

—No, déjame hacerlo. Quiero hacerlo —repitió sin dejar de frotar la mesa, esta vez con manos temblorosas y torpes—. Cuando conocí a tu padre no sabía que estaba casado. Me enamoré de él. Era encantador y muy inteligente. Me dejé llevar y estuvimos viéndonos durante meses a escondidas, porque tus abuelos nunca hubiesen aceptado que saliese con un hombre que era quince años mayor que yo. Así que, cuando me quedé embarazada, él fue la primera persona a la que se lo conté. Yo estaba asustada, porque era joven y no tenía ni idea de cuidar a un bebé, pero también me sentía ilusionada, porque lo quería y pensé que aquello podía ser el comienzo de una nueva vida para nosotros y que mis padres tendrían que aceptarlo les gustase o no.

—¿Y fue entonces cuando te enteraste...?

Asintió con la mirada perdida.

—No quiso saber nada. A los pocos días descubrí que tenía otra familia: una esposa, dos hijos de seis o siete años y una pequeña de apenas unos meses. Quería morirme. Incluso pensé en hacerlo, pero luego recordaba a ese bebé que llevaba dentro y que no tenía la culpa de nada —dijo—. Terminé contándoles a mis padres todo lo que había ocurrido y, lejos de lo que pensaba, los dos me apoyaron y me ayudaron. Quizá fue un error, pero desde ese instante me propuse no dejar entrar en mi vida al primer pajarito colorido que llamase a mi puerta. Sé que me he equivocado en muchas cosas, pero intenté hacerlo lo mejor posible. Quería que tuvieses un futuro brillante, una carrera y un buen trabajo con el que poder mantenerte a ti misma sin tener nunca la necesidad de depender de un hombre. Que fueses independiente y lista y todo aquello que yo no pude ser.

Respiré hondo, emocionada, y luego me levanté de mi asiento y me incliné sobre el suyo para abrazarla con fuerza. Aspiré su olor a suavizante y me dije que, para mí, incluso con todas sus rarezas y defectos, mi madre era increíble.

—No podrías haberlo hecho mejor. Gracias, mamá.

Decidí que esos días tenían que ser especiales para ella, lo suficientemente buenos como para que a partir de entonces tuviese ganas de venir a visitarme a la ciudad un par de veces al año. Al día siguiente, la invité a ir al ballet para ver *El cascanueces*. Y fue precioso. Me embargó una sensación de alegría y satisfacción al verla emocionarse durante el espectáculo; la música de Tchaikovsky y la coreografía de Balanchine eran brillantes. Al salir, paseamos por las calles, hablamos más que nunca y disfrutamos viendo la decoración espectacular de algunos escaparates.

Un día después, las dos estábamos picando zanahorias y cebolla en la encimera de la cocina. Aún era media tarde, pero mi madre era una mujer previsora. Me dio un par de órdenes fáciles, asegurando que ella se ocuparía del plato principal, y me quitó el cuchillo de las manos cuando descubrió que los cortes no estaban siendo todo lo precisos y finos que ella esperaba.

Me reí y aproveché el momento para mirar mi teléfono. Tenía varios mensajes felicitándome la Navidad. Uno de Hannah, que hacía días que se había marchado a la casa de sus padres en Los Hamptons y donde cada año se reunían con la familia materna; me decía que era la mejor amiga del universo (con una efusividad sorprendente incluso tratándose de ella) y que a la vuelta me lo contaría todo con pelos y señales (no le di mayor importancia porque Hannah solía decir muchas cosas que no entendía). Otro era de Emma y Alex, acompañado por una fotografía en la que salían ambos sonrientes. Había uno de Connor, sencillo y cariñoso. Y, por último, uno de Colin. Respiré hondo, con el pulgar congelado sobre el botón de «Eliminar». Hacía tiempo que no tenía noticias suyas, pero esto era propio de él, acordarse de fechas señaladas, como hizo en mi último cumpleaños. Tan solo me deseaba que pasase unas felices fiestas junto a mi madre, a la que sabía que en su día le había cogido cariño, y que ojalá todo me fuese maravillosamente bien. Quise contestarle, desearle también una feliz Navidad, pero terminé dejando el teléfono a un lado.

—Deberíamos empezar con el postre —dijo mi madre.

—Yo me encargo —me ofrecí sonriente.

La noche habría sido perfecta de no haber sido por cierta persona a la que estaba empezando a odiar de un modo irracional, quizá, pero no podía evitarlo. Teníamos la mesa lista, con dos velas encendidas en el centro, los platos sobre un mantel granate con bordados en hilo dorado y un olor delicioso flotando en el aire, cuando Julia Palmer decidió llamarme.

Ignoré la primera llamada, porque lo último que quería el día de Navidad era pensar en el trabajo, pero no pude hacer oídos sordos ante la segunda. Mi madre me animó a cogerlo, asegurándome que no pasaba nada.

—¿Qué ocurre? —pregunté.

—¡Este lugar es horrible!

—¿Estás en el comedor social?

—Sí, bueno, no, ahora he salido —explicó—. Y no pienso volver a entrar ahí. Huele a pobres. En serio. Está todo lleno de pobres. Yo quería servir un plato de comida y que Julien me hiciese una fotografía mientras tanto, pero el hombre que se acercaba con la bandeja tenía el pelo enmarañado y sucio y no quiero que se me peguen piojos. Así que me he ido corriendo. No soporto la idea de tener que volver a entrar ahí...

—Pues debes hacerlo si quieres tener alguna posibilidad. Escúchame bien, es muy posible que pronto se filtren cosas a la prensa relacionadas con Frank —dije recordando los ases que aún me guardaba bajo la manga—. Cuando eso ocurra, si intentan ensuciar tu imagen, necesitaré algo que demuestre que eres humana y que tienes corazón, así que entra ahí, sirve la comida y hazte fotografías. Y, por favor, no salgas posando, que parezca algo casual.

—¡Tú no eres nadie para decirme lo que tengo que hacer! —gritó—. ¡Llevo encima un vestido de ochocientos dólares y unos zapatos de quinientos! ¡No pienso entrar en ese estercolero humano!

—Es un comedor social...

—Estoy harta. Consigue algo diferente, algo que pueda hacer. Para eso eres mi abogada y la cabeza pensante.

—¿Sabes? Todo esto se habría evitado y hubiese sido mucho más fácil desde el principio si tú no fueses una cría caprichosa y bocazas.

—¿Qué...? ¿Pero cómo te atreves...?

La oí gritar antes de colgar la llamada.

Me llevé una mano al pecho, respirando con dificultad. Me temblaban las piernas. Mi madre, que había estado escuchándolo todo desde la puerta del comedor, vino y me rodeó la espalda con un brazo protector.

—Está bien, cariño, cálmate.

—He perdido el control... —gemí.

—Eres humana —replicó.

Torcí el gesto. Llevaba tantas semanas al límite aguantando las tonterías de Julia y de Frank, detestando tener que ocuparme de ese caso, alterada emocionalmente...

Conseguí tranquilizarme pasados veinte minutos, con la certeza de que la bronca de Henry sería épica si aquella conversación llegaba a sus oídos, pero también con la seguridad de que no pensaba pedir perdón por ello. Estaba cansada de lidiar con las mentiras de Julia que lo habían estropeado todo y con su nula colaboración cuando el objetivo de todo esto era que viviese a costa de otra persona durante el resto de sus días.

Así que me olvidé de lo que acababa de hacer y disfruté de aquella cena con mi madre, comentando lo jugosa que estaba la carne y lo cremoso que nos había salido el postre. Al día siguiente, por la tarde, la acompañé a la estación de autobuses y me despedí de ella con un abrazo y la certeza de haber pasado juntas unos días sencillos pero inolvidables.

31

CAMBIOS, CERTEZAS, DECISIONES

Decir que sentí alivio cuando llegué a la oficina y me enteré de que Henry se había tomado dos días extras de vacaciones sería quedarme muy corta. Y eso me molestaba. Alegrarme tantísimo por seguir conservando algo que en el fondo sabía que ya no me llenaba ni me emocionaba, pero supongo que el ser humano es adicto a las costumbres, a sentir que tiene ciertas garantías. Mi trabajo, lejos de entusiasmarme, había pasado a ser eso: algo que me garantizaba que llegaría a fin de mes sin problemas.

El primer día llamé a Julia, pero no me lo cogió.

El segundo día, Nicole apareció en mi despacho.

—No quería molestar, pero pensé que estarías libre durante la hora de la comida —dijo algo cohibida. Tenía muy buen aspecto; las mejillas sonrosadas y los ojos brillantes—. Y necesitaba agradecerte en persona lo que hiciste.

Me puse en pie y cogí el abrigo.

—No sé si me dará tiempo a comer, pero si quieres acompañarme a visitar un par de tiendas... —propuse—. Tengo que comprarle a Hannah una cosa para su cumpleaños.

—Eso está hecho.

Bajamos a la calle y caminamos directas hacia un local de artículos de dudosa utilidad que sabía que a Hannah le maravillaba. Como era de esperar, allí terminé encontrando lo que buscaba, que era un peluche gigantesco de un unicornio, con pelaje de color rosa chicle y un cuerno dorado y brillante. Con total seguridad sus padres jamás le regalarían algo así y a Hannah le encantaban ese tipo de chorradas. Además, al día siguiente tenía que llegarme por correo la otra parte del regalo, de la que se había encargado Emma, y que era un álbum lleno de fotografías nuestras adornado por cintas de seda, plumas, comentarios graciosos escritos con rotulador, mucha purpurina y otros artículos de papelería. Decir que a Hannah le gustaban las cosas recargadas y brillantes era quedarse corto.

Durante el camino de regreso compramos un perrito caliente en un puesto callejero mientras me esforzaba por ignorar las miradas curiosas, ya que el inmenso unicornio sobresalía completamente de la bolsa. Nos alejamos unas manzanas hasta un pequeño parque y nos sentamos en un banco, junto a un árbol. Nicole estaba feliz y radiante y no dejaba de hablar de Ethan, de lo maravilloso que era, del beso desesperado que le había dado días después de la escapada a la pista de patinaje y de lo tremendo que era entre las sábanas.

—Eh... creo que no necesito más detalles —insistí.

—Es fascinante —siguió—, llámame rara, pero

nunca antes lo había hecho debajo de la ducha y te juro que me faltó poco para desmayarme. Y su boca...

—Basta o empiezo a hablarte de lo que tu hermano sabe hacer.

—¡Eso es cruel! —dijo riéndose antes de volver a ponerse seria—. Jack y tú tenéis que arreglar lo que sea que haya ocurrido entre vosotros, lo sabes, ¿no? Mi hermano puede ser un idiota, pero sé que tú eres muy especial para él.

Le di un mordisco al perrito caliente, mastiqué y tragué.

—Hemos terminado —dije intentando que no me temblase la voz.

—No lo creo. Estás colada por él.

—Eso no cambia las cosas.

—Debería cambiarlo todo...

—¿Qué sabes de ella? —pregunté de pronto—. De la chica que le rompió el corazón.

Nicole ladeó la cabeza.

—No mucho. Nada, en realidad. Ni siquiera su nombre. Solo sé que Jack pasó unos años muy triste; bebía demasiado y empezó a centrarse en el trabajo de una forma obsesiva. Yo intenté hablar con él varias veces, porque le hice saber que era consciente de que su problema llevaba falda, pero se cerró en banda. Ni siquiera tiempo después, cuando se recuperó, quiso contarme nada.

Le di otro bocado a mi comida y me fijé en un pajarito que canturreaba posado sobre la rama fina de un árbol. Ay, dichosos pajaritos encantadores...

—Él nunca ha estado así con una chica —continuó, inmune a mi mirada suplicante, porque no quería seguir hablando de él, hurgando en la herida—. Quiero decir, incluyéndola en sus planes de esa forma... Te lo dije cuando comimos juntas, al principio de todo; te dije que Jack necesitaba una buena razón para arriesgarse a estar contigo porque, para él, el trabajo es lo primero. Siempre. Mi padre le ha lavado el cerebro lo suficiente como para que piense que su valía tiene mucho que ver con los éxitos que consiga. Y no es verdad, pero después de tantos años de carencias, Jack es incapaz de verlo cuando se trata de él. Lo sé por experiencia; puede ser el mejor a la hora de dar consejos para los demás, pero no para sí mismo.

—He conocido a alguien —la interrumpí.

—¿Qué? —Me miró consternada.

—Se llama Connor. Y puede que no me haga vibrar como Jack ni me lleve al límite con una mirada, y tampoco me cabrea el noventa por ciento del tiempo ni se pasa el día haciendo comentarios sarcásticos, pero es real, abierto y sincero.

—¿Eres consciente de que suenas tan emocionada como si hablases de un funeral?

—Quiero cosas, Nicole. Cosas que Jack no puede darme. Lo supe desde que lo conocí. Sencillamente, en algún momento del camino quise ignorarlo y dejarme llevar.

—Creo que te estás equivocando...

—Ni siquiera depende de mí, Nicole.

—Piénsalo. No solo por ti, sino también por ese chico, Connor. No tiene la culpa de que tú te hayas enamorado de otra persona.

—¡Yo no estoy...!

—Déjalo. —Se puso en pie, suspirando—. ¿Sabes? Tú y mi hermano os parecéis demasiado. Le das consejos a Ethan que no eres capaz de cumplir cuando es tu vida la que está en juego y te toca arriesgar. Eso es muy hipócrita.

—Nicole... —dije en un tono de advertencia.

—Solo me preocupo por vosotros —se excusó, inclinándose y dándome un beso en la mejilla antes de salir del parque y desaparecer calle abajo.

«Qué difícil es la vida», pensé justo antes de fijar de nuevo la mirada en el pajarito.

Cuando regresé veinte minutos más tarde a la oficina, me sentía intranquila y, tal y como la hermana de Jack había vaticinado, sí, también un poco hipócrita. No paraba de darle vueltas a lo que había dicho sobre Connor, porque ella tenía parte de razón y puede que estuviese siendo injusta con él, privándolo de tener una de esas historias de amor que dejan sin aliento. Me senté en la silla de mi despacho sintiendo cierta culpabilidad y ansiedad en el pecho ante aquella revelación. Recordé que esa noche habíamos quedado para cenar y las dudas empezaron a asaltarme, justo antes de que Henry abriese la puerta de mi despacho.

No lo esperaba hasta el día siguiente.

—¿Qué demonios has hecho, Elisa? —bramó.

—Yo... fue solo que...

—¿Has perdido el juicio?

Como él no tenía intención de sentarse, me puse también en pie. Apoyé las manos en el escritorio, intentando serenarme y explicarme lo mejor posible.

—Me sacó de quicio —terminé diciendo.

Henry tenía la cara roja de la rabia.

—¡Me importa una mierda! ¿Quién te has creído que eres? Esa chica tendrá dentro de nada una cuenta llena de ceros y eso es lo único relevante, ¿todavía no te has dado cuenta? Mientras tenga dinero, el cliente siempre llevará razón y tú te dedicarás a hacer tu trabajo y a besar el suelo que pise.

—Sé que me equivoqué y lo siento, pero...

—Da gracias por que no te despida ahora mismo.

—... no puedo seguir con esto —concluí.

Henry abrió los ojos consternado.

—¿Qué has dicho?

Me dolía el pecho. De pronto, en uno de esos momentos dramáticos más propios de Emma que de mí, pensé que si iba a morir por un infarto o algo parecido, al menos quería hacerlo sabiendo que hasta el último instante estaba siendo fiel a mí misma. Y no quería seguir con ese trabajo. No quería. Había sido feliz allí, sí, había aprendido muchas cosas, volvería a entrar por esa puerta que conducía a la oficina tal como hice años atrás, pero esa etapa había acabado. Porque la vida, de algún modo retorcido, se compone de eso, de etapas que vamos dejando atrás, de sueños que cumplimos, de otros que dejamos por el camino y de los nuevos que llegan y te sacuden gritándote que luches por lo que quieres.

—Lo dejo, Henry —susurré.

—No hablas en serio —replicó airado.

—Lo siento. Sé que ahora estás enfadado, pero quiero que sepas que agradezco todo lo que has hecho por mí durante estos años. Recogeré mis cosas —concluí.

Henry no contestó. Me dedicó una mirada cargada de ira y decepción, y antes de que saliese del despacho dando un sonoro portazo, deseé que algún día llegase a comprender mi decisión con la certeza de que, en realidad, la única razón por la que necesitaba marcharme partía de mí misma, solo que, hasta entonces, no había sabido verlo.

Cambios. Mi vida durante aquellos casi dos meses había estado llena de cambios, certezas y decisiones. A veces hay momentos tranquilos, llanos, y otras, repletos de turbulencias en los que necesitas apoyarte en aquellos que te quieren y saben entenderte.

Esa noche quedé con Connor tal como tenía previsto, pero no hubo ninguna cena romántica, tan solo una velada entre amigos en la que le confesé cómo me sentía.

—Así que estás en esa fase de intentar encontrarte a ti misma —dijo.

—Algo así. —Lo miré un poco avergonzada—. Tenía que decírtelo, Connor. Llevo mucho tiempo deseando encontrar a alguien como tú. Eres perfecto. Eres todo lo que pensaba que buscaba, pero...

—No soy para ti —adivinó.

—Creo que mereces estar con una mujer que se derrita en cuanto te vea —le confesé con una sonrisa tímida—. Y ten por seguro que, en algún momento, eso ocurrirá, porque eres maravilloso. No hay muchos hombres como tú; te lo digo por experiencia, como bien sabes. —Reí cohibida cuando él también lo hizo.

—Gracias por ser sincera conmigo —dijo.

Le contesté que era lo menos que podía hacer. Y porque era lo que más valoraba de una relación: la sinceridad, la transparencia. Si en su día Colin me hubiese dicho que ya no me quería o que no sentía la misma atracción por mí, lo hubiese entendido. Podríamos haber seguido siendo amigos después de romper, quizá.

Podríamos haber sido muchas cosas. Pero prefirió mantenerme bajo su ala por todo lo que representaba egoístamente: por su seguridad, su comodidad y sus sentimientos. En ningún momento pensó en mí, en cómo me haría sentir que estuviese engañándome con otra, en darme la posibilidad de elegir mi camino; se dejó cegar por el deseo, por lo que él quería y necesitaba, como si esa relación que manteníamos fuese solo de una sola persona y no de dos. Y es que *relación* implica siempre otro corazón, ya sea el de una madre, una amiga, una pareja o el del vecino de enfrente. Un corazón que siente y sufre.

No fui consciente de todo lo que había cambiado mi vida en un solo día hasta que llegué a mi apartamento. Me senté en el sofá con el gato sobre mis rodillas y asimilé que acababa de perder por voluntad propia al mejor pretendiente para ser el padre de mis hijos y, además, el empleo que pagaba mis facturas y, más concretamente, las cuatro paredes en las que me encontraba en ese preciso instante.

No sentí tristeza, tan solo un poco de vértigo.

Cogí el móvil y sin darme cuenta terminé leyendo algunos de los mensajes antiguos de Jack. Llevaba una semana sin hablar con él y lo echaba tanto de menos que me resultaba incomprensible al pensar en el poco tiempo que había pasado desde que nuestros caminos se cruzaron en aquel club, antes de que el muy idiota se comportase como un cretino en la sala de reuniones. Recordé aquellos días: su mirada retándome, él engullendo de un solo bocado un *cupcake*, su ego (ese que ahora sabía que era de cartón) saliendo a relucir cada dos por tres...

Lancé el teléfono a un lado, porque me moría de

ganas de hablar con él. Y no tenía nada que ver con el deseo ni con la atracción, no, sino con lo mucho que me apetecía preguntarle qué tal le había ido el día y contarle lo que había ocurrido en el mío. Algo tan cotidiano como eso.

32

LA CALMA QUE PRECEDE A LA TORMENTA

Cuando unos días después llegó la noche de fin de año, hice balance de todo lo que había cambiado en tan poco tiempo y supe que había tomado la decisión correcta, incluso a pesar de la caja de cartón que descansaba en el suelo llena de las cosas que había recogido de la oficina o de ese agujero en el pecho que sentía cada vez que la ausencia de Jack se tornaba más real y definitiva.

No tenía ni idea de los siguientes pasos que daría. Había arrancado de la pared el calendario sobre el que solía garabatear mis quehaceres diarios y por primera vez en mi vida estaba improvisando sin saber qué me depararía el nuevo año. Así que, con la certeza de que quería empezarlo con buen pie, el día anterior me había ido de compras (era una mujer desempleada y con mucho tiempo libre) y había terminado llevándome a casa un vestido rojo y sencillo, pero cuya tela caía hasta los pies y tenía un lateral abierto hasta el muslo. En el probador me había mirado desde todos los ángulos (derecha, izquierda, girándome, inclinándome) y estuve a punto de conformarme con uno negro básico hasta que me dije: «¿Qué narices? El vestido rojo te queda tremendo», razón por la que, horas antes de que la famosa bola que simbolizaba el fin de año descendiese desde el edificio de Times Square, estaba intentando meterme en ese impresionante vestido.

Hannah había conseguido entradas para una fiesta en un local de copas de ambiente cálido e íntimo, y al final habían terminado uniéndose al plan Dasha y su nuevo y flamante novio, Clare, Aiden y dos amigos suyos.

Me maquillé, resaltando los ojos y los labios con un rojo intenso similar al del vestido. Piqué lo primero que encontré por casa y luego metí en el bolso de mano el móvil y la cartera antes de salir y pedir un taxi. Llevaba un abrigo marrón por encima, pero el frío era punzante y unos nubarrones oscuros cubrían el cielo amenazando tormenta. Llegaba casi una hora tarde, porque me había tomado las cosas con calma y porque, aunque no me dirigía a una zona de la ciudad demasiado concurrida, el tráfico era caótico. Terminé bajándome del taxi a un par de manzanas de distancia y cuando llegué al local ya empezaba a arrepentirme de haberme comprado esos zapatos de tacón. ¿Tan difícil era fabricar algo bonito y medianamente cómodo?

El lugar estaba lleno de gente y, a pesar de que seguían sirviendo bandejas con sándwiches y hamburguesas en miniatura y llamativos montaditos de comida, la mayoría de los presentes ya habían pasado a la segunda fase y sostenían coloridas copas en los dedos. Era uno de esos sitios modernos pero agradables, con luces tenues, a pesar de las decenas de bombillas que colgaban del techo, y muebles blancos y azules. Me quité el abrigo y lo dejé en la zona del guardarropa junto a los regalos de Hannah.

Por suerte, rápidamente distinguí a Dasha entre la multitud. Me presentó a su nuevo novio, que debía de medir como poco dos metros de altura y tenía unas facciones rudas que le daban un aire muy atractivo. Ella me abrazó y se rio tontamente confirmándome que casi con total probabilidad iría por la tercera copa.

—¡Has estado desaparecida! —gritó.

—Han sido unas semanas complicadas.

—¡Hannah está radiante! —Sonrió.

—Seguro que sí. Por cierto, ¿dónde está?

—Al fondo, creo.

—Ahora vuelvo.

Dejé que me diese «un beso de borracha» casi en la comisura de los labios antes de internarme entre la gente y dirigirme hacia la otra punta del local. La calefacción estaba alta y olía a algún ambientador floral que habían echado en exceso. Hannah llevaba puesto un vestido dorado, muy en su línea para despedir el fin de año, y su cabello rubio y ondulado se deslizaba por su espalda descubierta. Se giró como si hubiese sentido mi presencia y me dedicó una sonrisa inmensa antes de tirarse encima de mí y abrazarme. Otra que había bebido más de la cuenta.

—¡Feliz cumpleaños, rubia! —le susurré—. Sé que aún faltan un par de horas, pero quería asegurarme de ser la primera. Ya sabes lo mucho que odio perder —bromeé.

—¡Gracias! ¡SOY TAN FELIZ! —gritó.

Me reí, porque Hannah era así, imprevisible, algo

alocada. Que vale que celebrar el cumpleaños y despedir el año fuera algo bonito, pero su felicidad resultaba un poco desmesurada. Negué con la cabeza y le quité la copa que llevaba en la mano, porque me moría de sed y Hannah y yo éramos de compartir lo que nos metíamos en el estómago. Ella empezó a hablar con voz chillona sin dejar de toquetearse el pelo con las manos:

—¡Tengo que contarte un millón de cosas!

—¿Lo pasaste bien en Los Hamptons?

—Sí, bueno, como siempre, pero...

La interrumpí al ver a Aiden acercarse por detrás. Sonreí. Estaba como una cuba. Llevaba en la cabeza un gorro gigante de Papá Noel, tenía los ojos vidriosos y alegres y una sonrisilla traviesa en los labios. Me dio un achuchón que por poco me deja sin respiración y después, ante mi mirada patidifusa, cogió el pequeño rostro de Hannah entre sus manos y chocó sus labios contra los suyos en un beso salvaje y húmedo que conseguiría avergonzar al mismísimo Hugh Hefner.

«¿Pero qué demonios...?»

Aún con los ojos como platos, logré reaccionar y cogerlo del cuello de la camisa por detrás para tirar de él y separarlo de mi amiga. El corazón me latía a trompicones, furioso. Le dirigí una mirada que podría haber derretido el Polo Norte.

—¿Qué demonios crees que estás haciendo? —bramé.

Aiden pestañeó confundido, borracho, y luego miró a Hannah de reojo.

—¿No dijiste que se lo habías contado? —le preguntó.

—¿Contarme qué? —siseé.

Hannah clavó sus ojos asustadizos en los míos y ese

efímero contacto me bastó para entenderlo todo: su felicidad desmedida, la ilusión y esa expresión soñadora que la acompaña siempre y que parecía haberse acentuado aún más.

—Te lo conté por teléfono. Te dije que estaba enamorada de Aiden.

—Oh, joder, ¿estáis juntos? ¿Juntos en serio?

—Muy en serio —añadió Aiden.

Me llevé una mano al pecho, sin tener aún muy claro si estaba emocionada u horrorizada; pero antes de poder decidir hacia qué lado se decantaba la balanza, me hice un hueco entre los dos y los dejé atrás caminando directa hacia los servicios. Y no, mi reacción no tenía ningún sentido a los ojos de los demás, pero sí para mí. De pronto me sentía como la peor amiga del mundo por no haber insistido con Hannah en pedirle que me contase aquello que la tenía tan distraída y empecé a atar cabos y la culpa se tornó más grande. Y luego estaba eso otro, lo mucho que me preocupaba que saliese con Aiden. Un montón de pensamientos se enredaron en mi cabeza y supe que necesitaba unos segundos para empezar a quitar nudos.

Entré en los servicios y dos chicas que estaban retocándose el maquillaje frente al espejo alzaron la vista hacia mí sin mucho interés. Escuché la puerta abriéndose a mi espalda y pensé que Hannah me habría seguido. Pero no era ella. No a menos que se hubiese transformado en un tío y su presencia hiciese gritar a las allí presentes.

—¡Este es el baño de chicas! —exclamó una de ellas con el pintalabios en la mano.

—¡Calma, cariño! —Aiden alzó las manos en alto y se balanceó un poco hacia un lado—. ¡Soy gay! ¡Soy supergay! Y mi amiga acaba... acaba de descubrir que... su gato tiene un tumor, ¿os importa que la consuele?

La morena puso morritos.

—Oh, qué mono —soltó—. Pasa, pasa.

—Siempre igual, ningún tío bueno está disponible —susurró la amiga sin ser consciente de lo difícil que era no oírla.

Puse los ojos en blanco y entré en el último cubículo seguida de Aiden, que era también el más grande porque tenía uno de esos sitios para cambiar el pañal a los bebés. Benditos bebés, porque necesitaba algo de espacio y de silencio al lado del ruido que había en la sala.

—Ni se te ocurra volver a decir que mi gato tiene un tumor, ni en broma, a ver si vas a ser gafe —siseé, porque fue lo primero que se me ocurrió y no sabía cómo romper el hielo y hablar de lo que de verdad me importaba, porque, ¿Hannah y Aiden juntos? Todavía seguía pareciéndome una broma de lo más original y rebuscada.

Él se pasó una mano por el pelo y me salvó de seguir diciendo tonterías al ir directo al grano:

—La quiero.

—Aiden...

—Estoy enamorado de ella.

Me quedé callada, mirándolo.

—Eres un mujeriego...

—Era —puntualizó—. Y te juro que lo era porque hasta entonces no había encontrado a la mujer ideal para mí. Hannah es maravillosa. Es divertida y me paso el día riéndome con ella; está dispuesta a hacer cualquier locura que se me pase por la cabeza y es imprevisible y atolondrada y un poco caos como yo, pero nos entendemos bien...

«Ay, joder, qué bonito.» Inspiré hondo.

—Te juro que como le hagas daño...

—No lo haré —aseguró, y vi en sus ojos que estaba siendo sincero.

Lo abracé, más calmada, sintiendo que las cosas encajaban al fin. Me separé de él cuando alguien llamó a la puerta con golpecitos suaves.

—¡Ocupado! —grité.

—Soy yo, chicos. —La voz de Hannah llegó desde el otro lado y quité el pestillo de inmediato. Ella nos miraba cohibida—. ¿Va todo bien?

—Sí, sigo vivo —contestó Aiden.

Le di una colleja mientras salíamos del cubículo. Él se inclinó hacia Hannah y la besó de nuevo, como si realmente no pudiese dejar de hacerlo. Ella se apartó con las mejillas encendidas y una sonrisa tonta en la cara antes de insistir en que nos tomásemos una copa a solas.

Así que eso hicimos.

Nos sentamos en uno de los extremos de la barra que cruzaba el local. Yo tuve que hacer malabarismos para que no se me viese todo por culpa de la abertura lateral del vestido, pero conseguí acomodarme cuando nos sirvieron dos margaritas. Brindamos, sonrientes, y ambas le dimos un trago a nuestras copas.

—Necesito que me lo cuentes.

—A ver, ¿por dónde empiezo...?

—El primer día —la animé.

—Sí, fue esa noche que lo invitaste al Greenhouse Club e iba acompañado por un amigo, ¿recuerdas? Tú desapareciste, imagino que con Jack, así que terminamos la noche en otro local. Dasha conoció al tipo que ahora la acompaña, Clare se enrolló con su amigo en los lavabos en plan lío de una sola noche, y yo acabé tomándome una copa con Aiden. La cosa se alargó y cuando quise darme cuenta estábamos caminando por una calle cualquiera, dando un paseo y, no sé, estar con él es tan divertido...

—Entonces fue un flechazo.

—Más o menos. —Se encogió de hombros—. Me dijo que si en algún momento quería clases gratis, solo tenía que ir a su gimnasio. Y un día que estaba aburrida y cansada de trabajar, terminé pasándome por allí y una cosa llevó a la otra y... en fin.

—¿Qué significa «en fin»?

—Lo hicimos en el suelo del ring.

—¿Qué? Mierda. No pienso volver a entrenar allí.

—¡Lo siento! —Alzó las manos, y yo me terminé la copa de un trago—. Es que me pone mucho cuando va en plan entrenador exigente.

—Necesito otra copa.

—¿Mojito o algo más fuerte?

—Tequila —terminé decidiendo justo cuando el camarero nos prestó atención.

—Que sean dos —dijo Hannah.

—Vale, sigue con la historia.

—Después de eso, a Aiden le entró una especie de ataque de pánico al pensar que lo matarías si llegabas a enterarte, así que me pidió que no te dijese nada todavía. ¡Y no te imaginas lo difícil que fue! ¡Quería contártelo a todas horas! ¡Soñaba que te lo contaba! Y siento haber sido una bruja traidora y una amiga aún peor.

—No digas tonterías —repliqué con el tequila quemándome la garganta.

—Aiden me pidió una cita días más tarde y luego otra y otra. Así que cuando quise darme cuenta ya estaba más que pillada y le dije que teníamos que dejarlo. Te había oído hablar de él alguna vez y sabía que no era de los que se comprometen, pero...

—Pero... —repetí con una sonrisa.

—Casi se pone a llorar cuando le propuse dejarlo. En serio, te lo juro. —Suspiró en plan Disney y yo me terminé el mojito—. Me dijo que nunca había sentido nada así por nadie, que solía aburrirse de las mujeres con las que salía incluso en la primera cita y me pidió que le diese una oportunidad... Y, en fin, ¡aquí estamos!

Suspiré emocionada.

—Sabes que me alegro muchísimo por ti, ¿verdad? Es solo que al principio me ha costado asimilarlo. El otro día, cuando me llamaste por teléfono, no oía nada de lo que decías porque no tenías cobertura, así que no me lo esperaba.

Hannah apartó los vasos que se interponían entre ambas y me cogió de la mano. Eran las once de la noche, en una hora dejaríamos atrás aquel año en el que habían pasado tantas cosas.

—¿Y tú? ¿Qué ha ocurrido con Jack...?

—¿Con Jack? Eso sería solo la punta del iceberg. Ya te dije que dejé el trabajo, que no pienso volver a entrar en esa web de citas y que mi futuro ahora mismo es una hoja en blanco y no tengo ni idea de qué escribir en ella...

Empecé a divagar, efectos secundarios de la bebida, hablando de todo y de nada en realidad.

—Para lo demás puedes tomarte tu tiempo, me apuesto el dedo índice... bueno, mejor el meñique —se corrigió haciéndome reír—, a que en un par de meses vuelves a tener un montón de planes. Eso no me preocupa. Pero Jack... Te gusta. Mucho. A mí puedes decírmelo.

Por una vez dejé de intentar aparentar que estaba bien, que aquello era solo una piedra en el camino que olvidaría en menos de lo que dura un pestañeo. Porque, por mucho que intentase convencerme de ello, no era cierto. Lo echaba de menos. Echaba de menos poner una película y acurrucarme junto a él, dormir a su lado, verlo comer cereales y hasta discutir, sí. Replicarle cualquier tontería, descubrir ese brillo juguetón y contenido en su mirada. Abrazarlo muy fuerte mientras él conducía por la ciudad o justo después de hacer el amor. Por favor, si incluso echaba de menos a la pequeña Molly...

—Él no quiere nada más conmigo.

—¿Le has dicho lo que sientes?

—Algo así, sí. Creo —susurré.

—Eso no suena muy convincente.

—Déjalo. Es demasiado difícil.

—¡No puedo entender que tú, justamente tú, digas algo así! —exclamó—. ¿Dónde está mi amiga Elisa y qué has hecho con ella? La chica que conozco se apuntó a una maratón solo porque un compañero de clase le dijo que tenía pinta de tener unas «rodillas envejecidas». Y esa misma chica fue a todas y cada una de las revisiones de sus exámenes solo para asegurarse de que todo estuviese correcto, no porque tuviese nada que reclamar. Esa chica que luchó siempre por lo que quería, aunque fuese la cosa más pequeña para los demás, no se rendiría a la primera de cambio en algo tan importante. Arriesgaría. ¿Vas a dejarlo escapar así, sin más, sin siquiera decirle lo que significa para ti?

Estuve un buen rato mirándola con la boca abierta,

alucinada. Creo que jamás había escuchado a Hannah pronunciar un «discurso» tan largo y tan sentido. Cada palabra fue como si me aguijonease el corazón. Y me vi, me vi a mí misma todos aquellos años sin conformarme, superando cada reto que se me ponía por delante o esforzándome por lo que quería. No me gustaba dejar las cosas al azar. Y sin embargo, allí estaba, sentada frente a una de mis mejores amigas negando con la cabeza y dando por perdida la partida antes siquiera de intentar ganarla.

—No puedo...

—¿Por qué no? Siempre has sido muy valiente.

—Pero es que Jack... Él... No sé...

Sentí que el alcohol se me subía a la cabeza.

—Vamos, te conozco y sé que si no lo haces, si no sueltas todo lo que llevas dentro, te arrepentirás y no dejarás de preguntarte qué hubiese ocurrido.

—Me da miedo que me diga que no siente nada por mí... que todo este tiempo... no ha significado nada. —Tragué saliva—. No sé si estoy preparada para oír eso.

—Si fuese el caso, sería mejor saberlo que tener esa duda eternamente. —Sacó el móvil de su bolso de mano dorado—. Es más, ¿sabes qué? Voy a llamar a Nicole para preguntarle dónde está su hermano.

—¿Qué? ¡No, has bebido demasiado!

—¿Todo bien, chicas? —Aiden apareció de repente, le dio otro apasionado beso a Hannah y me miró sonriente antes de que ella se bajase del taburete y se alejase unos metros para hablar por teléfono.

—No, tu novia —puntualicé como si aún me costara asimilarlo— está intentando averiguar el paradero de Jack porque piensa que debería presentarme allá donde esté como una pirada total y gritarle lo que siento por él.

—Creo que es la mejor idea que Hannah ha tenido en su vida —repuso—. Y eso que tiene ideas geniales todo el tiempo. ¿Te he contado que el otro día se le ocurrió que sería superdivertido comer comida mexicana con palillos japoneses?

—¡Estáis chiflados! —exclamé.

—Venga, Elisa, ahora en serio, nadie va a obligarte a hacer nada que no quieras. Eres tú la que debe tomar esa decisión, pero creo que si Hannah insiste es porque te conoce muy bien y sabe que necesitas quitarte esa espinita para poder seguir adelante, sea cual sea el camino.

—¿Qué narices os pasa a los dos hoy, eh? ¿Qué le echan a la bebida de este bar? —repliqué y luego enterré el rostro entre las manos porque, joder, ¡tenían razón! Eso era lo peor: saber que ambos estaban en lo cierto y que necesitaba cerrar esa puerta que conducía a Jack o abrirla de par en par, pero que no podía seguir dejándola entornada.

Hannah regresó con una sonrisa.

—Está en una fiesta privada en un hotel, no muy lejos de aquí. Tengo contactos, puedo meterte en la lista de invitados haciendo una llamada. ¿Qué me dices?

Me daba vértigo, miedo, pavor.

Y luego estaba esa otra parte, esa que se moría de ganas por verlo, esa que era incapaz de acallar y de mantener bajo control.

Me puse en pie con decisión.

33

LA ÚLTIMA TORMENTA DEL AÑO

Supongo que cualquier atisbo de sensatez se esfumó después de la segunda copa, porque ni en un millón de años me hubiese imaginado pasar la noche de fin de año dentro de un taxi, acompañada por Hannah y Aiden, en medio del caótico tráfico para llegar a un hotel y poder decirle a Jack todo aquello que llevaba semanas callándome. Imagino, también, que podría haber esperado al día siguiente o al otro o incluso un par de semanas, pero no, de pronto empecé a sentirme impaciente, como si necesitase dejar ese momento atrás, arriesgarlo todo, perder o ganar.

Aunque mis amigos insistieron en acompañarme, les dije que tenía que hacer aquello sola y le di a ella el ticket del guardarropa para que pudiese coger su regalo de cumpleaños. Hannah había conseguido que mi nombre apareciese en la lista de invitados, así que cuando me bajé del taxi en un semáforo en rojo (incapaz de esperar más tiempo allí dentro), corrí como loca por las calles de Nueva York porque empezaba a chispear y le dije al guardia de seguridad cómo me llamaba en cuanto crucé el umbral del hotel. Asintió conforme y luego acompañé al recepcionista para dejar el abrigo antes de pasar al salón principal.

Las puertas de roble y cristal conducían a un enorme salón de suelo ajedrezado y columnas engalanadas por espumillones verdes y relucientes bolas rojas que conjuntaban con las que pendían del alto abeto navideño que se alzaba al fondo de la estancia. Todos los invitados parecían ir vestidos con sus mejores galas y bebían *champagne* mientras charlaban entre ellos y reían animados. Busqué a Jack con la mirada entre toda aquella gente y finalmente lo vi; se encontraba solo, levemente apoyado en una de las columnas de mármol, con un vaso de whisky en una mano y sosteniendo su teléfono móvil con la otra. Tenía el ceño fruncido y estaba guapísimo con ese traje oscuro que abrazaba sus hombros y resaltaba el gris claro de sus ojos.

Sentí un millón de mariposas aleteando en mi estómago mientras daba un paso tras otro, acercándome a él sin dejar de mirarlo. Cuando llegué, noté que me temblaban las piernas. Tomé una bocanada de aire.

—Jack...

Él alzó lentamente la cabeza y, cuando sus ojos se encontraron con los míos, sentí que se desataba entre nosotros una tormenta tan intensa como la que en aquellos momentos caía sobre la ciudad. Su mirada se perdió en mi vestido unos segundos antes de alzarse.

—¿Qué estás haciendo aquí?

Sonó brusco y cortante. Tragué saliva.

—Yo solo... solo quería que supieses...

—¿Elisa? ¿Eres tú?

Giré la cabeza, porque esa voz...

Colin me observaba casi sin pestañear. Tenía un aspecto impecable, como siempre. Vestía un traje gris, llevaba el cabello castaño perfectamente peinado y las manos que sujetaban su copa cuidadas, con las uñas bien recortadas. Sentí que dejaba de respirar. Colin me sonrió, una de esas sonrisas maravillosas que siempre conseguían llenarme por dentro. No reaccioné cuando se inclinó y me dio un beso cálido en la mejilla.

—Estás preciosa —susurró y luego reparó en la incómoda presencia de Jack, que parecía querer escapar de allí cuanto antes—. ¿Os conocéis?

—Por trabajo, un caso —se apresuró a decir Jack y evitó astutamente mi mirada, porque si lo hubiese hecho, si se hubiese molestado en buscar mis ojos, se habría dado cuenta del dolor que me causaron sus palabras—. Si me disculpáis, creo que buscaré algo más fuerte —dijo tras acabarse el whisky de un trago, consiguiendo que Colin sonriese divertido antes de verlo marchar.

Apenas podía respirar. Colin ladeó la cabeza.

—¿Estás bien, Elisa?

—Sí. Lo siento, tengo que irme...

Colin me sujetó del brazo antes de que pudiese escapar de allí y su pulgar trazó un par de círculos sobre mi piel.

—Por favor, tómate una copa conmigo, por los viejos tiempos.

—No puedo, no ahora.

—Te echo de menos...

Inspiré profundamente sin apartar la vista de su mirada dorada, pero en mi mente solo veía un par de ojos acerados. Tragué saliva e intenté mantenerme serena, comprenderlo todo, aunque, en realidad, lo tenía demasiado claro.

—¿Desde cuándo conoces a Jack? —pregunté.

Colin se encogió de hombros.

—No lo sé; medio año, quizá.

—¿Medio año? —gemí.

—Sí, él es uno de los responsables de la fusión.

—¿La fusión? —dije, sintiéndome estúpida por repetir cada una de sus palabras.

Colin se mostró comprensivo.

—Ya sabes, vamos a unir las dos compañías, entre otros activos —dijo sacudiendo la mano como si no quisiese seguir hablando de algo tan aburrido, y dio un paso al frente pegándose más a mí—. Quédate solo un rato. Hablemos.

Recuperé ligeramente el control.

—No es el mejor momento.

—¿Habrá otro momento? —preguntó.

—Quizá sí, pero ahora... tengo que irme.

Y no mentía. Tenía que salir de allí, necesitaba hacerlo. Colin asintió, sin mediar palabra, y se despidió de mí con otro beso en la mejilla que fue apenas un roce suave. Atravesé el salón, ajena a las voces animadas porque tan solo faltaban unos minutos para que diese comienzo el nuevo año y casi todas las miradas estaban ya puestas en la gigantesca televisión de plasma que transmitía en directo lo que ocurría en Times Square.

El ruido de mis tacones repiqueteando en el suelo del vestíbulo del hotel era lo único que se escuchaba aparte del murmullo amortiguado de los invitados que había dejado atrás. Busqué con la mirada al recepcionista para pedirle mi abrigo, pero justo se había ausentado en ese momento.

—Espera, Elisa.

No frené al escuchar su voz ronca y grave. Seguí caminando y salí del hotel. Temblé por culpa del frío que calaba hasta los huesos, pero me daba igual; me daba igual el aire gélido, la lluvia helada y los truenos que rugían en el cielo. Me daba igual todo. A la mierda el abrigo. A la mierda. Solo quería irme a casa, meterme en la cama bajo las mantas y quedarme allí para siempre.

Pisé un charco y continué avanzando.

—¡Para, joder!

Jack me alcanzó cuando giré la esquina y se quedó delante de mí, cortándome el paso. Respiraba agitado y estaba tan empapado como yo, con el pelo mojado, los labios húmedos y la camisa blanca pegándose a su pecho como una segunda piel. Me cogió del brazo y me empujó con delicadeza hasta meterme bajo la cornisa de un restaurante cerrado. Cuando reaccioné, me solté con brusquedad y a él pareció contrariarle el gesto.

—Lo siento mucho, de verdad. Lo siento.

Mi voz sonó lejana e impersonal cuando hablé:

—¿Qué sientes? ¿Sientes haber sido un idiota o solo haberme mentido durante todo este tiempo? ¿Sientes haber conseguido que me convierta en la chica más estúpida de toda la ciudad? ¿Sientes eso?

—Elisa...

—Te conozco, Jack. Sé cómo eres, sé cómo piensas y sé que siempre has sabido lo que ocurrió con Colin. Imagino que entendiste que no podías tenerlo todo; que si Colin sabía que te estabas tirando a su ex, vuestra relación podría verse afectada. Y lo mismo conmigo. No fuiste capaz de contarme que lo conocías, no fuera que me entrometiese en tu próximo éxito y me convirtiese en una piedra molesta para ti en tu flamante camino —murmuré con ironía y rabia. Jack se quedó callado, mirándome imperturbable. De repente, mi voz se tornó triste y débil y odié escucharme así—. Ni siquiera vas a intentar negarlo...

—Los negocios son los negocios —susurró.

Intenté evitarlo, pero me tembló el labio inferior.

—Nunca has sentido nada por mí, ¿verdad?

—He sentido más de lo que debería —gruñó.

—Estás mintiendo. Has mentido desde el principio —dije—. ¿Y sabes qué es lo peor? Que si no lo hubieses hecho habría dado igual, porque estabas deseando que encontrase a alguien, que alguna de esas citas saliese bien, para tener una excusa a la que aferrarte y un buen motivo para alejarte de mí. Tienes tanto miedo que eres incapaz de luchar por lo que quieres.

—No hay nada por lo que luchar.

—¿Cómo puedes decir eso? —alcé la voz, perdiendo el poco control que me quedaba; la lluvia repiqueteaba frenéticamente sobre la acera y estaba helada y calada hasta los huesos, pero nada de eso importaba, no cuando lo tenía frente a mí tan entero, tan impasible, mientras yo me derrumbaba por dentro—. ¡Me sinceré conmigo misma, dejé de salir con una persona que no me llenaba y también renuncié a mi trabajo! ¡Y he venido hasta aquí para decirte que estoy enamorada de ti! ¿Y tú me dices que no hay nada por lo que luchar? ¡Eres un cobarde, Jack! ¡Un puto cobarde!

—¿Que has hecho qué?

Me miró consternado, como si no pudiese creer mis palabras, y cuando fue a pasarse una mano por el pelo, se dio cuenta de que estaba empapado y la dejó caer hasta su nuca. Abrió la boca, pero de sus labios no salió ningún sonido.

—Olvídalo, no es necesario que te esfuerces en decir nada, porque, ¿sabes?, ¡lo que he dejado atrás ni siquiera me importa! —grité en medio de la calle, ignorando las miradas curiosas de algunos transeúntes que se escondían bajo sus paraguas—. Todo era insustancial, prescindible y carecía de sentido, pero eso es algo que tú jamás llegarás a comprender. —Su rostro se descompuso en una mueca indescifrable y su mirada abandonó cualquier atisbo de frialdad y se llenó de miedo y de dolor—. ¿Y quieres saber por qué? Porque estás demasiado ocupado intentando contentar a tu padre, a alguien que es incapaz de quererte por lo que eres. ¿Valía la pena traicionar a la única persona que ha sabido verte de verdad? Sí, sé que para ti sí. He sido una idiota, he caído contigo, pero superaré esto. He aprendido en el camino. Pero tú... tú te quedarás con tu éxito y también con todos tus temores y vacíos, con el hombre que en realidad nunca has querido ser.

Y entonces noté que estaba llorando. Las lágrimas se escurrían silenciosas por mis mejillas y se entremezclaban con las gotas de lluvia.

—Joder, ¿estás llorando?

—No, no lloro —mentí.

Él dio un paso al frente y alzó una mano hacia mi rostro, como si quisiese tocar alguna de esas lágrimas con la yema de los dedos, pero evité el contacto apartándome. Nuestras miradas se enredaron unos segundos y verlo allí, bajo la lluvia, tan perdido y tan desconcertado, fue quizá lo que más me dolió; por él y por mí, por los dos. No soportaba seguir observando esos ojos llenos de duda y confusión, así que me giré, temblando, y crucé la calle corriendo, dirigiéndome a la fila de taxis que esperaban estacionados al otro lado. Creo que lo escuché gritar mi nombre mientras abría la puerta y me deslizaba en el asiento de atrás. Le pedí al taxista que arrancase antes de ser capaz de darle una dirección. El vehículo tomó una curva a la derecha en la siguiente calle y yo fui consciente de que volvía a estar sola, muy sola, pero en esa ocasión era diferente, porque me tenía a mí misma; tenía claro lo que quería, lo que buscaba y lo que merecía.

—¿Necesita un pañuelo, señorita? —preguntó el hombre tras abrir la guantera.

—Sí, por favor...

Acepté el pañuelo y me limpié la cara, quitándome el escaso maquillaje que quedaba. Fijé la mirada en la ventanilla del coche y noté nuevas lágrimas derramándose. Me resultó liberador, necesario, como si arrastrasen consigo emociones y momentos, ilusiones truncadas y recuerdos.

—¿A dónde desea que la lleve?

Miré el reloj del móvil antes de apagarlo, hacía doce minutos que había empezado el nuevo año, y pensé que solo había un sitio en el que quisiese estar aquella noche, el único lugar en el que me sentiría segura.

34

REUNIENDO LOS PEDAZOS

Dejé que mi madre me arropase en mi antigua habitación. Todo estaba tal y como lo había dejado al marcharme a la universidad: las muñecas colocadas en la estantería superior, justo encima de los libros ordenados por colores al lado de un viejo radiocasete que solía tener encendido a todas horas durante mi etapa adolescente.

Mi madre no había hecho preguntas al verme aparecer de madrugada con lágrimas surcándome la cara y el corazón hecho trizas, tan solo me había abrazado con sus trémulas manos antes de conducirme a la habitación y dejarme a solas para ir a preparar una infusión caliente. «Aquí me siento en casa», pensé mientras me desnudaba, quitándome el vestido rojo sin dejar de llorar. Porque, para mi sorpresa, no podía dejar de hacerlo. Ni siquiera paré cuando me puse el pijama y me escondí bajo las mantas. Era como una presa que se desborda y sale sin control.

—Tranquila, mañana será otro día. —Mi madre me acarició la cabeza tras dejar en la mesita de noche la infusión—. Sé que ahora no quieres oírlo, pero te aseguro que todo pasa. Todo. El dolor termina calmándose.

Me incorporé, le di un trago a la bebida que me calentó la garganta y volví a hacerme un ovillo. Mi madre salió de la habitación con pasos inseguros, quizá porque no estaba acostumbrada a tener que consolarme, a verme caer así...

Apenas pude dormir. No dejaba de recordar las pocas palabras que Jack había dicho, ese «He sentido más de lo que debería» que sonaba tan lejano acompañado por su mirada fría y desprovista de emociones. La tensión en sus hombros. La lluvia resbalando por su rostro. El miedo. Las dudas. El sonido de la tormenta.

Abrí los ojos despacio, con los párpados hinchados. Mi madre acababa de apartar la cortina blanca que cubría la ventana y la luz se colaba en la habitación. Me incorporé poco a poco, aún agotada y un poco aturdida.

—Cariño, no quería molestarte, pero tienes visita —dijo mientras se frotaba las manos nerviosa—. Te está esperando en el salón.

Sentí que se me secaba la boca. Me levanté de un salto tras apartar el edredón rosa y di dos pasos hasta asomarme a la puerta. Colin estaba allí, sentado en el sofá, dándonos la espalda, erguido y con un impecable suéter azul marino. Volví a meterme en la habitación, abrí el armario y cogí unos vaqueros viejos y la primera camiseta que encontré. Al ver el despertador de la mesita descubrí que era casi la hora de comer.

—Ha llamado y no sabía qué hacer...

—No te preocupes, mamá.

—¿Le pregunto si quiere té?

—No es necesario, ya me encargo yo.

Me escabullí hasta el baño, me limpié la cara con agua fría y me vestí intentando ignorar que tenía un aspecto terrible. Decir que parecía que una estampida de ñus me hubiese pasado por encima habría sido demasiado halagador. Cuando entré al salón, rodeé el sofá y saludé a Colin. Él alzó la mirada hacia mí con gesto serio y se puso en pie. Tal como había hecho la noche anterior, me dio un beso en la mejilla.

—¿Qué estás haciendo aquí? —pregunté.

—Anoche... —Se frotó la nuca con gesto pensativo—. Estaba preocupado por ti.

—Estoy bien, mejor que bien.

—Pues nadie lo diría...

Lo fulminé con la mirada y él puso las manos en alto mostrándome una de sus inocentes sonrisas. Recordé que mi madre estaba en casa y casi con total probabilidad estaría escuchando la conversación, así que le propuse salir y dar una vuelta. Cogí un anorak que me venía un poco pequeño y las llaves antes de que ambos nos encaminásemos por el sendero de la entrada hasta pasar la valla que delimitaba el pequeño jardín. Era el primer día del año y lo estaba pasando con mi exprometido, paseando por una urbanización desierta mientras el frío nos abrazaba.

—Te vi salir anoche... —comenzó a decir.

—Ya, te dije que tenía que irme.

—Claro, en medio de la tormenta, con Jack siguiéndote mientras el resto del mundo celebraba la llegada de un nuevo año. Lo normal.

—¿Qué quieres, Colin?

Paró de caminar en medio de la calle y, ante mi mirada de desconcierto, se subió el suéter dejando a la vista un moratón en el costado. Alzó una ceja con gesto divertido y me estremecí, porque odié esa confianza y familiaridad que, pese a todo, aún existía entre nosotros.

—Lo que quiero saber es qué razón pudo tener Jack para pagar su cabreo conmigo cuando salí a la calle a buscarte.

—Joder, ¿Jack te hizo eso?

—No te preocupes. Después me dejó que le diese un puñetazo, ni siquiera intentó apartarse.

«Y ahí están los dos únicos tíos de los que me he enamorado en toda mi vida, uniéndose en un ejercicio de madurez y sensatez, sí.»

—¿Qué narices os pasa?

—A mí no me mires.

—Da igual. No es asunto tuyo.

—Lo es si se trata de ti. Y también si tiene que ver con mi trabajo, porque, en un minuto, el muy idiota ha mandado a la mierda todo lo que habíamos tardado meses en conseguir —gruñó—. ¿Qué ocurre entre vosotros?

Nos miramos en silencio.

Y no sé por qué, no sé si fue por nostalgia o por desesperación, pero terminé contándole lo que había pasado. O parte de ello. Había detalles, momentos o gestos que era incapaz de compartir, porque quería pensar que seguían siendo solo nuestros. Allí, sentados los dos en el bordillo de la acera de una solitaria calle, dejé entrar a Colin de nuevo en mi vida, al menos temporalmente. Él me escuchó con atención y se mostró comprensivo cuando me fallaba la voz. Fue como siempre había sido todo entre nosotros, fácil y cómodo, pero sin profundizar demasiado.

—Así que, en resumen, debería haberle dado un puñetazo más fuerte —bromeó, aunque solo logró aumentar mi mal humor.

—Claro, porque tú eres el más indicado para decir algo así y juzgar a los demás.

—*Touché*. Entonces, ¿qué piensas hacer?

Me encogí de hombros.

—Nada. Me he equivocado, cometí un error al pensar que él podría sentir lo mismo por mí. No puedo culpar a Jack por no corresponderme, sí por mentirme, pero no por lo demás.

Colin me miró compasivo. A pesar de estar sentado en el suelo, seguía teniendo buen aspecto. Llevaba el cabello bien peinado hacia un lado y tenía pinta de ser el perfecto novio que aparece en las películas románticas, con sus ojos dorados y afables y esa expresión tan correcta, tan comedida.

—¿Puedo hacer algo por ti? Lo que sea. Supongo que ahora buscarás trabajo, así que podría hablar con mi jefe... si te interesa —comenzó a decir, pero negué rápidamente con la cabeza. Una cosa era que pudiese hablar con él como algo esporádico, en un momento de debilidad, y otra muy distinta imaginarme trabajando con Colin mano a mano. Además, quería darme un tiempo antes de tomar decisiones importantes, tener claro lo que deseaba hacer—. Dime qué necesitas.

Y supe que en realidad Colin necesitaba más ayudarme que yo su ayuda. Vi la culpa y la desesperación por apaciguar ese sentimiento de algún modo. Le sonreí con tristeza.

—Quizá sí te pida algo.

Media hora después, los dos estábamos en su coche. Sonaba una canción de los ochenta de fondo y el silencio no era tan incómodo como habría esperado. Me limité a escucharlo hablar de su vida durante el último año y medio, anécdotas y tonterías varias que me entretuvieron y me sirvieron para dejar de pensar en Jack durante un rato, hasta que volví a clavar la mirada en el cristal y en el cielo encapotado.

Fue raro verlo subir a mi apartamento, pero no me paré a pensarlo demasiado porque, en cuanto entré, me apresuré a darle una lata de comida húmeda a Regaliz y luego me dirigí a mi habitación y comencé a sacar ropa de invierno. Colin me ayudó a bajar las dos maletas que estaban encima del armario y colaboró en cada tarea que le pedí, como recoger las cosas de aseo que tenía desperdigadas por el baño en un neceser o sacar de la nevera aquellos alimentos que estarían caducados en un par de días. Mientras tanto, terminé de guardar la ropa, metí a Regaliz en el transportín y encendí el teléfono para llamar a Hannah y a Emma y contarles mis planes, porque no quería que se preocupasen por mí. Las dos estuvieron de acuerdo con mi decisión.

No tenía ninguna llamada perdida de Jack.

«¿Qué esperabas?»

Cuando Colin apareció en la habitación para cargar con las maletas y me preguntó si estaba bien por séptima u octava vez consecutiva, le contesté que sí, que estaba perfectamente, a pesar de que volvieron a entrarme ganas de llorar.

Antes de salir del apartamento, su mirada se fijó en un punto concreto de la entrada.

—¿Dónde está la estatua griega?

—Eh, bueno... la tiré a la basura —admití.

—Pero ¿cómo se te ocurre?

—La elegiste tú, no me gustaba.

Colin se pasó el trayecto en el ascensor refunfuñando por lo bajo, algo que solo me causó una extraña satisfacción. El camino de regreso fue similar al de la ida, pero con más silencios. Paramos a la mitad para picar algo en una estación de servicio y luego retomamos el viaje hasta regresar a la urbanización. Colin estacionó el coche enfrente de la casa de mi madre y suspiró hondo con las manos aún en el volante.

—Gracias por esto —dije.

—No tienes que dármelas —contestó y antes de que pudiese abrir la puerta y bajar, me sujetó del brazo y me miró serio—. Siento lo que te hice. Lo siento muchísimo. Fui un gilipollas egoísta y, si pudiese volver atrás, te juro que las cosas ahora serían muy distintas. Tú siempre has sido la única mujer con la que podía imaginar un futuro.

Tragué saliva, sin saber qué decir. Por suerte, el gato, que estaba harto de estar metido en el transportín, comenzó a maullar. Miré a Colin.

—Tengo que irme...

—Claro. —Asintió con la cabeza—. Llámame si necesitas cualquier otra cosa.

—Lo tendré en cuenta.

Me quedé unos segundos en medio de la calzada viendo desaparecer el coche de Colin a lo lejos y luego entré en casa. Olía a tarta de manzana y sonreí al ver a mi madre agachada frente al horno supervisando la cocción. Le di un beso en la mejilla antes de dirigirme al salón y permitir que el gato saliese. Regaliz lo observó todo con atención y no tardó mucho en terminar acomodándose encima de la butaca más cercana a la calefacción.

En ese momento mi móvil vibró.

De: Jack Helker
Para: Elisa Carman
Asunto: (sin asunto)
Soy un capullo, pero nunca quise hacerte daño...
Y no sé qué puedo hacer. Ni siquiera sé qué decir.
Jack Helker

Contuve el aliento antes de eliminarlo.
Y entonces llegó otro mensaje:

De: Jack Helker
Para: Elisa Carman
Asunto: (sin asunto)
¿Quieres saber qué estaba mirando en el móvil justo antes de que aparecieses anoche? Tus mensajes. Nuestros mensajes. Estaba leyéndolos y pensando en lo jodidamente feliz que algún día harías a ese hombre que tuviese la suerte de cruzarse contigo. Pensaba que estabas bien con él. Con Connor. Busqué su nombre en tu ordenador mientras te duchabas el otro día y luego lo investigué y, por lo que vi, parecía un buen tipo. Imaginé que estarías pasando la noche con él, celebrando el año nuevo y... no sé, ni siquiera sé cómo me hacía sentir eso. Y entonces apareciste allí, delante de mí...
Jack Helker

Parpadeé, conteniendo un nuevo torrente de lágrimas, pero esa vez no borré el mensaje, tan solo apagué el teléfono y regresé con mi madre a la cocina. Me puse la manopla y me encargué de sacar el pastel del horno.

Cuando quise darme cuenta, había pasado una semana.

Los días se esfumaban entre paseos tranquilos por los alrededores de la casa, películas y limpieza. Juntas habíamos dejado (aún más) reluciente la cocina y el suelo de la casa, limpiando con mimo y dedicación cada una de las juntas y sacándole brillo a la madera antes de barnizar las puertas y las ventanas. Necesitaba estar concentrada en algo. También nos ocupamos del pequeño jardín, quitando las malas hierbas y dejando preparados los parterres de flores para la próxima primavera.

Dormía más que nunca, cocinaba en los ratos libres y disfrutaba de tener todo el tiempo del mundo para mí misma. Además, mi madre estaba encantada con Regaliz, porque siempre tenía pelos de los que ocuparse y el gato parecía feliz al no estar en la ciudad y poder salir al jardín para disfrutar del aire fresco. En poco tiempo, ambos habían desarrollado un fuerte lazo de unión que era el causante de que por las noches, mientras estábamos en el salón, ella se dedicase a acariciarlo con gesto ausente sobre su regazo con la vista fija en la televisión. Yo solía sentarme en el sofá de al lado, junto a la lamparita de noche, y leía alguna de las viejas novelas románticas que llevaban años cogiendo polvo en mi habitación y que tanto le gustaban a Emma. Puede que, dada mi situación, no fuese la decisión más sensata, pero lo cierto es que me entretenían lo suficiente como para conseguir evadirme un rato. O eso fue lo que le dije cuando me llamó al teléfono fijo, que era el número que les había dado a ambas.

Era como volver a tener dieciséis años y estar en casa, sentirme protegida y sin ninguna responsabilidad sobre mis hombros, algo que, por desgracia y como bien comprobé días después al encender el móvil, tan solo era una efímera ilusión. Se habían cobrado varias facturas de una cuenta bancaria en la que ya no recibía ingresos al final de cada mes, Julia Palmer me había escrito varios mensajes amenazantes por haber dejado de ser su abogada, exigiéndome que volviese a mi trabajo (los ignoré todos) y sí, como me temía, en la bandeja de entrada tenía varios e-mails de Jack.

Tomé una bocanada de aire y los abrí.

De: Jack Helker
Para: Elisa Carman
Asunto: (sin asunto)
No dejo de pensar en ti. En todo lo que dijiste.

¿Sabes esa sensación de estar perdido, de no encontrarte en ningún lugar? Pues así es como me siento, como me he sentido siempre. Si echo la vista atrás, nada ha cambiado desde aquel día que puse un pie en la casa de mi padre y conocí a su mujer y a mis tres hermanos. Fue como si me dejasen caer en un mundo en el que nunca encajé. Y daba igual cuánto me esforzase, lo mucho que intentase ser mejor...

Jack Helker

Lo volví a leer, intentando entenderlo.

Pero no le encontraba el sentido, ni a ese ni al anterior mensaje. No entendía qué relación tenía todo aquello con nosotros, con el hecho de que Jack no sintiese lo mismo por mí. Me tumbé en la cama de mi habitación y, con dedos temblorosos, sostuve el móvil y seguí leyendo.

De: Jack Helker
Para: Elisa Carman
Asunto: (sin asunto)

Tenías razón. Sabía lo de Colin, pero no cuando te conocí. Lo supe después de la primera noche que pasamos juntos y entonces ya era tarde para renunciar a ti. Habíamos quedado para comer y después me invitó a su apartamento para darme unas cosas de trabajo. Entonces te vi. Creo que era la fotografía de la boda de su hermano y tú estabas allí, a su lado, sonriente y preciosa, y te juro que me dieron ganas de matarlo por ser tan idiota de haberte dejado escapar.

Y ahora mírame.

Jack Helker

De: Jack Helker
Para: Elisa Carman
Asunto: (sin asunto)

Hace una semana que no sé nada de ti y te siento tan lejos que parece que llevemos años sin vernos. Y, joder, no dejo de arrepentirme por no haber sabido hacer las cosas de otra manera, de alguna que no implicase hacerte daño por el camino...

Jack Helker

De: Jack Helker
Para: Elisa Carman
Asunto: Pensando...

He estado pensando mucho. Pensando en esos miedos que empiezan siendo pequeños, pero terminan creciendo y envolviéndote. Pensando en todo lo bueno que no me atrevo a tocar por miedo a romperlo. Pensando en si el valor real de las cosas es algo que decidimos cada uno o sobre lo que nos condicionan. Y pensando en ti, a todas horas; pensando en lo mucho que me gustaste la primera vez que te vi con tu ceño fruncido. Parecías atrapada en tu propia piel. Necesitaba conocerte. Y luego necesité enfadarte cada día solo para ver cómo dejabas de arrugar la frente y de contenerte.

Jack Helker

De: Jack Helker
Para: Elisa Carman
Asunto: Momentos

¿Nunca has tenido esa sensación de estar viviendo uno de esos momentos tan perfectos que te dices que tienes que memorizarlo y guardártelo para siempre? Yo lo sentí contigo. Y ese fue el día que supe que estaba perdido, porque la última vez que me ocurrió eso con otra persona... capturé el momento en una fotografía dolorosa que no pude borrar de mi cabeza en mucho tiempo. Y contigo hice lo mismo. Aquella mañana, cuando desperté y te vi dormida a mi lado, tan relajada, tan preciosa... No pude evitarlo, supe que era uno de esos instantes que marcan un antes y un después aunque ni siquiera entiendas por qué. Y te miré. Te miré durante una eternidad hasta memorizar cada gesto, cada detalle. Hasta llevarte conmigo.

Jack Helker

Ahogué un gemido antes de apagar el teléfono otra vez, incapaz de seguir leyendo los otros dos mensajes que quedaban. Mi madre, que llevaba puesto un delantal rosa, se asomó por la puerta.

—Te llaman por teléfono. Es Emma.

Asentí y me dirigí hacia el salón confundida y enfadada conmigo misma por dejar que sus palabras me afectasen así. Cogí el teléfono fijo y me senté en el sillón con la mirada clavada en el ventanal. El cristal estaba tan limpio que parecía que la ventana estuviese abierta.

—¿Cómo estás?

—Bien, mejor.

—A veces mientes peor que Hannah.

Me reí, muy a mi pesar, y suspiré.

—Lo estaré —respondí decidida.

—Así me gusta —dijo—. Y hablando de cosas que me gustan, he estado pensando que quizá podría cogerme unos cuantos días libres.

—Qué bien. Vacaciones adelantadas.

—¡Sí! —gritó emocionada—. ¿Y sabes quién más tiene vacaciones? ¡Tú! Bueno, vale, no son vacaciones vacaciones, pero ignoremos ese detalle. ¿Por qué no te vienes aquí unos días y los pasamos juntas como en los viejos tiempos? Anda, no me hagas rogártelo, será divertido y creo que te vendrá bien.

—Vale. Hecho.

Emma gritó emocionada y parloteó sola durante un buen rato asegurando que esperaba tener que convencerme con tretas y amenazas y que no podía creer que hubiese sido tan fácil. Claro que ella no sabía que de pronto me sentía atrapada por las palabras de Jack, más cerca de él, más lejos de olvidarle, pero también más decidida a seguir hacia delante y no mirar atrás. Así que, dos días después, hice de nuevo las maletas y solo cuando estuve en el aeropuerto me permití abrir de nuevo la bandeja de entrada.

De: Jack Helker
Para: Elisa Carman
Asunto: No podía

He estado muy jodido, Elisa. Aún lo estoy. Y no esperaba que ocurriese esto contigo. No esperaba que llegases y tirases por tierra los últimos años de mi vida. Porque contigo llegó todo lo bueno otra vez: sentir que compartía algo con otra persona, la paz al estar juntos, esa sensación de no tener nunca suficiente, de anhelar que me conocieses aunque no te dejase hacerlo, de querer verte y tocarte a todas horas. La adicción. Con todo lo malo que arrastra también: los recuerdos, lo que quedó atrás, muchas emociones que creía que eran demasiado parecidas...

Pero me equivoqué, porque tú jamás podrías parecerte a ella.

Jack Helker

De: Jack Helker
Para: Elisa Carman
Asunto: Debilidades

Es cierto, tengo miedo. Tengo tanto miedo que no sé si seguir escribiéndote. Me da miedo que, cuando me conozcas, no te guste lo que encuentres. Me da miedo pensar siquiera si estarás leyendo estos mensajes o si los envías a la papelera antes de abrirlos, y aún peor, me da miedo admitir que ya no sé si los escribo para ti o para mí. Quizá para los dos.

Jack Helker

Y con esas últimas palabras de Jack acompañándome, subí en el siguiente avión rumbo a Los Ángeles.

35

CONOCIENDO A JACK

Siempre he pensado que el mar tiene algo reparador. No sé si por el sonido de las olas, que calma el alma, o por ese olor a salitre que se te pega en la piel y se queda contigo, pero las tardes paseando por la orilla de la playa junto a Emma fueron terapéuticas. Daba igual que hiciese viento o lloviese, nos poníamos los chubasqueros, nos quitábamos los zapatos y caminábamos descalzas por la arena húmeda, a veces hablando de todo, otras tan solo en silencio, cada una pensando en sus cosas.

Al anochecer, cuando volvíamos de nuestro habitual paseo, Alex solía estar ya metido en la cocina, sonriente y optimista, como de costumbre, preparando alguna cena deliciosa sobre la que después nos deshacíamos en halagos chupándonos los dedos.

Los días que pasé allí fueron muy tranquilos, y cuando Emma se incorporó al trabajo, aprendí a estar conmigo misma. Por las mañanas salía temprano, caminaba por el paseo y me acercaba a alguna cafetería en la que refugiarme del frío húmedo de la costa. Mientras desayunaba, solía leer el periódico. Algunos días llamaba a mi madre y la escuchaba hablar entusiasmada de Regaliz y de lo mucho que disfrutaba revolcándose en el jardín, a pesar de que luego le dejase la casa hecha una pocilga (puede que lo de «pocilga» sonase exagerado, pero no cuando se trataba de ella). A veces también hablaba con Hannah; las cosas con Aiden no podían ir mejor (exceptuando que los habían vetado en un cine por, según ella, «hacer manitas», aunque, conociendo a su novio, parecía más realista imaginarlos a ambos dándolo todo en el suelo lleno de palomitas).

El resto del día merodeaba por los alrededores, visitaba mercadillos artesanales y compraba cosas que no necesitaba, como bonitos anillos con relucientes gemas azules o pulseritas varias. Cuando regresaba a la hora de comer, Emma solía estar en casa y, juntas, las tardes se deshacían entre películas, paseos por la playa o ratos en los que no hacíamos nada útil, como leer el horóscopo o calificar del uno al diez los culos de nuestros actores favoritos.

No volví a saber nada de Jack.

Cuando regresé a Nueva York, lo hice con tristeza, porque habían sido unos días bonitos, tranquilos. Y porque, además, aunque sabía que en algún momento debía retomar el control, aún no tenía ni idea de qué era lo que quería hacer.

Febrero llegó en silencio tras las largas nevadas del invierno. Pasé las primeras semanas en Nueva York metiendo en cajas de cartón todas aquellas cosas que no deseaba seguir teniendo en mi vida: adornos, recuerdos, lámparas retorcidas y demasiado minimalistas, utensilios de cocina que en el fondo sabía que jamás usaría y que solo ocupaban espacio en los cajones, cuadros, ropa que siempre guardaba «por si acaso», pero que en realidad no pensaba volver a ponerme.

Un día llamé a Colin, me tomé un café con él y luego le pedí que le echase un vistazo a las cajas que había ido amontonando por si quería rescatar algo. Fue entonces, mientras él rebuscaba entre los viejos recuerdos, cuando me contó que Jack había dejado su trabajo a principios de enero. Fingí no inmutarme, aunque por dentro las preguntas se agolpaban una detrás de otra. Tras varios viajes, Colin terminó llevándose el mueble del comedor ante mi insistencia.

—¿Y dónde pondrás la televisión?

—En el suelo —contesté.

—Estás loca.

—Solo es temporal.

Colin negó con la cabeza antes de llamar a una empresa de mudanzas. Cuando finalmente se marchó, el apartamento estaba casi vacío, pero todo lo que había allí dentro lo sentía mío y solo mío. «O casi todo», pensé tras meterme en la cama al caer la noche y ver la bola de cristal que descansaba sobre la mesita. La cogí, suspirando, y la hice girar dejando que los copos se deslizasen sobre Bryant Park. Recordé aquel día. El brillo de la pista de hielo y el olor a calabaza, nuestras manos rozándose al caminar entre las casitas de vidrio, la cita en aquel restaurante italiano...

Como si hubiese adivinado que esa noche me quedé dormida contemplando la bola de cristal que me regaló, a la mañana siguiente encontré un nuevo mensaje de Jack en la bandeja de entrada:

Para: Elisa Carman
De: Jack Helker
Asunto: Ella. El comienzo

Creo que debería empezar por el principio.

La conocí una noche de primavera. Había salido con unos compañeros de la universidad a celebrar el cumpleaños de uno de ellos y terminamos en un bar de copas. Ella estaba sentada en la mesa de al lado con un par de amigas y, cuando la vi, no sé, fue como si se parase el mundo. No podía apartar los ojos de ella. Era preciosa, pero no una de esas chicas guapas de piernas largas, no. Ella tenía algo especial, era una de esas pocas personas que consiguen no solo llamar tu atención, sino mantenerla, engancharte. Daba igual lo que dijese; si salía de sus labios, todo parecía interesante. Tenía una sonrisa contagiosa y una mirada inteligente y astuta que, por primera vez, me hizo sentirme real ante los ojos de otra persona.

Al verla, supe que tenía que conocerla.

Y fue el peor error de mi vida.

Esa noche, dos horas después, cuando el local estaba ya casi vacío, terminé follando con ella en los baños. No sé qué me pasó, pero sentí que conectábamos de algún modo. Me había tirado a muchas chicas durante los primeros años de universidad y me gustaba la libertad, no tener compromisos, pero, de pronto, con ella deseé algo diferente. Volver a verla, volver a tenerla entre mis brazos. Cuando le pedí su número de teléfono, sacó un bolígrafo de su bolso, cogió mi mano y me lo escribió en la piel. Luego sonrió, una de sus sonrisas afiladas que parecían esconder secretos oscuros, y salió de allí sin molestarse en decirme adiós.

Lo cierto es que aún hoy no sé por qué me enamoré de ella como un idiota, no sé si fue porque era la primera tía que no parecía desearme más de lo que yo la deseaba a ella, o si tuvo que ver su actitud despreocupada y ese aire bohemio que hacían que quisiera siempre más y más. Pero ella era nicotina. Era noches eternas en la habitación de su residencia perdiéndonos el uno en el otro, hablando en susurros, deseando meterme bajo su piel solo para poder saber qué estaba pensando en cada instante, qué pasaba por su cabeza cuando apoyaba un codo sobre la cama y me miraba fijamente, fumándose un cigarrillo, desnuda y tan suya como siempre; el tipo de chica que, en vez de intentar cubrirse con la sábana después de follar, prefería apartarla y dejarse ver con el cuerpo brillante de sudor.

¿Qué puedo decir? Me tenía en la palma de su mano. Bastaba que dijese «ven» para que fuese y se lo diese todo. Fue la primera persona con la que me abrí de verdad; porque nunca es lo mismo hacerlo con alguien que te acompaña en el camino desde siempre y te observa y te entiende mejor de lo que tú mismo lo haces, que cuando decides dejarte ver por esa chica que dos meses atrás era una extraña más. Como te estarás imaginando, confié en ella ciegamente. Le hablé de mi familia, de mi vida, de mis miedos y mis sueños. No me guardé nada. Y en ese momento no era consciente de que ella sí se lo estaba guardando todo; de que, en el fondo, solo quería de mí el placer, el caos, la parte mala, la diversión y las noches juntos.

Tiempo después me enseñó una lección que me ha marcado hasta el día de hoy: la persona que más ames también será la que más pueda hacerte sufrir, aquella con el poder de joderte el corazón. Así que asegúrate de querer a una buena persona o, mejor aún y más práctico, de no querer a nadie.

Jack Helker

Aquel día releí varias veces el mensaje, intentando leer entre líneas. Si quería que entendiese por qué no podía arriesgarse a dejar que nadie entrase en su vida después de aquel desengaño de juventud, llegaba tarde, porque hacía semanas que lo había aceptado. Sabía que en ocasiones hay cosas que marcan demasiado, te atan y te impiden seguir hacia delante. Pero a esas alturas, y a pesar de sus errores, ni siquiera podía seguir fingiendo estar enfadada con él. De algún modo retorcido, habían sido las manos de Jack las que habían roto el capullo de seda dentro del que llevaba años viviendo, instándome a salir, a buscar mi propia felicidad y a extender las alas. Lo más probable era que ni siquiera él lo supiese o que no fuese algo premeditado, pero le estaba agradecida por ello porque, más que nunca, me sentía cómoda en mi propia piel.

Cansada de pensar en él, de sentir que seguía echándolo de menos, salí a la calle a media mañana y me tomé un café y una porción de pastel en *Molly's Cupcakes*, que era mi pastelería favorita del barrio. Y al terminar, cuando regresaba caminando a casa, pasé frente a un quiosco y lo vi. O, mejor dicho, los vi.

Cogí la revista.

Julia Palmer y Frank Sanders protagonizaban la portada y ambos salían abrazados y sonrientes mirando a la cámara; ella vestía un top verde chillón a juego con una falda de vuelo, y él iba de negro. Bajo la imagen que anunciaba que ambos habían retomado su escandalosa relación, figuraban unas impactantes declaraciones: «Hay mucha gente que no entiende lo nuestro, que piensa que estamos chiflados, pero ¿qué es el amor sin un poco de locura? Nos queremos y, aunque los dos hemos cometido errores, estamos ilusionados por volver a intentarlo». Todavía atónita, compré la revista y me la llevé a casa. La dejé encima del sofá para ir a por un vaso de agua mientras me preguntaba cómo estaría Henry, pero todo aquello desapareció de un plumazo de mi cabeza cuando escuché el pitido de otro mensaje y vi el nombre de Jack en la pantalla.

Tragué saliva, nerviosa, y leí:

Para: Elisa Carman
De: Jack Helker
Asunto: Ella. El infierno

No sé si entendiste lo que intentaba decirte en el anterior correo, no sé siquiera si estás leyendo esto o si los ignoras. Solo sé que debería haber acabado con todo hace años, desde el principio... Un principio que ahora parece lejano, pero que para mí fue eterno. El infierno que empezó cuando Ethan llamó a la puerta de mi habitación del piso que compartíamos para presentarme a la chica con la que llevaba saliendo desde hacía semanas. La misma chica para la que había preparado una cena especial en la azotea, bajo el cielo de principios de verano.

La vi allí, en el dintel de la puerta, mirándome al lado de un orgulloso Ethan. Solo pareció sorprendida unos segundos antes de retomar el control y estrecharme la mano con una sonrisa sincera, como si menos de veinticuatro horas atrás esa misma mano que tocaba no hubiese estado entre sus piernas haciéndola suspirar de placer.

Lauren subió con Ethan a la azotea.

Te juro que ni siquiera podía moverme. Me quedé allí, sentado en el suelo de mi habitación con la espalda apoyada en la pared, pensando, pensando y pensando; intentando entenderla. El día anterior habíamos pasado la tarde entre las sábanas de su cama, susurrándonos tonterías, besándonos durante horas. Creo que nunca había sentido algo tan desgarrador en el pecho. Y quería hacerle daño. Llegué a esa conclusión cuando horas más tarde bajaron a la habitación de Ethan y la escuché reír tras la pared antes de que sus gemidos inundasen mi cabeza. No podía razonar, no podía. Solo podía sentir dolor al imaginarme el cuerpo de Ethan sobre el suyo.

Estuve toda la noche despierto, sin moverme, y a la mañana siguiente esperé hasta que ella se marchó antes de ir en busca de Ethan. Ahí fue cuando cometí el primer gran error. Tenía la intención de contárselo todo, de decirle que lo estaba engañando (y nada menos que conmigo), pero cuando Ethan empezó a hablar de ella, embobado, tan enamorado, las palabras se me atascaron en la garganta. Solo pude quedarme ahí y escucharlo decir lo maravillosa e inteligente que era Lauren, lo perfectas que habían sido todas las citas que habían tenido hasta entonces y lo genial que iba a ser pasar el fin de semana siguiente en la costa para conocer a los padres de ella.

Lo único que se me ocurrió fue ir a su residencia. Si esperaba verla arrepentida o triste por lo que había hecho, no lo demostró. Supongo que, cuando mi hermana va por ahí diciendo que me partieron el corazón sin tener ni idea de lo que ocurrió, podría considerarse que fue en ese instante, cuando tras abrir la puerta me dijo que yo era sexo y diversión, algo temporal, mientras que Ethan era futuro y amor, algo duradero.

Jack Helker

Noté la mirada acuosa al imaginar ese Jack joven, dispuesto a darlo todo, que no se parecía en nada al hombre en el que se había convertido. Y pensé en llamarlo, en escuchar su voz, no por todo lo que aún sentía por él, sino por esa amistad que habíamos compartido durante aquellas semanas llenas de buenos momentos.

El móvil sonó poco después.

De: Jack Helker
Para: Elisa Carman
Asunto: Ella. El final

Sé que es difícil comprenderlo, pero me sentía como dentro de una película mala que en algún momento llegaría a su fin. Amenacé a Lauren varias veces, le dije que si no se lo contaba ella, lo haría yo. Quería que se responsabilizase de sus actos. Y lo último que deseaba era hacerle daño a Ethan, que estaba más feliz e ilusionado que nunca, pero no encontraba la manera de evitarlo. Me sentía dentro de una encrucijada entre las palabras de Lauren, que aseguraba que lo nuestro no había sido «nada» y que en verdad estaba enamorada de mi mejor amigo, y la sensación de estar metiéndome en un agujero del que no podría escapar. La situación se me fue de las manos. Cada día que pasaba era un poco peor. No dormía, no comía y apenas pisaba el apartamento que compartíamos porque no soportaba la idea de verlos juntos. Y lo peor de todo es que no tenía a nadie con quien hablarlo; por aquel entonces, Nicole era una cría, y aunque no hubiese sido así, estaba demasiado encerrado en mí mismo, en el dolor que me iba llenando...

No lo sé, Elisa, no sé por qué hice las cosas tan mal, si tuve más culpa que la propia Lauren o si me bloqueé y no supe reaccionar ante una situación que me nublaba la mente. Solo sé que ese año terminé la carrera, encontré un trabajo y me mudé. Empecé a beber. Empecé a centrarme en lo que ocurría dentro de la oficina porque no quería ver lo demás. Y en medio de todo ese caos emocional, también empecé a notar que mi padre se acercaba más a mí cada vez que escalaba un puesto, que conseguía un triunfo, que tocaba ese «más». Entré en ese bucle. Entonces pensé que al menos aquel lugar era seguro; lejos del sufrimiento, podía volver a respirar.

Unos meses más tarde, en otoño, aparecí en casa de Ethan borracho y empecé a mascullar sin control todo lo que pensaba sobre Lauren. Que era una mala persona. Que era una mentirosa. Que no merecía estar con alguien como él. Que era falsa, solo un envoltorio, un disfraz que mudaba según quién estuviese delante. Ethan se quedó helado al principio, pero terminó cabreándose mientras yo iba dando tumbos por el pasillo; me cogió del hombro y me obligó a mirarle a la cara antes de decirme que no volviese a hablar de ese modo de la mujer con la que iba a casarse. Y sí, así fue como me enteré de que Lauren se había quedado embarazada y de que ambos pasarían por el altar antes de Navidades.

No fue algo previsto. Al menos, no por parte de Ethan, que ni siquiera había terminado sus estudios. Por suerte, los padres de Lauren tenían dinero y contactos, y estaban lo suficientemente encantados con su relación como para hacer la vista gorda ante ese «pequeño percance» y se ocuparon de la mayoría de los gastos.

Poco después, Molly llegó a nuestras vidas.

Te diría que la quise desde el primer momento, que la cogí en mis brazos en aquella habitación del hospital, pero no es cierto. Tardé un tiempo en hacerlo, en intentar amoldar mi mente y, dadas las circunstancias, pensar en la felicidad de Ethan. Mi relación con Lauren era apenas inexistente más allá de un par de palabras escuetas que nunca significaban mucho, pero poco a poco me esforcé por tolerarla y reconducir la situación. Ella seguía siendo tan deslumbrante, tan ingeniosa y aguda si se lo proponía, que a veces me olvidaba de lo mucho que la odiaba y volvía a sentir esa punzada en el estómago al verla, esa apremiante necesidad.

Aquel primer año fue el más tranquilo. Yo empecé a tener relaciones cada vez más cortas, porque Lauren seguía en mi cabeza y, en el fondo, jamás me esforcé por conocer a nadie más, ni mucho menos dejé que me conociesen a mí. Era más fácil, más cómodo. O lo fue hasta que tiempo después ella empezó a cambiar de actitud. Lauren no estaba hecha para la vida rutinaria de pareja y tardó poco en agobiarse y comportarse de forma extraña. Ni siquiera sé si Ethan se dio cuenta, porque se pasaba el día cuidando de Molly o trabajando y apenas tenía un minuto para sí mismo.

Sí, por retorcido que pueda parecer, Lauren empezó a buscarme. Aparecía por mi trabajo para almorzar, alegando que casualmente le venía de paso, o se dejaba caer por mi apartamento con cualquier excusa. Y entonces hablábamos, como en los viejos tiempos; abríamos una botella de vino y ella se desahogaba por lo poco que veía a Ethan o por lo llorona que era Molly, por el último corte de pelo que le habían hecho mal o por la mirada afilada que su suegra le había dirigido durante la última reunión familiar. Yo escuchaba. Siempre la escuchaba.

Supongo que a esas alturas debería haberlo visto venir, pero estaba demasiado ocupado intentando no quererla ni necesitarla como para poder fijarme en nada más. Porque sí, hacía eso todo el tiempo, repetirme lo mucho que debería odiarla para que la idea calase más en mí, porque Lauren era mi peor droga; sabía que era mala, que solo me había traído dolor y oscuridad, pero no podía evitar desearla.

Y fue más difícil hacerlo cuando me confesó que se había equivocado, que había cometido un gran error desde el primer momento y que pensaba divorciarse de Ethan. Me dijo entre lágrimas que no estaba enamorada de él y luego me abrazó y sus labios rozaron los míos antes de que fuese consciente de lo que estaba haciendo. No me aparté de ella tan rápido como me hubiese gustado, pero cuando lo hice, cuando la sujeté por los hombros y la miré a los ojos, creo que Lauren entendió que había cruzado una línea en la que no pensaba acompañarla. Me pidió perdón, fingiendo estar avergonzada, algo que me hubiese creído de no haberla conocido tan bien.

Una semana más tarde le diagnosticaron que tenía cáncer.

Ethan nunca supo de sus intenciones. Y cuando finalmente Lauren murió, no fui capaz de decirle que esa mujer por la que tanto sufría en realidad no era la persona que él había visto durante todos aquellos años, sino solo un reflejo borroso. Porque, ¿cómo le dices a tu mejor amigo que ha estado viviendo una mentira por culpa de tus decisiones? No podía. No podía manchar sus recuerdos ni tampoco los de Molly, no podía quitarles lo único que a ambos les quedaba de Lauren. El día del entierro, decidí que me llevaría el secreto a la tumba, y que a partir de entonces haría las cosas bien e intentaría no tropezar.

Jack Helker

Abrí el siguiente mensaje con el corazón en un puño por no haber sabido ver todo aquello, el sufrimiento de Jack, su dolor, sus inseguridades tras todos aquellos años, su miedo al amor.

De: Jack Helker
Para: Elisa Carman
Asunto: Y entonces apareciste tú

Te he hablado varias veces de la primera vez que te vi con tu famoso ceño fruncido, tan distante y reservada. Hay una razón, Elisa. Esa noche sentí algo parecido a lo que me ocurrió años atrás con Lauren. Sentí las ganas de conocerte, incluso a pesar de las circunstancias, sentí la necesidad de tenerte entre mis brazos y de averiguar a qué sabían tus besos. Y me acojoné. Joder. Me dabas tanto miedo que me propuse comportarme como el mayor idiota del mundo, pero lo peor es que hasta eso me gustó de ti: hacerte enfadar, ver cómo me fulminabas con la mirada y resoplabas por lo bajo.

Y fue como luchar conmigo mismo, el deseo contra el sentido común. Como sabes, ganó el primero. Me dejé llevar, me perdí otra vez y cuando quise dar marcha atrás, ya era tarde. Sí, tenías razón, una parte de mí estaba deseando que empezases a salir con alguien porque no era capaz de parar lo que fuese que teníamos. La otra parte se imaginaba a veces torturando a esos tíos con los que quedabas y odiándome por no poder comportarme como cualquier otra persona normal, pedirte una puta cita y decirte que estaba tan ridículamente pillado por ti que hasta tu idea de la casa a las afueras, el perro labrador y los aniversarios tópicos empezaba a parecerme tentadora.

Pero no podía. Siempre terminaba pisando el freno.

Me obsesionaba la idea de compararte con Lauren. No dejaba de hacerlo. Y durante todo ese tiempo fui tan idiota que no me di cuenta de que, en realidad, eres justo lo opuesto a ella, la otra cara de la moneda. Ah, por cierto, hablando de monedas... La que tengo en mi casa es falsa, es cruz por ambos lados, de eso se reía Molly el día que nos acompañaste al acuario. Ni siquiera podía recordar la última vez que me había sentido tan cómodo al lado de otra persona; a veces me entraban ganas de alejarte de mí de un empujón y hasta la idea de tocarte me dolía, de verdad; pero la mayor parte del tiempo lo único que deseaba era estar contigo. Estar, sin más. Ver la televisión, pedir algo para cenar, reírnos de cualquier tontería o conseguir enfadarte antes de arrastrarte hasta la cama. En realidad, fueron dos meses complicados; desde que te conocí hasta que te perdí. Era como vivir en una contradicción constante que fue a más y al final regresaron todos los miedos, uno detrás de otro; diría que me atraparon, pero, en el fondo, supongo que fui yo el que se dejó atrapar.

A veces creo que sigo siendo ese chico que se asomaría a un acantilado y se tiraría si se lo pidiese alguna de las pocas personas que le importan. Sí, tú formas parte de ese grupo de personas, Elisa. Y, joder, me asusta pensar que puedas pedírmelo, que me empujes a ser mi peor versión, que esté tan loco por ti que no pueda evitarlo...

Y ese es solo el primero de mis miedos. Tengo muchos más. Como el miedo que me ha dado confesarle a mi mejor amigo todo esto hace apenas un par de semanas. Pero sabía que tenía que hacerlo. Sabía que tenía que dejar atrás los recuerdos y parte de la culpa para poder darte lo mejor de mí. Eso es lo único en lo que puedo pensar ahora. En dártelo todo. Esta vez de verdad. En abrirme y dejar que cojas lo que tú quieras. En una vida contigo.

Espero que estés leyendo esto. Espero que, si lo haces, te acerques mañana por la tarde a la puerta de la cafetería que hace esquina en la calle Catorce y me esperes allí. Sé que no tengo derecho a pedirte que confíes en mí, pero quiero enseñarte algo.

Si no estás, entenderé que llego tarde, porque debí haber hecho esto hace mucho tiempo. Sea cual sea tu decisión, espero de corazón que tengas una vida plena y feliz y que te lleves los buenos recuerdos de nuestra historia.

Jack Helker (siempre tuyo)

36

JAMÁS TE PEDIRÍA QUE SALTASES

Una ola de frío había azotado la ciudad y todavía quedaba nieve acumulada en los parques y los bordes de las aceras. El cielo plomizo del invierno me devolvió la mirada cuando salí a la calle envuelta en una interminable sucesión de capas, empezando por el suéter de lana gorda, siguiendo por mi nuevo abrigo de color rosa palo y terminando por los guantes y la bufanda a juego.

Caminé a paso rápido. Cada vez que respiraba, una pequeña nube de vaho se elevaba sobre mi cabeza. Tras aquel mes de ausencia, tenía tantas ganas de verlo que hasta dolía. Allí estaba de nuevo, arriesgando una segunda vez como nunca antes lo había hecho, alejándome cada vez más de esa chica de antaño que soñaba con ser siempre mejor para los demás, pero no para sí misma. Y tenía la extraña sensación de estar acercándome paso a paso a eso llamado «felicidad», a pesar de los baches del camino; porque a veces hace falta caer y volver a levantarse para darse cuenta de que llevabas años andando en línea recta, con la vista clavada en un punto fijo, pero sin hacer ninguna parada para mirar y disfrutar del paisaje que te rodeaba.

Llegué puntual. Él no.

Estuve un rato esperando, con el corazón acelerado cada vez que distinguía a lo lejos a algún hombre con andares rápidos y seguros, frotándome las manos enguantadas para hacerlas entrar en calor. Me imaginé qué pasaría al verlo. Si sería como llegar al final de un largo recorrido por el desierto muerta de sed y con ganas de beber de sus labios o si, después de aquellos días de calma, mi cuerpo se habría acostumbrado a estar solo de nuevo y ya no sentiría esa necesidad de tocarlo, de perderme en el aroma de su piel...

Pero fue el desierto. Y la sed. Tanta sed, que tuve que contenerme para no abalanzarme sobre él cuando giró la esquina y sus ojos grises se encontraron con los míos. Sonrió. La sonrisa más bonita del mundo.

—Siento haber llegado tarde.

Y esa voz, tan ronca, tan profunda, que era casi una caricia. Lo vi dudar, pero al final se inclinó y sus labios rozaron mi mejilla derecha en un beso cálido y tierno. Dejé de respirar durante esos instantes y luego tomé una brusca bocanada de aire. Había algo nuevo en la mirada de Jack; quizá fuese la ausencia de la culpa y la calma que ahora parecía envolverlo, o la determinación y el anhelo que ya no intentaba ocultar. Estaba más delgado, con el mentón recién afeitado, y tenía un aire cohibido e inseguro que nunca antes había expuesto con tanta franqueza.

Mi cerebro debió de sufrir una especie de cortocircuito y contesté:

—Llegas tarde.

—Ya. Eso he dicho. —Intentó contener una sonrisa que terminó revelándose cuando sus labios se curvaron con lentitud. Me miró, cambió el peso del cuerpo de un pie a otro y susurró—: Leíste los mensajes...

—Todo el tiempo, sí.

Con gesto vacilante, ladeó la cabeza.

—Pareces un algodón de azúcar.

Me reí y la tensión entre nosotros pareció resquebrajarse. Solo necesitó cinco palabras para conseguirlo y una frase algo torpe.

—¿Eso es un halago...?

—Sabes que me pierde el azúcar.

Mi corazón se agitó en respuesta y nos miramos fijamente durante unos segundos hasta que la situación empezó a tornarse rara y Jack rompió el momento dando dos zancadas y situándose detrás de mí.

—¿Qué haces? —giré la cabeza.

—Confía en mí. Quiero que veas algo, pero antes... —Una de sus grandes manos me cubrió los ojos y la otra resbaló hasta mi cintura. Pude sentirlo a pesar de las capas de ropa: sus dedos presionando con suavidad, la palma ahuecada, la convicción del gesto—. Yo te guío. No te caerás.

Hubiese soltado una réplica aguda de no haber estado demasiado ocupada intentando que no me temblasen las rodillas ante su proximidad. Jack se movió, obligándome a hacer lo mismo, y por el contraste de la temperatura supe que acabábamos de entrar en un edificio. Escuché el ding del ascensor antes de subir. Y allí, dentro del cubículo, me estremecí al notar su cuerpo tras el mío, pegado a mi espalda, y su respiración en mi cuello. Cada piso fue una tortura.

Salimos del ascensor. Jack me soltó de la cintura. Oí

el tintineo de una llave y luego el chasquido de una cerradura antes de avanzar dos pasos. Apartó la mano y parpadeé un par de veces, confusa. Ante mí había un piso vacío, de grandes cristaleras, con lo que parecía ser un salón central con puertas que conducían a las demás habitaciones. Había una escalera apoyada en una pared, justo al lado de un cubo de pintura cerrado y algunos utensilios como pinceles, brochas y productos de limpieza; del techo colgaba una solitaria bombilla sin lámpara, con los cables todavía a la vista.

Busqué a Jack con la mirada.

—¿Qué es esto? ¿Te has comprado una casa?

Y cerca de mi apartamento, muy cerca...

—No. —Sonrió—. Esto es mi futura oficina. Nuestra, si tú quieres.

—No hablas en serio.

Se acercó, alzó una mano y colocó detrás de mi oreja un mechón de cabello con delicadeza. Y en sus ojos vi ternura y miedo y amor, todo entremezclado y confuso, sí, pero ahí estaba, dejando que esas emociones se mostraran y asumiendo el riesgo de aceptarlas.

—Hablo muy en serio —contestó en un susurro antes de tragar saliva, nervioso—. Sé que he sido un cobarde y un idiota y no hay día que no me arrepienta de lo que ocurrió la noche de fin de año; todo tendría que haber sido diferente, debería haber sido sincero. Y la verdad es que temía perderte, pero, aún peor, también temía tenerte. —Inspiró hondo—. Estaba atrapado en un callejón sin salida. Haberla cagado tantas veces... tener todo eso dentro... verte con Colin... odiar mis propios miedos...

Y entonces dejé que se desahogara. Me contó lo duro que había sido sincerarse con Ethan, cederle el espacio que le pidió con el corazón hecho trizas y dejar de hablar con ese chico que conocía desde que llevaba pañales y del que jamás pensó que llegaría a separarse. El apoyo inquebrantable de Nicole durante los siguientes días. Y luego el alivio que se apoderó de él al ver a Ethan tras su puerta unas semanas más tarde con un par de cervezas en la mano y la comprensión y el perdón reflejándose en su mirada.

Me habló del enfado de su padre cuando le confesó que había dejado el trabajo y yo le conté todo lo que había cambiado en mi vida: la relación con mi madre, las vacaciones en la otra punta del país, los paseos por la playa y las cajas que había ido llenando al regresar a Nueva York con todo aquello que ya no sentía que formase parte de mí, de la persona que era en ese preciso momento.

—Así que de tu comedor solo queda la televisión —bromeó Jack entre risas.

Habíamos acabado sentados en el suelo de madera con las piernas estiradas y la espalda contra la pared; estábamos tan juntos que su brazo rozaba el mío cada vez que su cuerpo se agitaba al reírse. Parecíamos dos viejos amigos poniéndose al día.

Giré la cabeza hacia él.

—También el sofá. Es demasiado cómodo, así que no podía tirarlo, aunque, ya sabes, tiene ese color gris un poco sin gracia que en realidad no me entusiasma, pero, en fin, supongo que a veces hay que conformarse. Además, mi cuenta de ahorros me lo agradece, porque ha pasado un mes complicado. Quizá los pobres pollos no puedan volar, pero el dinero sí, vaya si lo hace. Ah, por cierto, el engaño con la moneda fue lo más rastrero que he escuchado en mucho tiempo.

Jack sonrió. Tenía los ojos brillantes.

—Te echaba de menos. Echaba de menos oírte hablar de cualquier cosa.

Tragué saliva cuando su mirada descendió hasta mi boca y se quedó ahí, indecisa y llena de deseo. Y ese fue el momento en el que definitivamente tiré por la ventana el control, la sensatez y cualquier atisbo de prudencia. Incliné la cabeza y rocé sus labios. Fue todo lo que Jack necesitó antes de pronunciar mi nombre con un gruñido y acoger mi mejilla con una mano mientras profundizaba aquel beso. Nos besamos lento y rápido, suave y con brusquedad, como si fuese la primera y también la última vez. Yo intentaba decirle con la lengua que lo deseaba, con los dientes que no quería volver a perderlo, con los labios que esperaba que aquello fuese un comienzo.

—¿Esto significa que estás dispuesta a darme otra oportunidad? —Su nariz rozó la mía con delicadeza y yo asentí con la cabeza. Noté la curva de su sonrisa en mis labios al tiempo que sus manos encontraban los botones de mi abrigo—. Te juro... —desabrochó el primero— que no te arrepentirás, porque voy a ser el mejor novio del mundo.

Yo me reí. Él logró quitar el segundo botón.

—Vaya, veo que tu faceta competitiva no ha cambiado.

—Ni un ápice. Pienso ser tan letal que terminarás dibujando cada noche en tu diario corazones alrededor de mi nombre. Y luego subiré a la habitación, te haré el amor y conseguiré que lo confieses antes de hacer que te corras.

Volví a dejar escapar una carcajada, pero esta vez acompañada de un gemido ahogado porque su mano acababa de colarse dentro de mis pantalones. Con dedos algo torpes, busqué la hebilla de su cinturón.

—Hagamos una cosa —comencé a decir sin dejar de desnudarlo—, acordemos una palabra clave para cuando considere que tu ego está descontrolándose. Por ejemplo, *plátano*. Si me escuchas decirte eso, haznos un favor a los dos y cierra la boca.

Jack sonrió travieso y me mordisqueó la barbilla.

—Mmm, ¿plátano? Suena a que tu subconsciente está deseando que me quite los pantalones. Admítelo.

—¡Plátano!

Me reí hasta que me dolió el estómago.

Y luego dejé de hacerlo de golpe, en cuanto sus manos me bajaron los vaqueros y, sin siquiera molestarse en quitármelos del todo, me embistió de un solo golpe. Jadeé. Estábamos aún medio vestidos, en el suelo, sin ningún tipo de preliminares, y fue rudo y fuerte, con nuestros gemidos retumbando en la estancia vacía, pero incapaces de apartar los ojos el uno del otro. Y mientras temblaba bajo su cuerpo, supe que aquel sería uno de esos instantes especiales de los que Jack me habló; esos que se quedan en la memoria y pasan a formar parte de un álbum de recuerdos lleno de fotografías que nadie más puede ver.

Nos quedamos abrazados al terminar. Mis dedos se hundieron en su cabello y lo acaricié despacio mientras su respiración volvía a su ritmo normal.

—Jack —susurré—, que sepas que no tienes nada que temer. Conmigo estás a salvo incluso en la punta de un acantilado, porque jamás te pediría que saltases.

EPÍLOGO
—

(TRES AÑOS MÁS TARDE)

Alisé la parte delantera del vestido, aunque no tenía ni una sola arruga, pero estaba tan nerviosa que necesitaba hacer algo con las manos. La tela era suave, de color blanco roto, y el diseño era precioso, con un favorecedor escote en palabra de honor lleno de brillante pedrería. Hannah estaba radiante.

—Eres la novia más espectacular que he visto en mi vida —le dijo Emma, quitándome las palabras de la boca—. Te juro que si fuese lesbiana estaría enamorada de ti a un nivel preocupante, en plan loca acosadora.

Todas las chicas que estábamos en aquella habitación nos reímos. Dasha y Clare eran las únicas que habían podido elegir qué ponerse para la boda, porque Nicole, Emma y yo éramos las damas de honor y llevábamos un vestido sencillo de color rosa pálido de corte recto que finalizaba a la altura de la rodilla.

En veinte minutos daría comienzo la ceremonia. Mientras Nicole insistía en retocarle una vez más el maquillaje a Hannah, saqué el móvil del bolso. Fiel a mi nueva filosofía de trabajo, no me molesté en mirar los correos de algunos clientes que se habían acumulado en mi bandeja de entrada durante los últimos días. Jack y yo acordamos respetar un horario y fue la mejor decisión que pudimos tomar, porque nunca me había sentido tan plena y satisfecha en mi empleo. Yo me había especializado en casos más singulares, la mayoría relacionados con la publicidad de la comida basura y su influencia en el público infantil; eran largos y costosos, pero, por suerte y para compensar, Jack seguía interesado en una faceta más lucrativa del negocio.

Abrí un nuevo mensaje en blanco.

De: Elisa Helker
Para: Jack Helker
Asunto: ¿Todo en orden, villano?
La novia casi está lista. ¿Ya os habéis reunido con los demás invitados? Recuerda coger el paquete de pañuelos. Y el zumo. Y la bolsita que he llenado de Froot Loops, por si tuviésemos que llegar al soborno.
Te quiero.

De: Jack Helker
Para: Elisa Helker
Asunto: Necesito a mi esbirro
Ya que lo dices, no, todavía no nos hemos reunido con nadie porque ha surgido un percance de nada. O de mucho, depende de cómo lo mires. ¿Puedes escaparte unos minutos...? Ojalá pudiese arreglarlo sobornándolo con un puñado de Froot Loops, pero no creo que eso minimice los daños.
Jack Helker (perdido sin ti)

—¡Mierda! —siseé en voz alta.

—Oh, oh, eso suena fatal. —Emma alzó una ceja con gesto divertido—. No te preocupes, nosotras nos encargamos de todo.

—¿De verdad? —pregunté esperanzada.

—Sí, nos vemos en la ceremonia.

—¡Gracias, chicas!

Les di un sentido abrazo a todas antes de salir del coqueto bungaló de madera y dirigirme hacia otro de aspecto similar en el que habíamos pasado la noche. La boda de Hannah iba a celebrarse en medio del bosque; los invitados nos alojábamos en las pequeñas casas que estaban dispersas a lo largo del complejo y que, con su aspecto rústico y cálido, parecían adaptarse al ambiente entre altos abetos y verdosos matorrales. El lugar de la boda era casi digno de un cuento de hadas, pero no era de extrañar teniendo en cuenta que, durante los últimos años, Hannah se había especializado en la organización de eventos al aire libre, lo que había sido todo un acierto teniendo en cuenta que tenía el calendario lleno hasta próximo aviso.

La puerta de nuestro bungaló estaba abierta, así que entré sin llamar. Seguí el sonido de las risas que se perdían al final del pasillo y los encontré en el cuarto de baño. Jack tan solo llevaba puestos los pantalones, Noah estaba totalmente vestido, sí, pero también empapado. El cabello oscuro se aplastaba sobre su pequeña cabeza y la camisa blanca se transparentaba mientras Jack intentaba arreglar el estropicio con el secador.

Noah alzó los brazos al verme.

—¡Mamá! —gritó felizmente.

Yo intenté no desfallecer.

—¿Qué ha ocurrido?

—Mejor no preguntes.

Jack se esforzó por ocultar una sonrisa sin dejar de dirigir el aire del secador hacia nuestro hijo de dos años que, en resumen, era una copia exacta de él mismo. En todos los sentidos. Lo que incluía su adicción por los cereales Froot Loops y por hacer cualquier cosa que le pidiese que no hiciese. En palabras de una de las profesoras de su guardería, Noah era «el niño más revoltoso que había conocido en sus veinte años de enseñanza». Cuando nos dijo aquello en una reunión, Jack salió malhumorado y mascullando por lo bajo que pensaba demandarla por hablar así de «su angelito». Pero lo cierto es que «su angelito» no era precisamente dócil. La semana anterior, por ejemplo, decidimos llevarlo al cine por primera vez para ver una película de dibujos animados que, al parecer, no cumplió sus expectativas de entretenimiento, porque prefirió matar el tiempo pegándole un caramelo en el pelo a la señora que teníamos delante. Y esa era solo una de tantas. Las paredes del despacho de Jack estaban llenas de garabatos que Noah decidió dibujar cuando un día Jack tardó más de la cuenta en despedir a unos clientes en la puerta principal de la oficina; a Molly le cortó dos mechones de cabello una tarde que la pobre cometió el «tremendo error» de echarse una siesta en el sofá de nuestra casa, y el noventa por ciento del tiempo tenía por costumbre entender que «no» era «sí». Ya había intentado probar eso de la psicología inversa, pero el resultado fue tan desastroso que me dieron ganas de encerrarme en un armario y echarme a llorar.

Y, a pesar de todo, era adorable.

Con esos ojitos grises e inocentes y esa sonrisa traviesa que sabía disimular cuando le convenía. Me sentía la mujer más afortunada del mundo cuando le leía cada noche un cuento al acostarlo y él me abrazaba muy fuerte antes de caer rendido tras un día agotador lleno de travesuras.

—Prefiero saberlo. Cuéntame qué ha pasado.

Jack se encogió de hombros e intenté no distraerme admirando su torso desnudo, que se encogía cada vez que se movía alrededor de Noah.

—Estábamos a punto de salir cuando decidió meterse debajo de la ducha y abrir el agua. Al parecer, no le gustó la pajarita que elegiste para él —dijo burlón—. Mi camisa está hecha un asco, por cierto. Me mojé al entrar para sacarlo a la fuerza.

—¡Qué desastre! —gemí.

—Creo que metí en la maleta otra camisa azul.

—El azul no pega con la corbata que llevas.

—A la mierda la corbata —replicó Jack.

—¡A la *miegda*! —gritó Noah alegremente.

Fulminé a Jack con la mirada. Él le tocó el moflete a Noah con la punta del dedo.

—Colega, ¿por qué nunca repites nada de las cosas buenas que digo? Como *corbata*, por ejemplo; no me digas que no mola esa palabra.

—*Miegda* —volvió a decir Noah.

Presioné los labios para no reírme.

—Ni siquiera deberías molestarte en intentarlo.

Salí de allí y me dirigí hacia la habitación en busca de otra camisa para Jack. Efectivamente, había traído una de color azul claro que serviría al prescindir de la corbata. Se la llevé y terminé de «secar a mi hijo» (por mal que sonase) mientras Jack se vestía y se arreglaba un poco el pelo con los dedos frente al espejo. Estaba guapísimo, como siempre, más moreno que de costumbre tras nuestras vacaciones cerca de la costa y con un brillo en los ojos que se intensificó cuando se giró y me recorrió con una mirada hambrienta de los pies a la cabeza, prestando especial atención al escote con forma de corazón.

—Preveo que ese vestido te durará poco puesto.

—Estás tú demasiado seguro de ello.

—Me remito a mi historial.

—Te acercas al «plátano».

Jack se rio y luego cargó a Noah en brazos, haciéndole cosquillas, al tiempo que los tres dejábamos atrás el bungaló y nos dirigíamos hacia la zona en la que se celebraría la boda. Noah quiso que lo dejase en el suelo en cuanto distinguió a Molly a lo lejos, ataviada con un bonito vestido floreado con vuelo. Seguimos sus pasos de cerca hasta llegar a los demás. Ethan nos sonrió y le revolvió el pelo a Noah cuando pasó por su lado. Cuando vi la hora que era en el reloj que Jack llevaba en la muñeca, me despedí a toda prisa, pero él me retuvo rodeándome con un brazo la cintura.

—Un beso al menos, ¿no?

—Te veo en media hora —siseé.

—Demasiado tiempo para mi corazón.

Ethan se rio ante el tono burlón de Jack y le dirigí una mirada asesina antes de inclinarme sobre mi marido y darle un beso en los labios. Ah, sí, olvidé comentarlo. Jack y yo nos habíamos casado el año anterior en una playa de Long Island después de que me pidiese matrimonio una noche estrellada de verano en la pequeña terraza bohemia de la que ahora era nuestra casa. Fue una boda perfecta y muy íntima. Lloré durante la mitad de la ceremonia frente al mar, y el resto del tiempo estuve desternillándome de risa al ver a Noah haciendo la croqueta en la arena para desgracia de mi pobre madre, que era incapaz de controlarlo.

La boda de Hannah, por el contrario, estaba preparada al detalle. Ramos de flores silvestres colgaban de las sillas que habían ubicado en ambos extremos formando un pasillo central por el que en breve caminaríamos las damas de honor delante de la novia. Había pétalos de rosas por el suelo boscoso, guirnaldas colgando de los árboles cercanos y lazos de seda por todas partes. Cuando encontré a las chicas, Emma estaba casi más nerviosa que Hannah.

—¡Mírala! ¡Está a punto de casarse!

—Tranquilízate, Emma. —Le di un beso en la mejilla.

—Es que... parece que fue ayer cuando las tres estábamos en la universidad, atiborrándonos de esos pastelitos de almendras que comprábamos en la cafetería y haciendo el mono en la habitación de la sororidad de Hannah mientras imaginábamos cómo sería nuestro futuro...

Le pasé un pañuelo cuando sorbió torpemente por la nariz y sonreí al fijarme en su redondeada barriga. Desde que se había quedado embarazada, Emma estaba más sensible y dramática de lo normal, algo que se traducía en llamadas nostálgicas en plena madrugada y envíos masivos (y preocupantes) de e-mails de «cadenas de la amistad» protagonizados por todo tipo de crías adorables de animales.

—¡Soy tan feliz! —exclamó Hannah.

—¿Sabes? Sé que hay un cien por cien de probabilidades de que tu matrimonio sea increíble, porque estáis hechos el uno para el otro —dijo Emma entre lágrimas.

Sonreí, una sonrisa que me acompañó cuando llegó la hora. Las tres avanzamos a paso lento entre los invitados al ritmo de la pausada y bonita melodía de piano que se escuchaba de fondo. Aiden estaba allí, más guapo que nunca, sin poder apartar los ojos de la novia, que seguía nuestros pasos acompañada por su padre.

En un momento dado, distinguí con el rabillo del ojo a mi hijo correteando por una fila de sillas directo hacia el impoluto traje de la deslumbrante novia. Juro que dejé de respirar hasta que, aliviada, vi que Jack conseguía «cazarlo» justo antes de que intentase lanzarse sobre la cola del vestido de Hannah como si fuese una alfombra mágica. Jack me miró con Noah cargado sobre un hombro, sonrió y alzó el pulgar en alto para asegurarme que todo estaba controlado.

Y lo estuvo. Al menos, durante la ceremonia. Fue una boda maravillosa y llena de momentos memorables, como el «sí, quiero» algo afónico de Aiden por culpa de la emoción, o el instante en el que partieron el pastel y la novia terminó desternillándose de risa a lo loco cuando él le llenó el escote de tarta ante los atónitos ojos de los señores Smith, que habían tenido que aceptar que su hija ya no dependía de ellos como antaño y que, por suerte, era muy capaz de tomar sus propias decisiones. Aiden era perfecto para ella. Estaban igual de chiflados. De hecho, le había pedido matrimonio por los aires, literalmente, cuando ambos se tiraron en paracaídas.

Al caer la noche, dejamos que Noah se quedase a dormir en el bungaló de Nicole y Ethan después de lo mucho que Molly insistió en poder celebrar una «fiesta de pijamas» que, en resumen, consistía en disfrazar a nuestro hijo y hacerle fotografías graciosas con la cámara polaroid que le habíamos regalado por su último cumpleaños.

—No pasará nada —me aseguró Nicole.

—¿Estáis seguros? A veces se levanta en mitad de la noche y se mete en nuestra cama colándose bajo el edredón como una culebra —comencé a decir insegura.

—Tranquila, dormirá con Molly —aseguró Ethan.

—¡Disfrutad de la noche libre! —exclamó Nicole guiñándonos un ojo.

Asentí, todavía sin estar demasiado convencida, y nos alejamos cuando nos cerraron la puerta en las narices. La última vez que Noah se había quedado a dormir en su casa, había intentado comerse una planta nueva que Nicole había comprado para decorar el salón.

Jack me rodeó la cintura y sus labios se pegaron a mi cuello sin dejar de caminar.

—Deja de preocuparte, estará bien.

—Eso espero. —Jack se desvió del camino y en vez de seguir el sendero pedregoso que conducía a nuestro bungaló, nos internamos en el bosque oscuro que se extendía al lado—. ¿A dónde me llevas?

No contestó, pero distinguí su sonrisa canalla bajo la luz de la luna llena. Cuando nos alejamos lo suficiente del complejo, sus manos se perdieron bajo mi vestido y nuestras bocas se buscaron en medio de la oscuridad. Jack me arrinconó hasta que mi espalda chocó con el tronco de un árbol y pegó su cuerpo al mío, haciéndome saber lo excitado que estaba. Noté el roce suave de sus labios, pero no me besó.

—Llevo así toda la maldita boda, mirándote y pensando en la suerte que tengo. No te haces la idea de lo mucho que deseo quitarte este vestido.

—Pues nadie lo diría, cuanto antes lleguemos al bungaló...

Me froté contra él para meterle prisa, anhelando sentirlo piel con piel.

—Ah, de eso nada, nena.

Sus dedos encontraron la cremallera del vestido y comenzaron a deslizarla hacia abajo. Lo miré, mordiéndome el labio inferior, intentando decidir si aquello era una locura o una de las mejores ideas que había tenido en mucho tiempo. A la mierda. Lo sujeté del cuello antes de besarlo hasta dejarlo sin aire. Jack sonrió cuando empezó a desabrocharse los botones de la camisa tras dejar que mi vestido cayese al suelo.

—¿Sabes lo mucho que te quiero? —preguntó apremiante con la voz ronca.

Sonreí sobre sus labios cálidos.

—Todos los días, Jack.

—Todos —repitió.

AGRADECIMIENTOS

En primer lugar, quiero dar las gracias a todos esos lectores que en su día le dieron una oportunidad a *Otra vez tú* y se quedaron con ganas de saber más de Elisa y de Hannah tras conocer la historia de Alex y Emma. Aquí tenéis su historia, sus historias. Espero que el camino junto a estos personajes haya sido agradable. Gracias por leerme.

A todas mis compañeras de letras, esas que no solo tienen muchísimo talento, sino que se esfuerzan a diario por lograr ofrecer lo mejor de sí mismas.

A mi familia. Mención especial a mi madre, que siempre está dispuesta a leer cada una de mis novelas y darme su opinión sincera.

A mis gatos, porque hacía tiempo que no los nombraba en unos agradecimientos y siguen por aquí, acompañándome en el estudio cada tarde.

Y a J, como siempre. Gracias por todo. Eres la única persona con la que no me importaría estar en la punta de un acantilado.